DER SCHWÄRZESTE WINTER

CARLO LUCARELLI
DER SCHWÄRZESTE WINTER

EIN COMMISSARIO-DE-LUCA-KRIMI

AUS DEM ITALIENISCHEN VON KARIN FLEISCHANDERL

FOLIO VERLAG, WIEN · BOZEN

Wir wurden besiegt, doch etwas sagt mir,
dass es noch nicht zu Ende ist, dass unsere Idee,
unser Wesen überleben wird. Denn die Sieger,
die neuen Herrscher werden mich bald
brauchen. Solange die Menschen aus derselben
Scheiße gemacht sind. Ich zähle auf euch.

CARLO CASTELLANETA, *Notti e nebbie*

Teil eins
Die Morde

„Il Resto del Carlino", Freitag, 1. Dezember 1944, XXIII, Italien, Reich und Kolonien, 50 Centesimi.

Der Gegner verausgabt sich im Kampf gegen die unerschütterliche Verteidigung der Wehrmacht – tödliche deutsche Waffen stehen für den Seekrieg bereit – Bataillone von Kriegsversehrten und Freiwilligen zur Flugabwehr und der Abwehr von Fallschirmjägern. Kriegsversehrte und Invalide treffen nach wie vor im Norden Italiens ein, um den Bataillonen beizutreten, auf deren Fahnen das Motto „Ehre und Opfer" steht.

Lokales aus Bologna: Matratzen und Weisswäsche gestohlen. Matratzen und Weißwäsche im Wert von zwanzigtausend Lire wurden aus der Wohnung des geschädigten dreiundfünfzigjährigen Dario Guizzardi, Sohn des Andrea, gestohlen. Verdunkelung: Beginn um 17.10, Ende um 7 Uhr.

Alles genauso wie in Italien. Lesen Sie die Briefe der italienischen Arbeiter, die in Deutschland Dienst leisten. Im Großen und Ganzen werden euch eure Kameraden erzählen, dass sie sich, wo auch immer sie zum Einsatz kommen, nach wie vor wie in Italien fühlen. Das sind die Tatsachen, die Entscheidung liegt bei Ihnen.

Der Deutsche riss die Tür auf und steckte den Kopf ins Wageninnere, wobei er achtgab, mit dem Helm nicht gegen den Dachholm zu stoßen. Den Handschuh, den er ausgezogen hatte, trug er wie ein Hund im Mund, denn mit der anderen Hand hielt er den Griff der Maschinenpistole. Der Zeigefinger im dicken Wollhandschuh lag auf dem Bügel des Abzugs. Er nahm die bereitgehaltenen Papiere, die Franchina ihm reichte, und blickte die beiden lange reglos an: Der junge Mann am Steuer hatte noch Pickel im Gesicht und Brillantine in den gewellten Haaren; De Luca daneben, im Sitz des Fiat 1100 vergraben, trug einen hellen Trenchcoat, der viel zu leicht für den bereits kalten Wintertag war.

Franchina deutete ein Lächeln an, doch der Deutsche erwiderte es nicht. Er reckte den Hals, um nach hinten unter den leeren Sitz zu spähen, das halbmondförmige Abzeichen der Feldgendarmerie baumelte auf dem groben Stoff seines Mantels, wie ein Anhänger an einer Kette. Dann riss er die Tür noch weiter auf, während er sich aufrichtete, nicht, weil er, ein großer, kräftiger Bursche, nicht hineinpasste, sondern um ihnen zu verstehen zu geben, dass sie sie offen lassen sollten, und ging weg.

Vicebrigadiere Aurelio Franchina blickte ihm nach, während er zu einem nicht minder kräftigen Kameraden ging, der auf dem Fahrgestell eines Beiwagens hockte, mit den Handgelenken auf den Enden der Maschinenpistole, eine Zigarette zwischen den behandschuhten Fingern.

– Verdammt, diese Deutschen, Comandante!, sagte Franchina, – was für Mordskerle! – Und er gab einen kurzen bewundernden Seufzer von sich, der einen kleinen Hauch vor seinem Mund erzeugte.

De Luca schaute in die andere Richtung. Zwei Milizsoldaten der Schwarzen Brigaden hockten auf einem Haufen Schutt neben einem der zwei kleinen Bogen der Porta Saragozza, direkt unter dem Schild, das den Eingang zur Sperrzone in Bologna bezeichnete, und einem kleineren, das bei der letzten Bombardierung von einem Splitter halb zerfetzt worden war und auf dem *verboten* stand. Auch sie rauchten in aller Ruhe, mit den Maschinenpistolen quer über den Knien.

De Luca betätigte die Kurbel, um das Fenster zu öffnen, und klopfte mit den Fingerknöcheln auf die Tür, um ihre Aufmerksamkeit zu erregen. Mit einem Kopfnicken zeigte er auf eine Frau, die mit den Papieren in der Hand und einer Tasche unter dem Arm vor ihnen stand und mit den Füßen auf einen schmutzigen Schneehaufen stampfte. Es war noch früh am Morgen, die Ausgangssperre war gerade vorbei und außer ihr war niemand da.

Die Milizsoldaten sahen ihn an, und der mit dem Spitzbart im Stil Italo Balbos gebot dem anderen Einhalt – der, mit einem bösen Blick auf De Luca, gerade aufspringen wollte –, machte die Zigarette aus, indem er sie vorsichtig an einem Ziegel ausdrückte, steckte sie in die Jackentasche, stand auf und kontrollierte die Papiere der Frau. Er warf bloß einen zerstreuten Blick darauf, er forderte sie nicht einmal auf, die Einkaufstasche zu öffnen, auf der sich seitlich ein weißer Mehlstreifen befand, geschmuggeltes Mehl, das sie sicher auf dem Schwarzmarkt bei einer Mühle außerhalb der Stadt gekauft hatte. Das konnte De Luca sogar von hier, mitten auf der Straße, sehen.

Auch der Deutsche, der am Beiwagen lehnte, hatte den Kopf gehoben, als er das Klopfen an der Tür hörte. Offenbar hatte De Lucas Geste ihn überzeugt, denn er gab seinem Kollegen die Papiere zurück, obwohl der noch immer Franchinas Ausweis kontrollierte. Der murmelte noch einmal, *verdammt, die Deutschen, was für Mordskerle.*

– Pass auf, Franchí, sagte De Luca, – ich habe in Rom gelebt und kenne den Ausdruck, doch wenn sie hier in Bologna hören, dass du die Deutschen als Mordskerle bezeichnest, verstehen sie dich vielleicht falsch.

Franchina wurde bleich.

– Um Gottes willen, Comandante, ich wollte doch nur … Sie wissen doch, was ich sagen wollte, oder? Es war als Kompliment gemeint, ich schwöre!

Er stotterte, und als der Soldat aufs Neue seinen Kopf ins Wageninnere steckte, schluckte er hart. Er nahm die Papiere und reichte sie eilig De Luca, damit er die Rechte frei hatte, um sie zum Gruß auszustrecken, doch der reagierte nicht.

– Sie haben mich doch hoffentlich nicht gehört?, flüsterte er und legte in aller Eile einen Gang ein, sodass das Getriebe knirschte. De Luca hielt sich am Griff fest, während das Auto über die Straßenbahnschienen rumpelte.

– Langsam, Franchí … war nur ein Scherz. Wo genau fahren wir hin?

– In die Via … wie heißt sie doch schnell … Senzanome. Das ist kein Witz, Comandante, sie heißt wirklich so, Namenlos.

– Ich weiß, sie ist hier in der Nähe. Schau, da ist sie schon.

Im Arkadengang befanden sich nur drei Personen, doch er war so eng, der engste in ganz Bologna, dass die drei wie ein Menschenauflauf wirkten.

Einer war Kommissar der Kriminalpolizei, De Luca kannte ihn aus der Zeit, als er selbst noch bei der Polizei gewesen war, Doktor Soundso, er erinnerte sich nicht. Auch der Zweite war Polizist, De Luca kannte auch ihn, Maresciallo Soundso, er trat aus dem Arkadengang, und als er das Auto kommen sah, legte er die Muskete an.

Der Dritte war tot, er saß auf dem Boden, lehnte mit dem Rücken an einer Säule und seine Füße berührten die Säule gegenüber, mit angezogenen Knien, so eng war der Arkadengang.

– Nur mit der Ruhe, sagte der Kommissar zum Maresciallo, – das ist die Staatspolizei. Du bist De Luca, nicht wahr? Warum bist du hier? Ist das euer Fall? Wir gehen gleich.

– Wir haben euch beim Vorbeifahren zufällig gesehen, sagte De Luca. Ihm fiel ein, dass der Kommissar Santi hieß, er war klein und dick, steckte in einem grauen Mantel, in dem er noch dicker aussah, und hatte eine Stupsnase wie ein Ferkel. War aber tüchtig.

De Luca ging um die Säule herum, an der der Tote lehnte, und betrat mit dem Rücken zu Santi den Arkadengang. Der wich ein paar Schritte zurück, um ihm Platz zu machen.

– Gestatten?, fragte er. – Polizistenneugier, und dabei dachte er: *Dabei bin ich gar kein Polizist mehr.*

Santi zuckte mit den Schultern. – Natürlich. Ich habe ihn nicht berührt, wir warten auf den Gerichtsmediziner. Wir sind auch gerade gekommen. Man hat uns schon gestern Nacht gerufen, aber wir haben gewartet, bis es hell wurde, du weißt ja, im Dunkeln, bei den vielen Deutschen und den anderen, man kann nie wissen. Ich meine nicht die deutschen Kameraden, um Gottes willen, auch wenn immer wieder etwas passiert, ich meine vor allem die Partisanen, die Gesetzlosen der antinationalen Banden, du weißt ja, wie es ist, oder? Nicht, dass wir Angst hätten, aber Vorsicht ist die Mutter der Porzellankiste, oder?

Er sprach zunehmend hektisch und schnell, doch De Luca hörte ihm gar nicht zu. Er beugte sich über den Toten, kniete sich hin, noch immer mit dem Rücken zum Kommissar. Er wartete, bis Franchina, der mitten auf der Straße neben dem Auto, neben dem Maresciallo, stand und rauchte, Santi rief, der froh war, weggehen zu können. Da streckte De Luca eine Hand aus und knöpfte den Mantel des Toten auf, einen schönen Kamelhaarmantel, der seinen Besitzer zu Lebzeiten gewiss gewärmt hatte. Dann zog er ein gefaltetes Blatt Papier aus der Innentasche seines Trenchcoats und steckte es in die Manteltasche des Toten. Schnell und fast mühelos, denn wegen der Kälte hatte die Totenstarre noch kaum eingesetzt.

Er stand auf, wobei seine vom Rheuma steifen Kniegelenke knackten, rief *Santi!*, ging ein paar Schritte weg und lehnte sich mit verschränkten Armen an die Mauer.

– Vielleicht kannst du seine Papiere sicherstellen, schlug er vor. – Nur damit wir wissen, wer es ist.

Der Kommissar machte dem Maresciallo ein Zeichen, der sich das Gewehr umhängte und sich mit gespreizten Beinen über den Toten stellte. Er war zu groß, um unter dem Arkadenbogen aufrecht stehen zu können, bückte sich und griff mit den Fingerspitzen langsam in die Manteltaschen. Er zog eine Geldbörse und das gefaltete Blatt heraus und reichte beides dem Kommissar.

– Tagliaferri, Francesco, Sohn des Giuseppe. Er ist … beziehungsweise war Ingenieur. Er wohnte hier in der Gegend. – Der

Kommissar öffnete die Geldbörse, die bis auf einen Ausweis und das Porträtfoto einer lächelnden Frau mit krausen Haaren und rot geschminkten Lippen leer war. Eine schöne Frau.

– Kein Geld, sagte er, – doch eindeutig ein eleganter Herr. Womöglich ein Raubüberfall. Er hat sich gewehrt und sie haben ihn erschossen.

Er hielt das Blatt Papier zerstreut in den Händen, als hätte er es vergessen, und vielleicht hatte er es tatsächlich vergessen, denn er nickte überrascht, als De Luca mit dem Kinn darauf zeigte. Der Kommissar öffnete es und runzelte die Stirn, mit zusammengepressten und geschürzten Lippen, sodass er tatsächlich wie ein Ferkel aussah.

– So verrecken die Faschisten, las er, dann drehte er es um, um es De Luca lesen zu lassen, *so verrecken die Faschisten*, mit schiefer, zarter Schrift, eher schraffiert als geschrieben. Santi faltete es, legte es wieder in die Börse und reichte sie De Luca.

– Ein Fall für euch, sagte er, – die Staatspolizei. Wir gehen euch nicht länger auf die Nerven. War mir eine Freude, dich gesehen zu haben.

– Kommt gar nicht infrage, ihr wart als Erste am Tatort, es ist euer Fall. Ein Mord, dafür ist die Kriminalpolizei zuständig.

– Offensichtlich haben die Partisanen ihn erschossen. Ich meine, ich wollte sagen, die Feiglinge der antinationalen Banden.

De Luca seufzte. Santi war tüchtig, und dem schnellen Blick nach zu schließen, den er auf den Mantel geworfen hatte, wusste er, dass De Luca vergessen hatte, ihn wieder zuzuknöpfen. Doch er hatte nichts gesagt. Warum bestand er jetzt darauf, dass er erschossen worden war?

Der Mann im Arkadengang war ganz eindeutig erschlagen worden. Sein Kopf war nur noch blutiger Brei, die weißen Haare darunter waren kaum zu sehen, das Gesicht war voller blauer Flecken, so schwarz wie das eines Afrikaners, und der Mantel wies kein einziges Loch auf, er war zwar schmutzig, aber unversehrt. Man hatte ihn nicht erschossen, sondern erschlagen.

Er wusste, dass es so war. Es war jemand von der Guardia Nazionale Repubblicana oder den Schwarzen Brigaden oder sonst einer politischen Organisation gewesen, man hatte ihn in eine Kaserne gebracht, massakriert und dann hier abgelegt. Deshalb hatte Rassetto, der Leiter der autonomen Polizeigruppe, der De Luca angehörte, ihn geschickt, denn er wusste am besten, wie man so etwas vertuschte, vor einigen Wochen hatten die Schwarzen Brigaden auf ihren Toten Bekennerschreiben angebracht, die mit Bleistiften aus dem Büro auf beigen Karteikärtchen wie aus der Verbrecherkartei beschriftet waren. *Tun wir unseren Freunden einen Gefallen, De Luca, dann haben wir was gut.*

Gut, er wusste mit Sicherheit, dass er erschlagen worden war, doch auch Santi war es wohl nicht verborgen geblieben. Warum bestand er also darauf, dass er erschossen worden war?

Er fragte ihn: – Santi, warum sagst du immerzu, dass sie ihn erschossen haben?

– Weil die Person, die uns angerufen hat, gesagt hat, sie hätte Schüsse gehört.

– Wahrscheinlich hat eine Patrouille jemandem hinterhergeschossen, vielleicht wegen der Ausgangssperre.

Santi zuckte mit den Schultern. – Mag sein. Obwohl …

– Obwohl …

– Die Person hat von zwei kurzen Pistolenschüssen gesprochen. Dann ein Schrei und kurz darauf noch ein Schuss, wie ein Gnadenschuss.

De Luca nickte nachdenklich. Seine Arbeit war erledigt, er konnte wieder mit Franchina ins Auto steigen und in sein Büro fahren, zu seinem elektrischen Ofen und seinem Schreibtisch, auf den er seine Füße eines Vizekommandanten der Autonomen Gruppe der Staatspolizei legen konnte, er konnte so tun, als würde er arbeiten, und den Augenblick, in dem Rassetto ihn wegen einer neuen Aufgabe rufen würde, so lange wie nur möglich hinauszuschieben. Für gewöhnlich bestand die Aufgabe darin, jemanden aufzustöbern, den sonst niemand fand.

Doch er rührte sich nicht von der Stelle.

Er dachte nach, und Santis Blick nach zu schließen dachte dieser dasselbe.

– Das bedeutet, dass es noch einen Toten gibt.

Er fuhr nicht zurück ins Büro.

Santi war in ein Café gegangen, um im Kommissariat anzurufen und Verstärkung anzufordern, De Luca war ihm gefolgt, dann war er gemeinsam mit Franchina geblieben und hatte gefrühstückt. Nur Kaffeesurrogat aus Gerste und Zichorie und einen schwarzen Krapfen, der mehr aus Kleie als aus Mehl bestand, doch dann hatte der Vicebrigadiere den Ausweis gezückt, und sofort hatten echter Kaffee und Mehlspeisen auf dem Tisch gestanden.

– Bravo, sagte De Luca und Franchina grinste.

– Danke.

– Das war sarkastisch gemeint. Jetzt wissen alle, dass wir Polizisten sind. Tja, vielleicht hat man das auch davor gewusst, doch nun ist es offiziell.

Ein Paar lehnte an der Theke und trank eine schwarze Brühe, er hatte eine Ledertasche unter dem Arm und trug einen ehemals eleganten, an den Ellbogen abgewetzten Mantel, sie trug ein gewendetes Kleid mit einem ehemals schönen Pelzkragen, beide waren alt. Er zog eine Tüte aus Zeitungspapier aus der Tasche und sie nahm sie mit aneinandergelegten Händen entgegen, wie die Hostie bei der Kommunion. Sie sagte, *Eier um neun Lire. Wenn die Alliierten nicht bald kommen, sterben wir vor Hunger!* Dann hatte sie Franchinas Ausweis gesehen und war verstummt, ihr Gesicht wurde kalkweiß, weißer als ihre zu einem Knoten zusammengesteckten Haare. Deshalb hatte der Mann laut gesagt, *die deutschen Alliierten mit ihren*

Geheimwaffen!, und beide waren schnell gegangen, ohne den Zichorienkaffee auszutrinken.

Aber nicht das beunruhigte De Luca. Jetzt, wo die Front aufgrund des Winters feststeckte, waren die Aktionen der Partisanen spärlicher geworden, doch davor, als es den Anschein gehabt hatte, dass die Alliierten die Linien durchbrechen und in Bologna einmarschieren würden, waren Anschläge auf die Guardia Nazionale Repubblicana, die Schwarzen Brigaden und die Deutschen an der Tagesordnung gewesen. Auch jetzt wären zwei Polizisten der Staatspolizei allein in einem Kaffeehaus für die Partisanen der „Temporale"-Gruppe ein gefundenes Fressen gewesen, auch wenn das Warten sie schon zermürbt hätte.

Als De Luca Franchina darauf hinwies, zuckte er mit den Schultern, zückte die Pistole und legte sie auf den Tisch.

– Sollen sie doch kommen! Auch ich habe eine Geheimwaffe!

De Luca schüttelte den Kopf, lehnte sich in seinem Stuhl zurück, bis er, auf zwei Stuhlbeinen schaukelnd, mit der Lehne die Wand berührte. Und schloss seufzend die Augen, genoss den echten, bitteren und heißen Kaffee, der auf seinen Lippen brannte.

Er wollte nicht ins Büro zurück.

Er wollte die Leiche sehen.

Er hatte herausgefunden, dass es noch ein zweites Verbrechen gab, er hatte es dank seiner Intuition vor allen anderen herausgefunden, auch wenn es nicht schwierig gewesen war, und er hatte dabei das leichte Fieber verspürt, das er schon so lange vermisste – seitdem er, der brillanteste Detektiv der italienischen Polizei, wie man ihn nannte, der die schwierigsten Mordfälle löste, sich darauf beschränkte, die Fehler anderer Mörder zu vertuschen.

Er wollte nicht daran denken. Also trank er rasch den Kaffee aus, verbrannte sich dabei die Zunge, zerbröselte langsam ein Zuckerstück zwischen den Fingern, während er wieder über den Toten nachdachte.

Ja, vielleicht war das wieder einer, dem man ein Kärtchen in den Mantel stecken musste, oder ein Soldat, der von Partisanen überrascht worden war, vielleicht war es etwas Politisches, etwas, das mit dem Krieg zu tun hatte. Doch von Anfang an, seitdem Santi von drei Schüssen gesprochen hatte, hatte er eine andere Vermutung, aufgrund des sechsten Sinns eines Polizisten hatte er einen anderen grundlosen, irrationalen Verdacht. Er hatte nie an das geglaubt, was in Kriminalromanen und im Chronikteil der Zeitungen, solange noch über Verbrechen berichtet wurde, als *Gespür* bezeichnet wurde, doch in diesem Augenblick, als ein Fieber in ihm brannte, das ihn wach machte wie der Kaffee auf nüchternen Magen und ihn von unangenehmeren Gedanken ablenkte, gefiel ihm der Gedanke, dass es doch so etwas wie *Gespür* gab.

Er wollte den Toten finden. Er wollte seine Lage, den Fundort, die Spuren auf der Leiche untersuchen, er wollte herausfinden, was passiert war. Er wollte Fragen stellen, ermitteln, nachdenken, sich konzentrieren, sich vom Fieber überwältigen lassen, vom Schüttelfrost, und den Mörder finden. Wer, wie und warum.

Er hatte den Zucker fertig zerbröselt und wollte schon einen zweiten Kaffee bestellen, als ein Polizist kam und sie rief.

Er keuchte, die Augen im totenbleichen Gesicht waren weit aufgerissen, mit einer Hand stützte er sich auf eine Sessellehne, die andere lag auf seiner Brust. Er brachte kein Wort hervor.

Sottotenente Attilio Stanzani hatte sehr genaue Angaben gemacht. Er war ein Veteran des Albanienkriegs, eine Granate hatte ihm ein vernarbtes Gesicht beschert und einen Arm abgerissen, und da er nicht schlafen konnte, verbrachte er die Nächte am Wohnzimmerfenster sitzend, mit einer Decke auf den Knien, und genoss den Luftzug, der durch die halb offenen Fenster drang und seine verbrannte Haut streichelte. Er lächelte, sogar als Franchina ihn darauf hinwies, dass die Lampen in seinem Zimmer nicht abgedunkelt waren. Und wenn das Flugzeug, wie nannten sie es hier doch gleich? – Pippo? –, das auf Lichter schoss, nachts an seinem offenen Fenster vorbeiflog?

Da drückte De Luca Franchinas Arm und der errötete, denn wie man an den leeren Augen des Sottotenente Attilio Stanzani sofort erkannte, war er blind.

Aber er hörte sehr gut. Und machte sehr genaue Angaben.

Drei Schüsse in der Stille der Nacht. Aus einer kleinkalibrigen Pistole, keiner Militärpistole. Kaliber 22, die ein ganz bestimmtes Geräusch verursachte, wie das Knacken eines brechenden Zweigs, er war sich ganz sicher, denn er war Ausbilder beim Heer gewesen.

Zwei Schüsse schnell hintereinander, dann der Schrei eines Mannes. Ein Angst-, aber auch Schmerzensschrei, heiser und kläglich, er kannte auch die Art von Schrei.

Nach ein paar Sekunden der dritte Schuss.

Stille? Nein. Keine Schreie mehr, aber kurz darauf Schritte im Laufschritt. Die Schritte einer Frau, das Klappern von Absätzen auf dem Pflaster des Vicolo della Neve, doch unterhalb seines Fensters, kurz davor, brachen sie plötzlich ab. Dann tatsächlich Stille.

Deshalb hatte er seine Frau aufgeweckt, und da sie ein Telefon hatten – tatsächlich lebten sie in einer schönen, beinahe herrschaftlichen Wohnung –, hatte er sie gebeten, im Präsidium anzurufen. Um genau 22.35 Uhr, er hatte sich den Zeitpunkt notiert. Warum hatten sie so lange gebraucht?

Sottotenente Stanzani hatte nach links, in die Richtung gezeigt, aus der die Schüsse und die Schritte gekommen waren, in Richtung Via Nosadella, doch dort hatten sie den Toten nicht gefunden.

– Welche Namen gibt man den Straßen hier? Wissen Sie, wie diese da früher hieß? Via Fregatette, Via Busengrapscher, sie war so eng, wenn eine Frau mit etwas Holz vor der Hütte vorbeiging, rieb man sich fast automatisch an ihr.

Franchina lachte und hielt sich die Hände mit gespreizten Fingern vor die Brust, doch De Luca achtete gar nicht auf ihn. Das Zentrum Bolognas war voller Evakuierter vom Land, die Zuflucht suchten und sich in jeder freien Bruchbude einnisteten, doch das Lager im oberen Teil der Via del Fossato stand leer, seitdem eine Bombe das darunter verlaufende Rohr beschädigt und der Keller sich mit schlammigem Brackwasser gefüllt hatte. Irgendwann würde man das Lager leer räumen und den Fußboden renovieren, der mitten im Zimmer eingebrochen war, doch fürs Erste beließ man es so, wie es war.

Vor der Tür stand eine Wache, die sich gerade erbrochen hatte, und etwas weiter weg unter den Arkaden saß ein Kind auf dem Boden, die Arme um die Knie geschlungen, und schluchzte heftig. Auch Franchina hörte zu grinsen auf, sobald er drinnen war, während seine Hände noch immer den riesigen imaginären Busen betatschten.

– Wir haben Kinder schreien gehört, sagte Santi, – sie kommen her, um Ziegel aus dem Wasser zu fischen, und haben ihn gefunden. Bis auf den einen, der vor Schreck wie gelähmt ist, sind alle davongelaufen.

Das Kellerlokal war finster wie eine Grotte, nur ein paar schwache Sonnenstrahlen fielen durch ein Loch im Dach. Der Boden war zur Hälfte in den schwarzen Tümpel abgesunken, wie eine steinerne Rampe, und darauf lag der Tote.

Nackt, auf dem Rücken, klatschnass, Arme und Beine wie zum Kreuz geformt. Die Polizisten, die ihn aus dem Wasser gefischt hatten, in dem er getrieben war, hatten ihn so liegen lassen, einer von ihnen hatte sich eben auf der Straße erbrochen.

Der Tote hatte keine Nase mehr, keine Ohren und keine Lippen, und in dem dunkelblauen Loch des Mundes war auch keine Zunge mehr, sogar die Augenhöhlen waren leer.

– Das ist nicht unser Toter, sagte De Luca. Auch er hätte Ekel angesichts dieser Mumie empfunden, die in der zerbombten Ruine stumm schrie, doch er hatte sofort die bläuliche Färbung der Haut bemerkt und konzentrierte sich darauf. Santi blieb einen Schritt hinter ihm stehen, während er sich über den Körper beugte, mit vor Ekel geballten Fäusten, doch ebenfalls interessiert. Er war tüchtig.

– Er liegt wohl schon seit drei oder vier Tagen im Wasser, sagte er, – die Kälte konserviert zwar, aber …

– Vielleicht sogar seit einer Woche, sagte De Luca. Er zeigte mit dem Finger auf die leeren Augenhöhlen, die ihn anstarrten, und näherte sich bis auf ein paar Millimeter dem Gesicht, was Santi ein erschrockenes Seufzen entlockte. Rund um die Augenhöhlen waren winzige Male, Kratzer offenbar.

– Bisse, sagte De Luca. – Die Ratten haben ihn angefressen.

Tatsächlich schwammen zahlreiche Ratten im Wasser, wie Wasserschlangen, und einige saßen nicht weit entfernt auf der Rampe, aufrecht auf den Hinterpfoten, mit zitternden Schnauzen, doch furchtlos, und beschnupperten die Eindringlinge. De Luca stand auf, diesmal knacksten seine Knie nicht.

– Drehen wir ihn um, sagte er, dann hob er die Hände. – Entschuldige, sagte er zu Santi, – das ist dein Fall. Ich habe vergessen, dass ich kein Polizist mehr bin.

Er machte sogar einen Schritt zurück, doch wahrscheinlich dachte Santi dasselbe, denn abgesehen von den Rattenbissen wies der nasse Körper der Mumie keine Verletzungen auf, zumindest sah man in diesem Licht und unter diesen Umständen keine.

– Drehen wir ihn um, sagte Santi und machte dem Maresciallo mit dem umgehängten Karabiner ein Zeichen. Der blickte sich um, doch nur noch sie und ein deutscher Soldat waren im Keller, der an die Tür getreten war und neugierig auf der Schwelle verharrte, sodass fast überhaupt kein Licht hereinfiel. Der Maresciallo seufzte, griff mit den Händen unter die Achseln des Toten und drehte ihn mit einer schnellen Bewegung um, wie einen großen Fisch auf dem Tisch eines Fischladens, was ein schmatzendes Geräusch verursachte, das allen, auch De Luca, Brechreiz verursachte.

Dem Deutschen jedoch nicht. Er war weiter vorgetreten, um besser sehen zu können, und plötzlich beleuchtete das fahle Sonnenlicht, das von der Via Fregatette hereindrang, den unversehrten Rücken der Mumie, ihre glänzenden Hinterbacken und auch die rechte Hüfte, die man zuerst nicht hatte sehen können. Der Arm war wie zum Gruß ausgestreckt, und in der Achselhöhle, unter dem Bizeps, war ein Fleck. Keine Verletzung, sondern ein schwärzlicher, wie verblichener Schatten. Eine alte Tätowierung.

De Luca wollte schon neugierig hinzutreten, doch der Deutsche schrie plötzlich und stieß ihn mit der Schulter beiseite, damit er sich dem Toten nähern konnte. Er strich mit den Fingern über die Tätowierung, wie um sie wegzuwischen, dann riss er das Halfter auf, zog die Pistole und begann wieder zu schreien.

De Luca, der in der Kommandantur ein und aus ging, verstand ein wenig Deutsch, deshalb hob er die Hände, zuckte mit den Schultern, wich zurück und zog Santi und den Maresciallo hinaus.

– Gehen wir, sagte er. – Gleich kommen die Deutschen und werden fuchsteufelswild sein.

Er hatte gerade noch rechtzeitig die kleine, runde Tätowierung gesehen, in der Form eines O, doch er wusste, dass es eine Null war. Die Blutgruppe, die sich die SS unter der Achsel tätowieren ließ.

Die schreiende Mumie war ein Deutscher.

– Auch das ist nicht unser Toter.

– Ich habe Köpfe ohne Leiche gesucht und Leichen ohne Kopf, doch eine ganze Leiche habe ich noch nie verloren, sagte De Luca, und Rassetto grinste und bleckte die Zähne seines Wolfsgebisses.

– Als du noch Polizist warst, sagte er.

– Als ich noch Polizist war.

– Ein armseliger Polizist, der kleine Diebe, Schwarzhändler und Huren jagte. Jetzt hingegen verteidigst du das Vaterland vor Verrätern, Gesetzlosen und feindlichen Spionen, die seine unerschütter-

liche Kraft zum Gegenangriff untergraben möchten. Das ist echte Polizeiarbeit. Bist du damit zufrieden?
– Ich habe nicht nur kleine Diebe gejagt. Ich habe Mörder gejagt. Früher.
Rassetto zuckte mit den Schultern. Er saß auf der Kante von De Lucas Schreibtisch, ließ ein Bein baumeln und klopfte regelmäßig mit dem Absatz des Stiefels gegen das Holz. Er hatte die Anspielung auf Mörder verstanden, denn der schmale Schnurrbart über der Oberlippe verzog sich zu einem Strich. Wenn er so angespannt war wie jetzt, wurde sein Grinsen – wie De Luca wusste – bösartig. Aber er hatte keine Angst. Zumindest nicht mehr.
– Hast du der bewussten Person ein Kärtchen zugesteckt?
De Luca nickte und senkte den Blick, um irgendwohin zu schauen. Rassetto revanchierte sich für die Anspielung, denn er grinste noch bösartiger.
– Hast du dafür gesorgt, dass der Polizist es findet?
– *Ja,* stieß De Luca zwischen den Zähnen hervor.
– Bravo.
Das klang wie ein Lob für einen Hund, und als Rassetto den Arm hob, dachte De Luca, er wolle ihm wie einem Hund den Kopf tätscheln, und zog ihn instinktiv ein. Doch Rassetto wollte nur seinen Gürtel richten. Er stand auf und strich sich die glänzende, tiefschwarze Uniform glatt, deren Jacke sogar im Büro zugeknöpft war, sogar im Bett, wie die anderen der Gruppe lachend sagten, allerdings nicht in seiner Gegenwart.
De Luca lehnte sich im Stuhl zurück und legte die Füße auf den Schreibtisch, er wusste nämlich, dass Rassetto das nicht mochte, und wollte sich, wenn auch auf kindische Weise, für das Gefühl revanchieren, wie ein Hund behandelt worden zu sein.
– Wer hat den Ingenieur umgebracht?, fragte er.
– Freunde.
– Und warum?

Rassetto beugte sich über den elektrischen Ofen, der in einer Ecke des Büros stand, und hielt die Hände über die Heizspirale unter dem Rost. Das Zimmer war klein, der Ofen reichte völlig, um es zu wärmen.

– Wen kümmert das? Er stand auf der Liste, oder? Er war ein Verräter. Kommst du nicht mit zum Essen?

De Luca schüttelte den Kopf. Die anderen waren bereits in die Kantine hinuntergegangen. In dem Flügel der Technischen Universität, in dem Rassetto und seine Autonome Gruppe der Staatspolizei nunmehr untergebracht waren, herrschte unnatürliche Stille. Davor hatte sich ihr Büro in der Via Dante befunden, die Fenster dort waren von Efeu umrankt gewesen, vor De Lucas Fenster hatte ein Baum gestanden, am Ende der Allee hatte sich sogar ein schmiedeeisernes Tor befunden.

Eigentlich war es im neuen Büro genauso wie im alten, aus dem Keller hörte man Schreie und vor dem Tor standen bewaffnete Wachen, doch als sie in den Viale del Risorgimento Nr. 20, in dieses supermoderne Gebäude, das noch so weiß war, dass es im Sonnenlicht blendete, umgezogen waren, hatte De Luca den Kontrast umso stärker empfunden. Schreie aus dem Kellergewölbe und Soldaten der Guardia Nazionale Repubblicana unter den Arkaden, sie hatten das ganze Gebäude in Beschlag genommen, nachdem die Deutschen der Kommandantur abgezogen waren.

„Der Tempel der Moderne", hatte Rassetto gesagt, und sein Schnurrbart war dabei so dünn wie ein Strich gewesen, „dank der freundlichen Genehmigung des Rektors erproben wir hier die modernsten Verhörtechniken."

Jetzt herrschte Stille, beinahe. Keine Salven von Vilmas Schreibmaschine, Vilma schrieb so schnell, dass es ratterte wie eine Maschinengewehrsalve, keine Stimme Maresciallo Massarons, der von einem Büro ins andere brüllte, kein Lachen Franchinas, der sich aus irgendeinem Grund vor Lachen bog, kein Rassetto, der *De Luca* brüllte, wobei das L wie im sardischen Dialekt wie ein Doppel-L klang, wie immer, wenn er wütend war. Kein Laut, keine Schreie aus dem Labor des Instituts für Elektrotechnik im Stockwerk darüber, in dem die Verhöre stattfanden.

Stille. Beinahe. Nur ein ersticktes Husten aus einer Zelle im Stockwerk darunter, das zwar gedämpft, aber intensiv, durch den Fußboden drang. Und beständig.

– Ich habe keinen Hunger, sagte De Luca.

– Ich schon, ich gehe jetzt hinunter. Bilde dir ja nichts ein, du hattest deinen Spaß als altmodischer Polizist, doch jetzt reicht es. Du bist bei der Staats-, nicht bei der Kriminalpolizei. Hast du den Notar gefunden?

– Ich arbeite daran. Ich habe einen Informanten.

– Nur Polizisten haben Informanten. Wir von der Staatspolizei sagen Spion. Einen glaubwürdigen?

– Ich denke schon. Mal sehen.

– Beeil dich. Der Notar ist das Bindeglied zwischen den *Banditen* in der Stadt und den Alliierten, und jetzt, wo die Front weniger als zwanzig Kilometer entfernt ist … – Seine Miene verfinsterte sich, das Lächeln gefror auf seinen Lippen, bis es völlig verschwand. Dann zuckte er mit den Schultern. – Aber ich pfeife darauf, denn wir werden siegen. Bring mir den Kommunisten. Und nimm die Füße vom Schreibtisch.

De Luca gehorchte, während Rassetto ging. Auf der Schwelle schüttelte er den Kopf, weil das unterdrückte Husten durch die offene Tür noch besser zu hören war. *Massaron, dieses Arschloch, schlägt sie immer auf den Rücken*, flüsterte er, doch er sagte es zu sich selbst und schüttelte dabei den Kopf.

Auf dem Schreibtisch lag eine Akte. Eigentlich lagen viele Akten da, doch diese lag mitten auf dem Schreibtisch, auf den anderen, und auf dem beigen Karton stand mit schwarzer Tinte *Notar*, geschrieben mit einer Feder mit stumpfer Spitze.

De Luca öffnete sie, blätterte die Seiten durch, die Vilma mit Maschine geschrieben und auf die er von Hand Notizen gemacht hatte, die er auswendig kannte. Dann stützte er sich mit den Ellbogen auf den Schreibtisch, legte das Kinn auf die Hände und schaute aus dem Fenster, auf die graue Betonwand gegenüber, die unbeweglich und unversehrt war und eine hypnotische Wirkung hatte. Einen Augenblick lang dachte er, er solle sich rasieren, denn seine Wangen kratzten, doch dann überkam ihn eine derart tiefe Müdigkeit, die keine Schläfrigkeit war, sondern ein Gefühl von Leere, nur dichter Nebel, weich wie Watte, der beinahe das kranke Husten verschluckte, das kranke, verfluchte Husten aus dem Stockwerk darunter.

Das Klingeln des Telefons auf dem Schreibtisch weckte ihn, sofern er überhaupt geschlafen hatte, er fuhr hoch und zog die Hände unter dem schmerzenden Kiefer hervor.
– De Luca, bist du's?
Santis Stimme klang am Telefon anders, schriller. Tatsächlich wie das Quieken eines Ferkels. Eines Spanferkels.
– Ja, ich bin's.
– Hör zu, du hast gesagt, ich soll dich anrufen, weil du wissen wolltest … nun … Ich glaube, diesmal haben wir sie gefunden.

Ja, dachte De Luca, *ja.*
Sie war es.
Zuerst hatte er es nicht für möglich gehalten. Als sie mit dem Fiat 1100 in die Via Ca' Selvatica eingebogen waren, die, obwohl sie im Zentrum Bolognas lag, mit den vielen Kühen, den Heugarben mitten auf der Straße und den Bauern mit Heugabeln in der Hand den Eindruck erweckte, eine Straße mitten auf dem Land zu sein, hatte er es nicht für möglich gehalten.
Kein Wunder. Da Soldaten zumindest theoretisch die Sperrzone nicht betreten und die Alliierten sie zumindest theoretisch nicht

bombardieren durften, hatte sie sich in ein riesiges Getto mit umgekehrten Vorzeichen verwandelt, voller alteingesessener Bewohner, Evakuierter und Flüchtlinge, fünfhunderttausend Menschen, hatte der Bürgermeister gesagt. Ein Haufen Leute.

Aber vor allem weil die Deutschen und auch die Faschisten zumindest theoretisch nicht hinein und deshalb keine Tiere und keine Lebensmittel beschlagnahmen durften, hatte sich das Zentrum Bolognas in einen Freiluftstall verwandelt. Achtzehntausend Tiere, hatte der Bürgermeister gesagt, grob geschätzt.

In der Via Ca' Selvatica kam man sich vor wie auf einem Bauernhof. Karren auf der Straße, Hühnerkäfige an den Hauswänden, angebundene Kühe, Ziegenställe, sogar ein Traktor stand da. Der Hauseingang, wo man den Toten gefunden hatte, ganz hinten, Richtung Via Frassinago, sah aus wie eine Scheune, an einem Ring an der Wand waren sogar zwei Ochsen mit langen Hörnern befestigt.

Deshalb hatte er es nicht für möglich gehalten. Die Schüsse hätten doch alle Tiere aufgeweckt, abgesehen von den mit Stöcken bewaffneten Wachen, die es hier wohl auch gab. Die Menschen – mit Ausnahme von Sottotenente Stanzani – hatten sich zwar angewöhnt, sich zu Hause einzuschließen, wenn sie Schreie oder Schüsse hörten, und niemandem davon zu erzählen, die Tiere jedoch nicht, sogar die Hühner hätten gekreischt wie Adler.

– Stimmt, sagte Santi, – deshalb haben wir gestern nicht nachgesehen. Dann haben wir erfahren, dass diese Menagerie gestern Nacht noch gar nicht da war, sie sind erst heute Morgen eingezogen.

Das änderte alles. Doch erst, als er die Leiche auf den Stufen sah, verrenkt wie eine Spirale und mit einem Loch anstelle des Auges, stellte er fest, dass das der richtige Tote war.

Die beiden Seiten des Hauses am Ende der Straße befanden sich auf unterschiedlicher Höhe. Der Flur führte durch das Haus hindurch wie ein Tunnel und am Ende des Flurs befanden sich zwei schmale, lange Treppen. Deshalb hatte man die Leiche nicht gleich gesehen, der Mann war über die Schwelle gestürzt, und wenn nicht ein Huhn davongelaufen wäre, hätte man ihn ewig lang nicht gefunden, der Verwesungsgestank hätte sich mit dem von Kuhscheiße und Mist vermischt. Er lag mit dem Kopf nach unten und mit den Beinen oben, ein Bein lag verrenkt unter dem anderen, der Oberkörper war auf die Seite, der Kopf nach hinten gedreht. Anstelle des Auges klaffte ein blutiges Loch, wie eine kleine rote, in der Sonne verwelkte Blüte.

– Er wurde erschossen, sagte Santi überzeugt, doch De Luca hörte ihm nicht einmal zu. Er war so fasziniert von der endlich gefundenen Leiche, dass er ganz darauf vergaß, dass nicht er der Polizist war. Er beugte sich über sie und hob den Schoß des Mantels an, der ihren Hintern bedeckte, um in die Hosentasche zu greifen. Dort war tatsächlich die Geldbörse, und da waren auch die Papiere.

Franco Maria Brullo. Universitätsprofessor, medizinische Fakultät. Ausgeherlaubnis aufgrund spezieller Erfordernisse. Dem Foto nach zu schließen ein gut aussehender Mann.

Er trug einen schwarzen Mantel aus gekämmter Wolle, der lediglich auf der rechten Schulter einen glänzenden Streifen aufwies, und einen grauen, sehr eleganten Anzug, der Krawattenknopf war trotz allem intakt.

Ein zarter Geruch, süßlicher als der des Todes und stechender als der von Mist, brachte ihn auf eine Idee. Er streckte den Arm aus und berührte mit dem Handrücken die Wange des Toten, wie um ihn zu streicheln.

– Was zum Teufel …, flüsterte Santi.

– Er hat sich sogar am Abend rasiert. Er ist stark behaart und dunkelhaarig, man würde den Bart spüren. Er hat gewissermaßen in Kölnischwasser gebadet, man riecht es noch immer. Entweder war er sehr eitel oder er hatte ein Rendezvous. Oder beides. Haben Sie den Gerichtsmediziner und die Spurensicherung angerufen?

– Ich habe Guarrasi geschickt.

So hieß der Maresciallo mit der Muskete, aber De Luca hatte auch das vergessen. Der Arm des Professors lag ausgestreckt auf den Stufen, die Finger waren gekrümmt und auf der Innenseite befand sich eine schwärzliche Verbrennung. Vorsichtig strich De Luca die Finger der Reihe nach glatt, dabei betrachtete er die Verbrennung, die sich auf der Höhe des zweiten Fingerknochens quer über die Hand zog.

– Willst du wissen, wie es gelaufen ist?, – und er fügte hinzu: – *Meiner Meinung nach.*

– Warum nicht?

– Jemand hat auf ihn geschossen, während er auf den Stufen stand, hat ihn aber nicht getroffen, allenfalls ein Streifschuss.

Er zeigte auf den Streifen auf der Schulter des Mantels und dann auf die Straße jenseits des Flurs, wo wahrscheinlich die Projektile lagen, und Santi schaute auch in diese Richtung, als ob das wichtig wäre. – Dann ist er gestürzt und hat sich ein Bein gebrochen. – Er zeigte auf das Knie des Mannes im grauen Anzugstoff, das so verrenkt war, dass es allein beim Hinsehen wehtat. – Das war der Schrei, den der Zeuge gehört hat. Zwei Schüsse, die nicht getroffen haben ... – er zeigte mit der offenen Hand auf den unversehrten Mantel und den Anzug, – ein Schmerzensschrei. Der Schütze ist mit der Pistole näher gekommen, der Professor hat sie am Lauf gepackt, sich die Finger am Mündungsfeuer verbrannt und einen Schuss ins Auge abbekommen.

– *Meiner Meinung nach,* fügte De Luca noch einmal hinzu, und Santi, der der Bewegung seiner Hände in alle Richtungen mit dem Blick gefolgt war, nickte.

Hinter ihnen hatte sich eine kleine Menge angesammelt, eine kleine, aus Passanten und Bauern bestehende Menge, die von Maresciallo Guarrasi am Ende des Flurs im Zaum gehalten wurde. De Luca drehte sich um und sah Franchina, der an der Wand lehnte und mit angewidertem Blick die Schuhsohle an einem Stein rieb. Etwas näher, diesseits der vom Maresciallo errichteten Abgrenzung, stand noch ein Mann. Dünn, nicht sehr groß, mit den Händen in den Taschen eines grauen Mantels. Neugierig reckte er den Hals, doch er blieb abseits, als ob er nicht stören wolle. De Lucas Blick blieb an seinen Schuhen hängen, die zweifarbig waren, allerdings in dezentem Schwarz und Grau gehalten, als ob sie ebenfalls nicht auffallen wollten.

– Wer ist das?, fragte De Luca und nickte in Richtung des Mannes.

– Ein Kollege, sagte Santi hastig, denn ihn interessierte etwas anderes. – Ich stimme deiner Rekonstruktion zu. Also?

– Was also?

– Wer war es?

De Luca lächelte. Santi war zweifellos tüchtig, doch manchmal so naiv, dass er einem leidtat.

– Woher soll ich das wissen? Vielleicht ein eifersüchtiger Ehemann. Frag die Wachen, die gestern Abend Dienst hatten. Wenn du Glück hast, haben sie jemanden festgenommen, der den Toten kannte, und der Fall ist gelöst.

– Wenn ich das Glück habe, dass sie mir antworten, sagte Santi.

– Oder such die Pistole. Das Projektil steckt noch da drin, – er zeigte auf den Kopf des Mannes; hinter dem zerstörten Auge, zwischen den schwarzen Locken, war keine Austrittswunde zu sehen. – Wenn es wirklich eine Kaliber 22 ist, wie der Sottotenente sagt, – und das Loch anstelle des Auges war so klein, dass das durchaus glaubhaft war, – jemand, der eine Beziehung zum Toten hatte, usw. usw., eine 22er besitzt, der Drall übereinstimmt und der Test mit dem Paraffinhandschuh positiv ist, dann ist der Fall auch gelöst.

Er stand auf, nachdem er sich an diesem Vormittag zum dritten Mal über eine Leiche gebeugt hatte. Er wäre gern geblieben, hätte auf den Gerichtsmediziner und den Techniker von der Spurensicherung gewartet, ihm gesagt, was er fotografieren solle, er hätte gern seine Leute losgeschickt, damit sie die richtigen Fragen stellten, während er nachdachte und das erregende Fieber ihn verzehrte, doch es verzehrte ihn vergebens, deshalb war es besser, wenn er jetzt ging.

Er ging an dem Kollegen mit den zweifarbigen Schuhen vorbei und erwiderte den Gruß mit einem Kopfnicken.

Ja, er hatte ihn tatsächlich schon auf dem Präsidium gesehen.

In einem anderen Leben.

Teil zwei
Die Ermittlungen

„Il Resto del Carlino", Montag, 4. Dezember 1944, XXIII, Italien, Reich und Kolonien, 50 Centesimi.
 Taktischer Einsatz von V-Waffen. Die Front der 9. US-Army im tödlichen Beschuss der Flugbomben. Das belgische Volk vermisst die deutschen Besatzer
 Lokales aus Bologna: Die Bologneser und der Krieg. Man hat Bologna als eine trostlose Stadt von Märtyrern beschrieben, wo das Leben unmöglich geworden sei. Doch wir erleben Bologna als lebendige Stadt: Fahrradfahrer, Arbeiter, die gerade aufgestanden sind und zur Arbeit gehen, Frauen, die ihre Einkäufe erledigen. Nahrungsmittel: Wir erinnern die Nachzügler, die Buttermarken für Oktober und die Ölmarken für November einzulösen, denn wenn sie nicht binnen 5 Tagen eingelöst werden, gibt es schwere Strafen. Wir erinnern die Ladenbesitzer, dass Zucker nur mit dem Kupon Nr. 11 des Ausweises bestellt werden kann, der in roter Farbe abgestempelt wurde.
 Auf welche Behandlung habe ich Anspruch? Der Arbeiter, der freiwillig Dienst in Deutschland leistet, kann mittlerweile mit einer perfekten Krankenversicherung rechnen.
 Das sind die Tatsachen, die Entscheidung liegt bei Ihnen.

Die Luft roch nach Schnee. Der eiskalte, feuchte Geruch prickelte in der Nase, der schneidende Wind schmerzte im Gesicht. De Luca hatte sich einen Schal ausgeborgt, er bereute, dass er sich nicht auch ein Paar Handschuhe hatte geben lassen, er hätte die Hände gern in die Manteltasche gesteckt, doch er musste die Zeitung halten.

 Die Via Duca d'Aosta war eine breite, schmucklose Straße. Bologna besaß zwar die meisten Arkaden auf der ganzen Welt, doch wenn man eine brauchte, war keine da. Er hätte sich gern in eine Arkade verkrochen, sich hinter einer Säule versteckt, und nicht hinter diesem schmalen Kiosk, der so spitz zulief wie die Schnauze eines Fisches. Er lehnte daran und tat so, als würde er den „Carlino" lesen.

Das Auto, in dem Massaron, Franchina und der Tenente saßen und in dem sich die automatischen Waffen befanden, parkte in einer nahen Gasse, denn ein Fiat 1100 voller Menschen, vor allem solcher Menschen, wäre sofort aufgefallen. Auch er hielt sich von dem Tor auf Nr. 18 fern, und vor allem von dem Fenster darüber im zweiten Stockwerk, von dem aus man die Straße in beiden Richtungen beobachten konnte. Ein anonymes Gebäude, ein rötlicher, von Bombensplittern zerschrammter Würfel, der einsam dastand, wie ein Zahn im zahnlosen Mund eines Greises. Gewiss hatte man es nicht zufällig ausgewählt, und man hatte es gut ausgewählt.

Ein Stück weiter vorne befand sich ein Lebensmittelgeschäft, vor dem Frauen Schlange standen, denn an diesem Vormittag wurde Butter ausgegeben, und De Luca hatte Vilma eingeschleust, die sogar in dem alten Mantel, mit Kopftuch und Korb zu gut gebaut war und zu ungeduldig wirkte und mit ihren rot lackierten Nägeln und den neuen Stöckelschuhen fehl am Platz war. Sie trug sogar Strümpfe.

Sie warteten darauf, dass jemand ans Tor klopfte. Dreimal kurz und dann noch zweimal, hatte der Spion gesagt, der im Auto bei den anderen saß, damit er nicht auffiel. Wahrscheinlich war es der Notar, der jeden zweiten Montag zu dieser Uhrzeit in das Gebäude ging, um etwas anzuordnen, um sich mit jemandem zu treffen, sie wussten es nicht, und sie wussten auch nicht, mit wem und wo genau er sich da drinnen traf, denn es war unmöglich, die Via Duca d'Aosta Nr. 18 unauffällig zu beschatten.

Aber es war der richtige Montag, sagte der Spion. Ein sicherer Tipp, schwor er. Und wertvoll. Er war fünftausend Lire wert, eine Befreiung von Zwangsarbeit und sechs Kilo Salz.

De Luca spähte hinter dem Kiosk hervor und warf Vilma einen Blick zu, die den Mantel fester zuzog, dann las er weiter Zeitung. Er hatte sie sich vor die Augen gehalten, fast ohne sie zu sehen,

doch als sein Blick zufällig auf den Lokalteil von Bologna fiel, sah er mitten auf der Seite den halbfett gedruckten Titel.
Der Fall Brullo dank des Scharfsinns eines brillanten Polizisten gelöst.
De Luca runzelte die Stirn und faltete die Zeitung, weil ein eisiger Windstoß sie ihm ins Gesicht gedrückt hatte, dann faltete er sie noch einmal rund um den Titel. Er lächelte halbherzig, weil er den Namen Santi gelesen hatte, „der scharfsinnige Doktor Santi vom Kommissariat San Francesco".

Er hatte seine Ratschläge beherzigt und Glück gehabt. In der Nacht des Verbrechens hatte eine Patrouille in der Nähe der Via Ca' Selvatica einen Mann angehalten, der nach der Ausgangssperre unterwegs war. Er war Arzt und hatte die Erlaubnis, auch nachts zu dringenden Fällen auf Visite zu gehen, doch er hatte nicht sagen können, um welchen Patienten genau es sich handelte. Er kannte das Opfer, es war sein Kollege an der medizinischen Fakultät, und er hatte eine wunderschöne Frau, von der es hieß, sie habe ein Verhältnis mit Brullo gehabt. Er besaß einen auf ihn zugelassenen Revolver Kaliber 22, der verschwunden war.

Doktor Professor Lorenzo Attanasio, augenblicklich in San Giovanni in Monte inhaftiert, angeklagt des Mordes, wahrscheinlich sogar des vorsätzlichen Mordes. Fall gelöst.

Bravo, Santi, dachte De Luca und lächelte erneut beim Gedanken an das Gesicht des Kommissars, das vor Zufriedenheit noch mehr glänzen und noch runder sein, noch mehr wie das eines Ferkels aussehen würde. Aber auch er war zufrieden, denn er hatte erraten, wer der Mörder war, und zwar augenblicklich, wie der Artikel feststellte, in dem „die Schnelligkeit der Ermittlungen" gelobt wurde, „womit bewiesen war, dass die faschistische Kriminalpolizei selbst in schwierigen Kriegszeiten ihrer Aufgabe nachkommt, die Bürger zu schützen und die Einhaltung der Gesetze zu gewährleisten".

– De Luca! Seit einer halben Stunde winke ich dir, um mich bemerkbar zu machen. Hast du mich nicht gesehen?

Vilma hielt sich an seiner Schulter fest, weil sie beinahe gestürzt wäre. Sie kam mit ihren Stöckelschuhen und dem zu engen Rock dahergelaufen, noch dazu war sie in einer Pfütze vor dem Kiosk ausgerutscht; um sich festzuhalten, krallte sie ihm die roten Nägel in den Hals.

– Ist jemand gekommen?, fragte De Luca.
– Ein Mann, er hat ans Tor geklopft.
– Was für ein Mann?
– Keine Ahnung, ich hab nicht lange hingesehen.
– Ein feiner Herr, ein Arbeiter, ein Junge …
– Ich habe nicht lange hingesehen! Er trug eine Ledertasche. Er hat so geklopft, wie du gesagt hast.

Sie klopfte mit der Faust in die Luft, dreimal und dann noch zweimal, und De Luca nickte. Er trat hinter dem Kiosk hervor und ging schnell über die Straße bis zur ersten Quergasse.

Das Auto stand genau hinter der Ecke, und kaum hatte Franchina De Luca gesehen, der mit der zusammengerollten Zeitung wie mit einem Stock fuchtelte, ließ er den Motor an und fuhr an ihm vorbei, bog auf die Via Duca d'Aosta ein. Mit heulendem Motor fuhr er ein paar Meter und blieb vor der Nr. 18 stehen, mit einem Reifen auf dem Gehsteig. Franchina, Massaron und der Tenente sprangen aus dem Auto, die Waffen unter den Mantelschößen verborgen, doch vergebens, denn inzwischen hatte man sie bemerkt. Auf der anderen Seite der Straße lösten sich viele Frauen aus der Schlange und liefen davon, doch manche blieben auch, drückten sich noch mehr an die Wand und drängten sich vor dem Tor, denn Butter war wichtig.

Der Tenente hatte die Faust erhoben, um in der bewährten Art und Weise ans Tor zu klopfen, doch Massaron schob ihn mit der Schulter beiseite. Er reichte Franchina sein Maschinengewehr, legte ihm eine seiner Riesentatzen auf die Schulter, um sich abzustützen, und hob ein Bein, um dem Schloss einen heftigen Fußtritt zu versetzen.

Die Tür sprang mit einem Knall auf, der auf dem engen, finsteren Gang widerhallte. Massaron nahm das Maschinengewehr wieder an sich und lief mit Franchina hinein, der Tenente folgte als Letzter. Er war ein großer, dünner junger Mann, sie nannten ihn so, weil er sagte, er sei vor dem 8. September Tenente der Bersaglieri gewesen. Rassetto vertraute ihm, und da er offenbar tatsächlich eine Zeit lang als Soldat gedient hatte, hatte er ihm die militärischen Operationen der Gruppe anvertraut, obwohl er noch so jung, blond und blass war und eine neue Lederjacke trug wie ein Schönling, doch niemand achtete darauf.

Der Flur führte auf einen kleinen Hof mit einem schmiedeeisernen Tor, das Massaron bereits mit einem mächtigen Schulterstoß aufgebrochen hatte. Auf den gegenüberliegenden Seiten des Hofes gab es jeweils eine Tür, der Tenente schrie, *teilen wir uns auf*, doch De Luca, der gerade mit der Pistole in der Hand gelaufen kam, hatte ausgerechnet, welches Fenster zu welcher Tür passte, und zeigte auf die rechte Seite.

Zu spät, dachte er, *und zu viel Durcheinander*, wenn sie tatsächlich so klug waren, wie es schien, dann hatten sie sich gewiss einen Fluchtweg offengelassen und waren schon über alle Berge.

Doch sie waren nicht so klug.

Sie befanden sich im zweiten Stockwerk, der Verdacht bestätigte sich, als ein Mann die Treppe heruntergerannt kam und zwischen ihnen durchlief, er stampfte heftig und unkontrolliert auf, um so schnell wie möglich zu laufen. Offenbar war das der Mann, den Vilma gesehen hatte, denn er drückte eine Ledertasche fest an die Brust. Der Tenente hob die Maschinenpistole und feuerte eine Salve ab, das Mündungsfeuer trat aus dem mit einem perforierten Kühlmantel umgebenen Lauf.

– Nein!, schrie De Luca, oder zumindest glaubte er, geschrien zu haben, sein Mund stand weit offen, doch man hörte nichts, die Schüsse übertönten alles.

Am Rücken getroffen, krümmte sich der Mann, mit ausgebreiteten Armen flog er die Stufen hinunter, ohne sie auch nur mit den Füßen zu berühren, als hätten die Projektile ihm einen Stoß verpasst. Mit der Brust knallte er an die Wand gegenüber und rutschte zu Boden, schlaff wie ein Sack Lumpen, den man auf den Boden geworfen hatte.

De Luca legte die Hände auf die Knie und beugte sich nach vorn, noch immer mit weit geöffnetem Mund. Der Geruch des Kordits in der Nase verursachte ihm nahezu Brechreiz, und er zitterte, der Tenente hatte sich umgedreht und blindlings geschossen, nur aufgrund eines Wunders hatte er sich nicht in der Schusslinie befunden.

Doch allmählich hörte er nicht nur das Sausen in den Ohren, sondern auch etwas anderes. Es waren Schreie aus dem Stockwerk darüber, zum Glück keine Schüsse, deshalb warf er einen Blick auf den Mann am unteren Ende der Treppe, schüttelte den Kopf und lief ebenfalls nach oben.

Nein, mit Ausnahme der Tür gab es keinen Fluchtweg. Nur das Fenster an der Fassade und noch eines, das in den Innenhof blickte, aber es war zu hoch, um hinunterspringen zu können. Eine Dreizimmerwohnung, eine merkwürdige Wohnung, denn alle Zimmer waren Schlafzimmer. Nach einem Blick auf die Waschschüsseln, auf die Fläschchen auf dem Tisch und auch auf die beiden Männer, die vor dem Lauf der Maschinenpistolen, mit mühsam erhobenen Händen, auf dem Boden knieten – einer hatte einen Verband auf dem Kopf und der andere einen Arm in der Schlinge –, wusste De Luca, dass es sich um eine illegale Krankenstation handelte.

– Hol den Spion, sagte De Luca zu Franchina. Dann fing er den Blick des Tenente auf, dessen Augen vor Erregung leuchteten.

– Wenn du den Notar umgebracht hast, knurrte er, – reißt dir Rassetto den Arsch auf, da sind die Deutschen nichts dagegen.

Der Spion kannte den Notar. Er hatte ihn einmal im Dunkeln und in aller Eile getroffen, er konnte ihn nicht gut beschreiben, doch er sagte, wenn er ihn sähe, würde er ihn wiedererkennen. Der Mann am Ende der Treppe war nicht der Notar, das war wohl ein Arzt, der sich um die Verletzten gekümmert hatte, aus der Tasche, die sich beim Sturz geöffnet hatte, war ein Stethoskop herausgekullert. Und auch die beiden, die auf dem Boden knieten, waren nicht der Notar, der Spion betrachtete sie durch die Schlitze im Jutesack, den er auf dem Kopf trug, dann schüttelte er den Kopf.

– Das war wohl ein Schuss ins Leere, sagte De Luca. – Vielleicht war der Notar einmal hier, doch jetzt ist das eine Krankenstation, in der verletzte Partisanen behandelt werden.

– Zwei Gefangene und ein Toter, sagte der Tenente, noch immer erregt. – Wenn nicht gar drei, denn die beiden nehmen wir in der Technischen Universität in die Mangel, für den Fall, dass sie was wissen, und dann können sie sich in der Kuranstalt der Partisanen erholen.

Einer der beiden, der mit dem Arm in der Schlinge, begann zu weinen, denn alle wussten, dass man so die Ecke an der Piazza del Nettuno nannte, wo man die erschossenen Partisanen an Fleischerhaken aufgehängt hatte. Der andere hingegen, der mit dem Verband auf dem Kopf, lächelte. Es war ein nervöses Lächeln, mit Tränen in den Augen, eher wütend als ängstlich.

– Keine Sorge, ich halte dir den Platz frei, bis du dran bist, sagte er, und da schnellte De Luca herum und machte einen Schritt zur Tür, denn der Tenente hatte schon wieder den Lauf der Maschinenpistole gehoben.

An der Schwelle packte ihn der Spion am Arm und zog sich den Sack vom Kopf.

– Das Salz gebt ihr mir aber trotzdem, oder?, fragte er und hielt De Luca gerade lang genug fest, dass er einen dumpfen Schlag hinter sich hören konnte, der ihm unerträglichen Brechreiz bescherte.

De Luca riss sich los, ruderte mit den Armen wie ein Ertrinkender, lief aus der Wohnung und erbrach sich mit einem heiseren Brüllen wie von einem Tier auf die Stufen.

Als er mit Franchina zum Auto hinunterging, waren die Frauen, die sich um Butter angestellt hatten, alle weg.

De Luca ließ sich auf den Rücksitz des Fiat 1100 fallen, gab Vilma zu verstehen, dass sie vorne sitzen bleiben solle, wo sie auf sie gewartet hatte. Sie hatte die Schuhe ausgezogen und stützte einen Fuß am Armaturenbrett ab, der andere lag auf dem Knie, das Bein war angewinkelt, damit sie ihn unter dem hellen Gewebe des Strumpfes massieren konnte.

– Ich habe wohl Frostbeulen bekommen vom langen Warten, sagte sie. Sie hatte den Mantel aufgeknöpft und den Rock hochgezogen, fast bis unter den Hintern. Franchina sah sie begehrlich lächelnd an, mit halb erhobener Hand, es war nicht ganz klar, ob er zum Zündschloss greifen wollte, um den Motor anzulassen, oder woandershin. Auch Vilma lächelte.

– Untersteh dich, flüsterte sie, mit einem derart provokanten Blick, dass Franchina hart schluckte.

– Fahren wir, sagte De Luca, – bring mich ins Büro zurück.

– Und die anderen?

– Entweder du kommst noch einmal her oder wir schicken jemanden, keine Ahnung. Aber fahren wir.

Franchina ließ den Motor an. De Luca riss sich den Schal vom Hals, der auf der Haut kratzte, er rieb auf dem Bart, den er schon vor Tagen hätte abrasieren sollen. Er lehnte die Stirn ans Fenster, seine Haut brannte an dem eiskalten Glas, das vom Kondenswasser beschlagen war. Er schloss die Augen, am liebsten hätte er sie während der ganzen Fahrt, bis zum Viale Risorgimento, bis zur Technischen Universität, sogar in seinem Büro noch geschlossen gehalten, doch er öffnete sie sofort wieder, denn als Franchina den Gang einlegte, machte das Auto einen Satz und De Luca stieß sich den Kopf an.

Er sah eine Silhouette hinter dem beschlagenen Fenster, einen weißen Schatten, was merkwürdig war, denn niemand war auf der Straße, doch der Schatten sah aus wie ein Mann auf der Höhe des Kiosks. De Luca wischte mit der Hand über das Fenster, doch das Auto war schon weitergefahren, also drehte er sich um und wischte das Rückfenster mit dem Ärmel ab.

Er sah ihn gerade noch, bevor er hinter dem Kiosk verschwand, als wolle er sich verstecken.

Es war der Kollege mit den zweifarbigen Schuhen, den er vor ein paar Tagen in der Via Ca' Selvatica gesehen hatte, dort, wo Professor Brullo umgebracht worden war.

– Kommissariat San Francesco? Vicecomandante De Luca. Gib mir bitte Santi, ist er im Büro? Danke. Santi? Gratuliere … Nein, komm schon, das ist allein dein Verdienst. Sag mir, der Kollege, der dabei war, als wir Brullo gefunden haben … der mit den zweifarbigen Schuhen … du hast gesagt, er sei ein Kollege, ein Kleiner mit grauem Mantel, Fischgrät, glaube ich … Ja, der hinten, genau der … wer ist das? Was heißt, du weißt es nicht? Erinnerst du dich nicht an seinen Namen? Wie, Petronio? Verdammt, Santi … was ist er, ein Beamter, ein Kommissar wie du und ich, ein Vizepolizeipräsident? … Du weißt es nicht. Ein Doktor, gut. Und wo arbeitet er? Du weißt es nicht. In einem Büro im Präsidium. Gut. Nein, wirklich, allein dein Verdienst. Ciao.

– Präsidium? Vicecomandante De Luca. Ich würde gern mit jemandem vom Personalbüro sprechen. Keine Ahnung, den Chef, irgendjemanden, ich muss einen Beamten ausfindig machen. Danke, ich warte. Guten Tag, Maresciallo, Vicecomandante De Luca, Staatspolizei, ich habe eine etwas sonderbare Bitte. Ich würde gern wissen, in welchem Büro Doktor Petronio arbeitet. Nein, ich kenne seinen Vornamen nicht, und auch der Nachname, kurz und gut ... seien Sie so nett, machen Sie einen Versuch. Danke, ich gebe Ihnen meine Telefonnummer ...

Die Musik wurde lauter, jemand hatte die Tür in seinem Rücken, ganz hinten im Büro, geöffnet. An den Absätzen, die swingend auf den Boden trommelten, erkannte er, dass es Vilma war. Sie setzte sich auf die Kante seines Schreibtischs, trällerte *e Pippo, Pippo non lo sa* und reichte ihm eine kleine Flöte mit einer Flüssigkeit darin, offenbar Champagner.

– Das sind die Platten, die ihr bei dem Studenten von *Giustizia e Libertà* konfisziert habt. Die Gläser und der Champagner stammen von dem Juden.

De Luca nahm den Kelch, den Vilma ihm hartnäckig vor die Nase hielt, und stellte ihn auf den Schreibtisch.

– Danke, aber von Champagner bekomme ich Kopfweh. Außerdem habe ich noch nicht gegessen.

– Du isst nie. Kommst du nicht feiern?

Vilma beugte sich nach vorn, um das Glas zu nehmen, das De Luca hingestellt hatte. Sie streifte ihn mit dem Busen in dem engen Kostüm, und er wurde stockssteif, lehnte sich noch weiter im Schreibtischsessel zurück. Sie schlug lächelnd die Beine übereinander. Sie rieb die Schenkel aneinander und der Rock rutschte ihr über die Knie, dabei lächelte sie noch neckischer.

– Du könntest es dir erlauben, sagte sie.

De Luca schluckte, sein Magen verkrampfte sich von einem Begehren, das ihm zuwider war, das er nicht haben wollte. Er lehnte sich noch weiter nach hinten, wie um Abstand zu halten, als hätte er Angst, berührt zu werden.

Diesmal lachte Vilma, schüttelte den Kopf und begann wieder zu trällern, sie balancierte einen Schuh auf der Fußspitze, ließ ihn rhythmisch gegen die Fußsohle klatschen, während sie mit ihren schmalen Lippen Champagner schlürfte. Sie war nicht schön, ihr Gesicht war zu schmal, die Augen standen zu nah beieinander, auch die kurz geschnittenen Haare waren zu blond, sie war ein großes Mädchen mit den Kurven und Beinen einer als Sekretärin verkleideten Tänzerin; sie trug die Uniform einer Wehrmachts-Arbeitsmaid ohne Abzeichen, die sie sich mit Nadel und Faden zurechtgeschneidert hatte, die Lippen waren zusammengepresst, und die Augen hinter der Brille, die sie nur trug, wenn niemand sie sah, waren halb geschlossen.

– Los, Vilma, lass ihn arbeiten, sagte Rassetto von der Tür her, auch er mit einem Glas in der Hand. – Der mit dem gebrochenen Arm war zwar ein großes Tier der Matteotti-Brigade, doch ich hab dir noch nicht verziehen, dass du die Sache mit dem Notar versaut hast. Los, Mädchen, tanz mit mir zu dieser perversen Negermusik.

Er folgte Vilma mit den Augen, die sich ihm tänzelnd näherte, und als sie an ihm vorbeiging, gab er ihr einen Klaps auf den Hintern, bei dem sie lachend einen Hopser machte. De Luca drehte sich nicht um, er wartete darauf, dass die Musik leiser wurde, doch die Lautstärke blieb gleich, ein Indiz, dass Rassetto noch da war. Und tatsächlich lehnte er am Türpfosten und betrachtete ihn mit seinem Wolfsgrinsen.

– Auch wenn du nicht mit uns feierst, heißt das nicht, dass du nicht mit drin hängst.

– Ich weiß.

– Auch wenn du nicht zu den Verhören kommst, nie Hand anlegst ...

– Ich weiß!

Schweigen. Man konnte das bösartige Grinsen mit zusammengebissenen Zähnen geradezu hören.

– Sehr gut. Wenn du es dir anders überlegst, lasse ich dich einen *Bughi-Bughi* mit Vilma tanzen.

Die Tür ging zu und die Stimmen des Trios Lescano, das *Maramao perché sei morto* sang, klangen gedämpfter und ferner.

De Luca betrachtete die Kristallflöte, den Champagnerschaum hinter dem zarten Glas, den Hauch von Vilmas Lippenstift, ein blutroter Halbmond am Rand.

Einen Augenblick lang spürte er die Versuchung, es mit dem Handrücken wegzufegen, tat es jedoch nicht.

– Hallo, ja, ich bin's, De Luca. Ja, wegen dem Herrn Doktor ... Ach wirklich? Es gibt keinen Doktor Petronio im Präsidium von Bologna. Nein, ist gut ... danke für den Anruf.

„Il Resto del Carlino", Dienstag, 5. Dezember 1944, XXIII, Italien, Reich und Kolonien, 50 Centesimi.

Südengland unter Beschuss der V-Waffen – Deutsche Raketenflugzeuge – Heftiger Kampf zwischen Forlì und Faenza

Lokales aus Bologna: Gesetze des deutschen Kommandos bezüglich Zuzug von Zivilbevölkerung. Mit sofortiger Wirkung ist der weitere Zuzug von Bürgern verboten, die zwar früher in der Stadt gewohnt haben, mittlerweile aber in die Provinz gezogen sind. Matratzen und Weisswäsche gestohlen. Unbekannte haben die Tür zur Wohnung des geschädigten 37-jährigen Elio Conti, Sohn des Antonio, aufgebrochen und Matratzen, Decken und Wäsche im Wert von 100 000 Lire entwendet. Kleinanzeigen: Verkaufe graubraunen Pelz, Stiefel Größe 41, kaufe und tausche Armbanduhren und Chronometer. Kaufe Pelze, Katzenfelle, gebrauchte Knabenstiefel. Preis angeben. Bombenopfer verkauft Lammfellmantel. Katzen-, Schaf-, Plüsch-, Fuchsmäntel billig zu kaufen. Verkaufe oder tausche Damentoilette, Hasenfell, Radio gegen Bettwäsche.

Arbeiter, aufgrund einer Gesetzesänderung kann Ihre Familie Ihnen jetzt nach Deutschland folgen. Entscheiden Sie selbst, doch nicht zuungunsten der optimalen Unterbringung Ihrer Familie.

Franchina bremste abrupt, und De Luca, der nicht damit gerechnet hatte, krachte mit der Stirn gegen die Windschutzscheibe, noch bevor er sich mit den Händen am Armaturenbrett abstützen konnte. Der Mann mit der Baskenmütze schlug mehr oder weniger einen Purzelbaum über die Kühlerhaube des Fiat 1100 und fiel auf der anderen Seite zu Boden. Franchina zeigte mit der offenen Hand auf ihn, bevor der Mann etwas krumm aufstand und humpelnd in einem offenen Tor verschwand, ohne sich auch nur umzudrehen.

– Schau dir diesen Trottel an, sagte er und hupte laut, zweimal schlug er mit der Handfläche auf den glänzenden Knopf am Steuer. Mitten auf der Via Battisti stand ein Lastwagen quer, eine Straßensperre, deutsche Soldaten mit Gewehren in der Hand drängten die Menschen an die Mauer. Zwei von ihnen kamen auf sie zugelaufen. Franchina lehnte sich aus dem Fenster und zeigte auf das Tor, in dem der Mann verschwunden war.

– Lass einen Gurt montieren, sagte De Luca und rieb sich die Stirn. – Zum Glück hatte ich einen Hut auf. – Er spürte bereits, wie ihm unter dem Haaransatz eine heiße, juckende Beule spross.

Die Deutschen traten aus dem Tor, mit dem Mann im Schlepptau. Offenbar hatte er die Baskenmütze verloren, denn er war barhäuptig, die spärlichen weißen Haare klebten am Schädel. Er hüpfte auf dem unverletzten Bein, um mit den Deutschen Schritt zu halten, die ihn nahezu trugen.

– Mords…, sagte Franchina, und dann hielt er sich den Mund zu, weil er schon wieder *Mordskerle, diese Deutschen* sagen wollte. – Sie ziehen die Alten zum Arbeitsdienst ein, was ist das, das letzte Aufgebot?

Einer der Deutschen drehte sich um und schaute sie an, dann überließ er den Mann dem anderen und blieb stehen, um das Auto in Augenschein zu nehmen. Franchina zeigte auf den Schein am Armaturenbrett, ein schönes großes Z, Fahrerlaubnis, doch der Deutsche blieb reglos stehen, mit dem Gewehr unter dem Arm und gerunzelter Stirn unter dem Helm.

De Luca öffnete die Tür, sagte *erledige du das* zu Franchina, nahm die Ledertasche, die auf dem Rücksitz lag, und ging zu Fuß weiter. Er grüßte den Soldaten, indem er die Hand kurz an die Hutkrempe legte, und ging selbstsicher und entschlossen an ihm vorbei, sodass ihn der Deutsche einen Augenblick lang perplex anblickte, bevor er den Blick wieder auf den Fiat 1100 und auf Franchina richtete, der den Ausweis wie eine Flagge schwenkte.

Der Lastwagen mit den Deutschen stand mitten auf der Straße, kurz vor der Via IV Novembre, in die er einbiegen musste, um zur Präfektur zu gelangen. Wenn es eine Möglichkeit gegeben hätte, wäre er vorher abgebogen, man konnte ja nie wissen, aber er musste an ihnen vorbei, deshalb legte er wieder halbherzig grüßend die Hand an die Hutkrempe und ging schnurstracks weiter, ohne die Menschen anzusehen, die auf der Ladefläche des Lastwagens hockten, lauter ältere Männer, einer, der noch auf den Stufen stand, sagte, *ich hab doch eine Arbeit, ich bin kriegswichtig*. Er ignorierte auch den Offizier, der rauchend an der Mauer lehnte, musterte die Soldaten in den schweren Mänteln nur aus den Augenwinkeln und schaute geradeaus zur Kreuzung mit der Via IV Novembre, bis sich ein Deutscher vor ihm aufpflanzte und ihm einen derart heftigen Schlag gegen die Brust versetzte, dass er keine Luft bekam.

De Luca machte einen Schritt zurück und dachte, ja, es war sehr wohl ein Fehler gewesen, hier vorbeizugehen, man konnte wirklich nie wissen, und er überlegte, ob er die Tasche zu Boden fallen lassen sollte, um eine Hand in die Manteltasche zu stecken und den Ausweis herauszuholen, langsam natürlich, und dabei die andere Hand so zu bewegen, als würde er *nur mit der Ruhe* sagen, und er dachte, dass in der Manteltasche seine Pistole lag, auch das würde er rechtfertigen müssen, falls sie sie sahen.

Der Soldat schob ihn mit der flachen Seite des Gewehrkolbens wie mit einem Ruder zum Lastwagen, und De Luca torkelte, ohne Widerstand zu leisten. Er wollte *Polizei* sagen, doch je mehr er nachdachte, desto weniger fiel ihm das deutsche Wort ein. Der Offizier mit der Zigarette in der Hand löste sich von der Wand und sprach es aus.

– *Polizei!*

De Luca sah ihn an, erkannte ihn jedoch nicht wieder. Im Jahr davor war er Verbindungsoffizier zum deutschen Kommando gewesen, vor allem zum Geheimdienst, er hatte so viele Menschen getroffen, doch an diesen großen blonden Jungen mit den blauen Augen und dem kantigen Kiefer, der einer Propagandazeitschrift entsprungen zu sein schien, erinnerte er sich nicht. Der junge Mann erinnerte sich jedoch, lächelte und machte ihm ein Zeichen, er solle verschwinden. Danach beobachtete er ihn allerdings – De Luca spürte seinen Blick im Rücken –, bis er seufzend um die Ecke verschwunden war. De Luca beschleunigte den Schritt und lief beinahe, bis er die Präfektur erreicht hatte.

– Doktor De Luca?
– Ich bin kein Doktor.
– Aber Sie sind Kommissar De Luca.
– Nicht einmal das. Ich bin Kommandant, beziehungsweise Vizekommandant.
– Uns interessiert der Kommissar.

Der Mann war sehr groß und musste sich etwas vorbeugen, um mit De Luca zu sprechen, der auf einer Bank am Ende des Flurs, vor dem Büro des Präfekten, saß. Undefinierbares Alter, allerdings noch sehr jung, ovales Gesicht, lange Nase, leicht aufgerissene Augen und halb geschlossene, zarte Lippen, die ein kleines O formten, wie der Mund eines Komikers im Varieté.

– Gestatten Sie? Spagnuolo, freut mich. Ich bin der Sondersekretär Ihrer Exzellenz, des Provinzvorstands von Bologna. Wir sagen allerdings lieber *Präfekt* wie früher.

Er hob nicht den Arm zum Gruß, reichte allerdings De Luca auch nicht die Hand, der bloß höflich nickte. Er wusste nicht, was er tun sollte, umklammerte den Hut auf der Tasche, die in seinem Schoß lag.

– Gehen wir in mein Büro. Ich gehe vor.
– Eigentlich hat man mir gesagt, ich solle Ihrer Exzellenz, dem Präfekten, etwas bringen …
– Ich habe Sie rufen lassen. Ich gehe Ihnen vor.

Er ging vor, und De Luca folgte ihm, allerdings überquerten sie nur den Gang und traten durch die Tür gegenüber. Der Palazzo Caprara sei bombardiert worden, das Präsidium samt Büro habe sich in einen einzigen Flügel zurückgezogen, und mehr Platz gäbe es nicht, erklärte Sekretär Spagnuolo und schlüpfte zwischen den Karteikästen hindurch, mit denen das Zimmer vollgestopft war. Er ging an einem Schreibtisch vorbei, auf dem sich Akten stapelten, nahm unter dem Porträt Mussolinis Platz, der im Profil und mit Helm zu sehen war, und machte De Luca ein Zeichen, sich ebenfalls zu setzen.

De Luca blickte sich um. Die einzige freie Fläche war ein Hocker, offenbar ein Klavierhocker, also nahm er ihn und setzte sich vor den Schreibtisch, mit dem Hut auf den Knien und die Füße fest auf den Boden gestemmt, denn es war tatsächlich ein Klavierhocker, und wenn man sich bewegte, drehte er sich um die eigene Achse.

– Tut mir leid, dass es hier so ungemütlich ist. Und auch so kalt, aber ich fürchte, ein Ofen, bei den vielen Papieren ... Ich ziehe Vertraulichkeit Komfort vor. Wir sind hier wie in einem Safe!

Er lächelte und einen Augenblick lang wurde das kleine O zu einem V. Wenn er einen Nadelstreifenanzug anstelle des grauen Doppelreihers aus dicker Baumwolle getragen hätte, hätte man ihn sich im Kabarett vorstellen können, zwischen den Auftritten der Tänzerinnen.

– Aber ich möchte nicht, dass Sie zu viel Zeit verlieren. Ich weiß, Sie haben gestern einen Toten gefunden.

– Um die Wahrheit zu sagen, ich habe drei gefunden.

– Das ist in Zeiten wie diesen nicht ungewöhnlich.

– Drei Tote im Abstand von vierhundert Metern.

– Das ist leider auch nicht ungewöhnlich. Doch uns interessiert der erste.

Der Mann im Arkadengang. Der erschlagene Ingenieur. Der, dem er das Kärtchen zugesteckt hatte. *So verrecken die Faschisten.*

De Luca sagte nichts, auch der Sekretär schwieg, sah ihn mit seinen aufgerissenen Augen und dem Mund wie ein Hühnerarsch an, bis das Schweigen unerträglich wurde.
– Ja, sagte De Luca.
– Ja, wiederholte Spagnuolo.
– Das Präsidium, Kommissariat San Francesco, ist für ihn zuständig. Ich und mein Untergebener sind zufällig mit dem Auto vorbeigefahren.
– Ja.
Zwischen ihnen befand sich eine Art Mauer aus Papier, und wenn Spagnuolo nicht so groß gewesen wäre, hätte er De Luca, der so tief auf dem Schemel hockte, gar nicht gesehen. Der Sekretär nahm eine Akte, die ganz oben auf dem Stapel lag, nahm ein Foto heraus und reichte es De Luca, wobei er den Arm über die Barriere streckte. Es war ein Porträt von Francesco Tagliaferri im Sommeranzug, ein im Atelier aufgenommenes Brustbild. Der Ingenieur war gebräunt, hatte eine weiße Löwenmähne und lächelte wie ein Filmstar, wobei er eine Reihe strahlend weißer Zähne zeigte. Wenn De Luca nicht gewusst hätte, dass er der blutige Brei im Arkadengang war, hätte er ihn nicht wiedererkannt.

Er wollte das Foto zurückgeben, doch der Sekretär schüttelte den Kopf, wedelte mit der Hand, als wolle er eine Fliege verscheuchen.
– Behalten Sie es ruhig.
– Eigentlich …
– Er ist ein *Jacchia,* nicht wahr?
– Wie bitte?
– Einer von der Liste. Obwohl ich bezweifle, dass Anwalt Jacchia zum Zeitpunkt seiner Festnahme tatsächlich eine Liste mit Antifaschisten aus der Gegend bei sich hatte. Und wo auch? In der Tasche, in der Manteltasche? … Jeder sagt was anderes. Er hat ja nicht mal mit der Gestapo gesprochen, weshalb ich bezweifle, dass er so naiv war, eine Liste zu erstellen. Aber egal.

Das stimmte. Anwalt Mario Jacchia war im August in Parma verhaftet worden, die Deutschen hatten ihn auf jede erdenkliche Weise gefoltert, aber er hatte geschwiegen. Er hatte sogar ein paarmal versucht, sich umzubringen, doch sie hatten ihn gerettet, behandelt und dann wieder gefoltert, und dann war er verschwunden. Auch De Luca dachte, dass es nicht wirklich eine Liste gab, sondern dass auf diese Weise Spione und Informanten geschützt wurden und die Schuld einem idealen Sündenbock zugeschoben werden konnte.

Nicht zuletzt, weil es viele und immer wieder neue Listen gab, die bei verschiedenen politischen Organisationen kursierten, mit ein paar Namen mehr oder weniger. Sogar Rassetto hatte eine.

– Wenn Sie es sagen, flüsterte De Luca. Der Sekretär reichte ihm die Akte, De Luca legte das Foto hinein und wollte sie Spagnuolo zurückgeben, doch der hob die Hände.

– Behalten Sie sie ruhig.

– Und was soll ich damit tun?, knurrte De Luca mit zusammengebissenen Zähnen, um nicht laut zu werden. Allmählich wurde das absurde Gespräch in dem mit Papieren vollgestopften Büro, bei der Kälte, die seine Nasenspitze gefrieren ließ, gegenüber dem Mann, der ihn auf so lächerliche Weise anblickte, unerträglich. Wahrscheinlich begriff das sogar Spagnuolo, denn er riss die Augen noch weiter auf und kniff den Mund zusammen. Allerdings nur einen Augenblick lang.

– Wir sind überzeugt, Ingenieur Tagliaferri wurde aus Gründen umgebracht, die nichts mit Politik zu tun haben. Öffnen Sie bitte die Mappe, sehen Sie das Kärtchen?

Ja, er sah es. Es war eine Kopie, ein Foto des Kärtchens, das er dem Ingenieur in den Mantel gesteckt hatte, kariertes Papier, Bleistift und auch seine Schrift, *so verrecken die Faschisten*. De Luca fragte sich, ob der Sekretär wusste, dass er es geschrieben hatte. Der augenzwinkernde Tonfall, in dem er sagte, *wir halten das für eine*

Fälschung, fast als wolle er ihm ein Geheimnis anvertrauen, bestätigte ihm, dass er es nicht wusste.
– Wenn Sie es sagen, sagte De Luca.
– Ihre Exzellenz, der Präfekt, sagt es. Er kannte den Ingenieur, seitdem er in Florenz der Partei vorstand, ich glaube, sie haben gemeinsam di Casa del Fascio oder etwas Ähnliches gegründet, aber egal. Ihre Exzellenz sagt, niemand sei vom Antifaschismus so weit entfernt wie Tagliaferri, allerdings könne man in Zeiten wie diesen nie wissen. Wie alle oder wie viele war er aber auch kein großer Faschist. Kaum vorzustellen, dass er ins Visier der Rebellen geriet.
– Wenn Sie es sagen.
Er lächelte und sein Mund formte ein V, ein Spiegelbild des größeren V der Augenbrauen.
– Sie wollen sich nicht festlegen, ich verstehe. Gut, wir glauben ... Nein, Sie haben recht, Vorsicht ist die Mutter der Porzellankiste, wir vermuten, ja, wir vermuten, dass unser Ingenieur aufgrund persönlicher Gründe auf der Liste gelandet und umgebracht worden ist. Er wäre nicht der Erste, oder?
Nein, dachte De Luca.
– Wir hätten gern, dass Sie herausfinden, wer es war, und warum.
– Warum?, fragte De Luca und Spagnuolo zuckte mit den Schultern.
– Ich will ehrlich zu Ihnen sein, es geht nicht nur um alte Freundschaft. Wie Sie sicher wissen, hatte Ihre Exzellenz, der Provinzvorsteher, in letzter Zeit etwas Streit mit den – sagen wir – extremistischen Exponenten der Bologneser Faschisten ...
– Ich meinte, warum ...
– Gut, ich werde mich deutlicher ausdrücken. Wie Sie sich wahrscheinlich erinnern, sind Ende des letzten Monates innerhalb einiger Tage vier ehrenwerte Bologneser Bürger wahrscheinlich, nein, sicher, von den Schwarzen Brigaden unter Comandante Torri beliebig herausgegriffen, ermordet und mitten auf der Straße liegen

gelassen worden. – Spagnuolo zuckte seufzend mit den Schultern. – Ein paar standen auf der Liste, bei einem anderen hat man ein Bekennerschreiben der Rebellen gefunden, – der Sekretär verzog das Gesicht und schüttelte den Kopf, – sicher, gewisse Dinge sind notwendig, Verräter müssen bestraft werden, aber man kann die Dinge so und so machen, und wie Sie sicher wissen, wird alles noch schwieriger, wenn die Menschen glauben, dass die Situation außer Kontrolle ist, und Angst haben.

– Ich wollte sagen: warum ich?

– Nun, einer meiner Neffen ist zwar Polizist und auch sehr ehrgeizig, aber zu dumm, um mit der Untersuchung betraut zu werden. Sie hingegen sind tüchtig und als Kommissar sind Sie auf halbem Weg zwischen Kriminal- und Staatspolizei. Sie sind die perfekte Wahl.

De Luca stand auf, nicht nur, weil er vom Hocken auf dem Schemel Kreuzschmerzen bekommen hatte. Er legte die Akte auf den Stapel. Genau dorthin, wo Spagnuolo sie weggenommen hatte.

– Ich diene einer autonomen Gruppe der Staatspolizei. Wenn mein Vorgesetzter es mir erlaubt, freue ich mich, mit Ihnen zusammenzuarbeiten. Befolgen Sie bitte die Hierarchie und sprechen Sie zuerst mit Comandante Rassetto. Mit Verlaub.

Da er nicht wusste, wie er sich verabschieden sollte, senkte er wieder den Kopf, setzte den Hut auf und ging zur Tür. Er wartete darauf, dass der Sekretär etwas sagte, es machte ihn argwöhnisch, dass er seine Stimme nicht hörte. Nur das Knirschen des Holzstuhls, auf dem der Sekretär saß.

De Luca warf ihm aus dem Augenwinkel einen Blick zu und sah, dass er sich mit den Händen im Nacken zurückgelehnt hatte. Er schaute genauer, denn in dieser Haltung zeichnete ihm das kalte Winterlicht, das durch das Fenster drang, zwei dunkle Schatten über den Augen, und einen anderen, beunruhigenden, entlang der Nase. Er sah nicht länger aus wie ein Schauspieler in einem Varieté, und wenn er einen schwarzen Anzug getragen hätte und kein Beamtengrau, hätte er sehr gut als Schauspieler in einem Horrorfilm durchgehen können.

– Warum Sie, fragen Sie? Weil Sie das Kärtchen für den Ingenieur geschrieben haben.

De Luca hatte die Hand auf die Klinke gelegt, wusste jedoch, er würde die Tür erst öffnen, wenn der Sekretär weitersprach. Der Satz traf ihn allerdings unverhofft, er hatte Spagnuolos Zwinkern falsch interpretiert. Der Sekretär zeigte auf den Hocker. De Luca kam näher, blieb jedoch stehen.

– Auch wir haben unsere Informanten. Wir wissen, die Ermordung des Ingenieurs geht nicht auf das Konto Ihrer Gruppe, sonst hätten wir Sie nicht geholt, wir wissen jedoch nicht, auf welcher Seite Ihr Kommandant steht, deshalb wäre es uns lieber, wenn Sie ihm nichts sagten. Ich möchte, dass Sie über etwas Bestimmtes nachdenken.

Spagnuolo stand auf und legte die Hände auf den Schreibtisch. Er beugte sich vor, näherte sein Gesicht dem De Lucas. Die Schatten waren aus seinem Gesicht verschwunden, er war jetzt wieder ein Schauspieler, der inmitten von Tänzerinnen Witze erzählt. Aus der Nähe gesehen wirkte er sogar noch jünger, seine Haut war so glatt wie die eines Babys, doch inzwischen fiel De Luca nicht mehr darauf herein.

– Warum diese ganze Inszenierung? Die vier Morde im November waren ein politischer Fehler, aber gut, niemand wird die Soldaten der Facchini-Brigade festnehmen, tatsächlich hat das Präsidium alle Ablenkungsmanöver befürwortet, die ohnehin sehr unbeholfen waren. Was den Ingenieur Tagliaferri anbelangt, braucht jedoch jemand Ihre Dienste. Wer? Die Schwarzen Brigaden, die Guardia Nazionale Repubblicana, wer? Und warum machen wir es nicht wie bei den anderen, warum wenden wir uns an einen Außenstehenden? Warum ist der Fall des Ingenieurs Tagliaferri anders? –

Er kam noch näher, sein Atem roch nach Zucker. – Rollt nicht Ihr Kopf, De Luca, wenn bei diesem merkwürdigen chinesischen Schachtelspiel irgendetwas schiefgeht? – Sein zu einem O geformtes Mündchen war so klein wie ein Stecknadelkopf geworden. Auch seine Augen machten Angst, auch wenn sie nicht mehr von Schatten umrandet waren. Spagnuolo nahm die Akte und überreichte sie De Luca.

– Sollten Sie eine Unregelmäßigkeit finden, die man den Schwarzen Brigaden, Paglianis Pappalardo-Brigade oder Torris Facchini-Brigade oder auch dem Politbüro der Guardia Nazionale Repubblicana unter Capitano Serrantini anlasten kann, freuen wir uns, das zu erfahren. Alles, was Ihrer Exzellenz im Kampf gegen die Extremisten hilft, macht ihn und mich – er zeigte auf sich – zu Ihrem guten Freund.

Er hatte die Akte nicht abgelegt, er hielt sie mit einer Hand, während De Luca sie ebenfalls festhielt.

– Man braucht Freunde, flüsterte er, – vor allem in Zeiten wie diesen. Und haben Sie keine Angst, ich bin immer hier, was auch passiert. Das Geheimnis besteht darin, sich von den Extremisten fernzuhalten. Denn egal, was man gemacht hat, es gibt immer jemanden, der noch extremer ist und von dem man sich unterscheiden muss.

Er ließ die Akte los, De Luca hielt sie jetzt allein. Spagnuolo setzte sich auf den Stuhl und verschränkte wieder die Arme hinter dem Nacken. Dann öffnete er eine Lade und nahm ein Bonbon heraus.

– Man kann die Dinge so oder so machen, sagte er zu sich und wickelte es kopfschüttelnd aus. Dann zu De Luca: – Wissen Sie, wie die Deutschen die Morde im November genannt haben? *Straßenmorde*. Straßenmorde! Schrecklich, wenn sogar die Deutschen sich darüber aufregen!

Als er das Präsidium verließ, war ihm, als ob die Tasche mit der Akte darin viel schwerer wöge.

Als Sekretär Spagnuolo ihn aufgefordert hatte zu suchen, zu ermitteln, nachzuforschen, hatte er kurz die Erregung gespürt, die ihm in solchen Momenten immer den Atem raubte. Aber nur einen kurzen Augenblick lang. Der ungewöhnliche Fall des Ingenieurs Tagliaferri schien eher ein Fall für die Staatspolizei denn für die Kriminalpolizei zu sein, eher für Bullen, wie Rassetto gesagt hätte, denn für Polizisten.

Das Gefühl der Unruhe, wenn nicht gar der Angst, das ihn bei der Vorstellung des chinesischen Schachtelspiels mit ihm als Sündenbock ergriffen hatte, war nicht mehr von ihm gewichen. Er würde mit Rassetto darüber sprechen. Zum Teufel mit den Ratschlägen des Sekretärs, es gab auch in seiner Gruppe einen Spion, das musste er ihm sofort sagen.

Und während er darüber nachdachte, wer der Spion sein konnte – Franchina nicht, der war zu jung und zu dumm, Massaron vielleicht, oder vielleicht der neue, der Tenente, wie hieß er doch gleich –, übersah er den Deutschen, bis er fast mit ihm zusammenstieß.

Es war ein Gefreiter, und De Luca bemerkte gerade noch, dass er von zwei Soldaten flankiert wurde.

– De Luca, sagte der Gefreite. Es klang nicht wie eine Frage, und er wartete auch nicht auf eine Antwort. Er nahm ihm die Tasche aus der Hand, während ihn die anderen an den Armen packten. Vor dem Gebäude stand ein Auto mit offener Tür, nicht einmal das hatte er bemerkt. Noch bevor er etwas sagen konnte, saß er drinnen.

Die Angst, die ihn davor gequält hatte, war nun eine feste, konkrete und schwere Panik, die ihn schweigend zermalmte.

Man hatte ihn festgenommen.

Als er zwischen den zwei Soldaten auf der Rückbank saß, versuchte De Luca vergebens etwas zu sagen. Er dachte noch immer an die Pistole, die er in der Tasche hatte, die beiden Soldaten nahmen fast den ganzen Platz ein und pressten ihre Arme an seine Hüften, zweifellos spürten sie sie. Also sagte er, *ich bin Polizist und ich bin bewaffnet,* und dann fragte er: *Wohin fahren wir? Was ist los? Warum haben Sie mich ...,* doch er ließ den Satz unvollendet, denn niemand antwortete. Der Gefreite, der mit De Lucas Tasche auf den Knien neben dem Chauffeur saß, schaute nach vorn, genauso wie die beiden Soldaten, die mit tief in die Stirn gezogener Schirmkappe reglos neben ihm saßen, nur der Chauffeur bewegte die Hände am Steuer.

Sie fuhren an dem Fiat 1100 vorbei, der noch immer in der Via Battisti parkte, jetzt standen drei Deutsche daneben und diskutierten mit Franchina, der mit den Händen fuchtelte. Als er De Luca in dem grünen Militär-Kübelwagen sah, hielt er inne und starrte ihn mit offenem Mund an.

Franchinas entsetzter Ausdruck machte ihm Angst. Er dachte nicht länger zwanghaft an die Pistole, sie wussten ja, dass er Polizist war, und begann sich Sorgen um sich zu machen.

Wo brachten sie ihn hin? Warum? Was hatte er getan?

Sein Hals war steif vor Angst, der Mund trocken. Einen Augenblick lang hatte er die dumme Idee zu fliehen, und er betrachtete den Griff zu seiner Rechten, der weit, sehr weit weg war, unerreichbar hinter dem endlos langen und massiven Wall des deutschen Militärmantels.

Er versuchte sich an irgendjemanden in irgendeinem Büro der deutschen Polizei zu erinnern, aber ihm fielen keine Namen ein, sie verschwanden unter einer dichten weißen Nebelschicht: der mit der Brille, der Offizier mit der Narbe, oder war er ein Hauptmann, der dicke Österreicher, der gern lachte, Balen, Palen, von Palen.

Derweil beobachtete er die Straße hinter der Windschutzscheibe, versuchte herauszufinden, wohin sie fuhren, sie waren noch innerhalb der Stadtmauern, die Büros der Deutschen waren alle außerhalb. Aber als sie auf die Allee einbogen, stockte ihm der Atem, denn sie waren nach links abgebogen.

Ein Stück weiter vorne befand sich Via Santa Chiara Nr. 6/2. Der Sitz der SS.

Auf der Höhe der Porta San Mamolo fuhren sie jedoch von dem Viale ab, weit davor bogen sie nach rechts ab, und als er die Via Alamandini mit den rot-weiß gestreiften Schilderhäuschen der Kommandantur sah, begann De Luca wieder zu atmen. Er biss sich sogar auf die Lippen, um sich nicht selbst als Dummkopf zu bezeichnen.

Eigentlich hätte er gleich bemerken können, dass der Gefreite von der Wehrmacht und nicht von der SS war. Soldaten, keine Polizisten. Warum hatte er gedacht, dass sie ihn verhafteten?

Der Kübelwagen fuhr unter der Schranke der Straßensperre durch, der Soldat mit der Maschinenpistole, der sie gehoben hatte, grüßte mit ausgestrecktem Arm, und blieb auf dem Platz vor dem Gebäude des Militärkommandos stehen.

Der Gefreite stieg aus, wartete, bis auch De Luca ausgestiegen war, reichte ihm die Tasche, zeigte auf die kleine Tür, die ganz hinten im Gebäude aufgegangen war, und ging.

Auf den Stufen vor der Tür stand der blonde Offizier, der einer Propagandazeitschrift entsprungen zu sein schien, und winkte ihm zu.

– *Italienischer Polizei, hierher!*

Wahrscheinlich war das einmal der Eiskeller der Villa gewesen, denn das Zimmer war bitter kalt, ziemlich klein und hatte eine dicke Tür, die viel schwerer war als die Türen im Rest des Hauses. Aufgrund der nackten Leiche auf dem langen Tisch wirkte es aber eher wie eine Aufbahrungshalle.

Es war die Mumie des Deutschen ohne Nase, Augen und Lippen, die sie in dem bombardierten Gebäude in der Via del Fossato gefunden hatten, in der Via Busengrapscher, wie Franchina sie nannte. Abgesehen von den Rattenbissen wies die Leiche jetzt auch noch einen Y-förmigen Schnitt auf, der von der Kehle bis zum Schlüsselbein reichte.

Wahrscheinlich hatte der Offizier, der einen offenen Kittel über der Uniform trug, die Autopsie durchgeführt und offenbar bereits vor geraumer Zeit, denn sowohl seine Hände als auch der Kittel waren makellos sauber.

Abgesehen von dem blonden Leutnant, der ihn gerufen hatte, war auch ein SS-Hauptsturmführer da, der sich ein Taschentuch unter die Nase hielt, obwohl man gar keinen Verwesungsgeruch wahrnahm, es war zu kalt dafür.

De Luca stand hinten an der Wand, vor den nackten Fußsohlen des Toten, die Zehen waren so verschrumpelt wie die Blüten einer verwelkten Blume. Die eiskalte Wand zog ihm durch den Mantelstoff die ganze Wärme aus dem Körper, seine Nase tropfte, doch er versuchte trotzdem größtmöglichen Abstand von dieser ihm unverständlichen Szene zu halten.

Der Stabsarzt sprach offenbar nur Deutsch, oder er war sehr verärgert, denn er zeigte mit der offenen Hand zuerst wie nebenbei auf die Mumie, dann auf den Leutnant, dann auf De Luca.

Der Leutnant nickte und räusperte sich. Er sprach anständiges Italienisch, wenn auch mit einem Akzent wie in einem amerikanischen Vorkriegsfilm, hin und wieder irrte er sich bei den Schlussvokalen, wofür er sich sofort entschuldigte, er habe als Student in Verona gelebt, jedoch nur mit Deutschen verkehrt und nicht sehr gut Italienisch gelernt. Dann blickte er zum Hauptsturmführer, der ungeduldig in sein Taschentuch hustete, und nickte wieder.

– Er ist erwürgt worden. Die Ratten und die lange Zeit im Wasser haben viele Spuren getilgt, aber Major Dr. Mayer sagt, die Male stammen nicht von Schnüren, sondern von Fingerspitzen, also ist er so erwürgt worden. – Er griff sich mit den Händen an den

Hals, oberhalb des kleinen Eisenkreuzes, das aus seinem Kragen ragte. – Das Bein ... wie heißt das Bein im Hals ... – *Zungenbein*, dachte De Luca, nickte jedoch wortlos, und der Leutnant fuhr fort, – das Zungenbein ist gebrochen, das heißt, er wurde von kräftigen Händen gewürgt. Major Dr. Mayer ist tüchtig, er hat an der Universität Leipzig Rechtsmedizin gelehrt, wenn er es sagt, stimmt es.

Wahrscheinlich sprach der Arzt tatsächlich nicht Italienisch, denn sein Gesicht heiterte sich erst auf, als er *Leipzig* hörte, aber offenbar war auch er sehr verärgert, denn einen Augenblick später verdüsterte sich sein Ausdruck wieder. Ein Fetzen lag zwischen den Beinen des Mannes, zusammengeknüllt wie eine Faust. Der Arzt zeigte darauf, ohne hinzusehen, und der Leutnant zeigte mit dem Kinn auf De Luca.

– Bitte.

De Luca hob den Fetzen an. Die Ratten hatten auch hier ganze Arbeit geleistet, und es war sonderbar, dass sich sein – typisch männliches – Unbehagen auf diesen Punkt konzentrierte, obwohl doch die ganze Leiche angefressen war. De Luca bemerkte jedoch auch einen blauen Schatten zwischen den Schamhaaren, oberhalb des Penis, einen blauen Halbmond. Er streckte den Finger aus und berührte ihn, was dem Gerichtsarzt Major Dr. Mayer ein flüchtiges zustimmendes Grunzen entlockte.

– Wie nennen Sie es, wenn zwei ... – Der Leutnant fuchtelte mit den Händen, packte die Luft und verpasste ihr sogar einen Faustschlag. – Hand, Handge...

– Handgemenge, sagte De Luca, er dachte, es sei schade, dass die Leiche so lange im Wasser gelegen hatte, sonst hätte man sogar unter den sehr kurzen Nägeln Blut, Haare oder Stoffreste gefunden.

– Darf ich die Rückseite der Leiche sehen?, fragte De Luca.
– Aber ich bräuchte jemanden, der mir hilft. Wir müssen nur den Nacken etwas anheben ...

Der Leutnant zögerte, doch De Luca hatte bereits eine Hand unter den Nacken des Toten geschoben und einen Blick auf den Rücken geworfen. Abschürfungen auf den Schultern, die nicht sehr tief, doch im kalten Licht der an der Decke befestigten Lampe durchaus zu sehen waren. In dem Keller, der finsteren Höhle, wo man den Toten gefunden hatte, hatte man sie unmöglich erkennen können.

– Ein Handgemenge, bestätigte De Luca. – Er hat einen Schlag zwischen die Beine bekommen, in Anbetracht von Form und Tiefe des Hämatoms würde ich sagen, einen Tritt mit dem Knie. Als er auf dem Rücken am Boden lag, hat ihn jemand erwürgt. Er war natürlich angezogen, sonst wären die Abschürfungen tiefer, und er ist erst danach ausgezogen worden. Ich nehme an, man sollte nicht erkennen, dass er Deutscher ist.

– Also suchen wir einen großen, kräftigen Mann, sagte der Leutnant überzeugt, die falschen Konsonanten verbargen nicht die Erregung, die De Luca so gut kannte, weil auch er sie schon so oft gespürt hatte. – Mit kräftigen Händen. Der imstande ist, einen deutschen Soldaten zu überwältigen, wie sagen Sie? *Soprafare* – mit nur einem f –, nicht wahr?

De Luca antwortete nicht. Schlagartig wurde ihm wieder bewusst, wie grotesk diese Situation war. Er hatte darauf vergessen, er hatte seinen sicheren Platz ganz hinten im Zimmer an der kalten Wand verlassen, er hatte sich vom Feuer der Neugier überwältigen, sich von der absurden Ermittlung mitreißen lassen: er, ein *italienischer Polizei* – der Leutnant hatte absichtlich dieses Kauderwelsch verwendet – ein *italienischer Polizei* an der Leiche eines ermordeten Deutschen, in der Eiskammer der deutschen Kommandantur, inmitten von deutschen Offizieren. Um Vermutungen bezüglich des Verdächtigen anzustellen.

Das vor allem.

Das war das Absurdeste daran.

– Suchen Sie tatsächlich jemanden?
– Wir sind hier fertig, sagte der SS-Hauptsturmführer in perfektem, akzentfreiem Italienisch. – Gehen wir.

– Für gewöhnlich hätten wir für einen ermordeten Deutschen bereits zehn Geiseln erschossen, ich wäre dafür. Doch die Situation ist, sagen wir, etwas ungewöhnlich.
Der Hauptsturmführer rauchte, wobei er die Zigarette zwischen Mittelfinger und Ringfinger der offenen Hand hielt und bei jedem Zug das Gesicht bedeckte. Er hatte dem Leutnant eine Zigarette angeboten, doch der hatte abgelehnt. Auch der Arzt hatte abgelehnt, doch als er sah, dass es amerikanische Zigaretten waren, die Fallschirmjägern abgenommen worden waren, hatte er es sich anders überlegt, eilig eine geraucht und war dann gegangen, ohne sich zu verabschieden. De Luca rauchte nicht, der Hauptsturmführer hatte ihm auch keine angeboten.
Alle drei standen unter dem großen Torbogen neben der Villa, der Leutnant barhäuptig, mit der Kappe unter dem Arm, an die Hüfte gepresst, De Luca hatte die Hände in den Manteltaschen vergraben und den Hut tief in die Stirn gezogen, als ob er sich verstecken wollte, der Hauptsturmführer hatte den Fuß auf den Betonsockel eines Spanischen Reiters gestützt, der Teil einer Straßensperre war.
Er war ein kleiner, zarter Mann mit dunkler Haut wie ein Nordafrikaner, eine Strähne ragte unter seiner in den Nacken geschobenen Kappe hervor. Wenn da nicht die parallelen Runen auf seinem Kragen und der Totenkopf zwischen dem Schild der Kappe und dem Reichsadler gewesen wäre, hätte man ihn niemals für einen SS-Mann und nicht einmal für einen Deutschen gehalten.
Er machte noch einen Zug hinter der offenen Hand und blies den Rauch in die kalte Morgenluft. Dann zuckte er mit den Schultern, als verfolge er einen Gedanken.

– Auch Rottenführer Weber ist, sagen wir, etwas ungewöhnlich.
– Rottenführer?
– Sie sagen dazu Obergefreiter, stellte der Leutnant fest. – SS-Rottenführer Ernst Weber.

De Luca wusste, was ein Rottenführer war, doch er bezeichnete den toten Deutschen bei sich als Mumie, er hatte nicht geglaubt, dass man dem nackten, entstellten Toten so schnell einen Namen geben konnte. Doch derweil hatte der Leutnant eine Hand unter die Jacke geschoben und eine kleine Ledertasche herausgezogen, eine winzige Börse mit einem gedruckten Edelweiß darauf und einem abgerissenen Band, das in zwei Löchern am Rand befestigt war.

– *Dokumentenkonvolut*, sagte der Leutnant und machte eine Geste, als wolle er sich die Börse umhängen. – Soldaten, auch ich, tragen sie unter dem Hemd.

Er griff sich mit einem Finger in den Kragen, als wolle er seine herzeigen, doch der Hauptsturmführer nahm ihm die Börse mit dem Edelweiß aus der Hand und reichte sie De Luca.

Darin befand sich eine ovale Zinkplakette mit einer horizontalen Sollbruchstelle. Darunter und darüber, symmetrisch, spiegelverkehrt, eine Reihe von Buchstaben und Zahlen, die De Luca nicht kannte, er nahm jedoch an, dass sie Personenkennziffer, Abteilung und den ganzen Rest bezeichneten.

– Die haben wir neben der Leiche gefunden, sagte der Leutnant. – Das Band ist wahrscheinlich abgerissen, bei dem … wie sagten Sie doch gleich, bei dem …

– Handgemenge, wiederholte De Luca und dachte, dass auch er und Santi die Börse gefunden hätten, wenn nicht der Deutsche mit der Pistole in der Hand gekommen wäre und sie weggejagt hätte.

– Bis vor einigen Wochen war der Rottenführer ein vorbildlicher Soldat, sagte der Hauptsturmführer. – Nicht gerade ein Krieger, doch einer mit einem ausgezeichneten Führungszeugnis. Ein wahrer

SS-Mann. Dann hat er die Tür des Lagers aufgebrochen, alles gestohlen, was er in die Finger bekam, und ist verschwunden.

Der Hauptsturmführer fuchtelte mit der Zigarette in der Luft, um den Rauch zu zerstreuen. De Luca runzelte die Stirn, als ob er nicht verstanden hätte, und der Leutnant fühlte sich wieder verpflichtet zu erklären.

– Kein x-beliebiges Lager, er hat nicht Schuhe oder Bettdecken geklaut, falls Sie das denken.

Das hatte er auch nicht gedacht, er dachte an etwas ganz anderes, blieb aber trotzdem ernsthaft, also fuhr der Leutnant fort.

– Es gibt eine Spezialkammer im Lager, in der wir die konfiszierten Wertgegenstände verwahren, die aufgrund des … wie sagen Sie, aufgrund des *Prisenrechts* konfiszierten Wertgegenstände …

– Die aufgrund des Beuterechts konfiszierten Wertgegenstände, sagte der Hauptsturmführer. Wie die Piraten, dachte De Luca, er wusste, was das Prisenrecht war, sie konfiszierten Tiere und Maschinen in den Fabriken, aber auch alles, was sie in den Wohnungen fanden. Die Brigaden, die Beamten vom Präsidium, auch seine Kollegen konfiszierten die Wertgegenstände in den Wohnungen, zu denen sie sich Zutritt verschafften, sie requirierten, konfiszierten, und die Beute lieferten sie zum Teil dem Kommando ab und zum Teil behielten sie sie selbst. Doch daran dachte er nicht. Da war etwas anderes, das er nicht verstand.

– Nun, sagte der Hauptsturmführer, – Rottenführer Weber hat seinen Wachdienst ausgenutzt, um die privaten Kisten seiner Kameraden aufzubrechen, dann ist er ins Lager gegangen, hat Wertgegenstände gestohlen, die nach Deutschland überstellt werden sollten, und auch etwas Geld aus dem Safe.

– Die Uhr des Majors, sagte der Leutnant.

– Die Uhr des Majors Keller, die der Führer seinem Vater geschenkt hatte, weil er ihm im Schützengraben das Leben gerettet hatte, ja, auch die, seufzte der Hauptsturmführer. – Er hat alles gestohlen und ist abgehauen. – Wieder fuchtelte er mit der Zigarette in der Luft, um den Rauch zu zerstreuen.

– Wir wollen herausfinden, was passiert ist, sagte der Leutnant, und in seiner Stimme vibrierte wieder derselbe Enthusiasmus wie zuvor. – Was hat ihn dazu bewogen, wo sind die Wertgegenstände und die Uhr gelandet, wer hat ihn umgebracht und warum.

– Ich verstehe nicht, sagte De Luca. Der Hauptsturmführer schüttelte den Kopf und De Luca wiederholte. – Ich verstehe nicht. Wollen Sie, dass ich zum Tod eines deutschen Soldaten ermittle?

– Aber nein!, sagte der Hauptsturmführer. Er ließ die Zigarette auf den Boden fallen und trat sie mit dem Stiefelabsatz aus. Dann nahm er De Luca die Börse mit dem Edelweiß aus der Hand und öffnete sie, riss sie fast auf. Darin befand sich ein kleines Fach, er schabte mit den Fingern darin und holte ein kleines Foto mit gezahnten Rändern heraus.

Darauf war eine Frau zu sehen. Jung, dunkelhaarig, mit einem Haarkranz, Pausbacken und einem Lächeln, das auch ihre Augen leuchten ließ. Offenbar trug sie ein geblümtes Kleid, der Bildausschnitt reichte nur bis kurz unter den Hals.

De Luca drehte das Foto um. Auf der Hinterseite befand sich der bläuliche Stempel eines Fotoateliers. *F.lli Ferrano. Bologna.*

– Jetzt verstehe ich, sagte De Luca. – Sie wollen, dass ich das Mädchen finde.

– Bravo.

Ja, dachte De Luca. Wenn er das Foto so aufbewahrte, hieß das, dass sie wichtig für ihn war. Und wenn sie so wichtig war, wusste sie vielleicht etwas mehr über Rottenführer Ernst Weber, der ein Dieb, ein Deserteur und vorbildlicher SS-Mann gewesen war.

– Eine Woche, sagte der Sturmbannführer. – Keinen Tag mehr. Wenn Sie so tüchtig sind, wie alle sagen, reicht Ihnen das. Wenn wir uns sicher sein können, dass Rottenführer Weber nur ein Dieb war, der in eine trübe Affäre verwickelt war, bestrafen wir seinen

Mörder und die Sache hat sich. Wenn nicht, holen wir uns zehn Menschen aus San Giovanni in Monte und den Caserme Rosse und erschießen sie, als Wiedergutmachung für den Tod eines deutschen Soldaten.

Der Hauptsturmführer zog ein Päckchen Lucky Strike aus der Jackentasche und suchte darin nach einer Zigarette. Da es leer war, knüllte er es zusammen und zuckte mit den Schultern.

– Ich hätte nichts dagegen, sagte er, – aber Von Senger will die Bevölkerung nicht einschüchtern, und wer sind wir schon, dass wir uns den Wünschen des Kommandierenden Generals von Bologna widersetzen? – Das hätte sarkastisch klingen sollen, doch es gelang ihm nicht. – Und außerdem macht es unserem *Herzchen* Spaß, Polizist zu spielen.

Er zeigte auf den Leutnant, der bis unter die Haarwurzeln errötete, mit den blonden Haaren wie eines Models aus dem „Signal", und seine Röte verschwand auch nicht, als der Hauptsturmführer gegangen war.

– Sie werden mir Bericht erstatten, sagte er. – Sie müssen wissen, ich bin fast Polizist geworden, und ich wäre wirklich gern einer geworden, denn mir gefällt, ich fühle mich … Sie verstehen, aber der Krieg … – Sein Gesicht verdüsterte sich und er schüttelte den Kopf, als wolle er etwas vertreiben. – Sie haben bei den Italienern bestimmt mehr Möglichkeiten als wir, sobald Sie etwas herausfinden, fragen Sie nach mir, nach dem Leutnant, ich meine Tenente …

– Leutnant Herzchen, sagte de Luca und wiederholte den Namen ein paarmal bei sich, um ihn sich einzuprägen, doch der Leutnant war wieder rot geworden, diesmal noch heftiger.

– Nein. Manfred. Leutnant Manfred, sagte er hart. Und De Luca nickte schnell, denn Leutnant Manfred machte ihm Angst, auch wenn er noch so freundlich und enthusiastisch war und unbedingt wie ein Polizist aus einem Kriminalroman sein wollte.

Es begann zu schneien.

Der Schnee war noch kaum mehr als gefrorenes Wasser, doch er fiel in dichten Flocken und kroch unter den Mantelkragen, schmolz auf der Hutkrempe und kratzte im Gesicht.

De Luca wollte die Deutschen um Erlaubnis bitten, im Büro anzurufen und sich von Franchina abholen zu lassen, doch dann sah er, dass der schwarze Fiat 1100 die Schranke passierte, die eine Wache angehoben hatte, darin saßen drei Soldaten, jedoch nicht sein Vicebrigadiere. Also ließ er es bleiben, schlug den Mantelkragen hoch, was die Sache noch schlimmer machte, weil ihm der Schnee in den Nacken fiel, steckte die Hände in die Manteltaschen und machte sich schnell auf den Weg.

Doch es schneite zu stark, und obwohl er an Rottenführer Weber, an die Frau auf dem Foto und an die sonderbare Ermittlung dachte, die die SS bei ihm in Auftrag gegeben hatte, konnte er sich nicht konzentrieren. Auf dieser Höhe war die Via San Mamolo nahezu offenes Land, und abgesehen von den Deutschen aus der Kommandantur war niemand sonst unterwegs. Als zwei Lastwagen voller Soldaten vorbeifuhren, sprang er fast in den Graben, damit er nicht mit Schnee und Eis angespritzt wurde, dann kam ein Kübelwagen mit einem Offizier darin, den er gar nicht anzuhalten versuchte.

Als ein Motorrad mit Beiwagen vorbeifuhr, bemerkte er es fast nicht, denn mittlerweile dachte er konzentriert an die Frau auf dem Foto: Er kannte das Atelier, in dem das Foto gemacht worden war, aus einer früheren Ermittlung, als er auf der Suche nach gefälschten Dokumenten fast alle Fotografen von Bologna abgeklappert hatte. Er hätte die Beiwagenmaschine gar nicht bemerkt, wenn sie nicht mitten auf der Straße stehen geblieben wäre und eine kleine Wendung gemacht hätte.

Der Deutsche schob die Brille auf die Stirn und De Luca erkannte den Gefreiten, der ihn zur Villa gebracht hatte. Noch immer stumm, zeigte der Soldat auf den leeren Beiwagen, eine kurze, kaum wahrnehmbare Geste, die De Luca jedoch nicht entging. Er sprang hinein, kauerte sich auf den Sitz, mit einer Hand auf dem Hut, damit er nicht davonflog, und er wollte *danke, danke schön* sagen, doch seine Unterlippe zitterte vor Kälte, er brachte kein Wort heraus.

Der Deutsche hätte ihn sogar bis ins Büro gebracht, wollte auf dem Viale schon nach links abbiegen, die Technische Universität war nicht mehr weit entfernt, doch De Luca stieg gleich vor der Porta San Mamolo aus, das Atelier der Fratelli Ferrano befand sich hier in der Nähe, irgendwo auf der Via Urbana.

Während der Fahrt hatte er wieder an Rottenführer Weber und sein Mädchen gedacht, und obwohl ihm der eiskalte Wind ins Gesicht peitschte, verlor er sich diesmal in seinen Gedanken. Im Büro erwartete ihn die Suche nach dem Notar, seine Bullenarbeit, doch vielleicht konnte er sich noch ein paar Stunden als Polizist gönnen. Und außerdem zehn armen Teufeln das Leben retten, die man beliebig auswählen und auf dem Schießplatz in der Via Agucchi an die Wand stellen würde. Das dachte er mit einem Schauer und etwas Scham, denn das war nicht sein dringlichstes Motiv.

Die beiden armen Teufel von der Feldgendarmerie, die vor der Sperrzone Wache schoben, hatten gesehen, dass er aus einer deutschen Beiwagenmaschine stieg, und baten ihn nicht um die Papiere, sahen ihn nicht einmal an, während er unter dem Torbogen durchging, zwischen einem vor Kälte steifen Pferd, das vor einen Mistkarren gespannt war, und der mit zusammengerollten Matratzen vollgepackten Ladefläche eines Dreirads.

Das Zentrum Bolognas innerhalb der Stadtmauern war zu einem Suk geworden, einer triefenden Kasbah voll schmutzigen Schnees, die Straßen wimmelten von Menschen, denn Gas war auf die Essenszeit beschränkt, Kohle rationiert und Holz nicht aufzutreiben, da ging es den Evakuierten im Freien, unter den Arkaden, fast besser als in den improvisierten Wohnungen.

Kinder in Mänteln aus gewendetem Stoff, raue Lanitalschals um den Hals gewickelt, hockten hinter Schutthaufen und schaufelten mit den Händen voller Frostbeulen Schnee, obwohl es wehtat. Frauen durchkämmten die Stadt auf der Suche nach Essbarem, das sie am Abend auf den Tisch stellen konnten, sie suchten elegante Männer, die den Hut tief in die Stirn gezogen hatten und eine schwarze, prall gefüllte Arzttasche trugen, in der sich Öl zu 400 Lire pro Liter und Butter zu 500 Lire pro Kilo befanden, obwohl das verboten war. Männer luden die Ziegel der bombardierten Häuser auf Karren, um Löcher in anderen Häusern zu stopfen, was nahezu unmöglich war, und wiederum andere zogen Karren voller Stühle, Kopfteile von Betten und Nachtkästchen, um sich in anderen Häusern niederzulassen, obwohl das verboten war.

Bauern mit Karren voller Heu für die Kühe, die man gewaltsam in die Keller getrieben hatte, die nunmehr Ställe waren, ein paar Arbeiter in Overalls auf Fahrrädern, mit den kältestarren Händen auf der Stangenbremse, Gemeindebeamte auf einem gasbetriebenen Lastwagen, die Decken ins Flüchtlingslager in der Via Urbana Nr. 4 brachten. Grüppchen von Männern und Jungs unterschiedlichen Alters, die sich hinter den Säulen des alten Ospedale dei Bastardini so gut wie möglich versteckten und sich wärmten, indem sie auf und ab marschierten wie zu der Zeit, als sie Soldaten gewesen waren, während die Zigarette, die sie reihum reichten, immer kürzer wurde, bereit, beim Auftauchen einer Uniform augenblicklich zu verschwinden, denn sie waren alle arbeitslos, alle brauchbar für Zwangsarbeit, obwohl in den Zeitungen stand, dass die Fabriken, auch die von den Deutschen geplünderten und geschlossenen, in Betrieb waren, und die *Zwangs*arbeit in Deutschland oder an der Front *freiwillig* war.

Bei Sonnenuntergang um 17.10 Uhr verwandelte sich der Suk innerhalb der Stadtmauern in eine Geisterstadt, blind aufgrund der Verdunkelung und stumm, man hörte nur noch die Stiefel der

Patrouillen und die der Partisanen. Aber bis dahin wimmelte es in dieser nassen und schmutzigen Kasbah, in der die Stimmen dröhnten wie in einem Tunnel, von Menschen, die etwas suchten, Schnee, Butter, eine Zigarette, einen Augenblick, um den Winter zu überwinden, der seit Kriegsbeginn oder seit Menschengedenken der raueste und kälteste war.

Der schwärzeste.

Das Atelier befand sich mehr oder weniger auf halber Höhe der Via Urbana. De Luca erinnerte sich an das Atelier der Fratelli Ferrano, eine schöne Auslage mit Fotos von Mädchen in Brautkleidern oder mit Frisuren wie Filmschauspielerinnen, die den Fotografen über die Schulter anlächelten. Und auf Nr. 12 befand sich auch tatsächlich eine Aufschrift, *Fotoatelier*, in Großbuchstaben und balkengroß.

Doch das Atelier war nicht mehr da. Die Bombe war wohl mitten auf die Straße gefallen und hatte einen Krater gerissen, den man mit Erde gefüllt hatte. Sie knirschte unter De Lucas Sohlen. Die Splitter hatten die Häuser auf beiden Seiten getroffen, die Fassade von Nr. 12 glich einem aufgerissenen Mund, die Bombe hatte eine Schneise der Zerstörung bis zur Mauer dahinter gezogen, wo ein rundes Loch war, durch das man wie durch eine Linse die Straße dahinter sah.

De Luca blieb lange stehen und betrachtete das Bild der Zerstörung, absurderweise starrte er auf das Loch, als ob er tatsächlich ein Foto schießen müsste. Unter der Arkade hinter ihm saß ein alter Mann auf einem Hocker und spielte auf einer Ziehharmonika mit ein paar kaputten Tasten einen Walzer, und so sehr er sich auch bemühte, er spielte offenbar gut, klang er etwas falsch. Unter normalen Umständen wäre er allen auf die Nerven gegangen, doch De Luca war so enttäuscht, dass er ihn fast nicht hörte, und die Leute auf der Straße hatten sich offenbar schon daran gewöhnt.

– Sind Sie wegen dem Fotografen hier?

Ein Mann beugte sich aus einem Fenster des Nebenhauses, er versuchte die Löcher mit einem Jutesack zu stopfen. Er zeigte auf eine Menschenschlange, die sich an die Mauer der Cialdini-Kaserne drückte, weniger, um sich vor dem Schnee zu schützen, es fiel fast keiner mehr, sondern vor der tropfenden Wäsche, die vor den Fenstern des Flüchtlingslagers aufgehängt war. Der Mann fuchtelte mit den Armen, damit ihn jemand bemerkte, doch umsonst, dann steckte er zwei Finger in den Mund und pfiff so schrill, dass der Alte mit der Ziehharmonika einen Augenblick lang zu spielen aufhörte. Gleich darauf spielte er einen anderen Walzer, der genauso falsch klang.

Alle hatten sich umgedreht, doch dann drängelten sie weiter, um in eine Tür der Kaserne zu schlüpfen, aus der gerade ein Mann mit Schürze und einer Binde der kommunalen Fürsorgeeinrichtung am Arm getreten war, eine Schöpfkelle schwang und schrie, sie sollten Ruhe bewahren, es gäbe genug für alle. Einer hatte jedoch die Schlange verlassen und kam humpelnd gelaufen, er hatte ein steifes Bein. Er war ein großer, kräftiger Mann, mit einer Baskenmütze flach auf dem Kopf.

– Brauchen Sie ein Foto?, fragte er keuchend. – Das Atelier ist zwar zerstört, doch ich habe ein paar Apparate in Sicherheit gebracht, und wenn Sie etwas brauchen …

– Ich interessiere mich mehr für Ihr Archiv. Ich suche jemanden.

De Luca zog das Foto des Mädchens und seinen Polizeiausweis aus der Manteltasche, doch der Mann schaute nicht einmal hin, er warf einen Blick auf die Schlange vor der Kaserne und verzog das Gesicht.

– Ihretwegen habe ich meinen Platz verloren. Umsonst. Jetzt werden die anderen die Suppe aufessen.

De Luca schüttelte den Kopf und steckte wieder die Hand in die Tasche. Als er sie herauszog, hatte er einen Zehn-Lire-Schein der

Länge nach zwischen den Fingern, und diesmal schaute der Mann ihn an. Er leckte sich über die Lippen und streckte die Hand aus, doch De Luca zog seine zurück.

– Sind Sie einer der Ferrano-Brüder?

– Rodolfo. Armando ist in Russland verschollen. Ich habe bereits 36 in Afrika gedient.

Mit den Knöcheln klopfte er auf den Schenkel, was einen trockenen Ton unter dem Hosenstoff erzeugte, als ob er an eine Tür geklopft hätte. De Luca stellte fest, dass der Alte keine Walzer mehr spielte, jetzt glitten seine Finger im aufpeitschenden Rhythmus von *Faccetta nera* über die intakten Tasten. Er lächelte über den Zufall, denn als Rodolfo Ferrano den Afrikafeldzug erwähnte, war das Lied schon fast zu Ende, und wenn er ihn nicht erwähnt hätte, hätte er wahrscheinlich gar nicht darauf geachtet.

– Haben Sie außer den Apparaten auch ein wenig von Ihrem Archiv in Sicherheit gebracht?

– Ehrlich gesagt hatten wir nie eines, allerdings … – Ferrano zeigte mit dem Kinn auf das Foto, das De Luca in der Hand hielt, oberhalb des Ausweises.

– Aber Sie erinnern sich an Ihre Kunden.

– Hängt davon ab. Ich hatte nur zwei Lire, um mir eine Suppe zu kaufen, doch die Gelegenheit habe ich verpasst, und für die Volksküche brauche ich fünfzehn Lire. Ohne Essen funktioniert das Gedächtnis nicht.

– Erinnern Sie sich an die da?

Ferrano kniff die Augen zusammen, dann nahm er das Foto und betrachtete es aus der Nähe. Er drehte es um und warf einen Blick auf den Stempel auf der Rückseite, doch offensichtlich umsonst. Er zuckte mit den Schultern, auch das eine sinnlose Geste, sie diente nur dazu, Zeit zu gewinnen, bis De Luca wieder die Hand in die Tasche steckte und noch einen Geldschein herauszog, den er gemeinsam mit dem anderen zwischen den Fingern hielt. Der

Mann griff nach den Scheinen und seufzte, weil De Luca aufs Neue die Hand zurückgezogen hatte.

– Das ist Sandrina. Ich erinnere mich an sie, weil sie in Naturalien bezahlt hat … um Himmels willen, nicht so, wie Sie meinen, sie hat mir einen Monat lang die Wäsche gewaschen, sie ist Wäscherin.

– Ist Sandrina die Abkürzung von Alessandra. Alessandra und wie noch?

– Tja … Sandra. Sandrina.

– Und wo wohnt sie?

– Puh … sie hat mir gesagt, sie sei evakuiert und irgendwo untergebracht worden.

Rodolfo Ferrano zuckte mit den Schultern, und dann noch mal, weil De Luca die Hand mit den Geldscheinen wieder in die Tasche gesteckt hatte.

– Was wollen Sie hören? Sandrina hat zwei kleine Kinder, – er schlug sich mit der Handkante auf den Schenkel oberhalb des Knies, – und ein größeres, das ihr half, die Wäsche auszutragen. – Er schlug sich mit der Handkante auf die Hüfte. Dann schlug er sich auf die Stirn, weil ihm etwas eingefallen war. – Sie wäscht im Kanal an der Via della Grada. Das weiß ich, weil sie mich überreden wollte und sagte, das Wasser dort unten sei viel sauberer, weil es noch nicht durch die Stadt geflossen sei.

De Luca nickte stirnrunzelnd. Er zog die Geldscheine aus der Tasche, hielt sie jedoch dicht an seinem Bein. Er zeigte mit dem Kinn auf das Foto, das Rodolfo in der Hand hatte.

– Wie lang ist das her?

– Nicht lang. Ich habe es diesen Sommer gemacht. Ach ja! Sie hat es für ihren Mann in Deutschland machen lassen! Das ist wichtig, oder?

– Ein Arbeiter?

– Nein, ein Kriegsgefangener. Er war Soldat. Das ist wichtig, oder?

De Luca hob die Hand und ließ zu, dass der Mann sich die Scheine nahm, während er dachte, nein, so wichtig war das nun auch wieder nicht. Nach dem Waffenstillstand vom 8. September war fast das ganze italienische Heer in deutschen Lagern gelandet. Um Sandrina zu finden, war die Information wichtiger, dass sie im Kanal an der Via della Grada Wäsche wusch, dort konnte er sie finden oder auch bloß ihren Kolleginnen das Foto zeigen. Nein, die Information war nicht so wichtig, sie war vielmehr seltsam. Wie war das Foto, das für ihren Mann, einen Kriegsgefangenen in Deutschland, bestimmt war, in das Dokumentenkonvolut von Rottenführer Weber geraten?

Er stellte sich unter eine Arkade, denn der Schnee fiel jetzt dichter, ein wässriger und feiner, lästiger Schnee. Er hatte noch immer das Foto und den Ausweis in der Hand; als er sie in die Innentasche des Mantels steckte und dabei den grünen Deckel des Dokuments, vor allem das sich rau anfühlende Relief des Liktorenbündels, berührte, fiel ihm plötzlich etwas auf.

Der Alte mit der Ziehharmonika war nicht mehr da, und auch nicht sein Hocker.

Ein Schauer lief ihm über den Rücken und er musste lächeln, denn er war noch nie paranoid gewesen, etwas vorsichtiger geworden vielleicht in letzter Zeit, wahrscheinlich zu Recht. Plötzlich fiel ihm ein, dass das eine ganz spezielle Zone war, was er eigentlich hätte wissen sollen, aber er hatte sich derart auf seine Ermittlungen zu dem Foto konzentriert, weil er nie paranoid gewesen war, allerdings befanden sich in dieser Zone angeblich Partisanennester, in der Nähe der Via del Riccio soll sich die Irma-Bandiera-Brigade verschanzt haben. Und der Alte mit der Ziehharmonika hatte ausgerechnet in dem Augenblick *Faccetta nera* gespielt, als er seinen Polizeiausweis zückte.

Er steckte die Hände in die Taschen und setzte sich in Bewegung, mit eingezogenem Kopf und tatsächlich mit einem Gefühl der Angst, die vielleicht paranoid, aber schwer und kompakt war.

Vielleicht war der Alte gegangen, weil ihm kalt war. Vielleicht hatte er keine Lust mehr gehabt zu spielen. Vielleicht hatte er aus Respekt für das Liktorenbündel auf seinem Ausweis *Facetta nera* gespielt. Vielleicht, vielleicht. Vielleicht aber auch nicht. Vielleicht hatte er auf diese Weise auf ihn hingewiesen. Vielleicht war es eine Warnung.

Auf der Via d'Azeglio fuhr noch eine Straßenbahn. Ein paar Menschen warteten unterhalb des Schilds *Bedarfshalt*, das an einer Schnur an der Hauswand befestigt war. De Luca stellte sich zu ihnen, die Hand in der Tasche umklammerte die Pistole, er blickte sich um, und als der Wagen kam, sprang er auf das Trittbrett. Der Wagen war voll, er musste sich hineindrängen.

Bei dem Gestank nach verbrauchter Atemluft und nassem Stoff wurde einem fast schwindelig, doch De Luca nahm ihn beinahe nicht wahr, so konzentriert starrte er auf die Straße, die im Rückfenster immer kleiner wurde, während er mit dem Arm die Stange umklammerte, fast als wolle er sie würgen, denn die Straßenbahn rumpelte über die verformten Schienen.

Er begann zu schwitzen, einerseits weil die Straßenbahn so überfüllt war, und andererseits, weil er sich langsam entspannte. Er lächelte sogar bei dem Gedanken, dass ihm an diesem Tag so viel Unangenehmes zugestoßen war, zuerst die Deutschen und dann die Partisanen, und in diesem Augenblick hörte er ihn.

– Comandante De Luca.

Ein Flüstern hinter ihm.

Mit einem Schlag kehrte die Angst zurück, schwer wie ein Felsblock, der ihm den Kopf zermalmte. Der Schweiß gefror auf seinem Gesicht, kalt wie der eisige Schnee draußen, als ob ihm jemand, ein Vampir, das Blut aus dem Nacken gesaugt hätte, sodass die Lippen blutleer wurden. Er umklammerte die Pistole so fest, dass er einen Schuss in die Tasche abgegeben hätte, wenn sie nicht gesichert gewesen wäre.

– Comandante De Luca?

Er hielt den Kopf leicht geneigt und den Blick gesenkt, deshalb sah er sofort den Schuh hinter sich, die graue Spitze und das schwarze, dezente und elegante Oberteil. Doch vor allem der fragende Tonfall, mit dem der andere zögernd und unsicher seinen Namen ausgesprochen hatte, riss ihn aus der eiskalten Lähmung. Wenn man jemanden umbringen will, fragt man nicht um Erlaubnis.

De Luca drehte sich schlagartig um und der Mann hinter ihm machte einen Schritt zurück, soweit das die Menschenmenge zuließ. Es war der Kollege mit den zweifarbigen Schuhen, er trug denselben grauen Mantel wie damals, als er ihn in der Via Ca' Selvatica gesehen hatte.

– Commissario Petronio?

Der Mann lächelte. – Vicecommissario. Und Sie haben sich beim Schriftsteller geirrt, ich heiße Petrarca.

So ein Trottel, dachte De Luca, ohne zu wissen, ob er damit sich selbst oder den Dummkopf Santi meinte. Der Mann verstand De Lucas erstaunten Blick falsch und steckte eine Hand in die Manteltasche, um den Ausweis herauszuholen. De Luca gebot ihm mit einer Geste Einhalt.

– Was wollen Sie von mir?

– Mit Ihnen sprechen. Ich habe heute Vormittag im Büro angerufen, doch Sie waren nicht da.

– Wie haben Sie mich hier gefunden?

– Durch Zufall. Ich habe Sie vor Kurzem vorbeigehen sehen und bin Ihnen gefolgt.

Vicecommissario Petrarca hatte ein offenes und sympathisches Gesicht, krauses, kurz geschnittenes Haar, das an den Schläfen schon grau war, und war tadellos rasiert. Er war sicher jünger, als er aussah, denn Gesichter wie seines wirkten zuerst älter und dann jünger, weil sie immer gleich blieben. Er setzte ein breites, offenes Lächeln auf, das nicht so sehr Vertrauen einflößen wollte als vielmehr Vertrauen heischte.

– Zufällig, sagte De Luca.
– Ja, zufällig.
– Und worüber wollen Sie mit mir sprechen?
– Über den Brullo-Fall.
– Der vom Kollegen Santi brillant gelöst wurde. Fall gelöst, Mörder verhaftet. Ist es nicht so?
Wenn er das Lächeln beibehalten hätte, hätte er wahrscheinlich weniger überzeugend gewirkt, doch Petrarcas Ausdruck wurde eine Spur ernsthafter und auch leidenschaftlicher, was De Luca neugierig machte. Der Vicecommissario schüttelte den Kopf, *nein,* und dann wiederholte er laut:
– Nein.

De Luca seufzte und schloss die Augen, er umklammerte die schmale Stange, die am Dach angebracht war. Als die Menschen hörten, dass die beiden über Polizeiangelegenheiten sprachen, traten sie so weit wie möglich zurück und machten ihnen Platz.
– Ich wurde heute schon bei zwei Fällen um Mithilfe gebeten, in einem Fall sogar von den Deutschen. Warum glauben Sie, dass ich ausgerechnet Ihre Bitte erhöre?
– Weil ich Ihnen versichern kann, dass der Fall trotz der Beendigung der Ermittlungen und der Festnahme absolut nicht gelöst ist. Und wenn es stimmt, was man mir über Sie erzählt, sind Sie nicht die Person, die so einen Fall ungelöst lässt.
Er hatte recht. Doch er versuchte es trotzdem.
– Und worauf gründet Ihre Annahme? Auf Ihre brillante Intuition?
– Nein. Ich habe einen Zeugen.
– Einen Zeugen. Und was will Ihr Zeuge gesehen haben?
– Eine Frau, die davongelaufen ist.
– Eine Frau. Die davongelaufen ist. Vielleicht war sie spät dran und es war schon Ausgangssperre.

Petrarca zuckte mit den Schultern.
– Vielleicht. Aber sie hatte eine Pistole in der Hand.
Ja, er hatte recht. Gegen seinen Willen schwang sich De Lucas Geist augenblicklich in lichte Höhen, verließ die Straßenbahn und flog wie ein Vogel durch die kalte, klare Luft und erreichte das Gewölbe, in dem die Leiche mit dem Kopf nach unten auf den Stufen lag, verrenkt und mit einem Loch anstelle des Auges. Die Stimme Petrarcas holte ihn in den säuerlichen Dunst aus Atemluft und Schweiß in der Straßenbahn zurück.
– Entscheiden Sie sich bitte schnell, Comandante. Wir fahren in die falsche Richtung und dann müssen wir die ganze Strecke zurücklaufen. Und jetzt schneit es richtig.

Als sie die Via Nosadella zur Hälfte zurückgelegt hatten, sich fast auf der Höhe der Wohnung des Zeugen befanden, den Petrarca genannt hatte, blieb De Luca plötzlich mitten auf der Straße stehen, obwohl seine Hutkrempe schon feucht und schwer vom Schnee war, und schaute mit zusammengekniffenen Augen und Schnee auf den Lippen nach oben.

Der Vicecommissario hatte sich als Plappermaul entpuppt, seitdem sie aus der Straßenbahn ausgestiegen waren und sich unter die Menschen unter den Arkaden gemischt hatten, redete er ununterbrochen. Mit seiner tiefen und etwas heiseren Stimme, die hin und wieder etwas schleppend wurde, weil er aufgrund eines leichten römischen Akzents die Vokale in die Länge zog, hatte er ihm von dem Zeugen erzählt. Fausto hieß er, ein anständiger Kerl, er arbeitete bei der Flugabwehr, war Wache in einem Luftschutzbunker, und bevor er zum Nationalen Luftschutz gegangen war, war er bei der Staatspolizei gewesen, mit einem Wort, ein glaubwürdiger Bursche, er war aus der Polizei ausgetreten, weil er in Griechenland verwundet worden war, aus keinem anderen Grund, ein anständiger Kerl also, auf dem Weg zum Klo war er am Fenster vorbeigegangen, hatte hinuntergeschaut und die Frau mit der Pistole in der Hand gesehen, die unter den Arkaden an der Wand entlang davonrannte, als wolle sie sich verstecken, und als er bei diesem Punkt der Erzählung angelangt war, war De Luca trotz des dichten Schneefalls plötzlich auf der Straße stehen geblieben.

Vor ihm stand ein Mann, der in einer löchrigen Pfanne am Boden eines zu einem Glutbecken umfunktionierten Abfallkübels Maroni röstete, und um ihn herum standen Kinder, die ihn mit offenem Mund und aufgerissenen Augen anstarrten. Sie blockierten die Arkade, De Luca war auf die Straße getreten, um sie zu umgehen, und da war ihm etwas aufgefallen.

– Wollen Sie mich auf den Arm nehmen?, stieß er laut zwischen den Zähnen hervor.

Petrarca blieb stehen und trat ebenfalls auf die Straße.

– Wie bitte?

– Welches Fenster?, knurrte De Luca. Er hob einen Arm und zeigte der Reihe nach auf die Fassaden auf der einen und der anderen Seite der Straße. Auf die Fenster, die sich oberhalb der Arkadenbogen im ersten Stockwerk befanden. Ein Junge auf einem Dreirad wich ihm aus und blickte lange zurück, während er davonradelte, um zu sehen, worauf er zeigte.

– Welches Fenster, Petrarca? Das da? Oder das da drüben? Die Fenster sind zu hoch. Aus diesem Winkel kann man die Arkaden nicht einsehen.

Der Vicecommissario zuckte mit den Schultern. – Vielleicht täusche ich mich ... die Erinnerung täuscht mich ... Faustino hat was anderes gesagt, und ich ... – Doch er hob nicht einmal den Kopf zu den Fenstern, und als er *fragen wir ihn halt* sagte, griff De Luca in die Tasche und packte die Pistole. Allerdings zielte er nicht auf sein Gegenüber, denn die Angst, die ihn jetzt wieder im Griff hatte, war so langsam und schwer wie der Schnee, der auf ihn fiel, drückte ihn zu Boden und machte ihn so müde, dass er fast nicht den Arm heben konnte. Obwohl er sie nur in der ausgestreckten Hand dicht am Mantel hielt, waren die Leute davongelaufen, sobald sie sie sahen, auch der Maronibrater, alle mit Ausnahme der Kinder, die versuchten, die heißen Maroni aus den Kohlen zu klauben.

– Ist das eine Falle?, flüsterte De Luca. – Petrarca, will mir da wer eine Falle stellen? – Es klang wie ein Lamento.

Petrarca verzog die Lippen zu einem Lächeln, das Vertrauen einflößen wollte, doch es verflog gleich wieder. Er ließ die Schultern fallen, als ob auch auf ihm ein enormes Gewicht lastete und ihn erschöpfte, und schüttelte den Kopf. Wenn er ernst dreinblickte, wirkte er älter.

– Sie haben recht, sagte er. – Ich meine, was den Zeugen, nicht, was die Falle anbelangt. Fausto hat nichts gesehen, aber er hätte Ihnen Dinge erzählt, die tatsächlich passiert sind, von denen ich gehört habe und die ich ihm eingetrichtert habe. Wenn Sie nach wie vor dazu bereit sind, und ich hoffe sehr, bringe ich Sie zu dem echten Zeugen.

De Luca sagte nichts. Am Ende der Straße ging eine Patrouille der Guardia Nazionale Repubblicana vorbei und sang *die Frauen mögen uns nicht mehr, weil wir Schwarzhemden sind*. Er steckte die Pistole wieder ein.

– Sie bitten mich gerade um einen großen Vertrauensvorschuss, Kommissar, sagte De Luca.

– Sie mich auch, Comandante, sagte Petrarca und gab einen langen, erschöpften Seufzer von sich, der sich zwischen den Schneeflocken in einen dichten, weißen Hauch verwandelte.

Als er das Loch in dem gelben Verputz sah, das so klein wie ein Komma, aber schwarz und tief war, begriff er, dass Petrarca die Wahrheit gesagt hatte. Unten, bis etwa einen halben Meter vom Boden, war eine Reihe von schmalen, viereckigen Kellerfenstern zu sehen, doch ganz hinten, wo eigentlich noch eines hätte sein sollen, war nur eine getünchte und angemalte Mauer. Mit dem Loch. Darüber, auf Augenhöhe, befand sich ein Plakat, ein Flugzeug mit den Liktorenbündeln der Republik unter der Tragfläche, den Ruinen des Palazzo dell'Archiginnasio und der blau-ockerfarbenen Schrift UNSERE FLUGZEUGE VERTEIDIGEN UNS, ein richtiger Blickfang. Doch nicht für De Luca, dem als Erstes das Loch aufgefallen war.

Petrarca bemerkte es und zuckte mit den Schultern. Sie waren jetzt wieder in der Via Ca' Selvatica, doch weit entfernt von dem Gewölbe, wo der Mord geschehen war, fast am Ende der Straße. Es hatte zu schneien aufgehört, doch das war noch schlimmer, denn nun war es so kalt, dass einem die Zähne klapperten, noch dazu ging die Sonne gerade unter. Es wurde schon spät, in zwei oder drei Stunden begann die Ausgangssperre.

Petrarca betrat einen Flur, ging bis ans Ende und öffnete eine mit einem Schloss versperrte Holztür, dann verzog er das Gesicht, weil ihm intensiver Gestank nach Kuhmist entgegenschlug. Eine Treppe führte in den dunklen Keller hinunter. Petrarca steckte den Kopf hinein, nahm eine kleine Dynamotaschenlampe von einem Nagel an der Wand, drehte an der Kurbel, um sie aufzuladen, und ging hinunter. De Luca folgte ihm, vorsichtig, damit er nicht auf den Stufen ausrutschte, die von dem gelblichen Licht beleuchtet wurden.

Die Kellerabteile lagen an einem Gang, jedes Abteil besaß ein kleines Fenster zur Straße, und an den Wänden befanden sich Ringe, an denen wohl die Kühe angebunden gewesen waren, doch abgesehen von den Strohresten, dem Mist und der Scheiße auf dem Boden aus gestampfter Erde waren die Abteile jetzt leer. Am Ende des Gangs befand sich eine Wand, und als Petrarca den Dynamo wieder auflud und das Licht der Lampe heller über sie tanzte, stellte De Luca augenblicklich fest, dass sie anders war. Getüncht, im Gegensatz zu den unverputzten Ziegelwänden des Kellers. Und je näher sie kamen, desto mehr offenbarte sich, dass sie glatt und leicht war.

Eine Gipsplatte.

Wie er es sich vorgestellt hatte, hatte jemand das letzte Kellerabteil zugemauert, dass es unsichtbar wurde und als Versteck benutzt werden konnte. Hinter einem an der Wand befestigten Stofffetzen, der so alt und schwer war, dass niemand auf die Idee kam, ihn zu klauen, befand sich tatsächlich eine kleine Tür. Das war angesichts der kürzlich ausgeführten Arbeiten vorhersehbar gewesen, dachte De Luca.

Petrarca klopfte dreimal an die Tür, dann öffnete er sie, machte De Luca ein Zeichen, er solle warten, und ging hinein.

De Luca wartete, zur Sicherheit zog er wieder die Pistole, doch kaum tauchte Petrarca an der Tür auf und forderte ihn auf, einzutreten, steckte er sie in die Tasche zurück. Petrarca zeigte darauf und schüttelte den Kopf.

Ein Feldbett, ein Stuhl, ein kleiner Tisch und ein Koffer, doch nach wie vor ein Kellerabteil. Es hatte einen Boden aus gestampfter Erde, eine tiefe, flache Decke, und auf den Ziegeln befanden sich feuchte Flecken. Nur der Geruch war ein wenig anders, der Gestank nach Kuhmist, der hereindrang, vermischte sich mit dem intensiveren nach Zigarettenrauch und Asche.

Der Mann, der auf dem Bett saß, hatte eine Zigarette in den Fingern. Er trug einen Fischgrätmantel, um den Kopf hatte er einen Schal geschlungen wie ein Gebirgsjäger der Alpini in Russland, und er trug auch Handschuhe mit abgeschnittenen Spitzen. Seine Lippen waren blau, aber weniger wegen der Kälte im Keller, sondern wegen des Lichts aus einer Petroleumlampe mit blau bemaltem Schirm, und das war absurd, denn das einzige Fenster war zugemauert, und das winzige Loch in der Mauer reichte nicht aus, um die Verdunkelung zu brechen. Seine Hände zitterten, aber eindeutig nicht nur vor Kälte. Er sah De Luca aus weit aufgerissenen Augen unter geraden Augenbrauen an, die dicht und schwarz waren, wie mit Kohlestift gezogen.

Petrarca schob die vollen und leeren Zigarettenpäckchen zur Seite, die auf dem Feldbett lagen, setzte sich neben ihn und legte ihm eine Hand auf den Arm, um ihn zu beruhigen.

– Ruhig, Gianfranco, flüsterte er, – ruhig. Ich habe dir ja gesagt, der Commissario – und er sprach das Wort ganz langsam aus – ist ein Freund.

Der Stuhl neben dem Bett war leer. De Luca packte die Lehne und drehte ihn herum, setzte sich rittlings darauf.

– Doktor Petrarca hat mir gesagt, Sie seien vor ein paar Abenden hier gewesen.

Der Mann lächelte. – Vor ein paar Abenden?, sagte er. – Ein paar Abenden? – Und er brach in ein Lachen aus, das zu schrill war, um wirklich belustigt zu sein, obwohl es so klingen wollte. – Seit wann bin ich hier? – Er drehte den Kopf zur Mauer oberhalb des Feldbetts, wo eine Reihe kurzer, gerader Striche eingeritzt war, wie die Striche in der ersten Klasse Grundschule, doch dann hielt er inne und wandte sich an Petrarca.

– Seit wann, Luigi … August, September?
– Mitte September, sagte Petrarca.

Auf den Lippen des Mannes, die gerade noch gezittert hatten, erschien ein Lächeln. – Mitte September, flüsterte er, – genau. Ich bin seit, – er zählte an den Fingern ab, flüsterte die Zahlen, – seit fast vier Monaten hier, jeden Tag, Tag und Nacht, immer hier. Ich habe weder einen Kalender noch eine Uhr, aber ja, ich war auch vor ein paar Abenden hier.

– Und warum sind Sie hier?, fragte De Luca, dann hob er den Arm, um Petrarca Einhalt zu gebieten, der ihn unterbrechen wollte. – Bitte, Herr Kollege, – und auch er sprach das Wort ganz deutlich aus, – ich überprüfe nur die Glaubwürdigkeit des Zeugen. Sie haben mich schon einmal reingelegt.

– Sie haben recht, sagte der Mann auf dem Feldbett. Er blies Zigarettenrauch aus und wirkte nun ruhiger, seine Lippen zitterten nicht mehr, doch nun fuchtelte er mit den Händen. – Ich verstehe Sie. Ich bin … beziehungsweise ich war Anwalt. Strafverteidiger. Sogar ein guter. *Die Glaubwürdigkeit des Zeugen,* wie oft habe ich das gesagt. Sehr gut. Ich bin hier, weil ich einer feindlichen Nation angehöre.

– Ich bitte dich, Gianfranco, sagte Petrarca genervt, – nicht auch du, komm schon …

De Luca hob wieder die Hand und machte dem Mann ein Zeichen fortzufahren. Er kannte Artikel 7 des Manifests von Verona, *Angehörige der hebräischen Rasse sind Fremde, während dieses Krieges gehören sie einer fremden Nation an,* und er kannte auch alle Rundbriefe des Polizeichefs, des Präfekten und der Deutschen. Er hatte bereits begriffen, dass der Mann Jude war und sich versteckte, und ihn interessierte weder Petrarcas Vorsicht noch der Sarkasmus des Mannes, er wollte nur, dass er weiterredete, aber wenn es ihm guttat, sollte er ruhig sein Herz ausschütten.

– Ich dachte, man würde mich in Ruhe lassen, sagte der Mann auf der Pritsche, – ich heiße zwar Gianfranco Finzi, Sohn des Aaron Finzi und der Rebecca Matera, doch ich habe eine arische Frau geheiratet, Giovanna, eine Katholikin, wir haben zwei Kinder, Antonio und Valeria, beide sind getauft, auch ich habe mich taufen lassen, um Himmels willen, ich verwende den Namen Gottes nur, um zu fluchen, wie mein Vater, er war nie religiös, er war, wie er sagte, ein materialistischer Atheist, und das bin ich auch.

Er fluchte stumm und dann lachte er sein etwas zu schrilles Lachen. Er hatte seine Zigarette so gut wie zu Ende geraucht, zündete mit der Kippe eine neue an, machte noch ein paar tiefe Züge von der alten und ging dann zur neuen über. Dabei sprach er.

– Ich habe sogar versucht, mich noch mehr zu arisieren, wir sind mit meiner Mutter zum Rassengericht gegangen und haben gesagt, Papa sei gar nicht mein wahrer Vater, sie habe mich bei einem Seitensprung mit einem Arier empfangen, Papa lebte da nicht mehr, zum Glück, und auch Mama ist kurz darauf gestorben, aber der Richter wollte zu viel Geld und so haben wir es nicht geschafft. – Er schluckte, und seine Augen glänzten, er machte einen gierigen Zug, doch gleich darauf redete er weiter, wobei er den Rauch zwischen seinen bläulichen Lippen ausstieß.

– Ich dachte jedoch, es würde reichen, und tatsächlich habe ich meine Familie nur wegen der Bombardierungen und nicht aus anderen Gründen weggeschickt, das war noch vor der Errichtung der Sperrzone, in der es den Leuten trotz allem dreckig geht und hin und wieder eine Bombe fällt, aber im Nachhinein, was für ein Glück, dass sie abgereist sind, sonst wären auch sie, ich darf nicht einmal daran denken … – Das Glitzern unter seinem Lid war zu einer Träne geworden, einer einzigen, die langsam über seine Wange lief, während er sprach.

– Ich bin jedoch in Bologna geblieben, ich hatte eine Arbeit, zwar nicht als Anwalt, sondern als Rechtsbeistand, eine Art Rechtsbeistand, ich durfte zwar keine Dokumente unterzeichnen, aber ich arbeitete, und zwar viel, ich habe ja schon gesagt, dass ich tüchtig bin, also bin ich geblieben. Ich war ja ein Mischling, wie die Deutschen sagen, ein Halbjude, oder? Wie lautet der genaue Begriff, nicht arisiert, sondern …

– Ehrenarier, sagten De Luca und Petrarca gleichzeitig.

– Ja, genau, Ehrenarier. Jemand, den man überwachen muss, schon gut, tatsächlich haben mich die Deutschen einmal aufgehalten, doch wieder freigelassen und nach Hause geschickt, na so was. Doch dann hat sich alles geändert, und sie haben auch uns, die Ehrenarier, die Arisierten, die Mischlinge, inhaftiert.

De Luca musste an Rassetto denken, wie er mit dem Brief des Judenamts der SS in der Hand am Schreibtisch gesessen, ihn laut vorgelesen und dabei den deutschen Akzent Major Fehmers imitiert hatte, *ich verlange, dass mir die Juden, die in Befolgung dieser Maßnahmen festgenommen werden, am jeweils Ersten und Fünfzehnten des*

Monats ausgeliefert werden, dabei hatte er gelacht. „Die Deutschen finden nicht genug Juden, entweder sind sie schon geflüchtet, oder die braven Bologneser verstecken sie. Aber mir ist das egal, denn wir jagen nicht Ratten, wir suchen Verräter."

Und er hatte das Blatt zusammengeknüllt und in den Papierkorb geworfen.

Der Mann rauchte nun schon die dritte Zigarette. Und er redete unaufhaltsam, die Träne hatte das untere Ende des Kiefers erreicht und war dort hängen geblieben.

– Sie haben mich nach Fossoli geschickt und auch dort dachte ich, ich sei in Sicherheit, denn nur Volljuden wurden aus dem Durchgangslager deportiert, bei jedem Transport ließen sie uns Mischlinge dort, und ich dachte, Ruhe bewahren, jeden Tag dachte ich, Ruhe bewahren, doch dann änderte sich wieder alles, und eines Tages luden sie auch uns auf einen Lastwagen, es hieß, wir fahren zum Bahnhof Verona, es hieß, sie bringen uns in ein Konzentrationslager in Polen, wo angeblich alle umgebracht werden, doch unterwegs schoss Pippo auf uns, wir sprangen von der Ladefläche, und in dem Durcheinander lief ich in ein Feld und floh, ich lief wie verrückt, ich blieb nie stehen, ich glaube, ich bin kein einziges Mal stehen geblieben, – dabei bewegte er die Beine und hob die Knie, um mit den Absätzen auf den Boden aus gestampfter Erde zu trommeln –, bis ich in Bologna angekommen bin und Luigis Freunde getroffen habe, die …

– Es reicht, sagte Petrarca entschlossen und warf einen Blick auf De Luca, der jedoch so tat, als habe er nicht verstanden. – Kommen wir zum Punkt. Erzähl dem Kommissar, was du an dem Abend gesehen hast.

Der Mann wischte die Träne mit einer Fingerspitze weg und trocknete die Wange mit dem Handrücken. Er streckte sich auf dem Bett aus, ohne sich darum zu kümmern, dass er die Zigarettenpäckchen flachdrückte, und legte den Arm auf die Augen.

– Ich war hier und versuchte zu schlafen, so, und da habe ich draußen Schüsse gehört, – er streckte den Arm aus und zeigte auf die Gipswand, – da bin ich aufgestanden und habe hinausgeschaut.

Er stand auf, zog sich etwas mühsam hoch und drückte das Auge an das Loch in der Wand.

– Erinnern Sie sich, wie spät es war?, fragte De Luca, dann schüttelte er den Kopf, denn der Mann hatte sich mit demselben Lächeln wie davor umgedreht, bereit, wieder in schrilles Lachen auszubrechen. – Egal, das war eine dumme Frage. An wie viele Schüsse erinnern Sie sich?

– Drei. Zuerst zwei, dann, nach einer Weile noch einer.

Gut, dachte De Luca. Der Mann hielt wieder das Auge ans Loch.

– Man sieht ja nicht viel, gerade mal ein wenig in dieser und ein wenig in der anderen Richtung. – Er neigte den Kopf auf die eine und die andere Seite und drückte dabei die jeweilige Wange an die Wand. – Aber ich habe Schritte gehört und eine Frau gesehen, die auf die andere Straßenseite gelaufen ist.

– Erzähl ihm von …, unterbrach ihn Petrarca, doch De Luca gebot ihm mit einer Geste Einhalt.

– Was für eine Frau?

– Normal, jung, glaube ich, schön vielleicht, keine Ahnung.

– Mantel?

– Ja, lang und schwarz.

– Hut?

– Keine Ahnung. Man sieht ja nicht die ganze Gestalt. Wenn man durch das Loch schaut, schneidet man die Füße und den halben Kopf ab, außer man macht es so. – Er legte den Kopf in den Nacken, um nach oben zu schauen. – Doch das habe ich nicht gemacht.

– Das Gesicht haben Sie also nicht gesehen.

– Nur zum Teil.

– Würden Sie sie wiedererkennen?
– Keine Ahnung.

De Luca seufzte und schaute Petrarca an, der mit den Schultern zuckte.

– Ist gut. Langer, schwarzer Mantel. Sonst nichts?
– Doch, gewiss ... die Pistole.

Der Mann hob die Hand, mit ausgestrecktem Zeige- und Mittelfinger und dem Daumen im rechten Winkel dazu. De Luca sah wieder Petrarca an, der jetzt lächelte.

– Was für eine Art von Pistole?
– Eine mit Trommel. Entschuldigen Sie, aber seit geraumer Zeit vergesse ich die Wörter ...
– Ein Revolver.
– Genau. Ich hatte mal eine Klientin, die ihren Mann mit so einer Pistole erschossen hat. Einem Revolver. Klein. Schwarz.
– Brüniert. Und wie hielt sie ihn?
– In der geschlossenen Faust, nach unten, während sie lief.

Er führte es vor, ließ den Arm an der Hüfte baumeln und hüpfte im Stand. De Luca fiel etwas auf.

– Warum verwenden Sie den linken Arm?
– Weil sie die Pistole mit der Linken hielt. – Er öffnete die Hand und schlug damit auf die Hüfte, nach wie vor im Stand hüpfend, bis De Luca aufstand und ihm Einhalt gebot. Sein Geist hatte sich wieder in die Lüfte geschwungen wie ein Vogel, aber es war voreilig, er musste sich zusammenreißen und Gianfranco Finzi lenkte ihn ab. Er streckte einen Arm aus, um ihn ihm auf die Schulter zu legen, doch Petrarca kam ihm zuvor. De Luca hielt inne.

– Ist gut. Sie lief, mit dem Revolver in der Linken. In welche Richtung lief sie?

Der Mann durchschnitt die Luft vor dem Loch mit einer entschiedenen Bewegung des ausgestreckten Arms, von links nach rechts.

Gut, dachte De Luca aufs Neue. In Richtung des Vicolo della Neve, von wo der blinde Tenente sie hatte kommen hören. Alles passte zusammen. Er trat zu dem zugemauerten Fenster und schob den Mann so vorsichtig wie nur möglich beiseite. Er stellte sich auf die Zehenspitzen, denn der andere war größer als er, und legte das Auge ans Loch, auch er neigte den Kopf zuerst auf die eine und dann auf die andere Seite. Am Rand war das Sichtfeld verschwommen, als würde man durch ein Schlüsselloch spähen, doch ja, es passte alles zusammen.

– Sie hinkte.

De Luca trat von der Mauer zurück. Der Mann machte eine humpelnde Bewegung, als hätte er ein kürzeres Bein.

– Sie hinkte, und zwar stark. Sie wissen ja, wie man bei uns sagt, ein schwerer Gang. Aber schnell, ohne zu hüpfen, eher wie jemand, der ständig hinkt, nicht wie jemand, der gerade umgeknickt ist.

Sein Geist schwang sich in die Lüfte wie ein Vogel, in Windeseile.

Voreilig, dachte De Luca, voreilig. Doch er konnte sich nicht zurückhalten und sah sie vor sich, die linkshändige Frau mit dem schwarzen Mantel, die schoss und dann hinkend davonlief. Zu voreilig.

Nachdenklich steckte er den Finger in das Loch in der Wand, kratzte darin, drehte den Finger hin und her. Und nach wie vor zerstreut, mit dem Geist noch immer halb im Gewölbe in der Via Ca' Selvatica, fragte er wie nebenbei: *Haben Sie das Loch gemacht?*

– Ja, sagte der Mann und setzte sich wieder auf die Pritsche.

– Und warum?

Das ursprüngliche Fenster des Kellers war nicht zugemauert, es blickte auf einen großen Raum, der für genügend Frischluft sorgte, das Loch war viel zu klein, um für Luftzug zu sorgen und um Licht hereinzulassen. Wenn es jemandem auffiel, stellte es eine Gefahr dar. Die Frage war also gar nicht so sinnlos. Die Glaubwürdigkeit des Zeugen überprüfen.

Der Mann auf dem Feldbett nahm den Gürtel ab. Er bog die Schnalle, sodass der Dorn wie ein Nagel hervorstand, und machte eine schabende Bewegung, als wolle er ein Loch graben.

– Um hinauszuschauen, sagte er. – Das und die Zigaretten sind der einzige Beweis, dass ich noch am Leben bin.

Aus seinem anderen Auge löste sich wieder eine Träne, genauso langsam wie die erste, doch er hielt den Kopf gebeugt, deshalb lief sie auf seine Lippen, die so sehr zitterten, dass er kaum sprechen konnte, während er etwas über *Freunde und Dokumente* murmelte.

– Es reicht, sagte Petrarca, packte De Luca entschieden am Arm und schob ihn aus dem Keller.

– Und? Was halten Sie davon?
– Eine Schwalbe macht noch keinen Frühling.
– Was meinen Sie?
– Mein Mentor, Commissario Tampieri, der mir das Handwerk beigebracht hat, hat das immer gesagt. Ein Detail reicht nicht für eine Theorie. Eine Pistole macht noch keine Mörderin.
– Ich versichere Ihnen, Professor Attanasio ist unschuldig. Er ist ein Freund, fast ein Bruder, ich kenne ihn ein Leben lang und bin mir sicher, dass er zu so etwas nicht fähig wäre.
– Sie sind kein Detektiv, Petrarca. Stimmt's?
– Ja. Ich habe fast immer als Sicherheitsbeamter in Botschaften gearbeitet, dann war ich im Kabinett des Polizeipräsidenten, und jetzt bin ich im Passamt. Ich spreche vier Sprachen, aber ich habe nie Ermittlungen durchgeführt. Doch ich habe eine gewisse Menschenkenntnis und kann Ihnen versichern, dass Lorenzo Attanasio nichts mit dem Tod Professor Brullos zu tun hat.

Wenn sich Vicecommissario Petrarca aufregte, sog er beim Sprechen die Luft ein, als wolle er auch beim Einatmen sprechen. Dabei ging es nicht um Schnelligkeit, denn seine Stimme blieb weich und fast ruhig, sondern um Intensität, bei der letzten Silbe blieb sein Kiefer halb offen stehen und sein römischer Akzent wurde stärker.

Sie hatten sich ein paar Schritte vom Keller entfernt, standen gerade mal ein paar Meter neben dem Loch in der Wand. De Luca betrachtete eine elektrische Lampe, die über der Straße an einem Kabel zwischen zwei Häusern hing. Das war der letzte Beweis. Trotz des abgedunkelten Glases verbreitete sie genug Licht, dass man eine Frau mit einer Pistole in der Hand laufen sehen konnte, selbst an einem dunklen Winterabend.

– Sie wollen jetzt aber nicht warten, bis sie angemacht wird, oder? Bald ist Ausgangssperre, und obwohl Ihr Ausweis mehr Gewicht hat als meiner …

– Petrarca, ich frage Sie noch einmal: Warum soll ich mich um diesen Fall kümmern?

– Weil ich sehe, dass er Sie interessiert.

– Eine Ermittlung, die auf einem blinden und auf einem unsichtbaren Zeugen und Ihrer persönlichen Überzeugung basiert. Glauben Sie, ein Staatsanwalt würde den Fall aufnehmen?

– Nein. Aber Sie können ermitteln und wenn Sie genug Details gefunden haben, beantragen wir die Wiederaufnahme und retten Lorenzo.

– Ich frage Sie zum dritten Mal, warum …?

– Weil Sie der Beste sind und weil es Ihnen Spaß macht, das unter Beweis zu stellen. Weil ich Ihnen einen Floh ins Ohr gesetzt habe, der bereits sein Werk verrichtet, und Sie nicht mehr schlafen können, bis Sie alles in Ordnung gebracht haben. Mein Freund ist Ihnen vielleicht egal, aber Sie ertragen die Vorstellung nicht, dass er der falsche Schuldige ist.

– Woher wissen Sie das alles? Sind auch wir brüderliche Freunde?

– Alle, die Sie kennen, beschreiben Sie so.

Die Kälte war unerträglich geworden. De Luca knöpfte den Trenchcoat zu und steckte die Hände in die Taschen. *Morgen werde ich Fieber haben,* dachte er.

– Wenn Sie mit Attanasio so gut befreundet sind, werden Sie auch wissen, mit wem er verkehrt. Wir suchen eine Frau, die aussieht wie die von Finzi beschriebene, unter Umständen linkshändig und hinkend. Die Brullo kennt. Ich schaue morgen beim Gerichtsmediziner vorbei und höre mir an, was er zu sagen hat. So fangen wir an, im Augenblick ist mir zu kalt, um an etwas anderes zu denken.

– Großartig. Ich danke Ihnen aufrichtig.

De Luca erinnerte sich an ein Café in einer der Querstraßen, es war kurz vor Ausgangssperre, aber vielleicht hatte es noch offen. Wenn es dort ein Telefon gab, konnte er seine Truppe anrufen, damit man ihn abholte. Er setzte sich in Bewegung. Petrarca ging neben ihm, auch er mit den Händen in der Tasche, doch De Luca spürte, dass er ihn anblickte.

– Darf ich Sie etwas fragen, Comandante? Sie werden Anwalt Finzi doch nicht denunzieren, oder?

– Ich kümmere mich nicht um Juden, sagte De Luca. Dann blieb er abrupt stehen. Er war plötzlich so wütend, dass er die Kiefer aufeinanderpresste. Er ballte die Hände zu Fäusten, und seine Stimme klang leise und schneidend wie ein Stück Glas.

– Eigentlich müsste ich Sie verhaften, Petrarca.

Petrarca wich einen Schritt zurück. Auf seinen Lippen erschien ein Lächeln, das Vertrauen heischte, doch es galt eher ihm selbst als De Luca.

– Weil ich einem Juden geholfen habe?

– Weil es vielleicht wirklich ein Zufall ist, dass Sie mich in der Via Urbana gesehen haben, es aber kein Zufall ist, dass ich Sie an Orten gesehen habe, die mit der Resistenza zu tun haben. Was machen Sie? Geben Sie Dokumente aus? Warum haben Sie dem armen Finzi keines gegeben?

Petrarca rührte sich nicht. – Er ist ein spezieller Fall, flüsterte er. – Er steht schon auf der Liste, doch bei den Kontrollen der Feldgendarmerie ist es nicht einfach. Ich muss auf den richtigen Augenblick warten.

Er blieb stehen, auch als De Luca sich wieder in Bewegung setzte.

– Keine Sorge, Petrarca, ich kümmere mich auch nicht um Sie. Abgesehen vom Papierkram im Büro habe ich drei Morde am Hals, das reicht mir.

Eine Ermittlung war vom Präfekten und eine von den Deutschen in Auftrag gegeben worden.

Und jetzt auch noch eine von der Resistenza.

Oder nahezu.

Er hatte gesagt, *warten Sie, Sie können auch mitfahren,* doch dann hatte er den Telefonhörer vom Ohr weggehalten, während Rassetto schrie: *De Luca, wo zum Teufel steckst du, wir haben dich überall gesucht, ich glaubte schon, sie hätten dich umgebracht,* doch als er sich umdrehte, um den Barmann nach der genauen Adresse des Cafés zu fragen, stellte er fest, dass Petrarca still und leise verschwunden war.

Verschwunden, weg, in der kalten Dunkelheit der Ausgangssperre.

„Il Resto del Carlino", Mittwoch, 6. Dezember 1944, XXIII, Italien, Reich und Kolonien, 50 Centesimi.
Die Operationen am Kriegsschauplatz Italien. Hartnäckige Angriffe des Feindes auf dem ganzen Adriabogen
Lokales aus Bologna: Das Gebot der Stunde: Den Produktivkräften wird mehr Zusammenarbeit abverlangt – Gefährliche Lichtquellen nachts in der Via Santisaia. Es ist dringend nötig, dass die zuständigen Überwachungsbehörden eine Kontrolle durchführen und Maßnahmen gegen die unbelehrbaren Täter ergreifen. Das Schicksal der Weisswäsche, die einer Mitbewohnerin anvertraut wurde – Wohnungsdiebe – Suche nach Flüchtlingen. Aritide Benassi, Ex-Einwohner von Vado, sucht seine Familie, er glaubt, sie sei nach Bologna zu Verwandten oder Bekannten geflüchtet.
Wann kann ich in die Heimat zurückkehren? Der in Deutschland beschäftigte Arbeiter hat ein Recht darauf, nach Ablauf des Vertrags, also nach einem Jahr, endgültig in die Heimat zurückzukehren. Wie Sie sehen, ist alles gut vorbereitet und unter Kontrolle. Überlegen Sie es sich gut!

Er bekam kein Fieber, und obwohl er am Vortag so viel Nässe und Kälte abbekommen hatte, stellten sich auch weder Husten noch Erkältung ein. Am Vormittag fühlte er sich ziemlich in Form, obwohl er fast die ganze Nacht mit im Nacken verschränkten Händen und übereinandergeschlagenen Beinen, wie im Sitzen, wach gelegen und nachgedacht hatte.

Er wohnte in der Kaserne. Ein Einzelzimmer im obersten Stockwerk des Turms der Technischen Universität, eine Gruppe von Offizieren der Guardia Nazionale Repubblicana hatte bis spätnachts lautstark gefeiert, doch nicht das hatte ihm den Schlaf geraubt. Er hatte nachgedacht, im Geist Diagramme angefertigt oder, besser gesagt, Steine verlegt wie bei einem Mosaik, doch sie waren spärlich und unzusammenhängend, fragmentarisch, denn es gab noch viel mehr weiße Flecken als die wenigen gültigen Informationen, die er besaß. Sie hingen vor seinen Augen in einem kleinen Quadrat mit undeutlichen Rändern. Und es war nicht nur ein Quadrat, sondern es waren drei Quadrate, obwohl ihn das letzte, der geheimnisvolle Tod Professor Brullos, am meisten interessierte.

Vielleicht war er doch eingeschlafen, obwohl er sich nicht daran erinnerte, denn sonst wäre er nicht so wach und bei klarem Verstand gewesen, als die Sonne hinter dem Fenster plötzlich hell und kräftig aufging. Da er nicht allzu früh aufstehen wollte, blieb er noch ein wenig im Bett liegen, wusch sich mit dem Wasser im Lavoir, das eiskalt auf seinem Gesicht brannte, verzichtete darauf, sich zu rasieren, und ging in die Kantine hinunter, um zu frühstücken: Kaffeesurrogat, Buttersurrogat auf einer Schnitte schwarzem Brot, Marmeladesurrogat.

Im Büro machte er drei Anrufe.

Zuerst rief er den Maresciallo im Personalbüro des Präsidiums an, um Informationen über Luigi Petrarca zu erhalten, Petrarca, nicht Petronio, Vicecommissario im Passamt, *seien Sie bitte so nett*. Ja, lassen Sie sich ruhig Zeit, aber *bitte* doch so bald wie möglich.

Der Maresciallo brauchte nicht lang, er musste nur eine Akte hervorholen, auch wenn er währenddessen möglicherweise einen Kaffee – beziehungsweise etwas, das sich so nannte – getrunken und auch eine Zigarette geraucht hatte. Er las ihm die Akte vor, während De Luca mit einem Bleistift Notizen auf der Rückseite eines offenen Kuverts machte.

Humanistisches Gymnasium in Viterbo, promoviert in Jus in Rom, bei der Staatspolizei beworben, erste Bürojobs in Kalabrien, dann Auslandsdienst an den Botschaften in London, Paris, Prag und Genf, dann im Kabinett des Polizeipräsidenten von Neapel und seit ungefähr einem Jahr in Bologna im Passamt. Ein diskreter, zurückhaltender, eifriger Beamter, keine besonderen Vermerke.

Danke, sehr freundlich, wirklich, Sie haben was gut, schönen Tag! De Luca dachte eine Zeit lang nach, klopfte mit der Spitze des Bleistifts auf das Kuvert, den er zwischen den Fingern hin und her drehte, die rote, die blaue, die rote Spitze, dann feuchtete er die blaue Spitze mit den Lippen an und schrieb am Rand etwas hin, das ihm eingefallen war, mit einem Fragezeichen, das er ein paarmal unterstrich.

Dann rief er Santi an. Auch der Commissario machte Kaffeepause und war nicht im Büro. *Kaffee, Kaffee,* sagte er erklärend, als er ihn zurückrief. Er war etwas außer Atem, denn in dem Augenblick, in dem er zurückrief, unterhielt er sich lachend mit jemandem, doch kaum bat ihn De Luca um Informationen zum Fall Brullo, stockte ihm nahezu der Atem, und die Ausrede, es handle sich bloß um Polizistenneugier, reichte nicht, damit er sich beruhigte.

Der Untersuchungsrichter? Doktor Zanella war zuerst am Sondergericht tätig gewesen, doch dann in die Staatsanwaltschaft strafversetzt worden, weil es den Anschein hatte, dass er bei Mussolinis Fall auf die Seite Badoglios gewechselt war, obwohl er das Gegenteil beschwor. Er war von der Lösung des Falls so überzeugt, dass er ihn bereits an den Staatsanwalt übergeben hatte. *Warum fragst du mich?*

Der Arzt? Professor Boni, Direktor des Instituts für Rechtsmedizin, etc. etc., doch es machte keinen Sinn, mit ihm zu sprechen, er hatte eine oberflächliche Untersuchung durchgeführt und die Leiche so gut wie nicht angerührt, keine Autopsie, im Gegenteil, man hatte den Leichnam sofort der Familie zurückgegeben, am späten Vormittag würde das Begräbnis am Monumentalfriedhof Certosa stattfinden. Gegen Mittag, feine Leute stehen nicht früh auf.

Der Fotograf von der Spurensuche? Um Himmels willen, zu Beginn hatte man geglaubt, er sei einer von der Jacchia-Liste, deshalb wollte keiner mit ihm zu tun haben, damit es keine Probleme gab ... *Warum fragst du mich überhaupt?*

Attanasio? Kein Geständnis. Er sitzt auf der Pritsche in der Zelle, mit dem Kopf zwischen den Händen, hin und wieder weint er, spricht nur, wenn sein Anwalt dabei ist.

– Entschuldige, Kollege, aber warum fragst du mich das alles? Ach, De Luca, spiel mir keinen Streich, ich stehe kurz vor einer Beförderung.

Dann rief er Petrarca an, er war schon im Büro, machte jedoch keine Kaffeepause.

– Wir sehen uns zu Mittag in der Certosa. Wir gehen zu einem Begräbnis. Ja, ich weiß, feine Leute stehen nicht früh auf.

Aus. Mehr konnte er an diesem Tag im Fall Brullo nicht tun. Im Fall des Ingenieurs Tagliaferri war er noch weit vom Ziel entfernt, doch er konnte etwas für Rottenführer Weber tun, nämlich zum Kanal gehen und mit den Wäscherinnen sprechen.

Es war noch früh, er konnte sich auf den Weg machen, ohne dass Rassetto ihn erwischte, also zog De Luca den Trenchcoat an. Mit dem Gedanken, dass er sich früher oder später doch einen richtigen Wintermantel besorgen musste, verließ er schnell das Büro und ging über den Gang. Ganz am Ende befand sich das Zimmer des Comandante, und als De Luca auf Zehenspitzen daran vorbeiging, wie ein Gymnasiast, der sich spät am Abend in sein Zimmer schleicht, ging die Tür auf und ihm stockte der Atem.

Es war Vilma, doch einen Augenblick lang hielt er den schwarzen Schatten für den Schatten Rassettos, denn sie trug seinen Uniformmantel, den sie über der Brust zusammenhielt und der ihr zu klein war, er bedeckte kaum die nackten Beine; die nackten Füße steckten in Stöckelschuhen, auch unter dem Mantel schien sie nackt zu sein. Rassetto schlief auf der Pritsche hinten im Büro, wenn sie zusammen waren, schlief auch sie dort.

Vilma schloss die Tür leise hinter sich, warf De Luca ein Streichholzbriefchen zu und steckte sich die Zigarette in den Mund, die sie in der Hand hielt. Sie beugte sich vor, damit er sie anzünden konnte.

– Behalte es, sagte sie, als er es ihr zurückgeben wollte, – dann kannst du das nächste Mal den Kavalier spielen. – Sie blies den Rauch aus und nickte in Richtung Rassettos, ihre Haare waren zerrauft. – Keine Sorge, der Chef wird lange schlafen. Heute Nacht hab ich ihn fertiggemacht. – Das war eine Feststellung, kein augenzwinkernder Witz, und sie hatte sie geäußert, ohne zu lächeln, und sich dabei mit den rot lackierten Fingern einen Tabakkrümel von den Lippen gewischt. – Was soll ich ihm sagen, wenn er aufwacht?

– Dass du mich nicht gesehen hast, ich war schon weg.

– Und wohin gehst du?

– Zum Fluss, um Wäsche waschen zu lassen.

– Sehr gut, denn ich mache vieles, aber das nicht. Du arbeitest jetzt also für die Deutschen.

Offenbar konnte sie seine Gedanken lesen, denn bei der Erwähnung des Kanals hatte sich sein Geist wieder in die Lüfte geschwungen und er hatte die Hand in die Innentasche des Mantels gesteckt, um nachzusehen, ob Sandrinas Foto noch da war. Aber das war Zufall.

– Als du gestern verschwunden warst, haben wir dich überall gesucht, und da Franchina, dieser Trottel, gesagt hat, die Deutschen hätten dich geschnappt, hat der Chef seine Freunde bei den Deutschen angerufen, denn wir fürchteten, du seist in den Caserme Rosse gelandet oder sitzt schon in einem Zug nach Deutschland, doch dann hat sich herausgestellt, dass du in der Kommandantur warst, um etwas für sie zu erledigen.

– Bloß Papierkram, ich habe es Rassetto schon erklärt, nichts Wichtiges, Kleinkram, du weißt ja, wie die Deutschen sind. – Das sagte er schnell und bemühte sich, leise zu sprechen, seine Stimme war laut geworden, weil er versuchte, schneller zu sprechen, und dabei fragte De Luca sich, *warum*. Warum rechtfertigte er sich vor diesem halbnackten Weib in einem Militärmantel, das bloß eine Sekretärin war, warum hatte er ein schlechtes Gewissen, vor allem

Rassetto gegenüber, das er besser unterdrückte, sofern er keine Probleme wollte. Tatsächlich schien Vilma ihm gar nicht zuzuhören, sie lehnte an der Wand und beobachtete die Rauchringe, die sie mit ihren schmalen, zu einem Kreis geformten Lippen in die Luft blies.

– Stell dir vor, dieser Idiot hat geheult wie ein Kind, Franchina, meine ich, *sie haben mir das Auto weggenommen, es war so schön, ich bin nur wegen dem Auto zu euch gekommen,* der Chef hat ihm einen Anschiss verpasst, dass er jetzt noch seine Wunden leckt, der Trottel.

Sie hob das Knie, schlüpfte aus dem Schuh und presste die Sohle an die Wand, während sie die Zehen krümmte und dabei eine Grimasse schnitt. – Am Vormittag tun sie mir immer etwas weh, aber was soll's, ohne Stöckelschuhe geht Vilma nicht aus dem Haus.

Ist gut, dachte De Luca, der im Geist schon wieder am Kanal war, verabschiedete sich mit einem Kopfnicken und wollte schon gehen, doch Vilma sagte, *komm her, die Zigarette ist ausgegangen,* und während er mit dem brennenden Zündholz näher trat, packte sie ihn am Arm, zog ihn an sich, schlang das Bein mit dem nackten Fuß um sein Bein und legte die Lippen an sein Ohr.

– Vergiss nicht deine Freunde von der Präfektur, flüsterte sie ganz nah an seinem Ohr, wie es Kinder machen, – du arbeitest auch für sie.

De Luca wurde stocksteif und ein Schauer lief ihm über den Rücken. Er wusste nicht, ob es wegen der Zungenspitze war, die Vilma ihm schnell ins Ohr gesteckt hatte, oder weil er nun wusste, wer der Spion des Sekretärs Spagnuolo war.

Er hätte gern etwas gesagt, doch Vilma zog den Schuh wieder an, öffnete die Tür und verschwand im Zimmer, nachdem sie ihm lächelnd ein Luftküsschen zugeworfen hatte, diesmal mit neckischem, augenzwinkerndem Lächeln.

Sandrina? Sandrocchia? Sandrina oder Sandrocchia? Welche, die da? Die kenne ich nicht, ich kenne nur eine Sandrocchia.

Er hatte sich eine Zeit lang auf das Mäuerchen in der Via della Grada gestützt und den Frauen zugesehen, die im Wasser des Reno Wäsche wuschen, sie waren zahlreich, denn es war ein schöner sonniger Tag, kalt, aber klar. Er wirkte beinahe wie einer der sonderbaren einsamen Männer, die sich hier aufpflanzten, um die nackten Beine der Wäscherinnen unter den bis zu den Hüften hochgezogenen Röcken zu beäugen, allerdings trugen sie im Winter dicke Strümpfe und Stutzen, hockten auf den Stufen, die zum Kanal hinunterführten, und drückten und wrangen Pullover, Hosen und Laken aus.

Aber auch er bot ein sonderbares Bild. Er war mit dem Fahrrad gekommen, das er Massaron weggenommen hatte, ein grünes Bianchi-Bersagliere-Fahrrad, mit Vollgummireifen und Stangenbremse, er war über den Ponte della Carità gefahren und stehen geblieben, um mit auf das Mäuerchen gestützten Armen und Sandrinas Foto in der Hand zu schauen, so hatte er die Frauen beobachtet, wirklich sonderbar, eine von ihnen hatte sogar eine ordinäre Geste in seine Richtung gemacht. Doch Sandrina hatte er nicht entdeckt. Also hatte er das Fahrrad abgestellt und war die Treppe hinuntergestiegen, wobei er sich, aus Angst, ins Wasser zu fallen, am Handlauf der Balustrade festhielt, und hatte allen das Foto mit den gezackten Rändern gezeigt.

Sandrina wie? Die Tochter Ledas, die vor dem Krieg eine Kurzwarenhandlung in der Via Roma hatte? Nein, das ist sie nicht. Die, die spät geheiratet hat und dann wegen einer Jüngeren verlassen wurde? Nein, die hier sieht anders aus! Die Hinkende? Die Kleinwüchsige? Die aus Süditalien? Aber nein, die ist mit der da nicht einmal verwandt.

Niemand kannte sie. Er verlor schön langsam den Mut, doch dann sagte ein Mädchen zu ihm, vielleicht gehöre sie zu der Gruppe, die im Kanal an der Via Riva di Reno wusch, wo die Tabakmanufaktur war. Auch sie hatten ursprünglich in der Via della Grada gewaschen, aber da sie zu zahlreich geworden waren, waren sie dorthin übersiedelt. Gut, dort hatte es auch den Kampf mit den Partisanen gegeben, die Deutschen hatten viel geschossen, sogar mit einem Panzer an der Porta Lame, aber das war schon eine Weile her, und da dies der erste sonnige Tag war, der sich zum Waschen eignete, würde er dort vielleicht eine antreffen. Aufgrund der Luftangriffe hatte man dem Kanal das Wasser zum Großteil abgesperrt, er war jetzt eine Art Freiluft-Abwasserkanal, aber ganz unten floss das Wasser noch.

De Luca nahm wieder das Rad, heftig in die Pedale tretend fuhr er den Kanal entlang und bog in die Via Riva di Reno ein. Das Bianchi hatte Vollgummireifen, es besaß zwei Federungen an der Radgabel vorne und eine hinten, und Federn unter dem Sattel, doch Massaron mit dem Gewicht eines Gorillas hatte sie durchgesessen.

Auf der Brücke vor der Chiesa delle Lame befand sich eine Straßensperre der Schwarzen Brigaden. Ein offenbar blutjunger Soldat vorne mitten auf der Straße und weitere drei weiter hinten, die in einer Nische, zwischen Brückenmauer und aufgehäuften Sandsäcken, Karten spielten. Als der erste De Luca auf dem Fahrrad kommen sah, steckte er zwei Finger in den Mund und gab einen schrillen Pfiff von sich, dann zielte er mit der Maschinenpistole, die er umgehängt hatte, auf ihn und schrie: *Halt, wer da?* Auch die beiden anderen packten die Waffen und verließen die Nische, gefolgt von einem Gefreiten, der die Fäuste in die Seiten stemmte und noch die Schnapskarten in der Hand hielt.

De Luca blieb stehen und hob die Arme. Er machte dem Gefreiten ein Zeichen, dann stieg er vom Rad und näherte sich langsam, das Rad schiebend. Der erste Soldat war wirklich sehr jung, er hatte das Gesicht im Rollkragen des schwarzen, bis zur Nase hochgezogenen Pullovers vergraben, trug eine zu große Baskenmütze und sein Finger kitzelte nervös den Abzug der Maschinenpistole mit perforiertem Kühlmantel um den Lauf, der direkt auf De Lucas Bauch zielte.

Sie erlaubten ihm nicht, die Hand in den Mantel zu stecken und die Dokumente herauszuholen, das erledigte einer der Soldaten, der ebenfalls sehr jung war, er kramte in allen seinen Taschen und konfiszierte den gesamten Inhalt, Pistole, Ausweis, Foto, sogar das Kuvert, auf dem er seine Gedanken notiert hatte, den Bleistift und Vilmas Streichholzbriefchen. Der Soldat händigte alles dem Gefreiten aus, der nicht viel älter war und mit seinem Spitzbärtchen und dem gezwirbelten Schnurrbart à la d'Artagnan aussah wie ein Student. Er steckte die Spielkarten, die er immer noch in der Hand hielt, in die Jackentasche, so, dass die anderen nur die Rückseite sehen konnten, als er Sandrinas Foto im Sommerkleid sah, lächelte er und hätte ebenfalls fast gepfiffen. Doch er wurde sofort wieder ernst, denn inzwischen hatte er De Lucas Polizeiausweis aufgeklappt.

– Entschuldigen Sie, Kamerad, sagte er und streckte den Arm zum Gruß aus, und De Luca grüßte ebenfalls schnell mit ausgestrecktem Arm, weil er seine Sachen zurückhaben wollte.

– Macht nichts. Darf ich durch?

– Sicher dürfen Sie. Passen Sie aber lieber auf. Wir haben die Zone von antinationalen Arschlöchern gesäubert, doch es heißt, ein paar sind zurückgekommen und haben sich im Keller des Maggiore verschanzt. – Er zeigte zum Kanal, in Richtung der Krankenhausfassade, die von Bombensplittern zerschrammt und zerkratzt war, wie von Ratten angebissen. – Sie wissen ja, wenn man durch den Wald geht, wird man von Zecken befallen.

– Ich gehe nicht weit, sagte De Luca. Die Wäscherinnen in der Via Riva di Reno waren nur ungefähr hundert Meter entfernt, sie knieten auf einem steinernen Vorsprung, der wie ein Schiffsbug über die Kanalmauer ragte. Es waren nur wenige. – Ich suche dieses Mädchen … werfen auch Sie einen Blick darauf, vielleicht kennen Sie sie.

Der Gefreite nahm Sandrinas Foto und diesmal gestattete er sich zu pfeifen. – Nein, aber sie würde mir gefallen. – Er reichte den anderen das Foto, grinste unter seinem Musketierbärtchen und gab es De Luca zurück, der es schon wieder in die Tasche stecken wollte, als der jüngste Soldat, der mit der Maschinenpistole im Anschlag, sagte, *ich kenne sie.*

Er hatte es ganz leise gesagt, er spuckte den Stoff des Rollkragens aus, den er zwischen den Zähnen hielt, und vergrub dann wieder das Gesicht darin, er war puterrot geworden.

– Du kennst sie?, fragte De Luca. Der Junge nickte und der Gefreite sagte, *ach ja?*

– Ich kenne sie nicht wirklich, ich habe sie gesehen. Meine Tante kennt sie, sie kommt zum Waschen hierher, denn sie wohnt hier in der Nähe, wir wohnen in dieser Gegend.

– Du hast hier gewohnt, sagte der Gefreite, – jetzt bist du ein Soldat der Pappalardo-Brigade und wohnst in der Kaserne.

– Schon gut, unterbrach De Luca. – Und wer ist deine Tante, eine von denen?

Der Junge schüttelte den Kopf, nach wie vor puterrot. – Nein. Meine Tante kommt nicht mehr, wegen dem Husten.

Er klopfte mit den Knöcheln auf die Brust, auf einen Knopf der graugrünen Jacke, und De Luca hob den Blick zum Himmel, ein heftiges Unbehagen zwang ihn, die Lippen zusammenzupressen. So nah war er dran gewesen. Sicher, er konnte die Mädchen fragen, die am Kanal Wäsche wuschen, nur deshalb hielt er das Foto gezückt, doch er war so entmutigt, dass er nicht mehr an einen Treffer glaubte. Sandrina war keinesfalls bei ihnen, sonst wäre sie den Soldaten der Straßensperre aufgefallen.

Er nahm das Fahrrad, das er hatte am Boden liegen lassen und das ihm im Augenblick noch schwerer vorkam.

– *La mia ruota in ogni raggio è temprata dal coraggio,* sagte d'Artagnan, und sein Finger zeigte nach oben, während er die Verse aufsagte, – *e sul cerchio in piedi splende la Fortuna senza bende.* Lieben Sie D'Annunzio auch?

– Jaja, sagte De Luca hastig und schob das Rad in Richtung der Wäscherinnen, als der Junge *Sie wollen nicht* sagte und stehen blieb.
– Was?
– Mit uns sprechen, flüsterte er, weil De Luca so kurz angebunden war. Dann leiser: – Mit meiner Tante.
– Ist sie nicht tot? Du hast gesagt, sie ist nicht mehr!
– Ich habe gesagt, sie kommt nicht mehr zum Waschen her! Ich habe doch nicht gesagt, dass sie tot ist! Sie ist krank! Sie ist zu Hause!

Er hatte Tränen in den Augen. Der Gefreite hatte die Hand erhoben, als ob er ihm eine Kopfnuss geben wollte, sich dann aber wohl gedacht, dass man bei einem Jungen mit einer umgehängten Maschinenpistole wohl besser vorsichtig war, und innegehalten.

– Schon gut, sagte De Luca aufs Neue. – Ist nicht wichtig. Bring mich bitte zu deiner Tante.

Er drehte sich nicht einmal um, um den Gefreiten anzublicken, der dem Jungen zum Zeichen der Einwilligung zugenickt hatte, doch auch der hatte sich nicht umgedreht. D'Artagnan sah zu, wie sie weggingen, dann zuckte er mit den Schultern und zog die Spielkarten aus der Jackentasche.

– Los, sagte er zu den anderen beiden Soldaten. – Glaubt ja nicht, ihr kommt mir davon. Ich hatte gerade ein hervorragendes Blatt.

Wenn man sie so von hinten sah, vor allem, wenn man ihnen zu einem anderen Zeitpunkt nachgeblickt hätte – dem etwas gebeugten Mann in einem zu dünnen Trenchcoat, der ein Fahrrad schob, das so schwer wie ein Moped war, und dem Jungen, der neben ihm ging, in einer viel zu weiten Uniform wie in einem leeren Sack, mit einer Baskenmütze auf dem Kopf, flach wie eine Pizza, und einem Maschinengewehr über der Schulter wie eine Angelrute –, hätte man gedacht, dass sie früher oder später unter einer Arkade verschwinden würden, unter Arkaden, in der die Menschen in Bologna auch bei klarer, winterlicher Vormittagssonne sowohl Schutz als auch Zuflucht fanden.

Zu einem anderen Zeitpunkt allerdings, denn keine andere Straße Bolognas war so stark bombardiert worden wie die Via delle Lame und es gab so gut wie keine Arkaden mehr. Die Via delle Lame befand sich auf der falschen Seite, und trotz Sperrzone und trotz des Versprechens, eine Zone, in der es keine Waffen und keine Militäranlagen gab, nicht zu bombardieren, waren einige der Bomben, die die Boeing, die Halifax und die Liberator auf den Bahnhof abgeworfen hatten, geradeaus geflogen und hier gelandet.

Dem Erdboden gleichgemacht von der Porta Lame bis ins Zentrum; der von Staub und Schutt bedeckte Boden glich einem Feldweg, das Bankett, das eine Straße in der Stadt für gewöhnlich begrenzt und ihr Form gibt, war verschwunden, eingeebnet, bestand nur noch aus Schutt, den die Gemeindebediensteten zu Haufen zusammengekehrt hatten, und daneben mannshohe Ruinen von Häusern, die Arkaden waren zerborsten und die Bogen ragten nach oben, einsam wie leere Augenhöhlen.

Der Luftzug, der auf einer Straße, vor allem auf den Straßen Bolognas, nach vorn zieht, eine bestimmte Richtung hat, entwich hier seitlich, wie in einem Abzug, verlor sich in einem unnatürlichen Raum, der ihm keinen Platz gab, sondern ihn abwürgte.

In dieser endlosen, von den Bomben dem Erdboden gleichgemachten Ebene, auf der noch etwas alter Schnee lag, der sich bald in Schlamm verwandeln würde, wirkten De Luca und der Junge von hinten betrachtet so klein, dass sie früher oder später auch von selbst, ohne Arkaden, verschwinden würden.

Die Tante wohnte in einem der wenigen unversehrten Häuser. Bevor er zu ihr hinaufging, zog der Junge die Jacke aus und legte die Baskenmütze ab, knüllte sie zusammen und steckte sie in ein Loch im Schutt. Er zog auch den Pullover aus dem Hosenbund und

bedeckte damit den Gürtel mit den Patronentaschen. Die Maschinenpistole gab er De Luca.
– Bei mir zu Hause sind sie nicht einverstanden, erklärte er. – Papa ist zwar überzeugt, doch meiner Tante gefällt es nicht, dass ich Soldat bin.

Dann steckte er zwei Finger in den Mund, pfiff und schrie: – Tante Ines! – Wie ein Kind, das etwas zu essen will.

Als er wieder runterkam, hatte De Luca das Kuvert in der Hand, auf dem er seine Gedanken notiert hatte, er hatte weitere Notizen hinzugefügt, sie mit dem zwischen den Lippen angefeuchteten Bleistift geschrieben, obwohl er sich sicher war, dass er sie nicht vergessen würde.

Sandrina hieß nicht Alessandra, sondern Cassandra. Orsi mit Nachnamen. Sie hatte einen Ducati-Arbeiter geheiratet, der als Soldat nach Griechenland gegangen und nach dem 8. September von den Deutschen gefangen genommen worden war. Sie hatte drei Söhne, zwei kleinere und einen größeren mit elf, zwölf Jahren. Es stimmte alles überein, während die Frauen Seite an Seite Wäsche wuschen, hatten sie einander ihr Leben erzählt, doch allein das Foto hätte gereicht, die Tante hatte sie sofort erkannt, *na so was, Sandrina!*

Sie wusste auch, wo sie untergebracht war. Im Teatro del Corso.

De Luca schlug mit dem Kuvert auf die Handfläche und steckte es in die Manteltasche. Seinem Instinkt folgend wäre er am liebsten gleich ins Theater auf der Via Santo Stefano gelaufen, um Rottenführer Webers Geliebte endlich von Angesicht zu Angesicht zu sehen.

Aber es war schon fast Mittag, und es war ein weiter Weg von hier zum Friedhof.

Vor allem auf Massarons durchgesessenem Fahrrad.

Er kam zu spät, keuchend und außer Atem, das Fahrrad hatte er hinter einem Grab auf der Allee liegen lassen, der feine Schweiß gefror schon unter den Kleidern, wurde zu einer Art zweiter Haut. Petrarca stand etwas abseits, im Schatten einer Säule, er sagte, keine Sorge, die Messe sei zwar schon vorbei, aber es seien noch alle da, in dem Chiostro, in dem sich die Familiengräber der Brullo befanden, sie warteten darauf, dass die Totengräber den Sarg in die Wand schoben.

Sie waren jedenfalls nicht sehr zahlreich, mittelalterliche Herren mit Mänteln, Hüten und Handschuhen, wahrscheinlich Professoren, und junge Männer, wahrscheinlich Studenten, ein paar in Uniform, sie standen in Gruppen und im Halbkreis um die Arbeiter. Lauter Männer, bis auf eine alte Frau, die auf einen Jungen gestützt schluchzte, und eine jüngere etwas abseits. Sie schienen es alle sehr eilig zu haben, denn im weichen Sonnenlicht wirkte der Monumentalfriedhof zwar wie ein Garten, und die Chiostri mit dem gelben, vom Marmor reflektierten Licht hatten die Atmosphäre eines Salons, allerdings nicht hier, wo sie standen. Eine Kapelle, die so groß wie ein Mausoleum war, schirmte die Sonnenstrahlen ab, in dem Halbschatten, in dem keine Kerzen brannten und den die Sonne nicht wärmte, kam man sich tatsächlich vor wie in einer Gruft.

– Heute Morgen habe ich mit Lorenzos Anwalt gesprochen, sagte Petrarca zu ihm, er musste gar nicht flüstern, denn die anderen unterhielten sich auch, und das dichte Stimmengewirr übertönte alle anderen Geräusche. – Er hat ein Alibi für den Abend des Mordes. Eine Frau.

– Eine Frau?

– Eine Frau. Verheiratet. Er hatte ein Rendezvous mit ihr, aber natürlich heimlich. Deshalb hat er es nicht der Polizei gesagt, um sie nicht zu kompromittieren. – Petrarca zuckte mit den Schultern. – Ich weiß, das klingt absurd, wenn lebenslang droht, doch Lorenzo ist nun mal so. Ich kenne ihn.

– Sie kennen ihn.

– Ja, das habe ich ja gesagt.

– Und wer ist die verheiratete Frau?
– Keine Ahnung. Nicht einmal der Anwalt weiß, wer sie ist. Wie ich Ihnen gesagt habe, ist Lorenzo …
– Jetzt haben wir also nicht nur einen blinden und einen unsichtbaren Zeugen, sondern auch noch ein Alibi, das nicht öffentlich werden darf.

Petrarca zuckte mit den Schultern. – Das Alibi ist vor allem für Sie bestimmt. Ich weiß, Sie sind nicht von seiner Unschuld überzeugt, vielleicht hilft es Ihnen.

De Luca nickte und ballte die Fäuste in den Manteltaschen, denn er spürte, wie Wut in ihm aufstieg, doch das war nicht der Augenblick, sie rauszulassen.

– Was genau machen wir hier?, fragte Petrarca.
– Wir sammeln Informationen. Kennen Sie jemanden?
– Nein, sagte Petrarca, so schnell, dass es in De Lucas Ohren geheuchelt klang. Er drehte sich um und blickte ihn an, und Petrarca schenkte ihm sein direktes Lächeln, das Vertrauen heischen wollte. De Luca war jedoch nicht länger bereit, ihm Vertrauen zu schenken, und wollte ihm das auch schon sagen, doch dann erblickte er Campanella auf der anderen Seite des Chiostro, fast hinter einer Säule verborgen wie sie, und vergaß alles andere. Er war der richtige Mann am richtigen Ort, und zwar nicht nur, weil er ein Student der Universität war. Campanella war sein Deckname. Sie nannten ihn so, weil er als Informant für viele Polizeiabteilungen, auch für die Rassettos, tätig war.

De Luca machte eine unauffällige Geste, um auf sich aufmerksam zu machen, und sie reichte, denn auch er schaute her. Mit seinem schlaksigen Gang ging er an der Wand des Chiostro entlang zu ihnen.

– Comandante, sagte er und deutete kaum merklich einen römischen Gruß an. Dasselbe machte er bei Petrarca, dabei warf er De Luca einen fragenden Blick zu.

– Ein Kollege, sagte De Luca. – Sagst du uns, wer die Anwesenden sind?

– Lauter Kollegen von der Universität. Den mit der großen Brille und dem verkniffenen Mund kennen Sie wohl, das ist unser Rektor. Brullo hielt bei ihm eine Vorlesung über Rassenbiologie, er musste kommen. Der Rest ist eine Auswahl von Professoren, die irgendjemanden vertreten. Der arme Brullo war ein exquisiter Trottel, ein eitler Speichellecker, niemand ist traurig, dass es ihn nicht mehr gibt.

Campanella zwinkerte, ein schneller, aber eindeutiger Blick in Richtung einer Gruppe junger Männer, die nahezu außerhalb des Chiostro standen.

– Ich nehme an, Sie sind wegen denen da. Oder irre ich mich?

– Wer ist das denn?

– *Giustizia e Libertà,* die Masia-Brigade. Der Kleine mit den krausen Haaren und dem Schnurrbart ist einer von den wenigen, die den Kampf an der Universität überlebt haben, gemeinsam mit dem mit den gewellten Haaren und der Zigarette. Der Große mit dem Schwanenhals hat den Sender aus dem Universitätsinstitut entfernt, bevor die Deutschen ihn in die Finger bekamen. Sie nutzen die Gelegenheit, um sich zu treffen, ohne aufzufallen. Wenn Sie Verstärkung holen, landen Sie einen Volltreffer.

De Luca sah Petrarca an, der offenbar nicht zugehört hatte, in Gedanken versunken schaute er den Arbeitern zu, die die Platte auf der Grabnische anbrachten. Das starre Lächeln auf seinen Lippen war noch gerader, angespannter.

– Ich bin nicht wegen denen hier. Mich interessieren mehr die Frauen.

– Dann haben Sie dieselbe Leidenschaft wie der Verstorbene. In seiner Absteige im Vicolo della Scimmia war ein Kommen und Gehen, ein ständiges Rein und Raus. Jeder hier, der eine halbwegs gut aussehende Frau hat, sollte sich *so* von ihm verabschieden.

Er hob wieder kaum merklich den Arm, diesmal aber mit geschlossener Hand und ausgestrecktem Zeige- und kleinem Finger, das Zeichen des Gehörnten.
– Wie Attanasio. Es heißt, er habe eine sehr schöne Frau.
Campanella verzog das Gesicht zu einem halb belustigten, halb betrübten Ausdruck und schüttelte den Kopf.
– Sehr schön, ja. Doch leider hat sie dieselben Interessen wie wir und der Verstorbene.
Diesmal hatte Petrarca zugehört, denn er drehte sich um. Anstelle des Vertrauen heischenden Lächelns lag ein anderes, schieferes und neugieriges, auf seinen Lippen.
– Inwiefern?
– Insofern, dass die wunderschöne Frau in einer Wohnung in der Via Volturno mit einem Mädchen aus besten Bologneser Kreisen und einer deutschen Arbeitsmaid sapphische Feste zu feiern scheint.
– Scheint?
– Ich persönlich habe nie daran teilgenommen, auch wenn ich gern würde. Aber ich habe glaubwürdige Quellen. Und diskrete. Diese Information werden Sie nicht in der Gesellschaftsspalte des „Carlino" finden.
– Im Fall des Mordes an Brullo, sagte Petrarca, – ist das Motiv der Leidenschaft …
– Einfach lächerlich, unterbrach ihn Campanella. – Wenn Prof. Attanasio jemanden aus Eifersucht hätte erschießen wollen, dann die Mädchen. Er ist jedoch nicht die Sorte Mensch.
– Und was für eine Sorte Mensch ist er?
– Ein Schlappschwanz, aus reicher Familie, passiv. Er behandelt die Reichen, die sich in Kliniken verkrochen haben, hält ein paar Vorlesungen auf der Fakultät und wartet, dass alles auf irgendeine Weise zu Ende geht. Einer der Schlimmsten.
De Luca warf Petrarca einen Blick zu, der zufrieden nickte. *Er ist nicht diese Sorte Mensch,* flüsterte er und nickte noch heftiger.

Die Arbeiter hatten derweil die Grabplatte angebracht und sammelten ihre Werkzeuge ein. Der Rektor und viele Professoren waren schon gegangen. Nur noch ein paar Grüppchen standen im Chiostro, und die Studenten von *Giustizia e Libertà,* die lebhaft, aber leise diskutierten. Campanella hatte sich wieder hinter eine Säule verzogen, denn der Student mit dem Schwanenhals hatte einen Blick auf sie geworfen, bevor er weiterdiskutierte.

– Wenn die Burschen Sie nicht interessieren, sagte er, dann sind Sie wohl einverstanden, dass ich einem anderen politischen Büro die Information gebe. Wenn sie gehen, folge ich ihnen, um ihren Unterschlupf ausfindig zu machen.

– Wie du willst. Ich habe dich nach den Frauen gefragt.

– Wie schon gesagt, Comandante, da würde ein Nachmittag nicht reichen.

– Ich meine die anwesenden.

– Nun, dann ... – Campanella trat hinter der Säule hervor, blieb jedoch in einem kleinen Abstand stehen, neigte nur den Kopf zu De Luca.

– Die Matrone in Schwarz ist die Mutter des Verstorbenen. Witwe aus besten Bologneser Kreisen. Dame von irgendeinem Orden, mit guten Verbindungen zur Partei, der junge Mann ist der jüngste Sohn, sie will auch ihn an die Universität bringen. Die andere ... Wo ist sie hin?

Sie hatte sich an den Rand des Chiostro verzogen. Auch sie ganz in Schwarz, mit einem engen Mantel, der ihre Kurven betonte, dicken schwarzen Strümpfen und Tamburinhut mit Schleier, der ihr Gesicht bedeckte. Nur die Schuhe schienen fehl am Platz, sie waren zu sommerlich, nahezu Sandalen mit hohen Keilabsätzen, modisch, aber eben sommerlich.

– Das ist Attanasios Schwester. Silvia, glaube ich, ja, Silvia ...

– Merkwürdig, dass die Schwester des Mörders zum Begräbnis des Opfers geht, flüsterte De Luca, wie zu sich selbst, doch die

Überlegung war für Petrarca bestimmt, der mit den Schultern zuckte.

Brullos Mutter, die an die Grabnische getreten war, um das Foto auf der Grabplatte zu berühren, löste sich von dem jungen Mann, überquerte entschieden den Chiostro und ging zu der Frau mit Schleier, die reglos stehen blieb, wie alle anderen überrascht von diesem unerwarteten Auftritt. Wortlos gab sie ihr eine Ohrfeige, sodass der Hut wegflog, und kehrte etwas weniger aufrecht zurück, der junge Mann eilte ihr entgegen, um sie zu stützen. Wenn mehr Leute da gewesen wären, hätte vielleicht der eine oder andere etwas gesagt, doch es waren nur noch wenige da und die verschwanden schnell und ließen ein fast vollständiges Schweigen zurück. Die drei Partisanen, Campanella, die verbliebenen Professoren, auch die Frau, alle waren augenblicklich aus dem Chiostro verschwunden, sie hatte sogar ihren Hut liegen lassen.

De Luca hob ihn auf und drehte sich um, um Petrarca zu rufen, doch auch er war wieder einmal wie ein Gespenst verschwunden.

Sie saß am Rand eines Marmorsteins, unterhalb der Statue eines kleinen, nackten Kindes, das eine Faust vor die Stirn hielt, als wolle es sich schützen. Ihre Wange war noch rot, wahrscheinlich von der Ohrfeige oder weil die Sonne hinter einer grauen Nebelbank verschwunden war und es langsam wieder kalt wurde.

De Luca reichte ihr den Hut mit dem Schleier, den er vom Boden des Chiostro aufgehoben hatte, sie nahm ihn, ohne auch nur hinzusehen, und hängte ihn auf das spitze Knie des Kindes, sie blickte konzentriert auf die rote Glut der Zigarette, die sie in der Hand hielt. Der linken, dachte De Luca, aber vielleicht war das ein Zufall.

Wenn man sie so aus der Nähe sah, ohne Schleier, wirkte Silvia viel jünger, obwohl sie wahrscheinlich nicht mehr ganz jung war. Die schulterlangen Haare, die runden Wangen und die ausgeprägten Augenbrauen, schwarz wie die Ponyfransen, ein kleines Muttermal im Mundwinkel, zusammengepresste Lippen wie die eines wütenden Kindes. Zweifellos sehr hübsch. Wie alt sie wohl war, zwanzig?

Die verschmierte Wimperntusche unter ihren Augen ließ darauf schließen, dass sie geweint und sich die Tränen mit dem Handrücken abgewischt hatte, auf dem etwas dunkle Farbe zurückgeblieben war. Der linken Hand, stellte De Luca fest. Sie ließ die Füße baumeln, die den Boden nicht berührten, weil der Stein hoch war, und rieb die Füße aneinander, wie um sie zu wärmen.

– Ich bin nicht der Einzige, der für die Jahreszeit zu leicht gekleidet ist, sagte De Luca, und das war eher eine ernst gemeinte Feststellung als ein Versuch, ein Gespräch zu beginnen, denn die Feuchtigkeit im Chiostro hatte verhindert, dass der kalte Schweiß trocknete, der sich beim Fahrradfahren auf seiner Haut gebildet hatte, und er schauerte. *Morgen werde ich Fieber haben,* dachte er wieder.

– Meine Winterschuhe sind kaputt, sagte sie, mit dem Blick nach wie vor auf der Glut, – und solange der Schuster sie mir nicht repariert, habe ich nur diese. Ich habe kein Geld, mein Vater hat alles meinem Bruder vererbt.

Sie rauchte die Zigarette zu Ende, warf sie auf den Boden und sprang vom Stein, um sie mit dem Absatz der Sandale auszutreten. Dann lehnte sie sich an den Marmorstein und sah De Luca mit demselben betrübten Blick wie das Kind auf dem Stein an.

– Was wollen Sie von mir?

– Sie fragen, warum Signora Brullo Sie ... – Er hob die Hand und durchschnitt vorsichtig die Luft.

– Das geht Sie nichts an.

– Ich fürchte schon. Ich bin Polizist.

Silvia runzelte die Stirn, wodurch sie noch betrübter dreinblickte, und einen Augenblick lang dachte De Luca, auch sie würde den

Arm heben und wie die Statue die Faust vor die Stirn halten. Doch sie zuckte mit den Schultern und holte noch eine Zigarette aus der Manteltasche. De Luca zündete sie mit Vilmas Streichhölzern an und betrachtete sie, während sie einen ersten Zug machte. Sie hielt die Zigarette in der Rechten, nahm sie dann aber sofort mit der Linken.

– Sie sind Polizist.

– Ja. Kommissar De Luca. – Er wollte schon Comandante sagen, doch mit dem zweiten, längeren M korrigierte er sich. Er streckte die Hand aus, damit Silvia sie drücken konnte, doch sie ignorierte sie.

– Ermitteln Sie gegen meinen Bruder?

– Ja.

– Da verlieren Sie Ihre Zeit. Er war's.

Diese Behauptung hatte er nicht erwartet, vor allem nicht so schnell und entschlossen.

– Warum?, fragte De Luca, er meinte *warum sagen Sie das?*, doch sie verstand ihn falsch.

– Weil Franco seine Frau fickte.

Auch dieses Wort, *fickte,* klang sonderbar aus dem Mund einer Frau, noch dazu einer so kindlich aussehenden Frau, sie blies es ihm gemeinsam mit dem Rauch ins Gesicht, wobei sie die vollen Lippen verzog, zu einer Grimasse oder einem Lächeln.

– Das glaube ich nicht, sagte er.

– Glauben Sie, was Sie wollen.

Das sagte sie achselzuckend und mit einem Ausdruck der Gleichgültigkeit, der verriet, dass er gespielt war. De Luca sah sie nach wie vor an, was Silvia offenbar peinlich war, sie nahm den Hut vom Knie des Kindes und setzte ihn sich auf, wobei sie das Gesicht bis zur Nase mit dem Schleier bedeckte. Mit der Daumenkuppe wischte sie sich einen Tabakkrümel von der Lippe, und De Luca fiel auf, dass sie sehr kurze Fingernägel hatte. Vielleicht kaute sie Nägel oder vielleicht schnitt sie sie kurz ab, weil sie Maschine schrieb. Oder vielleicht war das bloß ein unmodisches Detail wie die Schuhe.

– Warum hat Frau Brullo Ihnen eine Ohrfeige gegeben?, fragte De Luca.

– Warum fragen Sie nicht sie?

– Entschuldigung, aber die Fragen stelle ich. Warum?

– Vielleicht ertrug sie es nicht, die Schwester des Mörders beim Begräbnis ihres Sohnes zu sehen.

– Und warum sind Sie gekommen?

– Weil wir befreundet waren. Ich wollte mich von Franco verabschieden, es ist mir egal, dass mein Bruder ihn umgebracht hat.

Er versuchte, ihre Augen unter dem dichten Schleier zu sehen, aber es war unmöglich. Wahrscheinlich bemerkte Silvia es, denn das Muttermal im Mundwinkel hob sich entweder zu einer Grimasse oder einem Lächeln. Sie löste sich vom Marmorstein, drückte auch diese Zigarette aus und ging wortlos davon. De Luca beobachtete sie, während sie über die Allee ging, den Blick auf ihre Beine geheftet, er wanderte von den Füßen zu den Hüften, doch nicht vor Begierde. Er wollte sehen, ob sie hinkte.

Doch trotz der hohen Absätze ging Silvia gerade und flott, schnell und entschlossen wie ein Mannequin oder ein Bersagliere.

Petrarca wartete vor dem Friedhofstor auf ihn, den Kopf im aufgestellten Mantelkragen vergraben. De Luca ging zu ihm, das Fahrrad an der Hand.

– Wo waren Sie?

– Ich habe ein Telefon gesucht, um im Büro anzurufen. Ich bin nicht so unabhängig wie Sie, ich bin ein armer Polizist. Ich muss mich hin und wieder melden.

– Ich auch übrigens … Wissen Sie, was ich jetzt mache? Ich gehe auch ins Büro zurück und arbeite an meinen Fällen. Auf Wiedersehen, Petrarca, es war mir ein Vergnügen, Sie kennenzulernen.

De Luca wollte das Fahrrad weiterschieben, doch Petrarca schnitt ihm instinktiv den Weg ab, legte die Hände so abrupt auf die Lenkstange, dass beide verblüfft innehielten. Der Kommissar zog eine Hand zurück, hielt die Stange mit der anderen jedoch nach wie vor fest.

– Sie können mich nicht einfach so im Stich lassen.

– Sie im Stich lassen, Petrarca, wen im Stich lassen?

– Ich meine mich und meinen Freund Lorenzo. Sie sind eine wertvolle Hilfe! Sie haben bereits die Motive meines …

– Ihres Freundes, Petrarca?, knurrte De Luca. – Ihres großen, brüderlichen Freundes? Mit dem Sie so gut befreundet sind, dass Sie nicht einmal seine Schwester kennen? Und wann wollen Sie ihn kennengelernt haben? In der Grundschule in Viterbo? Im Urlaub in London? – Er zog das Kuvert hervor, das mit dem Fragezeichen, und seine Stimme wurde immer lauter, er knurrte nicht mehr, sondern brüllte nahezu. – Ich wette, wenn ich das Leben Ihres Freundes Lorenzo unter die Lupe nehme, findet sich kein einziger Augenblick, in dem ihr einander begegnet seid! Sie haben mich angelogen, Petrarca! Und Sie lügen mich noch immer an!

Petrarca wollte etwas sagen, machte jedoch einen Fehler. Er verzog die Lippen zu einem Lächeln, das Vertrauen heischte, und diesmal konnte De Luca sich nicht zurückhalten. Er schlug den Kommissar mit dem Kuvert, traf ihn genau mit der Stelle, wo sich das Fragezeichen befand, ohrfeigte ihn von links nach rechts, ein Klatschen, so schnell, dass Petrarca nicht einmal die freie Hand heben konnte, um den Schlag abzuwehren, er schloss nur die Augen.

De Luca keuchte, das Kuvert fest in der Hand. Genauso schnell, wie ihm die Hand ausgerutscht war, durchfuhr ihn jetzt der Gedanke, dass er zum ersten Mal in seinem Leben Gewalt angewandt hatte. Das war sonderbar in Anbetracht seines Berufs und dessen, was in den letzten Jahren daraus geworden war: Hiebe, Faustschläge, der Ochsenziemer bei Verhören, sogar Schüsse, doch es waren immer die anderen, er hatte in seinem ganzen Leben noch nie die Hand gegen jemanden erhoben, außer als Kind vielleicht, er erinnerte sich vage, dass er in seiner Geburtsstadt Parma in den Giardini di Maria Luigia gespielt hatte, zuerst hatte er mit einem kleinen Kind gespielt, und gleich darauf hatte man sie getrennt, die Mütter hielten sie fest und sie traten ins Leere, aber danach nie wieder.

Und gleich darauf überkam ihn genauso schnell ein Gefühl der Verwirrung, fast der Scham, weil er sich zu einer Geste hatte hinreißen lassen, die ihm so wesensfremd war, und außerdem ein Gefühl der Wut aufgrund dieser Scham, die in Anbetracht dessen, was aus seinem Beruf geworden war, absurd war, ein aufrichtiges, aber absurdes Gefühl, das ihm heuchlerisch erschien.

Er hielt den Blick eine Zeit lang gesenkt, keuchend, bis er sich wieder in der Hand hatte, dann zuckte er mit noch immer gesenktem Blick mit den Schultern.

– Ich habe übrigens kein Motiv entkräftet, sagte er. – Mag sein, dass Attanasios Frau eine Lesbierin ist, aber man kann einen Mann auch erschießen, weil er die eigene Schwester fickt.

Ficken, das Wort, das auch Silvia verwendet hatte.

Petrarca leckte sich über die Lippen, saugte an dem unsichtbaren Schnitt, den ihm die Kante des Kuverts zugefügt hatte. Beide dachten schweigend nach, dann wollte De Luca das Rad weiterschieben, doch Petrarca hielt ihn nach wie vor zurück, mit den Händen auf der Lenkstange, diesmal beide und fest. Er lächelte nicht mehr.

– Attanasio war es nicht. Er war an diesem Abend nicht in der Via Ca' Selvatica. Er hatte eine wichtige Verabredung.

– Mit einer Frau, die man nicht nennen darf.

– Nein. Mit einem Sender.

De Luca schluckte. Auge in Auge, Stirn an Stirn, mit dem Rad zwischen ihnen, vor dem Tor des Monumentalfriedhofs Certosa.

– Einem Sender?, fragte De Luca, aber nur, um die Stille zu füllen, denn Petrarca schien über das nachzudenken, was er gesagt hatte, als wolle er nichts mehr hinzufügen. Er hätte auch gut daran getan, doch er fuhr fort.

– Einem illegalen Sender.

De Luca steckte das Kuvert in die Manteltasche und nutzte die Gelegenheit, um die Pistole zu packen, doch Petrarca hielt noch immer die Lenkstange, er konnte ihm nichts anhaben, er war so gut wie gefesselt, als trüge er Handschellen.

– Sie haben recht, ich habe Ihnen einen Haufen Lügen erzählt, und wenn Sie mir vertrauen sollen, muss ich Ihnen die Wahrheit erzählen. – Er verzog das Gesicht und deutete ein schüchternes Lächeln an. – Guter Gott, ich weiß nicht, ob es richtig ist, vielleicht landen wir auf diese Weise beide in der Technischen Universität, wo Ihre Freunde uns die Nägel ausreißen, bevor wir von den Deutschen erschossen werden, aber ich glaube, anders kann ich Sie nicht überzeugen. Wir sind Antifaschisten, Patrioten, sage ich, von der Gruppe *Giustizia e Libertà*. An diesem Abend installierte Attanasio einen Sender, um mit den Alliierten zu kommunizieren.

– Und wo?

Petrarca seufzte, als ob ihm der Atem stockte. Noch eine Information, danach gab es keinen Weg zurück.

– In der Via Zamboni, sagte er leise. – In der Universität. Philologische Fakultät.

– Blödsinn. Dort hat es einmal einen gegeben, den haben sie gefunden.

– Ja, und dann hat es den Kampf an der Universität gegeben, bei dem sechs der Unsrigen gefallen sind. Aber genau das ist der Hintergedanke: Niemand sucht zweimal an derselben Stelle.

– Blödsinn, sagte De Luca, allerdings weniger überzeugt. Er bezog sich auch nicht so sehr auf Petrarcas Argumente als auf seinen Gesichtsausdruck.

Er lächelte wie davor, aber schüchterner, so zögerlich wie jemand, der sich seiner Sache nicht sicher ist.

– Die ganze Wahrheit, sagte Petrarca, er schien vor allem zu sich selbst zu sprechen, als ob er sich überzeugen wollte, – ich sage Ihnen die ganze Wahrheit, und dafür vertrauen Sie mir. Und ja, – er hob den Blick und schaute De Luca gerade in die Augen, – Sie haben recht. Ich war nie mit Attanasio befreundet. Ich kenne ihn, weil er mein Chef ist. Mein Vorgesetzter.

Er seufzte. Er senkte den Blick auf das Fahrrad, wie um auszuweichen, dann erwiderte er wieder entschlossen De Lucas Blick.

– Er ist der Notar.

Petrarca löste die Hände von der Lenkstange, machte einen Schritt zurück und steckte die Hände in die Manteltaschen. Möglicherweise hatte auch er eine Pistole, doch daran dachte De Luca gar nicht. Er schaute auf die grauen Schuhspitzen, als wären sie das Wichtigste auf der Welt, und dabei dachte er: *Nein.*

Nein.

Nein.

– Warum haben Sie mir das gesagt?

– Weil ich Ihnen jetzt alles anvertraut habe und Sie mir endlich glauben müssen. Wenn Attanasio am anderen Ende der Stadt war und einen illegalen Sender installierte, kann er Professor Brullo nicht umgebracht haben. Und wenn er nicht der Mörder ist, wollen Sie bestimmt herausfinden, wer es wirklich war. Wenn Sie einen Anführer der Resistenza aus dem Gefängnis holen, gewinnen Sie außerdem Freunde, die Ihnen in Zukunft vielleicht nützen können. Aber vor allem ... – Petrarca zog die Hände aus den Taschen und legte sie wieder auf die Lenkstange, als würde er sie auf De Lucas Schultern legen, ohne sie tatsächlich zu berühren. – Vor allem hätten Sie, der Sie immer sagen, Sie seien ein Polizist, die Gelegenheit zu entscheiden, was für ein Polizist Sie sein wollen.

De Luca dachte, in letzter Zeit hatten ihm viele das Angebot gemacht, in Zukunft seine Freunde zu sein, unter der Bedingung, dass er mit ihnen zusammenarbeitete: die Präfektur, die Deutschen und nun sogar wie vermutet die Resistenza. Im Fall des Mordes an Ingenieur Tagliaferri oder des Mordes an Rottenführer Weber gehörte das Ermitteln zu den Erfordernissen seines Berufs, unter Umständen rettete er damit sogar Geiseln das Leben, doch bei Attanasio musste er eine Entscheidung treffen. Seine Pflicht als Bulle hätte darin bestanden, den Notar festzunehmen, und nicht, ihm die Freiheit zu schenken, indem er wie ein Polizist ermittelte und den wahren Mörder fand.

Petrarca löste eine Hand von der Lenkstange und hielt sie De Luca hin. De Luca ließ die Pistole los, nahm seine Hand aus der Tasche und drückte sie vorsichtig. Zwischen Magen und Herz löste sich etwas, das ihm den Hals abdrückte. Am liebsten hätte er geweint, doch er unterdrückte das Weinen, indem er sich räusperte.

– Glauben Sie ja nicht, es sei einfach. Abgesehen davon, dass wir ihm kein Alibi geben können, fehlen uns ein paar Spuren, denen niemand nachgegangen ist. Die Leiche, der Tatort, wir haben keinen Bericht, kein Foto, nichts, abgesehen von dem, was ich vor Ort gesehen habe. Und wenn es etwas gäbe, was ich allerdings bezweifle, würde es uns Kollege Santi nie zeigen. Warum lächeln Sie?

– Ich glaube, ich habe was für Sie. Es ist aber etwas weit weg, was meinen Sie, soll ich mich auf die Fahrradstange setzen, wie es Verlobte tun, oder hinten auf den Gepäckträger?

Ein Kollege vom Präsidium hatte insgeheim ein kleines Privatarchiv angelegt. Immer, wenn im Leichenschauhaus in der Via Irnerio ein Toter ankam, für den sich niemand interessierte, der irgendwo auf der Straße gefunden oder in einer Kaserne, in der Technischen Universität, im Gefängnis San Giovanni in Monte oder von den Deutschen umgebracht worden war, machten der Beamte und ein Arzt, der auf seiner Seite war, eine Reihe Fotos. Auch der Wächter des Leichenschauhauses unterstützte sie, er sorgte dafür, dass die Leichen gleich nach ihrem Eintreffen fotografiert wurden, so, wie sie aussahen, und danach noch einmal, wenn sie gewaschen und so gut wie möglich wiederhergestellt waren.

Die Fotos waren vor allem für die Hinterbliebenen bestimmt, damit sie sich von den Toten verabschieden konnten und diese nicht wie so oft einfach verschwanden, nicht einfach schnell verscharrt wurden. Der Wächter, der außerdem als Barbier arbeitete, schnitt Stofffetzen und Haarsträhnen ab und bewahrte sie auf, damit die Verwandten sie identifizieren konnten.

Hin und wieder waren die Fotos auch für Ermittlungen bestimmt, hatte Petrarca gesagt, der mit gespreizten Beinen auf dem Gepäckträger saß, um nicht in die Speichen zu geraten, und obwohl er sich nicht genauer festgelegt hatte, hatte De Luca verstanden, dass er damit die zukünftigen Ermittlungen meinte, wenn und falls der Krieg auf andere Weise zu Ende ging.

Manchmal übernahm der Kollege vom Präsidium auch ein paar Fotos aus der Gerichtsakte in sein Archiv, sofern es welche gab und bevor man sie verschwinden ließ. Und auch ein paar Fotos, die vor Ort gemacht worden waren, diskret, aber gut, denn der Kollege und die aus seiner Gruppe waren sehr tüchtig, nicht nur als Patrioten, sondern auch als Polizisten.

Falls er den letzten Satz, *Patrioten und Polizisten*, mit Ironie ausgesprochen haben sollte, bemerkte es De Luca nicht. Speichel lief ihm aus dem Mund und er trat fest in die Pedale, aufs Neue schweißnass. Er dachte, dass er bald Fieber bekommen würde, aber nur einen Augenblick lang, er war so aufgeregt, dass er gar nicht bemerkte, dass sie bei der Straßensperre vor der Sperrzone angekommen waren, Petrarca rüttelte ihn an den Schultern, der Soldat der Feldgendarmerie hatte den Finger am Abzug der Maschinenpistole.

Die Fotos waren in einer leeren Wohnung in der Via Remorsella versteckt, hinter dem Kopfende eines Bettes. De Luca und Petrarca schoben das schwere Bett mühsam weg und holten einen quadratischen Koffer aus einer Nische in der Mauer. Sie öffneten ihn auf dem Bett, ohne es an seinen Platz zurückzuschieben. Er war voller großer gelber Kuverts, wie man sie auf dem Präsidium verwendete, manche waren dünn, andere prall gefüllt, und darauf stand ein mit Maschine geschriebener Name und eine mit Bleistift geschriebene Nummer. Sie waren nicht alphabetisch geordnet, deshalb breiteten sie sie auf der nackten Matratze aus, verteilten sie mit den Händen, bis Petrarca sagte: *Da ist es.*

Es war ein prall gefülltes Kuvert mit vielen Fotos drin. De Luca zog sie heraus und setzte sich an einen kleinen Tisch am Fenster, wo es heller war. Er legte sie nebeneinander auf, der Reihe nach wie bei einer Patience, kleine, glänzende, scharf abgegrenzte Vierecke mit weißen Rändern. Der Reihe nach, oben die, die in der Via Ca' Selvatica gemacht worden waren, darunter die aus dem Leichenschauhaus. Er begann mit den obersten, auf denen das Gesicht des Professors noch mit Erde verschmutzt und das Auge blutverkrustet war und seine Strähnen auf der Stirn klebten, und dann die, auf denen sein Gesicht gewaschen und leichenblass war. Nur die Augenhöhle war ein schwarzes Loch und auf der Stirn befand sich ein ziemlich dunkler Fleck, der zu sehen war, weil der Wächter die Haare des Professors mit dem Schwamm nach hinten gekämmt und geglättet hatte. De Luca neigte das Foto, damit das Licht durch das Fenster darauf fiel.

– Was ist das?, fragte Petrarca.

– Eine Wunde direkt unter dem Haaransatz. Ich habe sie nicht bemerkt, weil die Haare sie verdeckten, aber auf dem Foto ist sie deutlich zu sehen. Wie ein Schnitt.

Da war noch ein Foto, das im Leichenschauhaus gemacht worden war. Im Profil, aus größerer Nähe, die Wunde war besser zu sehen.

– Sie ist jüngeren Datums, sagte De Luca, – aber als er ermordet wurde, war sie schon da. Beim Waschen ist die Kruste abgegangen, man sieht die Hautveränderung darunter. Oder vielleicht sieht es nur so aus, es ist nur eine Vermutung. Es hat bestimmt etwas damit zu tun.

Er legte die Fotos aus dem Leichenschauhaus auf einen Stapel und reichte ihn Petrarca, damit er sie ins Kuvert zurücksteckte, sie hatten ihm bereits alles gesagt, und er wollte sich nicht ablenken lassen. Die Fotos vom Tatort waren zahlreich, und der Kommissar hatte recht, sie waren gut. Doch sie offenbarten nicht viel mehr als das, was er mit freiem Auge gesehen hatte. Brullo auf den Stufen, verrenkt, mit gebrochenem Bein, das Loch anstelle des Auges, die Verbrennung auf der Innenseite der Finger, sogar der Streifen am Mantel. Er legte auch sie auf einen Stapel, eins auf das andere, und behielt ein paar, auf denen die Fußspuren im Gewölbe zu sehen waren, doch es waren zu viele, sicher waren auch seine und Santis dabei.

Dann sah er links auf dem Foto eine Spur, die er nicht deuten konnte, ein kleines schwarzes Loch zwischen zwei Steinen, doch es war nahezu kerzengerade von oben aufgenommen worden, was Perspektive und Proportionen verfälschte. Auch das Foto war merkwürdig, in einiger Entfernung vom Tatort aufgenommen, auf dem Weg zum Gewölbe.

– Soll ich den Kollegen suchen, der es gemacht hat?, fragte Petrarca, – damit er es uns erklärt?

– Nein. Wir gehen hin und schauen selbst, was es ist.

Er wollte schon aufstehen, als ihm etwas einfiel. Er hatte einen Blick aufs Bett geworfen, wo die vielen Kuverts auf der Matratze lagen, und während er dachte, dass es wirklich viele waren, hatte er eine Idee, die alles andere zum Verschwinden brachte.

– Sind das alle politischen Morde, die in Bologna begangen wurden, oder die, die zumindest so aussehen?, fragte er.

– Nicht alle, aber viele. Ja.

– Sind auch die Jacchia dabei?

Petrarca verzog das Gesicht. – Ich mag sie nicht so nennen, aber ja, es sind auch einige dabei, die angeblich auf der Liste standen, die der Patriot, Anwalt Mario Jacchia, angeblich erstellt hat.

De Luca fuhr mit einer ungeduldigen Geste durch die Luft, während er erwartungsvoll laut zu schnaufen begann.

– Tagliaferri. Ingenieur Tagliaferri. Ist er dabei?

Petrarca durchsuchte die Kuverts.

– Da ist er.

Das Kuvert war nicht so prall, nur drei Fotos waren darin. Auf einem Foto war das Kärtchen zu sehen, das De Luca in die Manteltasche des Ingenieurs gesteckt hatte, für das Foto war es aufgefaltet und geglättet worden. Er berührte das Foto nicht einmal, er ließ es auf dem kleinen Tisch liegen, wo es hingefallen war, nachdem er das Kuvert geöffnet hatte.

Die anderen beiden zeigten den Ingenieur im Leichenschauhaus, davor und danach.

Auf dem ersten Foto war der Ingenieur der blutige Brei, den er bereits kannte, doch jetzt, wo er die schwarzen Flecken auf seinem Gesicht genauer betrachtete, fiel ihm noch etwas auf. Zwischen den aufgerissenen Augen auf seiner Stirn verlief ein Spalt.

– Das ist der Schlag, der ihn umgebracht hat, sagte De Luca. – So einen Schlag überlebt man nicht. Die anderen waren weniger heftig, und nur auf einer Seite.

– Sie haben ihn gefesselt und verdroschen, sagte Petrarca und legte das gewaschene Gesicht aus dem Leichenschauhaus auf das massakrierte. Es waren Porträtaufnahmen, die nur bis zum Hals der Opfer reichten, doch jemand, vielleicht der tüchtige Kollege, hatte Tagliaferris Hände gehoben und sie ihm ganz oben auf die Brust gelegt, damit sie mit aufs Foto kamen. An den Handgelenken des Ingenieurs befanden sich blaue Striemen.

– Gefesselt, verdroschen und dann mit einem Stockschlag getötet, sagte Petrarca, doch De Luca hörte nicht zu.

Nach der Behandlung des Wächters war das Gesicht Ingenieur Tagliaferris heller und die Augen waren nicht mehr weit aufgerissen, sondern halb geschlossen, sie schienen einen Blick unter den Lidern hervor zu werfen. Der Mund stand allerdings weit offen, vielleicht weil der Wächter mit dem Schwamm auf das Kinn gedrückt hatte, man sah die Zähne.

De Luca stand auf und ging zum Fenster, um besser sehen zu können. Auf den Zähnen des Ingenieurs befanden sich zwei Flecken, zwei schwarze Punkte zwischen den Schneidezähnen, die nicht ausgeschlagen worden waren, die den Faustschlägen getrotzt hatten. Es sah aus wie Karies, doch so einer wie er lief nicht mit Zahnlöchern herum, außerdem hätten sie ihm wohl Schmerzen bereitet.

– Der Zahnarzt, sagte De Luca.

– Wer, fragte Petrarca.

– Jede Gruppe hat, abgesehen von den Schlägen, ihre eigenen Methoden. Das politische Büro der Guardia Nazionale Repubblicana verwendet Gasmasken mit geschlossenem Filter, die in der Via Borgolocchi einen mit Nägeln versehenen Schlagstock, Massaron einen Ochsenziemer. Der Zahnarzt wird so genannt, weil er einen Bohrer verwendet, doch ich glaube nicht, dass er wirklich Zahnarzt ist.

Er achtete gar nicht auf Petrarcas Blick. In Gedanken versunken betrachtete er das erzwungene Lächeln des Ingenieurs und nickte zufrieden, wenn nicht gar glücklich, den Fall gelöst zu haben.

Der Zahnarzt arbeitete für die 22, eine autonome Gruppe der Schwarzen Brigaden. Sie hatten Ingenieur Tagliaferri entführt, gefoltert und getötet, genau das wollten die *Freunde* von der Präfektur hören. Fall gelöst.

– Was ist los, Petrarca? – Erst jetzt fiel ihm der Blick des Kommissars auf, er gefiel ihm nicht.

– Wie können Sie nur! Zahnarzt, Gasmasken … Sie sprechen von Foltermethoden wie von Signaturen in einer Kunstgalerie! Wie können Sie nur!

Auf dem Bett lagen die Kuverts, als Petrarca sie durchsucht hatte, waren einige aufgegangen, und die Fotos lagen nun offen auf der Matratze. De Luca betrachtete die blassen, bläulichen Gesichter, die ihn unter halb geschlossenen Lidern anblickten, mit halb offenen Mündern, auf denen das starre Lächeln der Toten lag. Er kannte sie, er hatte viele derartige Blicke und Lächeln gesehen, nicht diese, aber andere, er hatte sie studiert, nachts von ihnen geträumt, und das war kein Albtraum gewesen, sondern nur die Fortsetzung seiner Ermittlungen, er sehnte sie sogar herbei, bevor er zu Bett ging. Jetzt gingen sie ihm allerdings auf die Nerven, genauso wie der Blick des Kommissars.

– De Luca, ich glaube, ich kenne Sie ein wenig. Wie sind Sie so geworden?

– Ich habe auf die falsche Seite geschaut, besser gesagt … ich habe nicht wirklich geschaut, nirgendwohin, und als ich es bemerkt habe, war es zu spät.

– Und dann haben Sie sich daran gewöhnt.

– Nein, aber …

Alles lag in diesem *aber,* das wusste er, er wollte aber nicht darüber nachdenken. Eines Tages vielleicht, aber nicht jetzt, er musste seine Ermittlungen abschließen, einen Fall hatte er gelöst, blieben noch zwei andere, und er wollte sich ausschließlich auf sie konzentrieren, das *aber* vergessen, es irgendwo in seinem Inneren verstauen und weitergehen.

Die 22 hatte Ingenieur Tagliaferri umgebracht. Jetzt musste er noch herausfinden, wer Rottenführer Weber umgebracht und wer Professor Brullo erschossen hatte.

Deshalb beendete er den Satz nicht, sondern steckte die Fotos wieder in die Kuverts. Er hob den Blick und beggnete dem des Kommissars. Er hielt seinem Blick stand.

– Es reicht, Petrarca. Ich bin auf Ihrer Seite, oder? Und jetzt lassen Sie mich in Frieden.

Diesmal war der Kommissar nicht einfach so verschwunden, er hatte sich entschuldigt, denn er musste ins Büro, zu seinen Pässen, zurück, doch De Luca hatte ihn gebeten zu bleiben.
– Besuchen wir die Frau Ihres Freundes. Kennen sie sie?
– Nein.
– Eigentlich hätte ich sagen müssen, Ihres *Chefs,* nicht Ihres Freundes. Ist sie mit der Situation vertraut? Ich meine, weiß sie von Ihrer Aktivität als …
– Nein, sie weiß nichts.
– Ihr Polizeiausweis hat jedenfalls weniger Gewicht als meiner und wir fallen weniger auf. Zumindest in dem Ambiente, das ich mir vorstelle.

Das Ambiente war genau so, wie De Luca es sich vorgestellt hatte: eine Wohnung in der Via Rizzoli, mit Concierge am Tor und einem Käfigfahrstuhl, in den sie einstiegen, obwohl die Gefahr bestand, dass sie stecken blieben. Doch sie waren ohne Rumpeln ins obere Stockwerk gelangt, ein Dienstmädchen mit Schürze und Häubchen hatte ihnen geöffnet, sie hatte sich lange Petrarcas Ausweis angesehen und stumm seinen Namen und Dienstgrad wiederholt, um ihn sich einzuprägen. Dann war sie in ein Zimmer am Ende des Gangs gegangen, als sie wieder auf der Schwelle auftauchte, machte sie ihnen ein Zeichen einzutreten.

Sie betraten eine Bibliothek mit Bücherregalen bis zur Decke. Abgesehen von den Möbeln, den Teppichen, dem Silbergeschirr und den großen Gemälden an der einzigen freien Wand – allein aufgrund der Wärme, die auf der kalten Haut nahezu brannte, hätte sogar ein Blinder verstanden, dass es sich hier um eine Luxuswohnung handelte und Geld keine Rolle spielte. Im Kamin zwischen den Bücherregalen brannte ein Feuer, außerdem gab es einen großen Kachelofen, in den das Dienstmädchen ein Holzscheit nachlegte, das sie aus einer gut bestückten Kiste genommen hatte, fast als hätte sie De Lucas Gedanken erraten und wolle sie bestätigen.

Attanasios Frau saß auf einem Jugendstilsofa mit Damastbezug, ihr Arm ruhte auf der Lehne und die Beine lagen seitlich, in Meerjungfrauenpose. Sie trug eine weiße, dekolletierte Tunika, eine Männerhose und war barfuß, Fuß- und Fingernägel waren rot lackiert. Aufgrund des Tuches, das sie wie einen Turban um die Haare geschlungen hatte, wirkte sie wie eine Filmdiva, und auch ihr Name, Altea, und ihr Mädchenname, De Lellis, den sie beibehalten hatte, der auf der Klingel stand und den die Concierge verwendete, waren die einer Filmdiva.

Eine schöne Frau.

Sie streckte einen Arm aus, reichte ihnen die Hand, ohne sie anzusehen, als wäre ihre Aufmerksamkeit von etwas auf der anderen Seite gefesselt, und Petrarca bückte sich, um ihre Finger zu ergreifen und ihr mit halb geöffneten Lippen und aus gebührlicher Entfernung einen perfekten Diplomatenhandkuss zu geben. De Luca neigte nur den Kopf und blieb hinter ihm stehen.

– Ich würde Sie ja bitten, sich zu setzen, sagte die Frau, – doch ich erwarte Besuch. Was wollen Sie noch von mir? Ich habe dem Polizisten, der aussieht wie ein Ferkel, bereits alles gesagt.

– Nur noch ein paar Fragen, sagte Petrarca, mit dem Blick auf De Luca.

– Ihr Gatte ist angeklagt, Ihren Liebhaber erschossen zu haben, sagte De Luca und Altea nickte.

– Ja.

– Darf ich Sie fragen, welcher Art Ihre Beziehung zu Professor Brullo war?

– Ja.

– Und wie war sie?

– Er war mein Geliebter.

– Und darf ich Sie fragen, ob Ihr Gatte davon wusste?

– Nein.

– Ich darf Sie nicht fragen?

– Nein, er wusste es nicht. Doch da er ihn umgebracht hat, muss er es wohl herausgefunden haben.

Beim Reden hielt sie den Blick stets abgewandt und sie spielte mit den Zehen eines Fußes. Von irgendwoher kam der Duft von echtem und starkem Kaffee, sodass De Luca die Hände über dem Bauch kreuzen musste, damit er nicht knurrte. Petrarca hingegen achtete gar nicht darauf.

– Glauben Sie wirklich, dass er es war?, fragte der Kommissar. Altea sah ihn mit gerunzelter Stirn an, doch an ihrem Lächeln war zu erkennen, dass sie an etwas ganz anderes dachte.

– Sie ähneln einem Schauspieler, hat man Ihnen das schon mal gesagt?

– Ja, sagte Petrarca, ebenfalls lächelnd. – Oft.

– Warten Sie, sagen Sie es nicht ... wie heißt er noch mal? Ein Römer, ein Filmkomiker ...

– Paolo Stoppa. Aber ich sehe besser aus.

Altea warf den Kopf in den Nacken und lachte, ein wohlklingendes Lachen wie ein Filmstar. Sie zog die Beine an und stellte die Füße auf den Teppich, vergrub die Zehen im dichten Flor. De Luca folgte ihrer Bewegung und lächelte ebenfalls.

– Ihr Kollege ist ein Fetischist, sagte Altea zu Petrarca. – Er betrachtet meine Füße. – Sie stellte einen auf den anderen, wie um ihn zu verstecken, die Sohle des linken auf den Rist des rechten, und sie lächelte über De Lucas Verlegenheit, der rot geworden war.

– Abgesehen von einem schönen nackten Rücken sind sie die verführerischsten Körperteile einer Frau, sagte Petrarca mit weichem und etwas schleppendem Tonfall, wie der Schauspieler.

– Hören Sie auf, Süßholz zu raspeln, sagte Altea, – wir sind ja nicht im Film. Wenn Sie fertig sind, möchte ich, dass Sie gehen. Ich erwarte Besuch. Carmela!

Das Dienstmädchen öffnete die Tür, als ob sie dahinter gewartet hätte. Sie trug ein Silbertablett mit drei Tassen und einer

Kaffeekanne, ebenfalls aus Silber. Sie stellte das Tablett auf ein Klavier, das so nah bei ihnen und beim Sofa stand, dass der Kaffeeduft nahezu unerträglich wurde, zumindest für De Luca, der heftig schlucken musste, um sprechen zu können.

– Nur noch eine Frage, sagte er. – Sie glauben also, dass Ihr Gatte den Professor umgebracht hat.

– Ich bin mir sicher. – Sie drückte die Fußsohlen auf den Teppich, De Luca riskierte noch einen Blick und sie lächelte wieder, diesmal provokant.

– Aus Eifersucht, sagen Sie.

– Ich glaube, ich kenne Lorenzo ziemlich gut. Er war mein erster Freund und wir leben zusammen, seitdem wir verheiratet sind.

Es klingelte, das Geräusch war weit weg, aber stark, wie der Kaffeeduft davor. De Luca sprach schneller.

– An diesem Abend jedoch, am Abend des Mordes, waren Sie nicht zusammen. Wir wissen, wo sich Ihr Gatte befand, und natürlich auch, wo Professor Brullo sich befand, aber um die Situation einschätzen zu können, würde es uns helfen, wenn wir wüssten, wo Sie …

– Sie fragen mich nach … wie heißt das in den gelben Mondadori-Krimis … Stoppa, helfen Sie mir!

– Alibi, flüsterte Petrarca, – aber ich bin mir sicher, der Kommissar …

– Sie fragen mich nach meinem Alibi? Um Himmels willen …

Wieder das Lachen einer Diva. Carmela klopfte an die Tür und trat auf die Schwelle. Altea nickte ihr zu und zog wieder die Beine aufs Sofa, in Meerjungfrauenpose, auf die Armlehne gestützt.

– Ich habe den Abend zum Großteil mit Maestro Vito Crocitto verbracht, kennen Sie ihn?

De Luca schüttelte den Kopf und wiederholte den Namen, um ihn sich einzuprägen.

– Sollten Sie aber, sein Orchester spielt göttliche Tanzmusik.

– Und wo haben Sie ihn gehört?, fragte De Luca, bereit, sich auch den Namen des Lokals einzuprägen, wohl ein privater Klub, Bälle waren nämlich verboten.
– Im Radio. Ich hatte starke Migräne und bin bald zu Bett gegangen, allein, und habe Radio gehört, das ist mein Alibi. Lorenzo war bereits ausgegangen, und ich habe erst am Tag darauf von ihm gehört, als Sie ihn verhaftet haben. Kommt nur herein!
De Luca drehte sich zur Tür um. Sie waren zu dritt, ein dünner, nervöser junger Mann mit Brillantine im Haar und dem Parteiabzeichen im Knopfloch des blauen Anzugs, ein schönes blondes Mädchen mit regelmäßigem Gesicht, wie das einer Marmorstatue, mit offenem Blusenkragen unter der Lodenjacke, und Leutnant Manfred, der sogar in Zivil, mit grauem Anzug, aussah, als wäre er einer Propagandazeitschrift entsprungen.
– Stören wir?, fragte der junge Mann, und Altea schüttelte den Kopf, mit zerstreut ausgestrecktem Arm.
– Die Herren sind vom Präsidium, sie sind wegen der bewussten Angelegenheit hier. Aber sie sind schon am Gehen.
– Mit Verlaub, sagte Petrarca, und vielleicht hätte er Altea noch einen einwandfreien Handkuss gegeben, wenn der junge Mann nicht schon ihre Hand gepackt und seine Lippen auf ihren Handrücken gepresst hätte, was ihr wieder ein Lachen entlockte.
De Luca wollte schon gehen, doch der Leutnant hielt ihn zurück.
– Was machen Sie hier? Ich dachte, Sie arbeiten für uns, die Zeit drängt.
– Ich bin schon weit gekommen, ich habe einen Namen und vieles mehr. Morgen erstatte ich Bericht.
Der Leutnant sagte nichts. Er machte einen Schritt zur Seite und ließ ihn gehen. Dann drehte er sich zu Altea um, verbeugte sich und schlug die Hacken zusammen. Der junge Mann sagte, *meine Liebe, unser Manfred ist total verrückt nach Ihnen.*

De Luca blieb einen Augenblick auf der Schwelle stehen. Er warf einen Blick auf den Leutnant, der Altea die Hand küsste und ihr dabei in die Augen blickte. Er registrierte ihr kaltes Lächeln, und bevor er Petrarca folgte, warf er noch einen Blick auf ihre nackten Füße, ließ einen schnellen, aber intensiven Blick über ihre Fesseln, das Fußgewölbe und die langen, schmalen Zehen gleiten, offenbar war es ihm egal, wenn sie ihn dabei ertappte.

– Darf ich ausnahmsweise Ihnen eine Frage stellen? Wozu sind wir hergekommen? Um uns wie zwei Trottel behandeln zu lassen?

Von dieser Stelle auf der Via Rizzoli sah man die Piazza del Nettuno und die Leere, die die große Bronzestatue des Meeresgottes hinterlassen hatte, die man aus Angst vor Luftangriffen in den Kellern des Rathauses versteckt hatte. De Luca schaute nicht wirklich hin, er schaute ins Leere, und mehr als Petrarcas Worte riss ihn dessen verärgerter Ton aus seinen Gedanken.

– Was haben Sie gesagt?

– Wozu wir hergekommen sind? Was haben Sie mit Ihren Fragen beabsichtigt? Sie sind der Tüchtigere von uns, daran zweifle ich nicht, aber …

– Ich habe zweierlei beabsichtigt, sagte De Luca. – Zuerst wollte ich herausfinden, ob die Dame hinkt. Die Antwort lautet, ja.

– Sie ist doch nicht mal vom Sofa aufgestanden …

– Sie hat ein kürzeres Bein, die Füße haben den Teppich nicht in gleicher Weise berührt und ein Knöchel ist schmaler als der andere. Vielleicht hatte sie als Kind Kinderlähmung oder etwas Ähnliches. Das habe ich mir angeschaut, oder glauben Sie, Petrarca, dass ich wirklich ein Fetischist bin?

Petrarca zuckte mit den Schultern. – Jeder nach seiner Fasson, sagte er. – Und was haben Sie noch beabsichtigt?

– Ich wollte herausfinden, ob die Dame ein Alibi hat. Ich gebe zu, ich war nicht sehr gut, aber offenbar hat sie keines. Sie sagte, sie habe im Radio Tanzmusik gehört, donnerstagabends, das können wir überprüfen. Sie machen das.

– Ich mache das, ist gut.

– Da ist noch etwas, sagte De Luca. – So wie der Leutnant sie angesehen hat, dürften sich die sapphischen Vorlieben der Dame noch nicht herumgesprochen haben. Sehr gut, Campanella, ich werde ihm gratulieren.

Petrarca nickte. Er drehte sich um und auch sein Blick fiel auf den verstümmelten Springbrunnen mitten auf der Piazza.

– Wenn der Gigant wieder das Tageslicht erblickt, werden weder Hitler noch der Duce da sein, rezitierte er. – Ich würde es ja im Dialekt sagen, aber ich bin nicht aus Bologna.

– Ich auch nicht.

– Ich würde Sie gern fragen, was Sie für die Deutschen erledigen.

– Das ist die Frage eines Spions.

– Ich habe gesagt, ich würde gern, ich habe Sie ja nicht wirklich gefragt.

– Ich muss eine Uhr finden.

– Eine Uhr?

– Die Geschichte hat mit einem ermordeten SS-Rottenführer zu tun. Aber seien Sie beruhigt, wegen dieser Geschichte wird niemand an die Wand gestellt, ganz im Gegenteil. Aber jetzt stelle auch ich Ihnen eine Frage. Warum Notar?

– Was meinen Sie?

– Warum dieser Deckname? Attanasio ist Medizinprofessor.

– Hätten wir ihn „Doktor" nennen sollen wie Ihren Zahnarzt? Ich wette, Sie haben ihn im Juristenmilieu gesucht, vielleicht haben Sie auch bei den Notaren begonnen.

De Luca sagte nichts. Er stieg aufs Rad.

– Was machen wir jetzt?, fragte Petrarca.

– Sie gehen ins Büro, bevor Sie noch entlassen werden.

– Genau. Und Sie?
– Ich gehe ins Theater.

Das Teatro del Corso war nicht weit entfernt, es befand sich auf halber Höhe der Via Santo Stefano, doch er brauchte eine Weile, denn zuerst wurde er von einer Patrouille der Guardia Nazionale Repubblicana angehalten, die seine Fahrrad-Erlaubnis sehen wollte, doch es reichte auch sein Bullenausweis, dann von einer Patrouille der Feldgendarmerie, die nichts Geringeres als das Fahrrad haben wollte, und diesmal reichte sein Ausweis nicht, er musste zusätzlich den Namen von Leutnant Manfred nennen.

Aufgrund der Bombardierung Ende Januar waren die Arkaden zerstört, sie brachen plötzlich ab wie die Ruine eines antiken römischen Aquädukts. Hinter der zerbombten Fassade des Theaters war nur noch ein Freiluft-Halbrund übrig geblieben, das aussah wie ein Bienenstock, denn jede Loge der beiden Ränge war zu einer notdürftig adaptierten Unterkunft für Flüchtlinge geworden, wie die Höhlen der Sassi di Matera. Die ehemalige Bühne war nun eine Piazza, auf der es von Menschen, vor allem Alten und Kindern, wimmelte, die sich ebenfalls so gut wie möglich angepasst hatten, denn die Unterbringung im Theater war die prekärste von allen.

De Luca sah eine Gruppe vor Angst kreischender Kinder, sie wurden von einem älteren Kind verfolgt, das ein rotes Flugblatt mit dem Totenschädel und den Krallen eines alliierten Soldaten darauf schwenkte, *Italiener, die angelsächsischen Mörder stehen vor der Tür!*, und steuerte auf einen Alten zu, der am Rand des ehemaligen Souffleurkastens saß, obwohl er wirr und sonderbar wirkte, trug er die Binde der Nationalen Flugabwehr am Arm und war wohl so etwas Ähnliches wie ein Luftschutzwart.

Egal, was er war, als De Luca ihn nach Cassandra Orsi, Sandrina genannt, fragte, hob der Alte von der Flugabwehr wortlos die Hand und zeigte auf eine Proszeniumsloge, wo eine kleine Frau und ein einarmiger Mann einen kleinen Gusseisenofen hochzuheben versuchten, der wohl sehr schwer war, denn auch eine weitere Frau, die sich zwischen aufgehängter Wäsche über die Brüstung der Loge darüber lehnte, konnte ihn nicht hochziehen. De Luca lehnte das Rad an und half ihnen, stemmte den Ofen mit beiden Händen hoch, er war wirklich sehr schwer, bis ihn die Frau darüber zu fassen bekam, ihn hineinzog und zwischen den Wäschestücken verschwand.

Die Frau unten ähnelte sehr der Frau auf dem Foto, auch wenn sie in echt viel jünger wirkte, fast wie ein Mädchen, und De Luca sprach sie spontan mit Du an.

– Ich suche Sandrina. Cassandra Orsi. Bist das du?

– Warum suchst du Sandrina?

Der einarmige Mann hatte sich zwischen sie gedrängt. Auch er war sehr jung, mit den eingefallenen Wangen und dem spärlichen Bart wirkte er allerdings älter. Er trug einen steifen und verfilzten, von oben bis unten zugeknöpften Militärmantel, vom Kragen bis zu den Knöcheln, die unter den Stulpen einer zu kurzen Nadelstreifenhose hervorragten. Ein Ärmel war gefaltet und auf Höhe der Schulter angenäht, und er trug eine Militärkappe mit Schild, von der die Abzeichen entfernt worden waren.

– Polizei, sagte De Luca. – Ich muss Ihnen ein paar Fragen stellen.

Der Mann kam näher, aggressiver.

– Und warum?

– Polizeiangelegenheiten. Hör zu, – auch aufgrund der rot geränderten Augen wirkte er älter, aber De Luca duzte ihn absichtlich, um seine Autorität als Bulle hervorzukehren, – ich will mich bloß informell ein wenig unterhalten, zwing mich nicht, die Papiere und alles andere zu verlangen.

– Was willst du sehen, meinen militärischen Rang? Die Befreiung von Zwangsarbeit? – Er schlug mit der Hand auf seine Schulter und verzog das Gesicht, da er sich offenbar wehgetan hatte. – Hier sind meine Papiere! Den da – und er schüttelte den leeren Ärmel – habe ich in Russland gelassen, und was ich anhabe, – er packte den Schoß des Mantels, – ist alles, was mir geblieben ist!

Irgendjemand auf der Piazzetta hatte sich umgedreht und sah sie an, auch der Alte mit der Binde war aufgestanden, um näher zu kommen, vielleicht war er wirklich der Luftschutzwart. De Luca seufzte.

– Noch einmal von vorne. Ich suche Sandrina, sagte er zu dem Mädchen. – Bist das du?

– Nein, sagte die Frau von oben, die zwischen der am Rand der Loge aufgehängten Wäsche aufgetaucht war. – Das bin ich. Kommen Sie herauf.

Die Hintertreppe war unversehrt, auf ihr lag noch immer ein roter, allerdings lädierter Läufer, und De Luca ging in den ersten Rang hinauf, wie in die Oper. Er fand die Frau nach der Biegung des Gangs, vor der letzten Tür, die sie ihm geöffnet hatte.

– Helfen Sie mir bitte.

Der Ofen lehnte verkehrt herum an der Brüstung der Loge, die als Fenster diente. Die Frau packte ihn und De Luca hob ihn von unten an, wobei er sich das Kreuz verriss. Er konnte ihn jedoch hochheben und gemeinsam stellten sie ihn an die Wand. De Luca blickte sich um, massierte sich das Kreuz, in dem er einen stechenden Schmerz fühlte, und sah sich nach einem Platz um, wo er sich einen Augenblick setzen konnte. Die Frau bemerkte es und nahm einen Wäschebottich von einem Stuhl, dem einzigen im Raum. Er bestand aus zwei Logen, mit einem großen Loch dazwischen, das man mit dem Hammer in die Trennwand geschlagen hatte, und darin standen Betten und Pritschen, ein Schrank, ein Tisch und eine Truhe. Pfannen und Geschirr befanden sich in einem Kübel neben dem Gusseisenofen, auf den die Frau einen Kocher stellte.

Sandrina war eine kleine, untersetzte Frau, und im Gegensatz zu dem Mädchen unten hatte sie viel mehr Ähnlichkeit mit dem Mädchen auf dem Foto, das man bei Rottenführer Weber gefunden hatte. Wenn sie den alten Mantel ausgezogen und das Kopftuch abgenommen hätte, das sie wie eine Muslimin tief in die Stirn gezogen hatte, mit frisierten Haaren und etwas Lippenstift hätte sie trotz der Müdigkeit und der infolge der hartnäckigen Kälte geröteten Haut genauso ausgesehen wie das Mädchen auf dem Foto: eine junge Frau, die in einem Atelier posierte und sich darüber freute, fotografiert zu werden.

De Luca hatte das Foto mit den gezahnten Rändern der Fratelli Ferrano in der Hand, sie hatte es jedoch noch nicht bemerkt, mit dem Rücken zu ihm kauerte sie auf dem Boden, mit dicken Kniestrümpfen und Holzpantoffeln, fast, als ob sie Angst hätte, sich umzudrehen. De Luca fragte sie:

– Hast du Angst? Er duzte sie, wie ein Bulle.

– Ein wenig, sagte sie leise.

– Warum?

– Alle haben Angst vor der Polizei.

– Dreh dich bitte um.

Sandrina drehte sich um. Sie hatte das Foto in De Lucas Hand bemerkt, tat aber, als würde sie nicht hinsehen. Sie leckte sich schnell über die Lippen, atmete heftiger.

– Beruhige dich, sagte De Luca. – Ich möchte nur wissen, wie dieses Foto in die Börse eines deutschen Rottenführers gelangt ist.

Die Frau leckte sich wieder über die Lippen. Dann wurde ihr Blick hart und De Luca begriff, dass es nicht so einfach sein würde, wie er es sich vorgestellt hatte. Sandrina zuckte mit den Schultern.

– Fragen Sie doch ihn, sagte sie.

– Ich bitte dich, Sandrina. Ich habe es auch denen unten gesagt. Entweder machen wir es auf ruhige und informelle Art, jedoch ehrlich und sofort, oder ich bringe dich in die Zentrale.

Sie sagte nichts. Sie öffnete das Türchen des Ofens und legte ein kleineres Stück Braunkohle nach.

– Zentrale bedeutet nicht das Präsidium auf der Piazza Galileo, sagte De Luca, – und auch nicht das Kommissariat San Francesco. Zentrale bedeutet Via Santa Chiara Nr. 6, beziehungsweise Technische Universität. Du weißt doch, was dort ist?

Sandrina wandte ihm nach wie vor den Rücken zu, mit angespannten Schultern unter dem glatten Mantelstoff. Dann drehte sie sich um und ging zum Fenster der Loge. Unten waren Leute, der einarmige Mann und das jüngere Mädchen schauten herauf. Sandrina schob eine Spanplatte vor das Fenster. In der Loge wurde es finster, nur der Widerschein des Feuers im Ofen tanzte über die Wände, De Luca brauchte eine Weile, bis sich seine Augen an das Halbdunkel gewöhnt hatten. Er folgte der Silhouette der Frau, dem Klappern der Holzpantoffeln, und sah sie neben dem Ofen stehen, das Gesicht eingefallen im rötlichen Schatten des Feuers.

– Ich habe es ihm gegeben, sagte sie leise.

– Du hast es ihm gegeben. Und warum?

Ein kaum hörbarer Seufzer. – Wir waren zusammen.

– Ihr wart zusammen. Ich bitte dich, Sandrina ... – De Luca vollendete den Satz nicht, so war er anspielungsreicher, als wenn er ihn fertig ausgesprochen hätte. Das hatte er absichtlich gemacht, und tatsächlich warf sie ihm wieder einen harten Blick zu.

– Wir waren zusammen, sagte sie. Dann machte sie eine lange Pause und dachte an etwas, was ihren Blick weicher und weniger böse werden ließ. – Ich bin mit ihm gegangen, weil ich mich verliebt hatte.

Sie zog den Rotz hoch, doch er sah nicht, ob sie wirklich weinte. Auf dem Tisch standen Kerzen. De Luca tastete sich in der Dunkelheit zum Tisch und nahm eine. Er zündete sie mit den Streichhölzern an, die er in der Tasche hatte, ließ einen Tropfen Wachs auf den Tisch fallen und drückte die Kerze darauf. Dann packte er

Sandrina vorsichtig am Arm und zog sie zum Tisch. Es war noch immer nicht hell genug, also zündete er noch eine Kerze an und stellte sie auf die andere Seite.

– Ich weiß, wir unterhalten uns leise und im geschlossenen Raum, damit die anderen uns nicht hören, aber ich muss dir ins Gesicht sehen. Ich kaufe dir neue Kerzen.

Er sprach ebenfalls leise, denn im schwachen Licht war gerade mal Sandrina zu sehen, während der Rest des Zimmers in einem derart weichen, intimen Halbdunkel lag, dass man sich tatsächlich wie in einer Kirche, einem Beichtstuhl, vorkam. Draußen unterhielten sich die Menschen und machten Lärm, die Spanplatte reichte nicht, um die Kälte, die Stimmen der Erwachsenen und die Schreie der Kinder auszusperren, doch De Luca und Sandrina schienen sie nicht einmal zu hören, sie war ganz in ihren Gedanken versunken und auch er in ihren. Sogar die Flamme im Ofen schien leise einen Rosenkranz zu beten.

– Er war freundlich, sagte Sandrina, ohne dass er sie fragen musste, tatsächlich wie bei einer Beichte. – Zuerst brachte er mir Hemden zum Waschen, er sprach ziemlich gut Italienisch, doch die Art und Weise, wie er sprach, eben wie ein Deutscher, brachte mich zum Lachen, doch vor allem war er freundlich. Als ich ihn zum ersten Mal sah, ging er über die Brücke am Kanal, es war Sommer, wir Frauen stehen beim Waschen bis zu den Knien im Wasser, wir ziehen die Röcke hoch, bücken uns und halten den Hintern in die Luft, und alle schauen uns auf den Hintern, Greise, kleine Stöpsel, von den Pfarrern ganz zu schweigen. – Sie sprach mit starkem Bologneser Dialekt, bei langen Sätzen verfiel sie in eine Art Singsang, und außerdem verwendete sie Dialektausdrücke, *Stöpsel* für Kinder. – Die Männer, denen Frauen gefallen, schauen uns vor allem auf die Schenkel, doch er nicht. Das heißt, er machte es auch, doch irgendwie anders, und als ich ihn dabei ertappte, als ich mich einmal extra umgedreht habe, hat er mich angelächelt, als ob er sich

entschuldigen wollte. Aber es war nicht nur deshalb, er war nett, sympathisch, küsste wie ein Gott … mit einem Wort, ich weiß nicht, warum, aber ich habe mich verliebt, es ist halt passiert. Obwohl er ein Deutscher war. Obwohl ich verheiratet bin, obwohl ich drei Kinder habe. Vielleicht fehlte mir Valerio.
– Valerio ist dein Mann?

Sandrina nickte. Sie öffnete das Türchen des Ofens und schürte das Feuer mit einem Haken, dann hielt sie die offenen Hände prüfend darüber und kehrte in ihre helle Nische zurück, die im Halbdunkel vom Kerzenschein gebildet wurde, wie eine Muttergottes in ihrer Kapelle.

– Valerio ist mein Mann, sagte sie wie zur Bestätigung.

– Er ist ein Militärinternierter.

– Er ist ein Häftling im Lager Wietzendorf, ich weiß nicht, ob ich es richtig ausspreche, in Deutschland. – Sie wiederholte *Vizzendorf*, mit Betonung auf den Z.

– Und du …, setzte De Luca an, doch sie unterbrach ihn, ihr Blick wurde wieder hart, noch härter als davor.

– Und ich bin mit einem Deutschen gegangen, knurrte sie. – Ja, ich bin mit einem Deutschen gegangen. Ich weiß, dass es den Unsrigen in Deutschland schlecht geht, sie hungern und arbeiten wie Sklaven, dabei liebe ich ihn doch, meinen Valerio, er ist mein Mann, und wenn diese Scheiße – sie breitete im Halbdunkel die Arme aus – vorbei ist, werden wir gemeinsam alt werden, mit unseren Kindern, und hoffentlich werden wir auch gemeinsam sterben, ich und mein Valerio. – Sie hielt inne, um Luft zu holen, aber nur ganz kurz. – Ich weiß nicht, wie es geschehen konnte, doch ich habe mich in Ernsti verliebt. Bin ich eine Hure? Weil ich mich nicht nur habe küssen lassen, sondern auch Butter und Marmelade für die Kinder genommen habe? Denken Sie, was Sie wollen.

Doch De Luca dachte nichts Derartiges, er hatte eine ganz andere Frage im Sinn. Aber er fragte etwas anderes, was ihm wichtiger war.

– *Wir waren zusammen … ich war verliebt …* Du sprichst immer in der Vergangenheit.

– Weil es vorbei ist. Eines Tages habe ich festgestellt, dass ich nicht mehr verliebt war. Vielleicht war Ernsti einfach nur freundlich, ich habe mich nicht mehr bei ihm gemeldet, er sich nicht bei mir, und wir haben uns nicht mehr gesehen.

Er stellte die Frage, weil es der richtige Augenblick war.

– Weißt du, dass Rottenführer Ernst Weber tot ist?

Sandrina zwinkerte und leckte sich sehr schnell über die Lippen.

– Nein. – Dann wiederholte sie: – Nein. Wann?

– Vor einigen Tagen, Anfang letzter Woche.

– Und wie ist er gestorben?

– Er wurde umgebracht.

Sandrina leckte sich noch einmal über die Lippen, dann biss sie darauf. Sie atmete wieder schwer.

– Tut mir leid. Armer Ernsti.

– Weißt du, wer ihn umgebracht hat?

– Ich? Nein … – Sandrina hatte ihre helle Kapelle verlassen, um am Ofen zu hantieren. De Luca folgte ihrer Silhouette und ihrer Stimme. – Um Gottes willen, er ist Soldat, es werden die Alliierten gewesen sein, oder?

– Hier in Bologna.

– Dann die Partisanen, sie bringen die Deutschen um, oder nicht? Ich …

Das sagte sie genau in dem Moment, in dem die Flamme das Kohlestück verzehrte, das sie hineingeworfen hatte, die Glut beleuchtete Sandrinas offen stehenden Mund und ihre aufgerissenen Augen. Mit vor Angst heiserer Stimme wiederholte sie *ich*, dann stand sie abrupt auf, und sie schwankte so sehr im Halbdunkel, dass De Luca glaubte, sie wolle davonlaufen. Er packte sie an den Schultern, zog sie wieder in den Lichtschein und hielt sie fest, denn sie zitterte unter seinen Händen.

– Ich habe nichts damit zu tun, kreischte Sandrina. – Ich habe überhaupt nichts damit zu tun!

De Luca presste ihr eine Hand auf den Mund, denn die Stimmen draußen, hinter der Spanplatte, wurden immer lauter und kamen näher. Sie packte ihn am Handgelenk und riss seine Hand mit einer wütenden Bewegung weg, die sie offenbar beruhigte oder auch nur von der Angst ablenkte, denn sie senkte die Stimme.

– Sie denken, ich habe ihnen geholfen … dass ich den Mord an ihm guthieß … aber das stimmt nicht! Ich habe nichts damit zu tun!

Sie begann wieder zu kreischen. De Luca hielt ihr wieder die Hand vor den Mund, aber mit etwas Abstand, ohne sie zu berühren.

– Ich denke gar nichts, sagte er hart. – Wenn ich etwas dächte, wäre ich mit der SS gekommen, und du befändest dich schon an dem besagten Ort. Antworte auf meine Fragen. Wann hast du ihn zum letzten Mal gesehen?

– Keine Ahnung … vor einem Monat, vor drei Wochen, keine Ahnung. Die Kinder waren beim Schultreffen, ich habe die Gelegenheit genutzt, wann war das?

– Ist egal, ich überprüfe es. Wo?

– In der Nähe des Kanals. Dort steht ein bombardiertes Gebäude, in das niemand hineingeht, weil alle Angst haben, es könnte einstürzen, doch es passiert nichts, es ist ganz sicher.

– Wusstest du, dass er desertieren wollte?

– Ja … nein. Keine Ahnung. Er sagte immer, früher oder später laufe ich davon, er sagte, der Krieg sei schon verloren, und wenn sie einen wie ihn erwischten, müsste er für das büßen, was er getan hatte.

– Und was hatte einer wie er getan?

– Keine Ahnung, er hat es mir nicht gesagt.

– Hatte er Umgang mit merkwürdigen Leuten?

– Keine Ahnung, ich traf nur ihn.

– War er nervös, besorgt ... merkwürdig?
– Nein.
– Geld?
Zwischen den Zähnen stieß sie hervor: – Keine Ahnung. Ich habe nur Butter und Marmelade bekommen.

De Luca dachte nach, dabei machte er einen Schritt nach hinten. Sandrina rührte sich nicht von der Stelle.

– Bringen Sie mich bitte nicht zu den Deutschen, flüsterte sie. – Ich habe nichts mit den Partisanen zu tun, ich habe ihnen nicht geholfen. Ich schwöre.

De Luca schüttelte den Kopf und machte eine Geste, die so viel wie *schon gut, schon gut* bedeutete. Er dachte, selbst im Kerzenlicht, in dieser absurden Proszeniumsloge, die zu einem Verhörzimmer geworden war, bei den Schreien der Kinder, die seine Fragen unterstrichen, konnte er sich nahezu sicher sein, dass Sandrina ihm die Wahrheit gesagt hatte. Nahezu, denn ganz sicher konnte man sich nie sein, und bei gewissen Dingen hatte sie ihn gewiss angelogen. Doch die waren ihm nicht so wichtig.

Er dachte noch nach, als plötzlich Licht von draußen hereindrang; obwohl grau und winterlich, tat es ihm in den Augen weh. Sandrina hatte die Spanplatte vom Fenster weggeschoben und machte die Kerzen aus.

– Bald kommen die Kinder. Ich muss ihnen was zu essen machen.

De Luca nickte. Er schaute hinunter, wo der einarmige Mann reglos die Loge fixierte, so starr, dass man glaubte, er hätte sich nicht vom Fleck bewegt.

– Wer ist das?, fragte De Luca.

Sandrina warf einen Blick nach unten, während sie einen Jutesack von der Truhe nahm.

– Valerios Bruder. Er hat meine kleine Schwester geheiratet, wir sind eine Familie.

Sandrina holte ein paar Handvoll schwarzen Mehls aus dem Sack und leerte sie auf den Tisch. Sie goss etwas Wasser aus einer Flasche darüber und begann heftig zu kneten.

De Luca trat an das Loch in der Wand und spähte in die andere Loge. Da standen drei Betten und ein großes Nachtkästchen mit einem Koffer darauf.

– Da drüben schlafe ich und die Stöpsel, hier meine Schwester und ihr Mann, sie haben keine Kinder. – Dann fügte sie hinzu: – Aber sie ist schwanger.

De Luca stieg durch das Loch und ging zu einem bunten Fleck an der Wand gegenüber: ein mit einem Nagel an der Wand befestigtes Blatt Papier, eine Zeichnung, ein Gebäude, das wie ein Bauernhaus aussah, aber länger und schlichter war als ein Bauernhaus, vor allem hohe, gerade Bäume mit grünen Wipfeln, eine schöne Zeichnung mit vielen Nuancen, eine Buntstiftzeichnung.

– Die ist von Valerio, sagte Sandrina, die ans Loch getreten war, um zu sehen, was De Luca machte. – Im Lager haben sie ihm erlaubt, sie uns zu schicken. Er ist talentiert, stimmt's?

Es war minderwertiges Papier, wie man es für technische Zeichnungen verwendete, und es war zweimal gefaltet, damit es in ein Briefkuvert passte. De Luca wartete, bis Sandrina wieder an den Ofen zurückgekehrt war, und öffnete den Koffer auf dem Nachtkästchen, er hätte es allerdings sowieso gemacht. Unterwäsche, aber auch Dokumente, Personalausweise, Arbeitsgenehmigungen und Familienfotos, auf einem war Sandrina zu sehen, noch ein paar Jahre jünger, doch mit demselben geblümten Kleid, sie umarmte einen jungen Mann in Fliegeruniform, einen großen, kräftigen jungen Mann mit einem breiten Lächeln, das große Zähne sehen ließ, Valerio, dachte De Luca.

Auch Briefe waren dabei, drei trugen einen Militärstempel auf dem Kuvert. Zwei waren geöffnet, und darin befand sich ebenfalls billiges Papier, mit dem Briefkopf der italienischen Luftwaffe, und eine schöne ordentliche Schrift, *Sandrina, mein Schatz, meine liebste Sandrina*, unterschrieben *Auf ewig, dein Valerio*.

Ein Kuvert war jedoch verschlossen, und *Oflag 83-Wietzendorf* war die Adresse und nicht der Absender. Mit dem Brief in der Hand ging De Luca auf die andere Seite zurück.

– Was ist das?

Sandrina warf einen Blick über De Lucas Schulter, auf den offenen Koffer, und ihr Blick wurde wieder hart, auch wenn sie so tat, als ob nichts wäre. Sie widmete sich wieder den kleinen Mehlfladen, die sie auf dem Ofen briet, rund wie kleine Fladenbrote.

– Das ist der letzte Brief, den ich geschrieben habe. Ich habe ihn vor ein paar Wochen zurückbekommen.

– Und warum?

Sandrina zuckte mit den Schultern. – Das ist schon einmal passiert, als sie ihn von Sandbostel dorthin verlegt haben, wo er jetzt ist. Die Deutschen sind gar nicht so genau.

– Ich behalte ihn eine Weile. Und ich behalte auch deinen Personalausweis, die Arbeitsgenehmigung lasse ich dir.

– Aber ich ...

– Keine Sorge, in ein paar Tagen gebe ich dir alles zurück.

Sandrina wollte schon protestieren, doch dann führte sie plötzlich eine Hand an den Mund, um einen Brechreiz zu unterdrücken, der wie Rülpsen klang. Sie stieß De Luca so heftig beiseite, dass er fast stürzte, sprang auf die andere Seite des Lochs, und De Luca hörte, wie sie erbrach, in einen Kübel, wie er sah, als sie sich wieder aufrichtete.

– Das kommt vom Mehlsurrogat, sagte sie und wischte sich den Mund mit dem Handrücken ab. – Ich vertrage es nicht, keine Ahnung, aus was es besteht, allein der Geruch!

De Luca reichte ihr den Arm, um ihr beim Aufstehen zu helfen, hielt jedoch inne, weil ihm etwas aufgefallen war.

– Was ist das?

Sandrina griff zum Kopftuch, zu der Stelle, auf die De Luca zeigte, und zog es tiefer in die entblößte Stirn.
– Nein. Nimm es bitte ab.
Ein alter blauer Fleck über dem linken Auge, ziemlich weit oben, und fast zwischen den Augen war noch einer mit einer Kruste darauf. De Luca wollte ihn berühren, doch Sandrina zog den Kopf zurück.
– Wer hat dir die zugefügt?
– Niemand. Beim letzten Bombenalarm bin ich gestürzt. Es war finster und die Straße war voller Schutt.
– Und warum versteckst du sie?
– Sie machen den Kindern Angst.
Sie steckte das Kopftuch in die Tasche und ging wieder auf die andere Seite, wo es allmählich nach Angebranntem roch. Sie nahm die Mehlfladen vom Ofen und holte ein Marmeladenglas mit einem deutschen Etikett und dem Reichsadler aus der Truhe. Sie sah es an, sah De Luca an, der auch diesmal nichts Schlechtes dachte, und tatsächlich zuckte er mit den Schultern und machte eine Geste, die *schon gut, schon gut* besagte.
– Wir waren nicht deshalb zusammen, sagte sie. Ich hatte mich verliebt.
Sie lächelte, und wenn das Lächeln nicht so traurig gewesen wäre, hätte Sandrina auch ohne geblümtes Kleid, ohne frisierte Haare und Lippenstift genauso ausgesehen wie das Mädchen auf dem Foto.

Der Alte von der Flugabwehr war nicht der Luftschutzwart, sondern nur ein Verrückter. Das wurde De Luca klar, als er ihn am unteren Ende der Treppe, die von den Logen hinunterführte, sah, wo er mit der Binde am Arm und sogar einem Helm auf dem Kopf auf ihn wartete und ihm nicht gleich das Fahrrad zurückgab, das De Luca ihm anvertraut hatte, sondern erzählte, dass er da gewesen war, als die Bomben gefallen waren, man hatte den *Barbier von Sevilla* geprobt, er spielte zweite Geige, und dann war das ganze Theater eingestürzt. Er packte ihn am Ärmel, De Luca machte sich frei, ohne allzu unhöflich zu sein, ließ ihn auf dem Platz inmitten der Kinder stehen und suchte den wahren Luftschutzwart, einen vierschrötigen Mann mit schwarzem Hemd unter dem Mantel und Wanze im Knopfloch, dem alten Abzeichen der ehemaligen Faschistischen Partei und nicht dem der Repubblica Sociale Italiana (RSI).

De Luca zeigte ihm seinen Ausweis, wartete, bis er die Aufschrift gelesen hatte, *Autonome Gruppe der Staatspolizei,* und erwiderte seinen Gruß.

– Ich habe eine Aufgabe für Sie.
– Sprechen Sie.
– Kennen Sie die Orsi?
– Haben sie sich was zuschulden kommen lassen?
– Sie haben sich nichts zuschulden kommen lassen. Sie sollen sie bloß im Auge behalten. Wenn Ihnen etwas Seltsames auffällt, vor allem, wenn sie alle miteinander mit Koffern weggehen, möchte ich, dass Sie mich im Büro anrufen. Ich gebe Ihnen meine Nummer, haben Sie was zum Schreiben?

Nein, aber er hatte ein Gedächtnis wie ein Elefant, er schlug sich mit der Hand gegen die Stirn, während er die Nummer wiederholte.

– Gut, ständige Überwachung, rund um die Uhr, vor allem Sandrina.

Er verabschiedete sich noch einmal, und als er wegging, dachte er, wahrscheinlich war es gar nicht notwendig, doch man konnte nie wissen, vielleicht hatte Sandrina einen Schreck bekommen. Er hatte die Piazza schon fast verlassen, als der einarmige Mann ihm den Weg versperrte.

– Du hast von dem Deutschen erfahren, stieß er leise, aber mit schneidender Stimme zwischen den Zähnen hervor.

– Polizeiangelegenheiten, sagte De Luca und machte einen Schritt zur Seite, um weiterzugehen, doch der Mann versperrte ihm nach wie vor den Weg.
– Sag es ja niemandem.
– Bitte …
– Sag es ja niemandem. Wir Orsi sind anständige Leute. Valerio ist ein anständiger Mensch und hat diese Hure nicht verdient. Wenn ich noch beide Arme hätte, würde ich den Deutschen umbringen. Und danach sie, da kannst du dir sicher sein.

Gesegnet sei das Telefon, dachte De Luca und legte den Hörer auf die Gabel des Apparats, der auf seinem Schreibtisch stand.
Er war so schnell ins Büro geradelt, dass ihm der Rücken wehtat, er hatte sich zwar vor den Ofen gestellt und sein Kreuz massiert, doch das hatte nicht ausgereicht, die Schmerzen stiegen bis zu den Schultern empor, gemeinsam mit den Schauern des bevorstehenden Fiebers. Doch er verspürte noch einen anderen, zarteren Schauer. Er hatte viele, sehr viele Ideen. Aber um sie zu ordnen, musste er zuerst mit Leutnant Manfred sprechen, schnell, augenblicklich, und zwar nicht nur wegen dieser Unruhe, die ihm den Atem raubte. Doch selbst wenn Franchina ihn chauffierte, hätte er es nicht in die Kommandantur geschafft, geschweige denn mit dem Fahrrad, also *gesegnet sei das Telefon* und die FATME, die einen schwarzen Bakelitapparat erzeugt und seinem Büro zur Verfügung gestellt hatte, mit einem roten Knopf oben, um sich verbinden zu lassen, und einem weißen, von dem er nicht wusste, wozu er gut war.
Davor hatte ihn Vilma auf dem Gang aufgehalten, um ihm zu sagen, Rassetto sei fuchsteufelswild, und ihm ein Kuvert zugesteckt, das jemand für ihn abgegeben hatte, ein gelbes Kuvert mit dem Absender des Präsidiums, Passamt. Dann hatte sie ihn an die Wand gestoßen, ihre Hüfte an seine Seite gepresst, denn sie war größer als er, und ihm etwas ins Ohr geflüstert. Die Freunde war-

teten, hatte sie gesagt, und er hatte geantwortet, sie möge ihnen sagen, sie sollten Geduld haben, er würde am nächsten Tag kommen, denn er hatte den Fall gelöst.

„Bravo", flüsterte Vilma, und De Luca wurde stocksteif, weil sie so nahe kam und er fürchtete, sie würde wieder ihre Zunge in sein Ohr stecken wie an jenem Vormittag, doch nein, er spürte nur einen warmen Hauch, der nach Lippenstift roch.

Im Büro hatte er einen Papieröffner gesucht, denn das Kuvert war gut verschlossen und es gab keinen Spalt an der Seite, in den er den Finger hätte stecken können. Er fand keinen und deshalb schlug er das Kuvert auf den Schreibtisch, damit der Inhalt nach unten rutschte, und riss den oberen Rand ab.

Darin befand sich eine Zeitschrift, „Segnale Radio", Petrarca hatte einen Zettel an die Titelseite geheftet, auf der der Fuß eines Afrikaners mit Bändern am Knöchel zu sehen war, der auf ein Kruzifix trat, *Sie schulden mir 5 Lire, P.*

Es war die Wochenzeitschrift, in der das Programm der Rundfunkanstalt abgedruckt war, und die Rückseite der Büroklammer markierte die Seite vom Donnerstag, 30. November, dem Tag, an dem Professor Brullo umgebracht worden war. Petrarca hatte mit Füllfeder einen Kreis um die Ovocrema-Werbung, *Wenn Sie Eier ersetzen müssen*, und um das Radioprogramm des bewussten Abends gezogen.

Also hatte De Luca auf den roten Knopf gedrückt, *gesegnet sei das Telefon*, hatte auf der Wählscheibe die Nummer des Präsidiums gewählt und sich mit dem Passamt verbinden lassen, Kommissar Petrarca *bitte, danke.*

„Haben Sie gesehen, Comandante? Wie in den Romanen von Agatha Christie, kennen Sie sie?"

„Nein."

„Das sind Kriminalromane, die mit dem gelben Einband. Signora Altea hat jedenfalls kein Alibi mehr, im Gegenteil. Sie sagte, sie hätte im Radio Tanzmusik gehört, doch die kann man wohl kaum mit der Sendung *Camerata dove sei?* verwechseln, die zu dieser Uhrzeit ausgestrahlt wurde. Was meinen Sie?"

„Das ist ein Indiz. Wichtig, aber nach wie vor nur ein Indiz. Wir müssen noch einmal zu ihr gehen und ihr noch ein paar Fragen stellen, jetzt haben wir etwas, womit wir sie unter Druck setzen können. Glauben Sie, unser unsichtbarer Zeuge würde sie wiedererkennen?"

„Vielleicht. Aber Sie können nicht von mir verlangen, noch einen Fremden in sein Versteck zu führen."

„Ist gut. Ich werde mich darum kümmern."

Doch vor allem war das Telefon dazu gut, mit Leutnant Manfred zu sprechen. Auf einer Liste in seiner Schreibtischlade hatte De Luca die Nummer der Kommandantur gesucht, wieder den roten Knopf gedrückt und die Spitze des Zeigefingers in die Löcher der Wählscheibe gesteckt, 137, Pause, um nachzusehen, was nach dem Bindestrich kam, 41785, zuerst hatte er mit der Vermittlung gesprochen, dann mit jemandem, der nicht Italienisch sprach, dann mit jemandem, der schlecht Italienisch sprach, und schließlich mit dem Leutnant. Am Telefon klang seine Stimme, die von der Verbindung und der Scheibe auf dem Hörer gedämpft wurde, weicher als in Wirklichkeit und nicht so sehr wie in einem Film.

„Comandante De Luca. Sie haben also das Mädchen gefunden?"

„Ja, ich habe sie gefunden."

„Bravo. Wie heißt sie?"

„Cassandra Orsi, genannt Sandrina."

„Sehr gut. Möchten Sie uns sagen, wo sie sich befindet?"

„Nein. Aber lassen Sie mich zuerst erklären. Ich muss noch einige Dinge überprüfen, ich habe verschiedene Ideen. Beziehungsweise ich habe eine Idee und eine Sache, die ich noch überprüfen muss."

„Ich verstehe Sie nicht." Die Stimme des Leutnants war zwar noch immer weich, klang aber etwas säuerlich.

„Dann drücke ich mich besser aus. Ich habe mit dem Mädchen gesprochen und denke, sie sagt die Wahrheit. Ich glaube, sie weiß nicht sehr viel über die Angelegenheiten des Rottenführers Weber. Sie hatte bloß eine Heidenangst, mit den Partisanen in Verbindung gebracht zu werden. Mir ist jedoch etwas eingefallen. Wenn ich sie euch jetzt ausliefere, nehmt ihr sie und verhört sie auf eure Weise, gut, aber wenn es so ist, wie ich vermute, macht ihr mir alles kaputt."

„Und was vermuten Sie?"

„Helfen Sie mir bei der Überprüfung einer Sache und ich sage es Ihnen. Sonst handelt es sich nur um Spekulation und ich blamiere mich bei einem Kollegen …" – Er hatte absichtlich *Kollegen* gesagt, und am zufriedenen Ton des Leutnants erkannte er, dass er ins Schwarze getroffen hatte. – „Wenn ich mich irre, bekommt ihr das Mädchen, und ich hoffe, das reicht, um den Geiseln das Leben zu retten."

„Das hoffe ich auch. Was soll ich überprüfen?"

De Luca hatte Sandrinas Brief noch in der Tasche, den, der an den Absender zurückgeschickt worden war. Er verrenkte sich auf dem Stuhl, um ihn aus der Tasche zu holen, und verzog das Gesicht, weil er auf sein schmerzendes Kreuz vergessen hatte.

„Das Mädchen hat einen Brief an ihren Mann geschrieben, der Militärinternierter in Wietzendorf ist, hat den Brief jedoch zurückbekommen. Es handelt sich …" – De Luca riss das Kuvert auf und zog einen mit Bleistift, in großer, kindlicher Schrift, beschriebenen karierten Zettel heraus, den er rasch überflog – „um einen Liebesbrief …"

„Der Inhalt ist unwichtig. Was wollen Sie wissen?"

„Ich will … ich möchte wissen, wo sich der Mann des Mädchens befindet. Der Brief ist zurück an den Absender gekommen."

„Das ist meistens der Fall, wenn sich der Empfänger nicht mehr an der angegebenen Adresse befindet."

„Und warum sollte er nicht mehr dort sein?"

Der Leutnant machte eine kurze Pause, nicht lang genug, um befürchten zu müssen, dass die Verbindung unterbrochen war, doch lang genug, um zu verstehen, dass er verärgert war.

„Weil der Betreffende in ein anderes Lager verlegt und noch nicht registriert worden ist, wir Deutschen sind nicht immer so genau, wie Sie glauben. Oder weil er tot ist. Doch dann würde eine Verständigung erfolgen. Wie lange …"

„Zwei Wochen."

„Gut, ich überprüfe es. Die Personalien des Internierten bitte."

De Luca hatte die Adresse auf dem Kuvert vorgelesen, erklärt, dass Valerio Orsi ein Flieger war, den Namen Sandrinas wiederholt und auch noch einmal den Brief überflogen, um irgendetwas Neues zu erfahren, doch der Leutnant hatte ihm Einhalt geboten.

„Es reicht, danke."

„Eine Bitte, Herr Leutnant. Beeilen Sie sich bitte, die Zeit drängt."

„Ich weiß. Ich werde im Namen General Von Sengers anrufen und eine Verbindung benutzen, die … wie nennen Sie etwas, das zuerst kommt?"

„Schnell … nein, vorrangig!"

„Genau, eine vorrangige Verbindung. Guten Tag, Comandante."

Da hatte De Luca aufgelegt und gedacht, *gesegnet sei das Telefon* und auch die FATME, die seinen Apparat produziert hatte, auch wenn er nicht wusste, wozu der weiße Knopf gut war, und Antonio Meucci, der ihn erfunden hatte.

– Also arbeitest du wirklich für die Deutschen.

Wenn Rassetto wütend war, verdoppelte er wie beim sardischen Dialekt üblich die Konsonanten, doch diesmal war er, wie Vilma gesagt hatte, wohl wirklich fuchsteufelswild. De Luca sah ihn nicht, weil er hinter ihm stand, doch er stellte sich vor, wie er mit zusammengepressten Lippen und seinem Wolfsgrinsen dastand, dem Bärtchen, das zu einem wie mit dem Bleistift gezogenen Strich geworden war, und in die Seite gestemmten Fäusten, und vielleicht mit in den Gürtel eingehängten Daumen. Wie lange stand er schon da und hörte ihm zu?

– Du hast gesagt, es handle sich um Papierkram. Aber nein. Du könntest ja gleich zu ihnen übersiedeln.

– Ein spezieller Fall, sagte De Luca und versuchte sich umzudrehen.

– Was ist los, haben sie dich verdroschen?

– Ich habe mir das Kreuz verrissen.

– Und worin besteht der spezielle Fall?

– Weißt du, dass ein SS-Rottenführer umgebracht worden ist?

– *Banditen.*

– Nein, etwas Persönliches. Ich habe den Fall fast gelöst.

– Dein Polizistenzeug. Wieder ein brillant gelöster Fall.

– Ich rette zehn Geiseln das Leben.

Rassettos Grinsen wurde so breit, dass sich die Spitzen des Schnurrbarts nach oben bogen. Er lachte nicht, weil er noch immer wütend war, doch allmählich verrauchte seine Wut.

– Lächerlich. Uns beiden ist das egal, im Gegenteil, wenn es nach mir ginge, sollen sie sie ruhig erschießen, wenn sie im Gefängnis sind, haben sie es verdient, je mehr Verräter wir beseitigen, umso besser. Weißt du, was mich ärgert?

Rassetto nahm einen Stuhl, der an der Wand stand, und stellte ihn vor De Luca, an die Ecke des Schreibtisches, setzte sich darauf und schlug die Beine übereinander.

– Dreh dich um, los, du tust mir leid. Weißt du, was mich ärgert? Dass es zehn sind. Zehn Geiseln für jeden ermordeten Deutschen. Und für einen italienischen Faschisten? Fünf. Und das ist nicht einfach eine Gewohnheit, das steht sogar auf den Plakaten auf den Mauern, sie zehn und wir fünf … warum? Ist einer der Unsrigen nur halb so viel wert wie einer der ihren? Was ist das für eine Rechnung?

Er schlug mit der Faust auf den Stiefelschaft, der auf seinem Knie lag, sodass das glänzende Leder knallte. Für gewöhnlich hätte er nun das Lächeln aufgesetzt, das Angst machte, weil es böse war, und irgendetwas Bösartiges gesagt, doch Rassetto hob den Kopf und sein Blick verlor sich am grauen Himmel vor dem Fenster. Er seufzte sogar.

– Ich mag die Deutschen nicht. Ich halte sie aus, weil wir den Krieg gewinnen müssen, und gewisse Dinge machen sie einfach gut, obwohl es im Augenblick nicht so gut läuft, aber pfeif drauf, denn wir werden siegen. Doch ich habe sie nie ausgehalten, diese arroganten Arschlöcher, die sich alles unter den Nagel reißen, sogar die Hühner, dumm und unwissend wie Ziegen, wofür halten sich diese Arschlöcher, wie Franchina sagen würde, zehn für einen Deutschen und fünf für einen italienischen Faschisten! Rutscht mir den Buckel runter, ihr Scheißdeutschen!

Jetzt grinste er. Böse.

– Weil du meiner Autonomen Gruppe unterstellt bist, bei der ich der Comandante und du mein Vize bist, hörst du augenblicklich auf, für sie zu arbeiten. Verstanden?

– Verstanden. Aber ...

– Aber nichts. Soll ich es ihnen sagen, wie der Vater der Lehrerin? Mit wem soll ich sprechen?

Den letzten Satz hatte Rassetto in zuckersüßem Ton gesagt, wie ein Kind, *mit wem soll ich sprechen,* doch als De Luca antwortete, verging ihm das Lachen.

– Der Hauptsturmführer der SS, der wie ein Marokkaner aussieht? Harry Niemann?

– Ich weiß nicht, wie er heißt. Meine Verbindungsperson ist Leutnant Manfred, er arbeitet für Von Senger, doch der Sturmführer hat das Kommando.

– Niemann und Manfred.

De Luca nickte und Rassetto blickte noch einmal zum Fenster hinaus, ohne zu lächeln. Er flüsterte, der Chef des Sicherheitsdienstes der SS und der Vize-Stabschef des Kommandanten von Bologna, doch dann fügte er hinzu, *pfeif drauf, wir werden siegen und dann wirst du schon sehen,* und sah De Luca an.

– Gut, dann bringst du zu Ende, was du für sie machen musst, aber schnell. Und dann sollen sie auch dir den Buckel runterrutschen. Wie weit bist du beim Notar? Wenn Euer Gnaden noch etwas Zeit haben …

– Ich bin schon dicht dran.

– Verarsch mich nicht.

– Nein, wirklich. Du hast keine Ahnung, wie dicht. Ich habe eine neue Idee.

Rassetto stand auf und stellte den Stuhl zurück. De Luca hatte wirklich eine Idee bezüglich des Notars, doch während Rassetto sich zum Gehen wandte, hatte er eine andere.

– Darf ich dich etwas fragen?

Rassetto antwortete mit dem Blick, *ja.*

– Warum haben wir der 22 einen Gefallen erwiesen?

– Wer hat der 22 einen Gefallen erwiesen?

– Wir, ich. Du hast mich veranlasst, ein Kärtchen in die Tasche von jemandem zu stecken, der vom Zahnarzt, also von der 22, gefoltert worden ist.

Rassetto ging zu De Lucas Schreibtisch zurück. Kein Grinsen, sondern Lippen so gerade, wie er sie noch nie bei ihm gesehen hatte.

– Wer sagt das?

– Gerüchte. Jemand hat die Zähne des Toten gesehen.

– Wer, der Polizist vom Kommissariat?

– Keine Ahnung. Gerüchte.

Rassetto legte eine Hand auf De Lucas Schulter, auch das war etwas Neues. Rassetto mochte keine Berührungen, sogar wenn er jemanden verprügelte, trug er Handschuhe. De Luca glaubte die Finger des Comandante durch den Stoff des Mantels zu spüren, so fest drückte er zu.

– Du stellst zu viele Fragen. Du hast einen Befehl erhalten und ihn ausgeführt, Ende der Geschichte. Du hast schon genug damit zu tun, mir den Notar zu bringen und diese Sache für deine deutschen Freunde zu erledigen. Verlier nicht noch mehr Zeit. Das ist nicht der Befehl eines Vorgesetzten, sondern der Rat eines Freundes.

Nachdem Rassetto gegangen war, dachte De Luca nach. Auch sein Blick verlor sich am bleiernen Himmel vor dem Fenster der Technischen Universität, er dachte, es stimmte nicht, dass ihm das Leben der Geiseln völlig egal war. Zehn Menschen, Männer, auch Frauen und Alte, und die meisten unschuldig, jedenfalls hatten sie nichts mit Rottenführer Weber zu tun.

Es stimmte nicht, dass sie ihm völlig egal waren. Sie waren ihm mehr oder weniger egal.

Sandrina war ihm jedoch nicht egal, immerhin hatte er sie nicht an die Deutschen ausgeliefert, zum Glück hatte er mit Manfred gesprochen, denn wenn der andere, der SS-Hauptsturmführer, am Telefon gewesen wäre, säße sie schon in Zimmer Nr. 1 auf der Via Santa Chiara Nr. 6/2 und würde den Namen zwischen den eingeschlagenen Zähnen ausspucken.

Dachte er.

Er dachte, Petrarca hatte vielleicht recht, er hatte sich an gewisse Dinge schon gewöhnt, denn es war merkwürdig, dass ihm zehn Menschen mehr oder weniger gleichgültig waren und er Mitleid mit einer Person hatte, die er kaum kannte. Und er dachte auch, das lag nicht daran, dass er sie kannte und die anderen bloß Namen auf einer mit Maschine geschriebenen Liste waren, sondern dass ihm gewisse Dinge mittlerweile tatsächlich beinahe als normal erschienen. Es gibt Zeiten, in denen Menschen an der Front oder im Bombenhagel sterben, in denen sie festgenommen, gefoltert, umgebracht werden, das ist der Lauf der Welt, das ist beinahe normal, dachte er.

Beinahe.

Da war aber noch was, worüber er nicht nachdenken wollte, und er dachte auch tatsächlich nicht darüber nach, nur ganz kurz, doch lange genug, um aufzuspringen, weil er nicht mehr ruhig sitzen konnte. Einen Augenblick lang, ganz kurz, hatte er gedacht, dass einige Personen auf den Listen seinetwegen in den Caserme Rosse oder in San Giovanni in Monte gelandet waren.

Aber nur ganz kurz, denn schon einen Augenblick später konzentrierte er sich auf die Fälle, die er lösen musste, auf die Informationen, die er erwartete, und wie sie zu seinen Mutmaßungen passten, in einem System, das so logisch und rational war wie ein Uhrwerk, Verbrechen und Täter, alles an seinem Platz, wie es sich gehörte.

Und mit diesem Gedanken ging er zu Bett, mit schmerzendem Rücken, sich ankündigenden Fieberschauern und knurrendem Magen, weil er nichts gegessen hatte und auch keinen Appetit hatte.

Doch er wusste, das war nicht der Grund, warum er nicht schlafen konnte.

Tatsächlich war er wach, als der Wachposten an die Tür seines Zimmers klopfte, um ihm zu sagen, das Telefon in seinem Büro habe so lang geklingelt, dass er letztendlich abgehoben habe, ein deutscher Offizier wolle ihn sprechen, und zwar dringend.

De Luca lief hinunter, mit dem Mantel über dem Pyjama und barfuß in den Schuhen, trotz der Krämpfe, der Fieberschauer und des schmerzenden Rückens, doch das hatte er wie alles andere vergessen. Er nahm den Hörer, der auf dem Tisch lag, und der Wachposten drückte den weißen Knopf, sodass er endlich verstand, wozu er gut war, doch nicht einmal das war ihm wichtig.

– De Luca.

– Bravo, Kommissar ... Ist es so, wie ich denke?

– Haben Sie die Informationen, um die ich Sie gebeten habe?

– Vorrangige Verbindung des Generals Von Senger. Ich habe persönlich mit Oberstleutnant Bernardi gesprochen, dem Kommandanten des Lagers Wietzendorf. Ist es so, wie ich denke?
– Bitte, Manfred … Was hat er gesagt?
Der Leutnant machte eine Pause, doch trotz des gedämpften Tons erkannte man an seinem Atem und dem Schmatzen des Speichels, dass er lächelte.
– Warum kommt ein Brief zurück? Weil der Internierte verlegt worden oder tot ist. Es gibt aber auch noch eine dritte Möglichkeit. Dass er geflohen ist.
De Luca schlug mit der Faust so heftig auf den Tisch, dass das Telefon hüpfte.
– Was ist los?, fragte Manfred.
– Nichts, eine Art Freudenschrei. Valerio Orsi ist geflohen?
– Ja, hin und wieder passiert das sogar uns. Der Militärinternierte Orsi war eine schwer zu bändigende Person, wie nennen Sie das?
– Unbeugsam, unbeherrschbar … bitte, Manfred …
– Er ist während der Verlegung ins Lager Landeck geflohen, das sich, was für eine Überraschung!, in Tirol befindet, ganz nahe an der italienischen Grenze. Er ist kurz vor der Ankunft aus dem Zug gesprungen. Er hat sogar einen Wachposten geschlagen. Ist es so, wie ich denke, Kommissar?
– Ich glaube schon.
– Der unbeugsame Gatte des Mädchens flieht aus dem Internierungslager, schafft es bis nach Italien, findet heraus, dass seine Frau was mit einem Deutschen hat, und bringt ihn um?
– Ja.
De Luca setzte sich, aber nicht wegen dem Kreuz. Wie immer versetzte ihn eine plötzliche Genugtuung in einen Zustand wohliger Entspannung. Fall gelöst.
– Gut. Dann schnappen wir uns das Mädchen und lassen uns sagen, wo ihr Gatte ist.

– Nein! – Der Aufschrei war zu laut. – Nein, lassen Sie mich das auf meine Art erledigen. Ich habe noch einen Tag Zeit und ich schwöre, ich finde euren Mörder.

Schweigen. In der Leitung knisterte es, und De Luca konnte das Lächeln nicht mehr hören, aber er erkannte es in der Stimme des Leutnants.

– Es ist, wie ich gesagt habe, nicht wahr? Sie haben es herausgefunden, aber gleich danach habe auch ich es herausgefunden, nicht wahr? Ich wäre gar kein schlechter Polizist, oder?

– Nein, wirklich nicht. Sie sind ein brillanter Detektiv, Kollege.

– Danke. Ist gut, machen Sie es auf Ihre Weise. Aber wenn etwas schiefgeht, ist es Ihre Schuld, Kollege.

Er ging wieder zu Bett, mit der festen Absicht einzuschlafen, und ließ sogar den Mantel an, weil die Laken inzwischen eiskalt waren, doch sein Geist hatte sich schon wieder in die Lüfte geschwungen.

Der blaue Fleck auf Sandrinas Stirn. Der einarmige Mann, der ihm den Weg versperrte, *und danach sie, da kannst du dir sicher sein.*

Valerio Orsi hatte sie geschlagen, als er herausgefunden hatte, dass sie sich mit dem Rottenführer eingelassen hatte, vielleicht hatte er sie gezwungen, ihn in eine Falle zu locken, der unbeugsame Flieger Orsi war groß und kräftig genug, um ihn zu erwürgen, doch seine Frau hatte er verschont, vielleicht liebte er sie noch immer, vielleicht versteckte er sich bei seiner Familie. De Luca hatte gut daran getan, den Luftschutzwart als Wache einzusetzen, doch das war nicht genug, morgen würde er jemanden hinschicken, um das Theater zu bewachen, mit dem Foto des Unbeugsamen, dem es gelungen war, nach Italien zurückzukehren, der entweder Glück gehabt hatte oder gut organisiert war und sich jetzt irgendwo versteckte. Er würde wieder mit Sandrina sprechen, doch anders als beim ersten Mal, er würde andere Fragen stellen und andere Antworten bekommen.

Doch fürs Erste musste er schlafen. Am nächsten Tag musste er früh zu Vilmas Freunden in die Präfektur, um den Fall abzugeben, den er gelöst hatte. Dann zu Sandrina. Dann zu den Deutschen. Und auch zu Altea im Brullo-Fall und sie wegen ihres falschen Alibis zur Rechenschaft ziehen, denn zweifellos konnte man sich irren, doch wie Petrarca richtig sagte, konnte man eine Swingband kaum mit einem Sprecher verwechseln, der mit männlich faschistischer Stimme zu den Truppen sprach. Und außerdem hinkte sie.

De Luca verkroch sich unter die Decke, die er bis zu den Ohren hochgezogen hatte. Er durfte nicht krank werden. Er musste schlafen. Er musste bei Kräften bleiben.

Um sich zu beruhigen, dachte er, dass er trotz der Zeiten und obwohl er war, wie er war, zehn Geiseln und auch Sandrina das Leben gerettet hatte, indem er den Fall des Rottenführers Weber gelöst hatte. Und auch die Dinge in Ordnung gebracht hatte, alles war an seinem Platz, alles passte, Verbrechen und Mörder, alle Zähne des Uhrwerks griffen ineinander.

Er musste funktionieren, und deshalb verschmolzen seine Gedanken langsam zu einem hässlichen, dichten und klebrigen Nebel, der sein Hirn umfing und hinunter in seine Knochen wanderte, bis er irgendwann einschlief.

Teil drei
Die Mörder

„Il Resto del Carlino", Donnerstag, 7. Dezember 1944, XXIII, Italien, Reich und Kolonien, 50 Centesimi.
> 1944: JAHR DES HEROISCHEN WIDERSTANDS. Das Jahr 1944 neigt sich dem Ende zu. Das Jahr, das den Feinden zufolge das Jahr des angelsächsischen Siegs hätte sein sollen, geht für Churchill und Konsorten auf völlig unerwartete Weise zu Ende (…), vor allem durch den Einsatz neuer Waffen und Mittel (…), deren Stärke der Feind nicht einmal ahnt, und die in der Lage sind, dem Konflikt eine neue Wendung zu geben.
> Lokales aus Bologna: GASZUFUHR. Der Zeitpunkt bleibt gleich. (…) Auf Anfrage hat das zuständige Amt mitgeteilt, dass leider nicht alle Nutzer zufriedengestellt werden können. Der Großteil der Bewohner nimmt untertags die größte Mahlzeit zu sich; deshalb wurde angeordnet, die Gaszufuhr von 11 bis 13 Uhr zu gewährleisten. SCHULLEBEN. Technisches Gymnasium und Handelsgymnasium „Marconi". Die Dezemberversammlungen werden am 15. und 16. des laufenden Monats auf der Piazza Calderini Nr. 2 stattfinden. WEIHNACHTEN FÜR DIE ANGEHÖRIGEN DER ARBEITER IN DEUTSCHLAND. Das deutsche Kommando organisiert eine Weihnachtsfeier mit Geschenken. (…) Fürs Erste werden die Familienangehörigen aufgefordert, sich im Verbindungsbüro zu melden und die Anzahl der Kinder anzugeben. Am 8. Dezember, von 9 bis 15 Uhr, sollen sich die Personen melden, deren Nachnamen mit folgenden Buchstaben beginnen: von A bis G; am 9. die von H bis P, am 10. die von Q bis Z.

Kein Fieber und die Rückenschmerzen waren vergangen, doch wenn er noch länger steif auf dieser Bank saß, mit den Schultern an der kalten Wand im Gang der Präfektur, würden sie sich früher oder später wieder bemerkbar machen.

Er hatte an die Tür von Spagnuolos Büro geklopft, doch es war noch niemand da. Es war noch sehr früh und er wäre am liebsten zu Sandrina gelaufen, das war wichtiger, doch Petrarca hatte erst in einer Stunde Zeit. Er wollte nicht allein ins Theater gehen, er wollte Valerio Orsi, diesem Berserker, nicht allein gegenübertreten, sofern er überhaupt da war, er konnte aber keinen seiner Truppe mitnehmen und schon gar nicht die Deutschen. Petrarca war keine große Hilfe, aber besser als nichts.

Gleich darauf kam der Sekretär. Seine Schritte hallten auf dem leeren Gang und er setzte sich neben De Luca auf die Bank. Während er ihm zuhörte, wippte er mit dem Kopf vor und zurück, als würde er die Zeit messen, sein Mund war – ganz Varietékomiker – zu einem O geformt, und seine Hände lagen mit verschränkten Fingern im Schoß.

Die Schläge, die Folter, die Zähne, die 22, mit Ausnahme des Geheimarchivs von Petrarcas Kollegen erzählte De Luca alles, und am Ende schwieg Spagnuolo, mit zusammengekniffenen Lippen und aufgerissenen Augen, einem Ausdruck wie ein Kind.

– Die 22, sagte er.

– Ja. Der Zahnarzt dient ihr. Die Gruppe gehört zu den Schwarzen Brigaden unter …

– Ja, ich weiß. Kennen Sie die Finizio-Bande?

De Luca hatte schon von ihr gehört. Das war eine der vielen autonomen Polizeigruppen, die in Rom oder in Mailand agierten.

– Zuerst in Rom und dann, nach dem Einmarsch der Alliierten, in Mailand, erklärte Spagnuolo. – Doktor Finizio ist in einem ganz speziellen Sektor tätig, Finanzkriminalität und illegale Bereicherung; in heutige Sprache übersetzt bedeutet das Beschaffung von legalem und illegalem Geld.

De Luca nickte, ohne zu verstehen.

– Nun, sagte Spagnuolo, – die 22 macht mehr oder weniger dasselbe hier in Bologna. Sie beschafft Geld, wo auch immer sie welches findet, Hauptsache, sie kriegt es in die Finger. Verstehen Sie mich?

De Luca schüttelte den Kopf und Spagnuolo runzelte ungläubig die Stirn.

– Wirklich nicht? Der Ingenieur ist gefoltert worden, bevor man ihn umgebracht hat. Warum foltert man jemanden?
– Damit er redet, sagte De Luca.
– Genau. Aber bestimmt nicht über Antifaschisten, mit denen der Ingenieur nichts zu tun hatte, und die wahrscheinlich auch die Kameraden der 22 nicht interessierten, die, wie schon gesagt, andere Absichten hatten. Also worüber?
– Über Geld.
– Genau. Doch der Ingenieur war ein Hungerleider, er hatte kein Geld. Schulden schon, aber kein Geld, so gut wie keines.

De Luca langweilte sich allmählich. Nicht zuletzt, weil er ahnte, worauf Spagnuolo hinauswollte, und ihm das nicht gefiel.

– Hören Sie, Herr Sekretär, danke für die Lektion in Sachen Verhöre, derer ich meiner Meinung nach nicht bedarf, aber ich habe zu tun. Sie wollten wissen, wer Ingenieur Tagliaferri umgebracht hat, und ich habe es Ihnen gesagt. Alle Indizien weisen übereinstimmend auf die Gruppe 22 der Schwarzen Brigaden hin. Wenn Sie mich jetzt bitte entschuldigen …

De Luca stand auf, doch inzwischen kannte er Sekretär Spagnuolo, die Tatsache, dass er sich nicht vom Fleck gerührt, vielmehr die Beine ausgestreckt und die Arme auf der Brust verschränkt hatte, ließ darauf schließen, dass er gleich etwas sagen würde. Etwas, das ihm ebenfalls nicht gefallen würde.

– Nein, Kommissar. Wir wollen keine eindeutigen und übereinstimmenden Indizien, die die Schwarzen Brigaden belasten. Dasselbe wird Ihnen morgen auch Major Podriga sagen, sofern wir ihn beschuldigen. *Wir? Wir beschaffen doch Geld, was haben wir mit diesem Hungerleider zu tun?*

Er hatte versucht, den venezianischen Dialekt des Anführers der 22 zu imitieren, es war ihm zwar nicht gelungen, doch er schien mit seiner Darbietung sehr zufrieden, denn er kicherte. *Jetzt gehören die Tänzerinnen Ihnen.*

Dann veränderte sich sein Ausdruck, sein Mund war noch immer zu einem O geformt und die Augen waren aufgerissen, doch mittlerweile sah er weder wie ein Komiker aus noch wie ein Kind.
– Danke für die Information, aber sie reicht uns nicht. Sie stehen noch ganz am Anfang. Sagen Sie uns, warum die 22 sich mit Tagliaferri beschäftigt hat, geben Sie uns ein plausibles Motiv, sodass wir sie anklagen können, und wir sind endlich Freunde. Das ist besser, als verfeindet zu sein, oder?

Petrarca wartete auf der anderen Seite der Piazza della Vittoria d'Etopia auf ihn, unter einem viereckigen Bogen des Palazzo Volpe. Er machte ihm ein Zeichen, als er ihn aus der Präfektur kommen sah, und dann noch eines, denn sein schöner, sehr eleganter Doppelreiher war so grau, dass er sich nicht von den Säulen der Arkade abhob.
– Ich dachte, Sie würden sich auch in Schale werfen, sagte er zu ihm. – Wir begeben uns in die höchsten Kreise.
– Schaue ich zu sehr nach Präsidium aus?
– Ich vertrete das Präsidium, Sie mit dem Mantel und dem schwarzen Hemd die Politik. Ich sehe jedoch mit Freude, dass Sie darunter einen besseren Anzug tragen. Zu dem Gilet hätte auch eine Krawatte gepasst. Aber sind Sie sicher, dass wir nicht zu früh dran sind? Ich dachte, die adelige Dame Altea De Lellis schläft bis Mittag.
– Wir gehen nicht zu ihr.
Petrarca blieb stehen. Er hatte sich unter den Arkaden bereits in Richtung Via Ugo Bassi in Bewegung gesetzt, es war ihm gar nicht aufgefallen, dass sich De Luca nicht von der Stelle rührte.
– Wir besuchen zuerst eine andere Dame, ich bin mir sicher, sie ist schon wach.
De Luca machte einen Schritt in die andere Richtung, doch diesmal rührte Petrarca sich nicht von der Stelle.

– Ich folge Ihnen nicht, Comandante. In keiner Hinsicht, weder physisch noch geistig.

De Luca seufzte, ging zu Petrarca und erzählte ihm Sandrinas ganze Geschichte, Rottenführer Weber, das Foto, Cassandra Orsi, der unbeugsame Ehemann, der aus einem Internierungslager geflohen war.

– Arbeiten wir jetzt für die Deutschen?, fragte Petrarca.
– Wir retten zehn Menschenleben.
– Ich weiß, und das ist sicher wunderbar. Aber …
– Was aber?
– Nichts aber. Gehen wir. Aber beeilen wir uns. Lorenzo Attanasio ist nicht gerade ein Soldat, ich fürchte, wenn er zu lange sitzt, singt er. Wir müssen ihn so bald wie möglich rausholen.
– Nur mit der Ruhe.

De Luca ging schnell, gefolgt von Petrarca, der sich beeilte, mit ihm Schritt zu halten.

– Sie müssen jedoch wissen, dass ich mich nicht sehr gut zu Polizeieinsätzen eigne. Wenn er wirklich so ein Berserker ist …
– Ist egal. Haben Sie die Pistole dabei?
– Ja, natürlich.
– Sehr gut. Wäre es Ihnen lieber, wenn ich die Deutschen ins Teatro del Corso schickte?
– Natürlich nicht, aber …

Petrarca blieb abrupt stehen, weil nun tatsächlich die Deutschen vor ihnen standen. Ein Beiwagengespann fing sie am Ende der Piazza, wieder vor der Präfektur, ab, es umrundete sie wie ein Hai, nachdem es auf sie zugefahren war, als ob es genau sie gesucht hätte. Darin saß ein Soldat der Feldgendarmerie, trotz des schweren Maschinengewehrs sprang er nahezu leichtfüßig aus dem Wagen und richtete es auf sie.

– De Luca … haben Sie mich verraten?, flüsterte Petrarca, leichenblass.

– Verdammt, Petrarca, sagte De Luca, der den Gefreiten auf dem Motorrad, der ihn vor einigen Tagen in die Kommandantur gebracht hatte, erkannt hatte. – Sie sind wegen mir hier.

Der Gefreite sagte etwas zu dem Soldaten, der das Maschinengewehr senkte, dann rief er Leutnant Manfred etwas zu, der am Kühler eines Kübelwagens am Ende der Straße lehnte, mit dem Rücken zu ihnen und mit verschränkten Armen, und die Fassade von San Petronio betrachtete, die zum Schutz vor Bombensplittern mit Holzwolle verkleidet war.

Der Leutnant stieg ins Auto, fuhr zu ihnen hin und öffnete De Luca die Tür auf der Beifahrerseite.

– Kommen Sie, schnappen wir uns das Mädchen.

– Ich bin schon zu ihr unterwegs. Ich habe Ihnen ja gesagt, Sie sollen sich nicht blicken lassen, wenn ihr Mann das herausfindet, könnte er …

Leutnant Manfred legte den Kopf in den Nacken, lachte wie ein Modell aus einem Fotoroman und zeigte dabei eine Reihe weißer Zähne.

– Ich bin sofort zu Ihnen gekommen, als ich es erfahren habe, die Deutschen sind zwar hin und wieder nicht so genau, aber nur hin und wieder. Kommandant Bernardi hat seinen … wie sagen Sie …?

– Kollegen?

– Nein, wie sagt man, wenn jemand gleich ist …?

– Denselben Dienstrang hat?

– Amtskollege, sagte Petrarca.

– Ja, Amtskollege, ein schwieriges Wort. Wer sind Sie?

– Ein Kollege vom Präsidium, unterbrach ihn De Luca.

Der Leutnant betrachtete Petrarca, der seine Lippen zu einem Vertrauen heischenden Lächeln verzog, dann wandte er sich wieder an De Luca.

– Nun, Bernardi hat wegen eines Abgleichs Kontakt mit dem Kommandanten des Lagers Landeck aufgenommen und heute sehr früh angerufen. Sie erinnern sich doch, dass ich sagte, ein Brief kommt nur in zwei Fällen an den Absender zurück, aber es gibt auch noch einen dritten, der die beiden anderen aufhebt ...

– Ja, ich erinnere mich. Wenn der Häftling flüchtet. Tatsächlich ist Orsi während der Verlegung nach Landeck getürmt.

– Gut, es gibt noch einen vierten, der alle drei aufhebt.

Aus seiner Jackentasche ragte ein der Länge nach gefaltetes Blatt. Der Leutnant zog es heraus und schwenkte es vor De Luca, der sich ins Wageninnere beugte.

– Der Flieger Orsi ist vor drei Wochen während der Verlegung aus dem Zug geflüchtet. Doch zwei Tage danach hat man ihn aufgegriffen, ins Lager Landeck gebracht und auf der Stelle erschossen.

De Luca öffnete das Blatt. Es war ein auf Deutsch verfasstes Telegramm, doch da stand der Name Orsi, *erschossen* auf Deutsch, und Petrarca nickte, nachdem er über die Schulter gespäht und gelesen hatte.

– Also, lieber Kollege, sagte der Leutnant grinsend, – der Mann des Mädchens ist tot, deshalb kann er Rottenführer Weber nicht umgebracht haben. Deshalb schnappen wir sie uns jetzt gemeinsam. Wo ist sie?

De Luca dachte verzweifelt nach. Das Telegramm hatte ihn auf dem falschen Fuß erwischt, er war sich sicher gewesen, den Fall gelöst zu haben, doch jetzt drehten sich seine Gedanken wie wild im Kreis, wenn Orsi tot war, wenn Orsi nichts damit zu tun hatte, wer zum Teufel war es dann? Und vor allem musste er Sandrina vor den Deutschen retten. Doch Leutnant Manfred sah ihn mit einem Blick an, der Angst machte.

– Wo ist sie?

– Via Santo Stefano. – Und dann fügte er hinzu, mit dem Blick auf Petrarca: – Teatro del Corso.

– Sie wohnt in einem Theater?, fragte der Leutnant.

– Ein Unterschlupf für Evakuierte.

Der Leutnant bellte einen Befehl, und der Gefreite fuhr mit dem Beiwagengespann und dem Soldaten davon. De Luca warf Petrarca einen Blick zu, der nickte.

– Freut mich, Sie kennengelernt zu haben, Herr Leutnant, aber ich muss ins Büro zurück. De Luca, wir hören voneinander.

Petrarca streckte den Arm aus und machte eine kleine Verbeugung. Der Leutnant hob den Arm zu einem zerstreuten Gruß, während er den Motor anließ, dann klopfte er auf den Beifahrersitz.

– Fahren wir, Kollege.

De Luca setzte sich ins Auto und Manfred ließ den Motor aufheulen, während er im Rückwärtsgang losfuhr. Mit quietschenden Reifen fuhr er über die Piazza und wartete darauf, dass ihm De Luca die Richtung wies.

– Ich hoffe, der Krieg ist bald vorbei, sagte der Leutnant, als er an der verkleideten Fassade von San Petronio vorbeifuhr, – ich habe noch nicht einmal eure Kathedrale gesehen. Angeblich ist sie sehr schön.

– Guten Tag, Comandante. Es sind noch alle drinnen, niemand ist weggegangen.

De Luca kniff die Lippen zusammen. Er hatte vorgeschlagen, mit dem Auto bis auf die kleine Piazza zu fahren, in der insgeheimen Hoffnung, man würde sie bemerken, doch der Leutnant hatte ihn noch auf der Straße aussteigen lassen, und auch das Beiwagengespann mit dem Gefreiten und dem Soldaten und noch zwei weitere, die gekommen waren, standen hinter den Säulen der eingestürzten Arkade. De Luca betrachtete den kleinen Platz vor dem Amphitheater, das aussah wie eine auf den Kopf gestellte Zahnprothese. Keine Spur von Petrarca.

– Zwei sind gekommen und haben nach Sandrina gefragt, sie sagten, sie seien vom Präsidium, doch ich habe ihnen gesagt, ich erstatte nur Ihnen Bericht, und habe sie weggeschickt.

Der Luftschutzwart lächelte stolz. De Luca drehte sich zu Manfred um, der nahe genug stand, um verstanden zu haben, doch der Mann hatte im Dialekt gesprochen, *ièn gno dú que a zarcher,* wahrscheinlich hatte der Leutnant nichts verstanden. Doch er zeigte auf eine Loge des Amphitheaters, in der Sandrina zu sehen war, und der andere verstand.

Seine Gedanken liefen auf Hochtouren. Etwas tun, um sich bemerkbar zu machen, etwas tun, um die Deutschen aufzuhalten, etwas, irgendetwas. Doch ihm fiel nichts ein.

Der Leutnant klatschte und der Gefreite machte den Soldaten ein Zeichen, die ihm unter die Arkade folgten. Trotz der frühen Stunde waren schon viele Leute unterwegs, und anders als am Tag zuvor standen auch einige Kühe unter den Bogen der noch leeren Bühne im ersten Rang. Der Alte von der Flugabwehr war auf seinem Platz neben dem Souffleurkasten.

Die Soldaten liefen schnell und schwerfällig auf den kleinen Platz, mit dem Maschinengewehr im Anschlag, doch niemand bemerkte sie, als plötzlich die Sirene des Fliegeralarms heulte.

Beim ersten Heulen blieben alle stehen. Ein lauter werdendes Heulen, ein Heulen aus einem aufziehbaren Grammofon auf einem Lastwagen, ein mechanisches Kreischen, bei dem einem das Blut gefror wie bei einem Kratzen auf einer Schiefertafel. Es dauerte fünf Sekunden und danach herrschte totale Stille, in der alle den Atem anhielten. Auch beim zweiten Heulen standen sie reglos da, nur die Kühe bewegten sich, während Männer, Frauen, Kinder und Soldaten mit halb offenem Mund und trockener Zunge zum Himmel blickten. Sie warteten auf den dritten Alarm, der prompt fünf Sekunden später kam, doch vor allem warteten sie auf das, was am Ende der nächsten Pause passierte.

Dreimaliges Heulen: geringe Gefahr. Eine Bomberformation flog wahrscheinlich in eine andere Richtung.

Sechsmaliges Heulen: Bombenalarm. Bomber im Anflug.

– *Qual bon!*, schrie der Alte von der Fliegerabwehr, sobald es zum vierten Mal heulte, und lief mit den Armen rudernd auf und ab, – *Qual bon! Qual bon!* – Ein richtiger, mit einer schrillen Stimme, die noch mehr Angst machte als die Sirenen.

Offenbar hatten sie sich daran gewöhnt, die Sirenen heulten fast jeden Tag, und theoretisch durfte die Sperrzone nicht bombardiert werden, doch niemand hätte bei einem derart bewölkten Himmel mit einem Luftangriff gerechnet, wenn Bomben fielen, fielen sie nach Belieben.

Offenbar hatten sie sich daran gewöhnt, und der Luftschutzkeller war nicht weit entfernt, doch der Alte von der Luftabwehr schrie, die Kühe muhten wie verrückt, irgendwo bellte ein Rudel Hunde, die Menschen wurden panisch und strömten auf den kleinen Platz, die Frauen mit Kindern an der Hand und auf dem Arm, die Männer mit extra für diesen Fall gepackten Koffern, Greise, die einander stützten, Bauern, die die Kühe mit Mistgabeln tiefer unter die Bogen der Bühne trieben, niemand rannte, aber alle gingen schnell, nicht aufzuhalten, obwohl der Luftschutzwart schrie, man möge Ruhe bewahren, und die Deutschen sich mit dem Maschinengewehr in beiden Händen mitten in der Menge aufpflanzten und die Menschen zurückzudrängen versuchten. Der Gefreite zog die Pistole heraus und wollte schon einen Schuss in die Luft abgeben, doch der Leutnant gebot ihm Einhalt, indem er ihn am Arm packte, und er tat gut daran, sonst wären alle davongerannt.

– De Luca!, schrie Manfred. – Sie kennen das Mädchen, suchen Sie es!

De Luca stürzte sich in die Menge, versuchte, sich nicht mitreißen zu lassen. Er sah Sandrina, gemeinsam mit den Kindern, dem einarmigen Mann und ihrer Schwester lief sie an ihm vorbei. Offenbar liefen sie einem jungen Mann mit krausen Haaren und Schnurrbart nach, der De Luca an einen der Studenten von *Giustizia e Libertà* erinnerte, den er bei Brullos Begräbnis gesehen hatte, und als sich ihre Blicke einen Augenblick lang kreuzten, fand er Bestätigung, ja, er war's.

Leutnant Manfred erreichte ihn mitten auf der mittlerweile leeren, kleinen Piazza, nur noch Kühe, Hunde und Soldaten waren da.

– Ich habe sie nicht gesehen, sagte De Luca. – Unmöglich bei dem Durcheinander.

Der Leutnant schlug sich mit der Faust auf den Schenkel und stieß etwas zwischen den Zähnen hervor, das De Luca nicht verstand, wahrscheinlich ein Fluch oder eine Verwünschung.

– Meine Schuld. Ich hätte mehr Männer mitnehmen sollen. Offensichtlich haben die Menschen mehr Angst vor den Bomben als vor den Deutschen.

Der Gefreite sagte etwas, respektvoll, aber nervös, und auch die anderen Soldaten schauten unter dem Rand ihrer Helme hervor zum Himmel auf. Nur der Leutnant legte eine Gleichgültigkeit an den Tag, von der man nicht wusste, ob sie echt oder gespielt war.

– Was machen wir jetzt, Kollege?

– Gehen wir in den nächstliegenden Luftschutzkeller und schauen, ob sie dort ist. Außerdem sind wir dort in Sicherheit.

– Und wenn sie nicht dort ist?

– Dann haben wir sie verloren. Sicher hat man Sie bemerkt, es macht keinen Sinn, das Theater zu überwachen, sie kommt nicht zurück.

– Dann können wir uns von den Geiseln verabschieden.

Der Gefreite sagte etwas, leiser, aber auch nervöser.

– Wir haben sie verloren, aber nur vorübergehend, sagte De Luca. – Ich habe noch etwas Zeit, um den Fall auf meine Weise zu lösen.

Der Leutnant schaute unerträglich langsam zum Himmel empor, dann nickte er.

– Gut, gehen wir in den Luftschutzkeller. Ich bezweifle, dass wir sie dort finden, aber wenigstens sind wir in Sicherheit. Es gibt in

Bologna so viele schöne Plätze, es würde mir missfallen, an einem so ... wie sagen Sie ... einem so öden Ort zu sterben.

Sandrina war nicht im Luftschutzkeller in der Via Santo Stefano.

Der Leutnant schickte die Soldaten mit dem Auto in die Kaserne der Feldgendarmerie und fuhr mit dem Beiwagengespann und dem Gefreiten in die Kommandantur zurück, er fuhr so schnell wie nie zuvor.

De Luca blieb fast eine Stunde im Keller der Aldovrandi-Schule, er saß auf einer Stufe und hielt die Knie mit den Armen umschlungen, bis ein Soldat der Nationalen Flugabwehr kam, diesmal ein echter, und sagte, es sei falscher Alarm gewesen, jemand hatte einen Lastwagen mit einer Sirene gestohlen und sich einen Scherz oder etwas anderes erlaubt, das war noch nicht klar.

Gemeinsam mit den Menschen, die sich aufgeregt und laut unterhielten und nicht wussten, ob sie sich wegen dem Scherz ärgern oder ob sie erleichtert sein sollten, weil keine Bomben gefallen waren, ging er hinaus. Draußen traf er Petrarca, der an eine Säule der Arkade gelehnt auf ihn wartete.

– Sehr gut, sagte De Luca, – ich bin auch drauf reingefallen.

– Hauptsache, Ihr deutscher Freund ist drauf reingefallen.

– Wo ist das Mädchen?

– An einem sicheren Ort. Sobald wir sie besser untergebracht haben, bringe ich Sie hin.

– Wir müssen uns beeilen, wenn wir das Leben der Geiseln retten wollen.

– Ich weiß, ich habe gesagt, dass ich Sie hinbringe. Zuerst besuchen wir jedoch die andere Dame. Mittlerweile ist es spät genug.

Doch auch Altea war nicht zu Hause. Das Dienstmädchen mit dem Häubchen wollte weder sagen, wohin sie, noch, wann sie gegangen war, doch als De Luca seinen Ausweis zückte, überlegte sie es sich anders.

Eine Wohnung in der Via Volturno, am Abend davor, sie war zum Schlafen nicht nach Hause gekommen. Via Volturno Nr. 13. Im obersten Stockwerk. Nein, am Klingelbrett stand nicht De Lellis und auch nicht Attanasio, sondern Diva.

Einen Augenblick lang verspürte De Luca die Versuchung, das Dienstmädchen beiseitezuschieben und die Wohnung zu durchsuchen, doch Altea hatte zu viele Bekannte, auch unter den Deutschen, nicht zuletzt Leutnant Manfred, das wäre zu gefährlich gewesen.

Also gingen sie über die Via dell'Indipendenza, an den Resten der Fassade des *Albergo Baglioni* vorbei, das nach der letzten, von den Partisanen gelegten Bombe eingestürzt war, und bogen auf die Via Volturno ein.

Das Tor von Nr. 13 war offen, De Luca und Petrarca stiegen die Treppe ins letzte Stockwerk hinauf und blieben vor einer Tür stehen, wo mit roter Tinte *Diva* auf einem Schild an der Klingel stand. Petrarca wollte schon läuten, doch De Luca hielt ihn auf. Er legte den Kopf an die Tür; das ferne Echo von Tanzmusik drang an die Muschel seines an die Tür gequetschten Ohrs. Dann klar und deutlich Alteas Stimme, *halt still, sonst ruinierst du alles.*

De Luca hob den Arm und klopfte zweimal an die Tür, wie ein Bulle. Die Musik spielte weiter, und obwohl es zuerst kein Geräusch außer Alteas Worten gegeben hatte, schien die Stille nun kompakter. Eine lange Stille, De Luca wollte schon wieder klopfen, als Alteas Stimme flüsternd und unsicher ertönte.

– Wer ist's?
– Polizei. Machen Sie bitte auf.

Nach wie vor Stille, doch nicht mehr so kompakt. Jemand hinter der Tür bewegte sich, ein Rascheln, und auch ein Seufzen, ein unterdrücktes Seufzen. Altea öffnete, aber nur einen Spaltbreit, ohne die Kette abzunehmen, die die Tür versperrte. Die Musik war nun lauter.

– Sie sind es, sagte sie. – Was wollen Sie?
– Ihnen bloß ein paar Fragen stellen, sagte Petrarca höflicher. – Wenn Sie so freundlich wären, nur ein paar Minuten, dann gehen wir wieder.
– Ich bin beschäftigt, kommen Sie später wieder.

Altea wollte schon die Tür schließen, doch De Luca hatte seinen Fuß in den Spalt gestellt. Altea senkte den Blick auf die Schuhspitze, die sich wie ein Keil zwischen Tür und Türstock geschoben hatte, und lächelte kopfschüttelnd.

– Um Himmels willen … genau wie im Kino? Stoppa, sind Sie sicher, dass wir keinen Kriminalfilm drehen?
– Ich bestehe darauf, sagte De Luca. – Wir können Sie auch zwingen aufzumachen.
– Und warum?
– Aufgrund des Verdachts, dass Sie Partisanenaktivitäten verschleiern.

Altea betrachtete De Lucas Ausweis und kniff sogar die Augen zusammen, um die Schrift zu lesen. Dann lächelte sie und schüttelte den Kopf, halb verärgert und halb belustigt.

– Ich bitte Sie, sagte sie.
– Was macht die da?

Petrarca hatte einen Schritt nach vorn gemacht, um über Alteas Körper hinweg in die Wohnung zu spähen, er hatte sich sogar auf die Zehenspitzen erhoben, und es war ihm gelungen. Er zeigte auf eine Stelle hinter der Frau, sie seufzte genervt.

– Ist gut, sagte sie. – Sie schloss die Tür, um die Kette wegzuziehen, und öffnete sie wieder, ließ sie weit offen, während sie sich umdrehte und ging.

Die Wohnung war nicht sehr groß, eine kleine und dank einer Oberlichte und zwei Elektroöfen sehr helle und warme Wohnung. Sie wirkte wie eine Miniaturausgabe der Wohnung in der Via Rizzoli, ohne Bücher zwar, allerdings vollgestopft mit Dingen und

Möbeln, sogar ein Radio stand da, das so groß wie eine Kommode war und aus dem gedämpft und etwas knarrend Tanzmusik drang. Mitten im Zimmer stand ein roter Lederstuhl und davor, auf einem Stativ, ein kleiner Fotoapparat, eine Leica, neuestes Modell.

Auf dem Stuhl saß ein schönes blondes Mädchen. Sie saß stocksteif da, obwohl sie die Lider gesenkt und die Lippen halb geschlossen hatte, und atmete schwer, fast wie im Schlaf. Die ausgebreiteten Arme ruhten auf den Armlehnen, und der Nacken lehnte ganz oben auf dem Kissen, sie trug nur Schuhe und ein weißes Hemd, das ihren Körper bis zum Schamhügel bedeckte und dessen Zipfel zwischen den nackten Schenkeln steckten, ein schwarzes, wie eine Krawatte geknotetes Halstuch war so weit nach unten gezogen, dass der Kragen bis zur Brust offen stand. De Luca hatte sie schon einmal gesehen, sie war das Mädchen, das mit Manfred und dem jungen nervösen Mann mit Parteiabzeichen zu Altea gekommen war, obwohl sie in dieser Haltung, mit zu zwei Zöpfen geflochtenen Haaren und halb offenem Mund, in dem man die weißen Zähne sah, weicher und nicht so sehr wie eine Marmorstatue wirkte.

Altea stellte sich hinter den Fotoapparat. Von der Tür in die Mitte des Zimmers war es nicht weit, dennoch sah man, dass sie hinkte, und als sie beim Stativ stehen blieb, um das Objektiv einzustellen, hob sie das linke Bein und lehnte die Ferse an den Knöchel des rechten. Sie war genauso gekleidet wie beim letzten Mal, Tunika und Männerhose, und sie war wieder barfuß, mit rot lackierten Nägeln, genauso rot wie die Tinte an der Tür. Nur der Turban fehlte.

Petrarca trat zu dem Mädchen auf dem Stuhl und beugte sich über sie.

– Geht es ihr gut?, fragte er.

– Sophie geht es sehr gut. Sie hat nur etwas zu viel Portwein getrunken.

Altea zeigte auf eine Kristallkaraffe, die neben ein paar Gläsern auf einem kleinen Tisch stand, dann legte sie das Auge an den Sucher der Leica.

– Sie fotografieren sie, sagte De Luca.

– Ausgezeichnet beobachtet, sagte Altea, und De Luca biss die Zähne zusammen.

– Das ist Pornografie, sagte er.

– Man sieht nur die Beine, das ist heutzutage nichts Besonderes. Stoppa, können Sie etwas zur Seite treten? Sie sind im Bild.

Petrarca machte einen Schritt zurück und stieß gegen ein Sofa. Er wollte sich setzen, doch die Kleider des Mädchens lagen verstreut auf den Kissen, zuerst wollte er sie wegschieben, doch dann hielt er inne. Er nahm eine Jacke und hob sie hoch, um sie De Luca zu zeigen. Es war die Uniform einer Wehrmachts-Arbeitsmaid, mit grünem Kragenspiegel und gelber Armbinde. Da war auch ein Beutel mit Reichsadler und Hakenkreuz.

De Luca ging um den Stuhl herum zu dem Möbel, in dem das Radio eingebaut war. Er machte es aus, die Musik verklang mit einem Schlag.

– Ist das Mädchen wirklich eine Deutsche oder handelt es sich um eine Posse?

Altea nahm das Gesicht vom Fotoapparat.

– Sophie!, rief sie, dann noch einmal lauter. Das Mädchen auf dem Stuhl öffnete ein wenig die Augen und leckte sich über die Lippen. Sie flüsterte etwas, jammerte wie ein Kind. Altea zeigte Petrarca den kleinen Tisch mit dem Portwein. Einige Gläser waren benutzt, Petrarca nahm ein frisches, goss Wein ein und reichte es dem Mädchen.

– *Bitte, Fräulein,* sagte er auf Deutsch, und sie antwortete *vielen Dank,* ein belegtes Flüstern. Sie nahm einen Schluck Portwein und schloss die Augen wieder, dabei flüsterte sie, *wo ist die Musik?*

Altea lächelte De Luca an, ein kleines, zufriedenes Lächeln, das allmählich breiter wurde, denn es war offensichtlich, dass De Luca dachte, was für eine schöne Frau, auch wenn es ihn wütend machte. Sie legte das Auge an den Sucher, trat aber gleich wieder zurück, weil sich De Luca vor den Apparat gestellt hatte.

– Sie machen pornografische Fotos von einer Wehrmachts-Arbeitsmaid. Und das vor den Augen der Polizei!

– Das ist nur ein Spiel unter Mädchen, Kommissar. Und es wird auch ein solches bleiben. Bevor Sie etwas unternehmen oder öffentlich über diese Situation sprechen, erkundigen Sie sich bei unserem gemeinsamen Freund Manfred nach Sophie. Das ist ein Ratschlag, den Sie gewiss schätzen werden.

Altea verschob das Stativ, stellte das Objektiv ein, drückte ab. Sophie lächelte instinktiv und entblößte noch mehr ihre jungen weißen Zähne.

– Sie haben von Fragen gesprochen, sagte Altea. – Deshalb sind Sie gekommen, oder?

De Luca gab Petrarca ein Zeichen, dann ging er durch das Zimmer, wobei sein Blick über die Bücher, die Papiere und die Nippsachen glitt. Petrarca räusperte sich.

– Sie haben gesagt, Sie haben den Abend allein verbracht und Radiomusik gehört.

– Noch immer diese Geschichte mit dem Alibi? Ich bitte Sie …

Altea spulte den Film weiter und schoss noch ein Foto. – Ja, das habe ich gemacht.

– Das Orchester von Maestro Vito Crocitto.

– Ja.

– Tanzmusik.

– Göttliche Tanzmusik.

In einer Seitenwand der Mansarde befand sich eine Tür. De Luca ging zu ihr hin, legte die Hand auf die Klinke und öffnete sie.

– Tun Sie sich keinen Zwang an, sagte Altea, etwas lauter als gewöhnlich, in einem verärgerten, aber auch besorgten Tonfall.

Dahinter lag ein kleines, ziemlich dunkles Schlafzimmer, denn das einzige Fenster war wegen der Verdunkelung noch abgeschirmt. De Luca drückte den Lichtschalter. Da waren nur ein ungemachtes Ehebett und eine noch kleinere Tür.

De Luca öffnete sie und bückte sich, um auf den Gang dahinter zu spähen, er war wirklich sehr niedrig, gerade mal ein Durchschlupf. Er führte zu einer Treppe, die in der Dunkelheit nach unten führte.

– Ein zweiter Ausgang, sagte Altea, die auf die Schwelle des Zimmers getreten war. – Sehr nützlich im Falle einer Bombardierung, wenn die Vordertreppe verstopft ist. Oder wenn Polizei kommt, um mich festzunehmen. Kommen Sie bitte heraus, Sie befinden sich im Schlafzimmer einer verheirateten Frau.

Petrarca wartete auf De Luca, um mit der Befragung fortzufahren, obwohl sein Kollege gar nicht so sehr an den Antworten interessiert zu sein schien. Die Reihenfolge, die er sich zurechtgelegt hatte, funktionierte nicht mehr, doch er konnte nicht wieder von vorne anfangen.

– Signora, wir haben nachgesehen. Donnerstagabends hat die EIAR eine Belangsendung ausgestrahlt, *Camerata dove sei?* Sie haben uns angelogen.

Altea sagte nichts. Sie schloss die Augen und gab ein Seufzen von sich, danach lachte sie verhalten. Hinkend ging sie zwischen De Luca und Petrarca durch, drehte am Schalter des in das Möbel eingelassenen Radios und machte es an.

Dove sta Zazà, uh Madonna mia ...

Altea bewegte den Kopf im Rhythmus. – Nicht schlecht, aber ich ziehe Swing neapolitanischen Schlagern vor. Sophie hingegen mag alles ... *Magst du das, Sophie?* – und Sophie nickte, ohne die Augen zu öffnen, sie flüsterte etwas, das mit *Musik* endete.

Come fa Zazà, senza Isaia ...
– Man bezeichnet es als italienischen Swing, doch es ist einfach Swing, Jazz oder Dixie, glauben Sie nicht auch?
– Ja, sagte Petrarca, – aber Sie ...
– Ich habe diese Manie, alles ins Italienische zu übersetzen, immer lächerlich gefunden, *Beniamino Buonuomo* statt Benny Goodman, und *Tristezza di San Luigi* statt Saint Louis Blues.
– Sie treten offene Türen ein, Signora, doch ich habe Sie gefragt ...
– Ich höre Radio Bari, sagte Altea, den Blick nach wie vor auf De Luca geheftet. – Ich weiß, es ist verboten, und Ubaldo Zeni ist gewiss nicht Alberto Rabagliati, doch das Unterhaltungsprogramm jenseits der Front ist besser als das der Repubblica Sociale. Fragen Sie mich aber bitte nicht nach den Botschaften an die Partisanen aus *L'Italia Combatte*, um dreiundzwanzig Uhr habe ich schon eine Weile geschlafen.
– *Uh Zazà, uh Zazà, uh Zazà.*
Petrarca betrachtete das Radio, den roten Streifen, der auf eine andere Frequenz eingestellt war als auf die, auf der die EIAR in Turin sendete. Dann sah er De Luca an, der Altea anblickte, Auge in Auge, sie lächelnd, er ernst.
– Ja, ich gestehe, ich höre einen illegalen Sender. Wollen Sie mich festnehmen?
– Ich wette, wenn ich wollte, fände ich einen Grund, Sie einzusperren. Ich glaube, Ihr Fräulein ist nicht nur vom Portwein berauscht.
– Sie haben recht. Die obszönen Fotos kennen Sie schon, darf ich Ihnen noch etwas anderes anbieten?
Altea ging zum Stuhl, legte ein Knie auf das Kissen und beugte sich über das Mädchen. Sie flüsterte ihr etwas ins Ohr, was sie zum Lachen brachte, dann küsste sie sie auf den Mund, presste ihre Lippen auf die des Mädchens. Sophie rührte sich nicht, sie hielt die

Augen geschlossen, doch als Altea sich entfernte, steckte ihre Zunge noch zwischen den Zähnen, als würde sie sie suchen.
– Widernatürliche Handlungen, sagte die Frau, leicht keuchend, – reicht Ihnen das, um mich festzunehmen?
– Jeder nach seiner Fasson, flüsterte Petrarca verlegen.
De Luca machte das Radio aus. Er hätte sich gerne gesetzt, doch er schwitzte aufgrund der angemachten Öfen, also setzte er sich nicht auf das Sofa, sondern auf einen kleinen Stuhl in einer Ecke, neben der Tür.
– Hören wir mit den Spielchen auf, sagte er. – Das Fräulein ist nur eine Arbeitsmaid und viel zu jung, um zur Rechenschaft gezogen zu werden, ich nehme an, sie ist die Tochter oder die Geliebte von jemandem, vielleicht von einem Von und Zu mit Bindestrich zwischen den Namen und mit Schulterstücken.
– Die Tochter, sagte sie nickend und berührte die Schulter mit den Fingerspitzen.
– Ich stelle mir vor, wenn zwei kleine Polizisten wie wir sich erlauben, ihren Von und Zu mit gewissen Geschichten zu belästigen, landen sie in einem Konzentrationslager, noch bevor sie den Bericht unterzeichnen. Habe ich recht, Petrarca?
– Ich fürchte, ja, sagt Petrarca.
– Gut. Dann hören wir mit den Spielchen auf. Wir haben versucht, Druck auf Sie auszuüben, Sie zu erpressen, Sie mit dem Alibi festzunageln, wie es Bullen halt so machen, doch jetzt spielen wir mit offenen Karten. Sind Sie bereit?
Altea zuckte mit den Schultern.
Sie setzte sich auf das Sofa, auf Sophies Kleider, und zog die Beine wieder in Meerjungfrauenpose hoch, doch ohne das Femme-fatale-Gehabe vom letzten Mal. Sie zerzauste ihre Haare, die genauso blond wie die des Mädchens waren, allerdings gefärbt, und begann wieder mit ihren Zehen zu spielen. Nach wie vor schön, nach wie vor provokant und sinnlich, doch nunmehr um einige

Jahre gealtert. Sie nahm ein Glas und hielt es Petrarca hin, der ihr schnell Wein eingoss.

– Nun, sagte De Luca, – wir glauben nicht, dass Ihr Gatte Professor Brullo umgebracht hat.

– Glauben Sie, dass ich es war?

– Wir haben einen Zeugen. Jemand hat am Tatort eine Frau wie Sie mit einer Pistole in der Hand gesehen.

– Eine Frau wie mich?

– Eine Hinkende.

Er hatte es absichtlich gesagt, offene Karten, schön und gut, doch er war nach wie vor ein Polizist, und gewisse Dinge mussten so und nicht anders erledigt werden. Eine Hinkende, *una zoppa,* mit schneidendem Z, an der Art, wie sie einen Augenblick lang aufhörte, mit der großen Zehe zu spielen, und ganz kurz die nackten Füße zusammenpresste, begriff er, dass er sie gekränkt hatte.

– Ich bin wahrscheinlich nicht die einzige Hinkende in Bologna, sagte Altea, auch sie verwendete das Wort, als wolle sie sagen, du hast mich zwar gekränkt, aber eigentlich nicht sehr. – Vor allem in Zeiten wie diesen. Haben Sie noch was?

– Sie haben kein Alibi. Vergessen wir Radio Bari, ich nehme an, es gibt jeden Abend ein ähnliches Programm. Sie hatten ein Verhältnis mit dem Professor. Und Sie hatten Zugang zur Pistole Ihres Mannes, die zum Mord passt. Aber da ist noch was.

Er machte eine Pause, nicht, um die Spannung zu erhöhen, sondern weil sein Mund trocken war. Zu heiß. Aber auf nüchternen Magen wollte er keinen Wein trinken, also fuhr er angestrengt fort:

– Sie überzeugen mich nicht. Je mehr ich Sie ansehe, je mehr ich Ihnen zuhöre, desto mehr komme ich zu dem Schluss, dass Sie nicht aufrichtig sind. Sie haben von Anfang an gelogen und Sie lügen noch immer. Als wir gekommen sind, habe ich die schmutzigen Gläser gezählt, es waren drei, – er hob die Finger und bewegte sie, – wie sollte ich nicht glauben, dass eine dritte Person hier bei Ihnen

war, die über die Treppe verschwunden ist, – er zeigte auf die Tür an der Wand der Mansarde, – wie sollte ich Ihnen glauben? Das ist Polizistenart, vielleicht absurd, aber entschuldigen Sie: Sie überzeugen mich nicht.
– Darf ich Ihnen eine Frage stellen, sagte Altea.
– Bitte.
– Warum sollte ich Franco erschossen haben?
– Ich weiß es nicht.
– Und Sie?

Petrarca zuckte mit den Schultern und schüttelte den Kopf. Altea schwenkte das Glas und der Kommissar füllte es aufs Neue.
– Was für ein Verhältnis hatten Sie zum Professor?, fragte De Luca.
– Zu Franco? Er war ein Kollege meines Mannes. Und er schleimte sich bei mir ein wie eine Schnecke. Er war nicht der Einzige, fast alle machen das, und ich erlaube es ihnen, sie schwirren um mich herum wie die Biene um die Blüte, und ich halte sie alle auf Distanz, hin und wieder lasse ich ein paar näher kommen, aber nur ganz wenige, wie Sie wissen, habe ich andere Vorlieben, und am Ende dieses dummen Ringelreihens bleiben mir der Spaß und der Honig.

Sie schnalzte mit der Zunge und lächelte dabei so sinnlich, dass es De Luca unangenehm war. Er musste den Blick abwenden, und als er sie wieder anblickte, lächelte sie noch immer, und intensiver.
– Franco war keiner von den wenigen. Er hat mir verzweifelt den Hof gemacht, dann hat er begriffen, dass er keine Chance hatte, und einen Rückzieher gemacht. Was für ein Motiv hätte ich, ihn umzubringen? Weil er mich zurückgewiesen oder verlassen hat? Ich hatte nie ein Verhältnis mit ihm, ich habe es zwar gesagt, aber das war eine Lüge, Sie haben es begriffen, ich bin eine, die gern Spielchen spielt. Ich und Lorenzo haben uns so oft über den armen Brullo lustig gemacht, dass ich mich jetzt sogar ein bisschen schäme.

Altea drehte sich zu Petrarca, aber nicht, damit er ihr noch einmal einschenkte. – Verachten Sie mich? Lorenzo wusste Bescheid.
– Ich verachte niemanden, flüsterte Petrarca, doch niemand hörte ihm zu.
– Warum sollte ich ihn also umgebracht haben? Weil er meine Geheimnisse herausgefunden hatte und mich erpresste? – Altea streckte den Arm in Richtung Sophie aus, die jetzt mit dem Kopf auf der Schulter schnarchte. – Für ihn gilt dasselbe wie für Sie, mein Mädchen ist meine Versicherung.
– Vielleicht überzeugen Sie mich, sagte De Luca. – Spielen wir noch immer mit offenen Karten?
– Natürlich.
– Darf ich Sie bitten, die Wohnung zu durchsuchen?
– Nein.
– Mich interessiert nicht Rauschgift oder Ähnliches, ich suche eine Pistole.
– Nein.
– Die Wohnung in der Via Rizzoli?
– Nein.
– Ich hätte gern, dass Sie unseren Zeugen bei einer Gegenüberstellung treffen.
– Nein.
Sie lächelte nach wie vor und schüttelte kaum merklich den Kopf, die Haarlocken wogten wie eine kleine blonde Wolke. De Luca erhob sich vom Stuhl.
– Gut, dann sind wir fertig. Wir erlösen Sie.
– Darf ich Ihnen sagen, wer es meiner Meinung nach war?
Nein, hätte De Luca gerne gesagt, denn er hatte genug von diesem Katz-und-Maus-Spiel, nicht zuletzt, weil er glaubte, selbst die Maus zu sein. Stattdessen nickte er.
– Lorenzo. Sie brauchen nicht lange weiterzusuchen. Er war's.
– Und warum?

– Keine Ahnung, Sie sind Polizist. Gewiss nicht wegen mir, vielleicht wegen einer anderen.

– Hat es im Leben Ihres Mannes noch andere Frauen gegeben?, fragte Petrarca.

– Keine Ahnung. Jeder führte sein eigenes Leben. Ja, am Anfang waren wir vielleicht verliebt, dann haben wir begriffen, dass wir nicht füreinander geschaffen waren, nicht nur, was die Vorlieben anbelangt, jeder ging seiner eigenen Wege, das war uns beiden sehr recht. Verachten Sie mich?

Petrarca schüttelte den Kopf, ging am Stuhl vorbei und sein Blick fiel auf das Mädchen. Das Hemd über dem Schamhügel war verrutscht, und einen Augenblick lang hatte es den Anschein, als ob er es zurechtzupfen wollte, um ihn zu bedecken, doch er hielt mit starrer Hand und hochrotem Gesicht inne, nicht zuletzt, weil Altea ihn ansah. Ohne es zu wollen, versetzte er einem Schuh unter dem Stuhl einen Fußtritt, sodass er über den Boden kullerte, ein schöner eleganter Schuh mit runder Spitze. Altea schubste ihn mit dem Fuß unter den Stuhl zurück. So schnell, dass De Luca dachte, sie schämte sich, weil er gedoppelt war.

Petrarca entschuldigte sich und holte De Luca an der Schwelle ein, mit steifem Nacken, um sich nicht umdrehen und das halbnackte Mädchen betrachten zu müssen. De Luca ließ ihn vorbei, dann hielt er mit der Hand auf der Klinke inne.

– Wenn ich Sie fragte, ob tatsächlich eine dritte Person hier bei Ihnen war, und ich wissen wollte, wer, würden Sie es mir sagen?

Altea lächelte.

– Nein, sagte sie, und die blonde Wolke wogte sanft um ihr Gesicht.

– Haben wir eine spezielle Neigung, uns zum Narren halten zu lassen?, sagte Petrarca, als sie unten auf der Straße standen. – Vielleicht bin ich altmodisch, aber ich bin verwirrt.

– Sie haben doch selbst gesagt, jeder nach seiner Fasson.
– Aber nein, nicht deswegen, das fehlte noch. Ich dachte, ein Polizist, noch dazu einer mit einem Ausweis der Staatspolizei, würde etwas mehr Furcht oder zumindest Respekt einflößen.
– Bei Hungerleidern funktioniert es besser, sagte De Luca.
– Glauben Sie wirklich, dass sie es war?
– Keine Ahnung. Ich habe nicht die geringste Ahnung, Petrarca, ich bin heute Morgen mit der Überzeugung aufgewacht, ich hätte alle meine Fälle gelöst, doch jetzt bin ich wieder weit davon entfernt. Wann kann ich Sandrina sehen?
– Ich sagte ja schon, sobald wir bereit sind. Ich vertraue Ihnen zwar, aber ich kann Sie nicht in jeden Unterschlupf führen, Comandante, – er sagte nicht Commissario, sondern Comandante, – nicht einmal wir machen das.
– Beeilen Sie sich. Ich gebe Ihnen einen Tag, dann muss ich sie sprechen.
– Ist gut. Und bis dahin?
– Bis dahin müssen wir die einzelnen Teile dieses dreiteiligen Rätsels neu ordnen. Es gibt eine Handvoll Indizien, die überall verstreut sind, wir müssen sie in eine Reihe bringen. Ich habe mich verzettelt und bin jedem Detail einzeln nachgelaufen, so arbeitet man nicht.
– Und weiter?
– Es gibt nur eine Möglichkeit. Wir fangen von vorne an.

Von vorne anfangen.
Der Fall Tagliaferri. Ein Ingenieur, ein armer Schlucker, der von der 22 entführt und vom Zahnarzt gefoltert, umgebracht und als einer von der Jacchia-Liste ausgegeben wurde. Irreführung durch seine Gruppe (und ihm höchstpersönlich). Keine Beihilfe Rassettos.
Vilma, die in einem Augenblick, in dem niemand im Büro war, an ihrer Schreibmaschine saß. Mit übereinandergeschlagenen Beinen feilte sie exakt und schnell ihre Nägel („Soll ich deine Mata

Hari sein? Glaubst du, ich hätte es nicht schon früher versucht? Ich habe dich den Freunden von der Präfektur empfohlen, da ich nichts auf die Reihe brachte, dabei bin ich tüchtig. Schon gut, ich versuche es weiter, ich versuche, besser zu sein"). Dann fuhr sie mit den Nägeln durch die Luft, vor seinem Gesicht, mit offener Hand, wie ein Prankenschlag.

Von vorne anfangen. Die Wohnung des Ingenieurs. In der Via Sant'Isaia, im dritten Stockwerk. Halb offene Tür, aufgebrochenes Schloss. Ein riesiges Durcheinander, die Schreibtischladen auf dem Boden, die Bücher geöffnet, sogar die Matratzen aufgeschlitzt. Polizeiliche Durchsuchung, Prisenrecht und Schakale. Selbst wenn man auf den Knien herumrutschte und alles sorgfältig durchsuchte, fand man hier nichts mehr.

Von vorne anfangen.

Der Fall Weber. Ein deutscher SS-Rottenführer, ein Dieb und Deserteur, nackt ausgezogen und im überschwemmten Keller eines bombardierten Gebäudes abgelegt. Eifersuchtsmord ausgeschlossen, falsche Fährte und Verlust wertvoller Zeit.

Das Mädchen so bald wie möglich wieder verhören, doch zuerst alle möglichen Informationen über den Rottenführer sammeln (gesegnet sei das Telefon), auf der Suche nach irgendeiner Spur. Leutnant Manfred war sehr kooperativ (wie nebenbei: „Ach ja, das schöne blonde Mädchen, Sophie, sicher, Sie haben auch ein Auge auf sie geworfen, Entschuldigung, aber mit einem italienischen *Polizei* … Sie ist die Tochter eines Generalmajors, genau, nichts für Sie. Aber ihre Freundin, die De Lellis, der ich den Hof mache, haben Sie nichts, womit ich sie beeindrucken könnte?").

Sehr kooperativ. Das Soldbuch des Rottenführers. Der Gefreite brachte es im Beiwagen und er las es auf Deutsch. Eine Reihe von Ämtern und Einsatzorten, De Luca schrieb sie ab, bevor er es wieder mitnahm.

1940 mit achtzehn Jahren SS-Schütze, dann Oberschütze und Rottenführer in der 16. Panzergrenadierdivision „Reichsführer SS". Im November dieses Jahres auf eigenen Wunsch zum SS-Kommando in Bologna versetzt.

De Luca wollte das Foto aus der Akte herausreißen, doch der Gefreite erlaubte es ihm nicht. Also rief er den Tenente, der ein ungeahntes Zeichentalent besaß, und ließ ein Porträt anfertigen, das große Ähnlichkeit besaß.

Von vorne anfangen. Die Liste der offiziellen und der nichtoffiziellen Hehler, die offiziell oder auch nicht wertvolle Objekte aus der Kriegsbeute verscherbelten, sowie auch die Hehler, die bei den Deutschen kauften (der Kommissar der Lebensmittelpolizei: „In Erinnerung an die alten Zeiten, De Luca, als du noch bei uns warst, aber du schuldest mir einen Gefallen").

Zwei (autorisierte) Goldschmiede, eine Adelige, ein Stoffhändler, ein Apotheker, ein illegales Pfandhaus und drei Schwarzhändler.

Franchina chauffierte ihn in einem alten gasbetriebenen Balilla („Ich weiß, Comandante, er ist nicht wie der Fiat 1100, hoffentlich nehmen sie uns den nicht auch noch weg").

Beim ersten Goldschmied, dem er das Porträt des Rottenführers zeigte: nichts.

Beim zweiten Goldschmied: nichts.

Die Adelige, die im Salon eines Pflegeheims Canasta spielte, während der Duft einer echten Hühnersuppe aus der Küche in jedes Zimmer drang („Ich leide an Anämie, Signor Comandante, Sie können sich gar nicht vorstellen, wie ich leide, und auch mein Enkel, ich weiß, er ist im wehrfähigen Alter, doch er ist kein Verweigerer, er leidet unter Panikattacken, wir haben ein ärztliches Attest, Professor Marioni, wir alle haben eines, Unterbringung auf unbestimmte Zeit im Pflegeheim Villa Regina Margherita"): nichts. Ja, hin und wieder hatte sie den Deutschen etwas abgekauft, nur ganz wenig, aber nie diesem Rottenführer.

Der Stoffhändler: nichts.
Der Apotheker: nichts.
Der erste Schwarzhändler: ja. Aber er hatte ihn weggeschickt („Er wollte große Stücke verkaufen, zwei silberne Kerzenleuchter, wie die Juden sie verwenden, ein vergoldetes Besteck, Porzellanteller und ein Taufkettchen. Er hatte es eilig, er sagte, er wolle über die Front und in den Süden. Aber als ich das Kettchen gesehen habe, habe ich ihn weggeschickt. Freundlich, denn er war ein Deutscher, den Deutschen gegenüber sollte man immer freundlich sein, doch ich habe ihm gesagt, ich sei nicht interessiert. Warum nicht? Nun, das geht Sie nichts an. Warum? Nun, wenn Sie drauf bestehen, Sie müssen mir nicht drohen. Da war ein Goldplättchen mit einem eingravierten Namen, und auf der Hinterseite standen Datum und Ort. Marzabotto. Sie wissen doch, was dort passiert ist? Nein? Ist gut, Sie haben recht, in Marzabotto ist nichts passiert. Aber ich bin etwas abergläubisch, vielleicht hätte mir das Kettchen Unglück gebracht, also habe ich ihn weggeschickt, allerdings freundlich. Ein kleines Geschäft habe ich aber doch mit ihm gemacht. Ich habe ihm einen Anzug verkauft, einen schönen Nadelstreifenanzug und einen Kamelhaarmantel, er hat in Mark bezahlt").

Nachdenken im Auto, auf dem Sitz des Balilla kauernd, während Franchina ihn fluchend zu starten versuchte („Diese verdammten Deutschen, die den Benziner konfisziert haben, ich könnte sie umbringen, diese verdammten Deutschen, Comandante"): Der Rottenführer braucht Geld, italienisches Geld, um auf die andere Seite zu gelangen und sein Leben als Deserteur zu finanzieren. Die Mark, die er gestohlen hat, sind nicht viel wert, denn der erzwungene Wechselkurs von eins zu zehn reduziert sie auf ein Zehntel ihres Werts. Also lieber die großen Stücke verkaufen, die man auf so einer Reise nicht brauchen kann, und die kleinen wie Ringe, Kettchen und Halsketten behalten, die man später im Süden verscherbeln kann, wo es mehr Geld, vielleicht auch amerikanisches

Geld gibt. Das Kettchen aus Marzabotto jedoch nicht, das wollte er gleich loswerden.

Marzabotto: nur Gerüchte. *Unglaubwürdige Gerüchte,* wie es im „Resto del Carlino" hieß, von wann? Mitte Oktober? Er erinnerte sich daran, weil Rassetto ihm den Artikel im Tonfall eines Radiosprechers vorgelesen hatte, allerdings erinnerte er sich eher an den Tonfall und nicht an die Worte („*Die üblichen wilden Gerüchte, ein typisches Produkt überbordender Fantasie ... im Zuge eines Polizeieinsatzes gegen Banditen ... sollen bei einer Razzia mehr als hundertfünfzig Alte, Frauen und Kinder von deutschen Truppen erschossen worden sein. Wir sind imstande, die makabren Gerüchte zu entkräften ...* wirklich ein Märchen. Nicht hundertfünfzig, sondern viel, viel mehr ... Die Deutschen waren außer Rand und Band. Am Friedhof hatten sogar die Grabsteine auf der Höhe eines halben Meters Einschüsse, und weißt du, wieso? Sie haben die Ständer unter den Maschinengewehren weggezogen, um tiefer schießen zu können, mit einer Salve haben sie auch die Kinder erledigt. Aber ich pfeife darauf, denn wir werden siegen").

Eine Frage ging ihm nicht aus dem Kopf, während er noch mit dem ersten Schwarzhändler sprach: Wenn Rottenführer Weber nicht mehr die Uniform eines deutschen Soldaten trug, als er umgebracht wurde, sondern wie ein ganz normaler anonymer Zivilist gekleidet war, warum hatte man ihn dann nackt ausgezogen?

Zweiter Schwarzhändler: nichts.

Dritter Schwarzhändler: der Zahnarzt. Im Hinterzimmer eines Lagers, beim salzigen Geruch des Schinkens und dem fettigen der Butter, während er im Licht einer nackten Lampe das Gewebe eines an der Decke hängenden Leinenlakens in Augenschein nahm („Ich muss meiner Tochter eine Aussteuer besorgen, sie heiratet, seine Eltern sind Nervensägen und ich will mich nicht blamieren. Was hältst du davon? Es stammt aus der Wohnung eines Rebellen der 7. GAP, der von den Deutschen in Porta Lame festgenommen wurde, einem Grafen, mittlerweile wollen auch die Adeligen Kommunisten sein. Was hältst du davon?"). In Anwesenheit eines von der 22 konnte De Luca sich nicht nach einem SS-Rottenführer erkundigen, er hätte sich einen Haufen Fragen gestellt, er würde noch einmal kommen, doch er nutzte die Gelegenheit („Essen wir mal gemeinsam zu Abend? So bringe ich dir die Regeln des Handwerks bei. Gerne, wenn du mich fragst, ist mir eine Ehre. Im *Diana*, dieser Tage am Abend, aber du bezahlst die Rechnung, verstanden?").

Von vorne anfangen.

Der Fall Brullo. Ein Universitätsprofessor, ein Frauenheld, mit einem Schuss ins Auge umgebracht, auf dem Weg zu einem Rendezvous.

Die Wohnung im Vicolo della Scimmia. Aufgebrochen, ohne Durchsuchungsbefehl („Ich bitte Sie, Comandante, nicht umsonst nennt man mich Goldhändchen, nein, ich bitte Sie, ich bin sauber, ich habe den Dietrich nur herausgeholt, um Ihnen einen Gefallen zu tun, apropos Erlaubnis für das Fahrradfahren?"), und sorgfältig durchsucht: merkwürdig.

Die ehemalige Absteige eines Junggesellen, die jetzt eine Wohnung war. Ein größerer Schrank, ein Bad, Kochnische. Sehr sauber („Ich putze im ganzen Gebäude, und beim Professor habe ich nur ein wenig Staub gewischt, dann hat er alle Möbel ausgetauscht, mein Mann hat sie ihm mit dem Dreirad geliefert, und jetzt schufte ich mehr als bei allen anderen").

Aber ein ungemachtes Bett. Nicht unter den Decken zerwühlt, sondern darüber, wie wenn Kinder darauf hüpfen. Ein (kleiner) Blutfleck auf der Bettdecke, ein (etwas größerer) auf dem Boden. Zwei verschmierte Blutstropfen im Waschbecken. Ein Knopf (von einem weiblichen Kleidungsstück) unter dem Bett.

Von vorne anfangen. Die Witwe Brullo, in einem Pflegeheim, Villa Principe di Savoia. Geruch nach Fleischsoße im Wintergarten mit verdunkelten Scheiben. Die Witwe in Schwarz saß neben einem Jungen auf einem Empire-Sofa, betrachtete argwöhnisch Petrarcas weniger einschüchternden Polizeiausweis („Eine Wiederaufnahme der Ermittlungen? Warum? Ist nicht schon alles geklärt? Obwohl ich nicht glauben kann, dass mein Franco ein Verhältnis mit der Frau des armen Teufels hatte, der ihn umgebracht hat, er war ein anständiger Junge, ich weiß, ihm gefielen die Frauen, er war ein Mann und der Mann ist ein Jäger, doch er war immer korrekt. Er wollte heiraten, eine Familie gründen, er sagte, er habe ein anständiges Mädchen im Auge und wolle es mir vorstellen, was für ein Unglück, was für ein Unglück!").

Von vorne anfangen. Petrarca, De Luca und Finzi unter der Arkade in der Via Rizzoli, sie beobachteten Altea, die in einem roten Mantel aus dem Tor trat und entschlossen, wenn auch hinkend ausschritt, den Pelzkragen bis zur Nase hochgezogen und mit einem Glockenhut („Keine Ahnung, ich kann es nicht sagen, ich habe sie nur bis zum Kinn gesehen, ja, sie könnte es sein, sie hinkte, aber keine Ahnung. Sind Sie sicher, dass ich mit diesem Dokument die Straßensperre passiere? Muss ich wirklich so tun, als wäre ich ein Polizist? Sie begleiten mich doch? Sie bleiben bei mir, oder?").

Von vorne anfangen. Aufs Neue und genauer die Fotos der Leiche und des Tatorts untersuchen („Nein, De Luca, sie sind nicht mehr in dieser Wohnung. Nein, ich habe Ihnen ja gesagt, ich kann Sie nicht in jedes Versteck führen. Ist gut, ich hole Brullos Kuvert und zeige es Ihnen so bald wie möglich").

Während De Luca kreuz und quer durch die Stadt lief, traf er Silvia Attanasio. Beziehungsweise er sah sie, denn sie stand auf dem Gehsteig auf der anderen Seite der Straße, sie lehnte an einem Laternenpfahl, der weiß lackiert war, damit während der Verdunkelung niemand dagegen fuhr. Sie hatte einen Schuh ausgezogen und schüttelte ihn, um einen Stein loszuwerden, dann hob sie das Knie und quetschte den Fuß hinein.

Es war ein schöner eleganter Schuh mit runder Spitze, der mit einer Spange und einem Knopf geschlossen wurde. Er war frisch besohlt und sicher auch der Absatz, er war nämlich dunkler als das Deckleder, wie neu.

De Luca lächelte, denn er hatte diesen Schuh bereits gesehen, jetzt wusste er, wer die dritte Person in Alteas Wohnung gewesen war. Am liebsten wäre er zu Silvia hingegangen, doch das war nicht der richtige Augenblick. Das Mädchen war schon wieder mit ihrem Schritt eines Bersagliere losmarschiert, und De Luca musste seinen Standort wechseln, denn er war vor dem Skelett eines Gebäudes stehen geblieben, von dem ein Stück Fassade weggebrochen war und in dem Stockwerke und Zimmer einsehbar waren wie beim Querschnitt eines Modellbaus.

Es war nicht der richtige Augenblick, ihr nachzulaufen und ihr das Messer anzusetzen, noch dazu mitten auf der Straße.

Außerdem hatte er anderes zu tun.

Er musste von vorne anfangen.

„Il Resto del Carlino", Samstag, 9. Dezember 1944, XXIII, Italien, Reich und Kolonien, 50 Centesimi.

AMERIKANER TIEF BESORGT ÜBER DAS MILITÄRISCHE POTENZIAL JAPANS – DIE INTERNATIONALE POLITISCHE LAGE VERSCHLECHTERT SICH IMMER MEHR WEGEN ENGLAND.

Lokales aus Bologna: HÖCHSTES LOB DES DUCE FÜR DIE BEAMTEN IM ÖFFENTLICHEN DIENST – STAATSPOLIZIST IN ERFÜLLUNG SEINER PFLICHT GEFALLEN – LEICHE EINES NEUGEBORENEN IN KELLER GEFUNDEN – MITTERNACHTSSTERNE, EINE MUSIKALISCHE REVUE IM MANZONI-THEATER. Der Komponist Mario Moretti dirigiert sein Orchester. Es tanzt das Primavera-Ballett. Das Theaterstück wird mehrmals am Tag aufgeführt, von 14 bis 18 Uhr.

Vilma betrat das Büro von De Luca, zog den Rock hoch, setzte sich an den Rand des Schreibtischs, stützte die Füße am Rand des Stuhls ab, auf dem er saß, und versetzte ihm einen Stoß, sodass er fast umgefallen wäre. Sie spreizte die Beine und De Luca wandte den Blick ab.

– Vilma, ich bitte dich.

– Schau mich an. Ich verdiene es, weil ich mehr als tüchtig war. Ich habe ein Geschenk für dich.

De Luca schaute sie an. Weißes Spitzenunterhöschen am Ende des Strumpfhalters. Vilma schloss die Beine, rieb die Knie aneinander, dass die Strümpfe knisterten, und lächelte neckisch.

– Der Chef hat endlich was ausgespuckt. Nur wenig, glaube ich, aber als ich das Thema 22 angeschnitten habe, hat er gesagt, sie hätten ihn reingelegt. Die Sache geht ihm nahe, denn gleich darauf sank seine Laune in den Keller, – sie bog das Handgelenk ab und senkte die Hand, – doch ich habe mich sehr bemüht, alles wieder hinzukriegen. Er hat jedoch einen Namen genannt.

– Welchen?

Vilma rutschte vom Schreibtisch und setzte sich rittlings auf seinen Schoß, nahm seine Hüften mit ihren Knien in die Zange. Sie legte die Hände auf die Stuhllehne und reckte De Luca ihren Busen ins Gesicht, ihr Dekolleté befand sich so gut wie unter seiner Nase.

– Vilma, ich bitte dich.

– Edore Santelli. Er hat gesagt, *Edore Santelli von den Schwarzen Brigaden*.

– Und wer soll das sein?

– Das habe ich ihn auch gefragt. – Vilma rutschte ganz langsam auf De Lucas Schoß hin und her. – Er hat gesagt, ein armer Teufel aus dem Stadtteil Bolognina. Ich habe weitergefragt, doch er hat geantwortet, wer zu viel fragt, nimmt ein schlimmes Ende. Er hat gesagt, das sei der Ratschlag eines Freundes.

Das hatte er auch zu ihm gesagt, als er sich nach der 22 erkundigte. Doch De Luca konnte nicht denken, Vilma ließ ihn nicht gleichgültig, obwohl ihm das gegen den Strich ging. Sie wusste das und presste die Hinterbacken zusammen, die dünnen Lippen zu einem Lächeln verzogen, die Unterlippe zwischen den Zähnen. De Luca packte sie an den Hüften und schob sie nach hinten, schob die Wärme von sich, die ihn schwindelig machte.

– War ich eine gute Mata Hari?

– Eine sehr gute. Und wenn ich schon dabei bin, wollte ich dich um noch einen Gefallen bitten.

Vilma hörte auf, hin und her zu rutschen, blieb jedoch auf De Lucas Knien sitzen. Sie sah ihn neugierig an, aus ihren zu eng stehenden, zusammengekniffenen, kurzsichtigen Augen.

– Ich suche ein Taufkettchen.

– Musst du jemandem ein Geschenk machen?

– Ich habe eine Liste von Händlern, die bei den Deutschen kaufen, ein Rottenführer könnte es verkauft haben. Ich möchte, dass du hingehst, vor allem zu dem Letzten auf der Liste, bei dem ich noch nicht war, aber auch zu den anderen, denn wenn man von den Deutschen spricht, verstummen die Leute. Lass dich von Franchina chauffieren, er kennt sie, er wartet draußen und du gibst dich als jemand aus, der ein kleines Geschenk für eine Taufe kaufen möchte. In Zivil.

Er öffnete eine Schreibtischlade und holte ein paar Geldscheine heraus. Vilma rollte sie zusammen und steckte sie in das Dekolleté zwischen die Brüste.

– Und wie erkenne ich dein Kettchen?

De Luca umfing sein Handgelenk mit zwei Fingern.

– Klein, mit einem Goldplättchen. Ein Name steht darauf und auf der Rückseite ein Datum und der Ort Marzabotto.

Vilma lächelte, noch immer mit der Unterlippe zwischen den Zähnen.

– Marzabotto, wiederholte sie. – Das ist ein Dorf im Apennin.

– Ja, ich weiß. Erwähne nicht den Rottenführer, such nur das Kettchen.

– Ist gut, sagte Vilma. – Aber wenn ich es finde, ficken wir, einverstanden?

Sie drückte ihn an die Rückenlehne, ihre Lippen waren seinen so nah, dass er sogar den Lippenstift riechen konnte. Doch sie küsste ihn auf die Wange und rutschte von seinen Knien, dabei wackelte sie mit den Hüften, um den Rock zu glätten. Mit dem Fuß suchte sie einen Schuh, der unter den Stuhl gekullert war, gab ihm noch ein Luftküsschen und stöckelte auf ihren Ballerinabeinen davon.

De Luca wartete einen Augenblick, um wieder zu Atem zu kommen, dann zog er den Stuhl an den Schreibtisch, stützte die Ellbogen auf und legte den Kopf in die Hände.

Von vorne anfangen.

Entschlossen stand er auf und verließ das Büro. Am liebsten wäre er zu Rassetto gegangen und hätte ihn gefragt, wer dieser Edore

Santelli war, das wäre schneller gegangen, als am Standesamt nach ihm zu suchen, doch er wollte Vilma keine Schwierigkeiten bereiten, noch dazu jetzt, wo sie ihm half. Er ging aber trotzdem ins Büro des Comandante, denn Rassetto rief ihn, als er an der offenen Tür vorbeiging.

Er saß an seinem Schreibtisch, mit entspanntem Lächeln, bei dem er sein Wolfsgebiss bleckte, und spielte mit einer kleinen Handgranate wie mit einem Kreisel. De Luca wusste, sie war nicht scharf, eine alte SIPE aus dem Ersten Weltkrieg in Ananasform wie die in Mussolinis altem Büro, das Rassetto getreu nachgebaut hatte, an der Wand hinter dem Stuhl hing sogar ein schwarzer Wimpel mit einem Totenschädel, der ein Messer zwischen den Zähnen hatte.

– Während du für die Deutschen gearbeitet hast, hat der Tenente den Notar gefunden.

– Er hat ihn gefunden?

– Ja … fast. Er hat einen Tipp von einem Spion bekommen, aber das ist eine gute Fährte, die bald Ergebnisse liefern wird.

– Wer ist der Spion, Campanella?

– Nein, wir haben Campanella gesucht, aber nicht gefunden. Ein anderer, ein Denunziant, der begriffen hat, welche Seite die richtige ist, und sich darauf vorbereitet, das Pferd zu wechseln.

– Und wer ist der Notar?

– Das wirst du rechtzeitig erfahren. Spiel nur ruhig weiter mit deinen deutschen Freunden. Warte mal, dreh den Kopf zur Seite.

De Luca berührte seine Wange und stellte fest, dass seine Fingerspitzen voller Lippenstift waren. Er wischte sich mit der Handfläche ab.

– Du weißt ja, wie Vilma ist …, sagte er und Rassetto nickte achselzuckend.

– Keine Sorge, ich bin nicht eifersüchtig. Ich weiß, Vilma spielt gerne Spielchen. Aber pass auf, sie ist kein Kind. Es macht ihr Spaß, die Zigarette auf der Haut der Häftlinge auszudrücken.

Es dauerte nicht lange, bis er Edore Santelli gefunden hatte, Jahrgang 1874, geboren in Bologna und wohnhaft auf der Piazza dell'Unità Nr. 11, im Stadtteil Bolognina. Nicht nur, weil er wusste, in welchem Stadtviertel er suchen musste, sondern weil er höchstpersönlich auf die Gemeinde gegangen war, der Chef des Meldeamts hatte ihm zwar händeringend gesagt, dass sie bei den vielen Evakuierten, Flüchtlingen, Tieren genug zu tun hätten, den Betrieb in dieser verdammten Stadt aufrechtzuhalten, damit sie nicht an Hunger, Kälte oder Typhus starben, da würde er nicht ihm zuliebe einen armen Teufel suchen, der irgendwo gelandet war, es interessiere ihn auch nicht, dass er einen gewichtigen Ausweis hatte, er sei nur dem Podestà verpflichtet. Im Zimmer saß jedoch noch ein anderer Beamter, der ausgerechnet aus dem Stadtteil Bolognina stammte, und er kannte Edore von klein auf, er war Schuster und hatte dem halben Stadtviertel die Schuhsohlen gedoppelt, auch seine, bevor er als Kind mit seinen Eltern ins Zentrum übersiedelt war.

Sie fanden ihn mithilfe des Lebensmittelausweises, Via dell'Unità Nr. 11, er hatte die Adresse nicht gewechselt und lebte offenbar noch, doch wer weiß das schon, sie hatten ja so viel zu tun, sie mussten die Kantinen der Kommunalen Fürsorgeeinrichtung verwalten, jeden Tag wurden zweitausend Suppen ausgeteilt, eintausendzweihundert Mahlzeiten allein in der Suppenküche in der Via Ugo Bassi, Volksküchen, Flüchtlingsheime, sechzigtausend Menschen mussten untergebracht werden, fünfunddreißigtausend Evakuierte hatten kein Dach über dem Kopf, achtzigtausend hatten ein Armutszeugnis, arbeiteten auch samstags, guter Gott, statt zu Hause bei der Familie zu sein, wer hatte da Zeit, die Verzeichnisse zu aktualisieren? Der Bürochef hatte ihm was vorgejammert, also hatte De Luca sich bedankt, war gegangen und hoffte auf einen anderen Glückstreffer.

Er nahm die Straßenbahn, die an diesem Tag in Betrieb war, fuhr am Montagnola-Luftschutzkeller vorbei, fuhr über die Allee, wo nur noch runde Baumstrünke standen, weil die Deutschen die Bäume gefällt hatten, um die Kasernen zu heizen, und da er nicht um den Bahnhof herumlaufen wollte, durchquerte er ihn, ging zwischen Bombenkratern und ineinander verschmolzenen Bahnschwellen durch, die aus dem Boden ragten wie verrenkte Spinnenbeine.

Da waren Soldaten der Wehrmacht, der Guardia Nazionale Repubblicana, deutsche Eisenbahner, die neben einem sehr langen Zug mit italienischen Amtskollegen diskutierten, in den Güterwagen, die nicht abfahren konnten, weil jemand die Weichen sabotiert hatte, muhten Kühe; Zwangsarbeiter, die Hanfsäcke und Garnballen von Karren abluden und in den Waggon eines Zugs schleppten, der ebenfalls nach Deutschland fahren sollte und ebenfalls stillstand; da war auch ein Ingenieur der SAFTA, der Gesellschaft, die den Eisenbahnverkehr in den Norden organisierte; auf Deutsch brüllte er einen italienischen Bahnhofsvorsteher an, tippte mit dem Finger auf seine Brust wie mit einem Meißel, und der andere riss sich mit einem Fluch im Bologneser Dialekt die Kappe herunter und warf sie dem anderen an den Kopf, ein Kollege versuchte ihn zurückzuhalten, eine Menge Leute war da, Flak-Artilleristen, Flugabwehr-Soldaten, auch die Schwarzhemden von der Eisenbahnmiliz, aber niemand hielt ihn auf, er durchquerte den ganzen Bahnhof mit den Händen in den Manteltaschen, seine Schuhe rutschten auf dem lockeren Boden, er stieg über das letzte Kopfgleis, wo von Maschinengewehrsalven durchlöcherte Waggons standen, und ging weiter bis zur Piazza dell'Unità.

Es war nur ein halber Glückstreffer, denn Edore Santelli hatte zwar auf Nr. 11 gewohnt, war jedoch vor Kurzem verstorben. Das erfuhr er von dem Mann, der in seine Wohnung gezogen war.

– Aber nicht in die Wohnung oben, nein ... in die Schusterwerkstatt im Keller, die ist besser als jeder Luftschutzkeller.

Auch er schien aus der Erde gekrochen zu sein wie eine Spinne, ein kleiner dünner Mann mit einer Mütze, einem Schal aus grober

Wolle und einem Arbeitsoverall der *Sasib Macchine Automatiche,* der an den Ellbogen Löcher hatte. Er war aufgetaucht, als er gesehen hatte, dass De Luca um die Nr. 11 herumscharwenzelte, hatte gefragt, ob der Anwalt ihn schicke, und als er verneint hatte, hatte er sich beruhigt und den kleinen Hammer, den er hinter dem Rücken versteckte, wieder in die Tasche gesteckt.

– Wir befinden uns nämlich genau unterhalb der Eisenbahn, und wenn sie eine Bombe irrtümlich zu früh abwerfen, gibt es ein Massaker, es sind Bomben zu hundertfünfzig Kilo mit hoher Sprengkraft, keine Kinkerlitzchen, aber ich laufe in den Keller und pfeif drauf, ich würde es nicht einmal bemerken, wenn das Haus über mir einstürzt.

Der Mann breitete die Arme aus, als ob er die Piazza umarmen wollte, die aussah wie ein Mund, der einen Faustschlag abbekommen hatte, die Gebäude ringsherum waren zerfressen wie kariöse Zähne. Nur Nr. 11 war, abgesehen von den zerborstenen Fenstern und den Kratzern durch die Bombensplitter an den Mauern, unversehrt.

Ja, er hatte Edore gekannt, schade, dass er gestorben war. Er zeigte ihm, wo er gestorben war, führte ihn zu einem Mäuerchen neben der Piazza und zeigte auf eine Reihe von Einschüssen im Verputz, einer neben dem anderen, wie Noten auf einem Notenblatt. Er steckte den Finger hinein und kratzte ein wenig.

– Es war Pippo.
– Pippo?
– Das Flugzeug, das herumfliegt und schießt, wenn es ein Licht sieht. Angeblich eine Spitfire.

De Luca wusste, dass die Jagdbomber der Alliierten die Aufgabe hatten, die Bevölkerung einzuschüchtern, und er wusste auch, dass die Menschen sie so nannten. Ihm war jedoch etwas anderes aufgefallen. Die Einschusslöcher in der Mauer waren gerade und nicht schräg, als ob die Salve auf der Höhe von einem Meter und parallel zum Boden abgefeuert worden wäre. Ein sehr tüchtiger Pilot, dieser Pippo. Oder doch etwas anderes.

– Und wann war das?

– Vor zwei, drei Nächten.

– Warum meinen Sie, dass es Pippo war? Haben Sie ihn gesehen?

– Nein, das hat man mir erzählt, denn als es passiert ist, war ich bei der Arbeit, – er tippte an seinen Overall –, aber nicht bei der Sasib, die wurde abgewrackt und die Maschinen wurden nach Deutschland geschickt, jetzt schaufle ich Schutt für die Gemeinde. Es war spät geworden, Ausgangssperre, ich habe dort geschlafen.

– Wer hat es Ihnen erzählt?

– Keine Ahnung. Ich habe es halt erfahren. – Der Mann umarmte wieder die Piazza. – Was wollen Sie, *man sagt, sie sagen, dass sie sagen, was sie sagen,* der arme Edore.

Ja, er hatte ihn gut gekannt. Guter Gott, richtige Freunde waren sie nicht gewesen, es gab ja einen beträchtlichen Altersunterschied, doch hin und wieder hatten sie ein Gläschen miteinander getrunken, Edore bekam nämlich hin und wieder eine Flasche Wein und Nahrungsmittel, Eier, Zucker, einmal sogar eine Wurst, eine Mortadella, nun ja, nicht allzu oft, einmal im Monat, er sagte, er habe Verwandte auf dem Land.

Nein, er hatte schon lange nicht mehr gearbeitet, er war fast blind gewesen, kein Wunder, er hatte sein Leben lang in dem Loch unter der Erde Schuhe besohlt, dort war es so finster, dass man nicht einmal verdunkeln musste, er schlief sogar im Keller, auch nachdem ihm die Gemeinde die Wohnung zugewiesen hatte, immerhin zwei Zimmer, doch Edore schlief nach wie vor da unten, auf einer Pritsche unter seiner Werkbank. Er wohne in Edores Wohnung, doch mittlerweile war auch er hinuntergezogen, er wolle nicht da oben im letzten Stockwerk bleiben, den Splittern und Brandbomben ausgesetzt, sie sind aus Phosphor, wenn sie auf der

Haut kleben bleiben, entzünden sie sich mit Sauerstoff und lassen sich nicht löschen.

– Ist gut, sagte De Luca, der angefangen hatte nachzudenken, er versuchte sich den alten, halb blinden Edore vorzustellen, der von den Verwandten auf dem Land durchgefüttert wurde, unter seiner Werkbank schlief und von einer Maschinengewehrsalve getötet worden war, die nicht von Pippo, sondern von jemand anderem abgefeuert worden war. Er versuchte ihn sich vorzustellen, doch er sah ihn nicht so deutlich vor sich, wie er wollte, nicht zuletzt, weil der kleine Mann ununterbrochen redete und gar nicht aufhören wollte.

– Ich rühre mich nicht weg von hier, da arbeite ich lieber als Schuster, da mauere ich mich ein, sollen sie uns ruhig alles nehmen, aber den Keller nicht, ich halte Wache mit dem Hammer, und wenn jemand mir zu nah kommt, haue ich ihm den Schädel ein.

– Ist gut, sagte De Luca und machte eine Geste, die *beruhigen Sie sich* bedeutete, denn er hatte den kleinen Hammer aus der Tasche gezogen.

– Ich pfeife darauf, dass wir nicht verwandt waren, und, nun ja, nicht einmal befreundet, ich pfeife darauf, wie der Duce sagte, ich pfeife darauf, dass ich nicht im Testament stehe.

– Testament?, fragte De Luca.

– Ja.

– Was für ein Testament?

– Das des armen Edore.

– Er hat ein Testament gemacht?

– Habe ich doch gesagt ... Ich weiß es, weil ich Zeuge war. Wir sind zu einem Anwalt ins Zentrum gegangen, Edore hat unterzeichnet, ich habe unterzeichnet und der Anwalt hat unterzeichnet. Danach sind sie mit uns zum Essen in ein schönes Lokal gegangen, wir haben ordentlich gegessen.

– Was für ein Anwalt?

– Nun, ich und Namen ... im Zentrum, man sah die beiden Türme, doch an die Straße erinnere ich mich nicht mehr.
– Wann war das?
– Vor ein paar Jahren. Es gab schon seit einer Weile Krieg.
– Was stand in dem Testament?
– Keine Ahnung, sie haben es mich ja nicht lesen lassen, ich habe unterschrieben und aus.

Er wusste, dass es sinnlos war, ließ sich aber trotzdem in den Keller führen, der wirklich ein Loch ohne Fenster und ohne Licht war, ein Rattenloch mit einer Matratze und einem Holztisch mit einem Eisenkeil, auf den man Schuhe spannen konnte. Und auch nach oben. Zwei eiskalte, noch kargere Zimmer. Sinnlos, denn er war sich sicher, dass er auch dort das Testament nicht finden würde, doch er wollte nichts unversucht lassen. Er fragte auch den kleinen Mann, ob er wisse, wo es sei.

– Wahrscheinlich hat es der Anwalt. Ich jedenfalls nicht.

De Luca runzelte die Stirn, und trotz der Eiseskälte in der Wohnung verschränkte er die Arme und lehnte sich an die Wand. Das Bild des alten, halb blinden usw. usw. Edore, der bei einem Anwalt ein Testament hinterlegte, war noch unschärfer als davor. Um was zu vererben? Die Schusterwerkstatt?

Offenbar hatte er laut gedacht, denn der kleine Mann antwortete ihm.

– Sie gehörte ja nicht einmal ihm, er hatte sich illegal in dem Keller eingenistet, aber er war schon so lange da, dass sie ihn nicht rausgeschmissen haben. Doch irgendwas besaß er wohl, denn immer, wenn die Flasche kam und wir sie augenblicklich leerten, glänzten seine Augen, als würde er wieder sehen können, und er sagte, *du kennst mich nur so, du weißt ja nicht, wer ich wirklich bin, weißt du, wer ich bin?*

– Wer war er, fragte De Luca ungeduldig, denn der kleine Mann setzte einen Ausdruck auf, als wäre er betrunken, und lächelte, wo-

bei er die Augen aufriss, wie es wahrscheinlich auch Edore gemacht hatte. Er wiederholte noch ungeduldiger: – Wer war er?
– Der reichste Mann in ganz Bologna.

Er hätte sich auf die Suche nach dem Testament begeben und mithilfe der spärlichen Hinweise, die der kleine Mann ihm gegeben hatte – ein Foto des Duce an der Wand, viele Bücher, durch ein Fenster sah man die Türme –, die Anwaltskanzlei suchen können, doch er hatte keine Straße, keine Hausnummer angegeben, er erinnerte sich nicht einmal an das Stockwerk, ihn hatte nur das in Aussicht gestellte Mittagessen interessiert. Er hätte auf dem Stadtplan Bolognas einen Kreis um den Garisende- und den Asinelli-Turm zeichnen und damit alle eingetragenen Anwaltskanzleien abklappern können, die sich innerhalb des Kreises befanden und deren Fenster in die richtige Richtung blickten, doch die Kanzlei hätte sich auch in einer Privatwohnung befinden können, vielleicht war sie in der Zwischenzeit bombardiert oder evakuiert worden. Hätte er machen können, doch dafür brauchte er Zeit und Ressourcen, und er konnte ja nicht Franchina, Massaron oder den Tenente hinter Rassettos Rücken und in gewisser Weise gegen ihn losschicken.

Oder er hätte in diversen Verzeichnissen den reichsten Mann von ganz Bologna suchen können, im Steuerregister zum Beispiel, sofern er Steuern bezahlte, oder im Grundbuch, sofern er Häuser besaß, oder im Königlichen Italienischen Autoklub, sofern er Autos besaß, doch auch dafür fehlten ihm Ressourcen und auch Zeit. Vor allem, weil er in der Technischen Universität wieder den Zahnarzt getroffen hatte, *dann heute Abend im Diana, du bezahlst die Rechnung,* und er mit ein paar zusätzlichen Informationen zu dem Treffen gehen wollte.

Also drückte er auf die rote Taste, drehte die Wählscheibe seines Bürotelefons, wählte die Nummer der Präfektur und verlangte Sekretär Spagnuolo. Er war nicht da, denn es war Samstag und außerdem Essenszeit. Also bat er um die Privatnummer des Sekretärs, und als der Telefonist sie ihm nicht geben wollte, drohte er, persönlich zu kommen, allen – Portieren, diensthabenden Beamten, auch dem Telefonisten – mit den absurdesten Fragen auf die Nerven zu gehen, da bekam er es mit der Angst zu tun und gab sie ihm, *sagen Sie ihm aber bitte ja nicht, dass ich es war.*

Rote Taste und Wählscheibe, beim vierten Klingeln in der Wohnung des Sekretärs antwortete eine Kinderstimme, die *Papa* schrie, ohne den Hörer vom Mund wegzuhalten. De Luca verzog das Gesicht und hielt den Hörer vom Ohr weg, dann wartete er in einem undurchdringlichen Schweigen, bis die Stimme Spagnuolos antwortete, die am Telefon schriller, fast wie Falsett klang.

– Woher haben Sie diese Nummer?

– Ich bin Polizist, mein Beruf besteht darin, Dinge herauszufinden.

De Luca erzählte ihm von Edore Santelli, dem kleinen Mann und dem Testament.

– Der reichste Mann in ganz Bologna? Was soll das heißen?

– Deshalb habe ich Sie zu Hause angerufen. Ich brauche dringend Informationen, doch ich habe nicht genügend Männer, die in den diversen Verzeichnissen nachschauen könnten.

– Ich verstehe. Ruinieren wir also einem meiner Beamten das Wochenende. Ich habe aber noch nicht verstanden, was für eine Verbindung zwischen Santelli und Ingenieur Tagliaferri besteht.

De Luca auch nicht, abgesehen von Rassettos Aussage, was seine Gruppe für die 22 getan hatte, doch das sagte er ihm nicht. Er bat ihn nur, sich *bitte* zu beeilen, und legte auf.

Er dachte noch immer nach, mit der Hand auf dem Hörer, als Vilma hereinkam. Er hörte das entschlossen näher kommende Klappern ihrer Stöckelschuhe, und als er sah, wie sie sich den Rock über die Schenkel hochschob, stand er sofort auf, denn er befürchtete, sie würde sich wie beim letzten Mal auf seinen Schoß setzen, doch Vilma stellte einen Fuß auf sein Bein und drückte ihn zurück auf den Stuhl. Mit der Zehenspitze auf seinem Schenkel ließ sie ihre Ferse kreisen, damit er das Kettchen sah, das sie am Knöchel trug. De Luca beeilte sich, es abzunehmen, und Vilma lachte, weil der Verschluss klemmte, *Gott, wie unbeholfen, bist du bei den Frauen auch so?*, doch er achtete gar nicht darauf, er kratzte mit dem Daumennagel daran, bis der Verschluss aufging, und hielt sich das Kettchen nahe vor die Augen – Vilmas Knie, auf dem der Strumpf spannte, der Rock bis zum Strumpfgürtel hochgeschoben, auch der Absatz auf seinem Bein tat ihm weh.

Lisa, Marzabotto, 23.5.1939. Es war das richtige.

De Luca lehnte sich im Stuhl zurück.

Er ließ das Kettchen in der Luft kreisen, wickelte es um den Zeigefinger.

– Wo hast du es gefunden?

– Beim ersten Anlauf. Ich habe bei dem angefangen, bei dem du noch nicht warst, dem Schwarzhändler auf dem Vicolo di Falcone. Ich sagte, es sei für meine Schwester, die die Heilige Kommunion empfangen soll, und schon war es da. Ich habe alles ausgegeben, was du mir gegeben hast.

Das stimmte nicht, wie man an ihrem unverschämten Grinsen sah, doch das war egal.

– Du hättest sehen sollen, was er alles hat. Eine Art Riese mit zwei Gorillapranken hielt Wache, stell dir vor, er hat mir ununterbrochen auf den Arsch gestarrt. Kandelaber von den Juden, Teller, Kristallgläser, wunderschöne Spitzen, Bestecke, auch Schmuck, fast hätte ich mir mit deinem Geld einen Ring gekauft, du hast Glück, dass ich mich zurückgehalten habe. Bin ich gut?

De Luca nickte. Er wollte Vilmas Fuß wegschieben, denn der Absatz tat ihm weh, doch sie setzte sich zur Wehr.

– Ich bin ja noch nicht einmal fertig, flüsterte sie, und ihr Ausdruck war so geheimnisvoll und anspielungsreich, dass De Luca wieder alles vergaß.

– Du hast gesagt, du interessierst dich für einen Rottenführer, doch ich solle ihn nicht erwähnen, also habe ich dem schleimigen Alten ein bisschen geschmeichelt, *so viele schöne Sachen, Sie sind aber tüchtig, wo finden Sie die denn,* und er hat mir erzählt, dass die Leute damit kommen und Nahrungsmittel bezahlen, die Schakale klauten in den bombardierten Häusern, die Faschisten und die Deutschen klauten aufgrund des Prisenrechts, ich sagte, *auch die Deutschen?*, mit aufgerissenen Augen und den Titten halb im Freien, obwohl es wegen der Schinken so kalt war, wenn ich mich verkühlt habe, ist es deine Schuld, und er sagte, *ja, viele,* denn er bezahle auch in Mark und viele Deutsche dächten schon an die Heimkehr, und ich, *auch dieses Kettchen hier?*, und er, *ja, ein SS-Rottenführer.* Er sei in Zivil gewesen, hätte ihm jedoch den Militärausweis gezeigt, denn er hätte ihn danach gefragt, bei Schakalen oder bedürftigen Menschen mache er einen anderen Preis als bei den Deutschen. War ich gut?

– Sehr gut, sagte De Luca und versuchte sich aufs Neue von Vilmas Fuß zu befreien, gar nicht so sehr, weil er ihn störte, sondern weil er wieder vor Unruhe brannte und nicht stillhalten konnte. Doch er hielt inne, denn sie hatte wieder etwas gesagt, und er war sich nicht sicher, ob er bei dem Durcheinander der Gedanken in seinem Kopf richtig gehört hatte.

– Was hast du gesagt?
– Ich habe gesagt, der Rottenführer und das Mädchen.
– Welches Mädchen?
– Das den Deutschen begleitete. Der schleimige Alte hat gesagt, zuerst sei das Mädchen mit dem Kettchen gekommen, und als er ihr gesagt hatte, er kaufe es, hat sie dem Deutschen die Tür geöffnet, der einen Koffer voller Zeug hatte, Kerzenleuchter, Silbervasen, jede Menge Zeug, er hat alles gekauft.

Vilma verstummte, denn De Luca hatte brüsk die Hand gehoben, aber er wollte nicht ihr, sondern vielmehr den immer zahlreicher werdenden Gedanken Einhalt gebieten.

– Das Mädchen, sagte er. – Hast du gefragt, wie sie aussah?
– Ja, ich wollte wissen, ob sie schön war.
– Und war sie es?
Vilma zuckte mit den Schultern, zog eine zufriedene Schnute.
– Nicht sehr. Jung, etwas untersetzt, schlampig gekleidet, wie ein Flüchtling.

Sehr gut, dachte De Luca und hob aufs Neue die Hand, doch auch diese Geste galt ihm selbst.
– Hat er dir noch was gesagt?
– Den Betrag, den er bezahlt hat. Ich glaube, das schleimige Riesenbaby wollte mich beeindrucken. Dreitausend Lire, doch er hat gesagt, wenn er das Zeug verkauft, ist es viel mehr wert. Er sagte, der Rottenführer wollte Lire von drüben, amerikanische Lire, und so hat er ihn auch beim Wechselkurs betrogen. Bin ich gut?

De Luca stieß Vilmas Fuß so heftig weg, dass er endlich aufstehen konnte, und sie musste sich an der Lehne festhalten, um nicht das Gleichgewicht zu verlieren.
– Ja, ich war gut, sagte sie etwas verärgert. – Sogar sehr gut. Jetzt ficken wir.
– Ich bitte dich, Vilma …
– Ich sage ja nicht hier und gleich. Wir gehen zu dir oder an einen Ort, den ich kenne.

Zu viele Gedanken, zu viele Dinge, vor allem eines. De Luca versuchte nicht allzu unwirsch zu sein.
– Wir unterhalten uns ein anderes Mal. Jetzt muss ich etwas Dringendes erledigen, und zwar sofort, sonst drehe ich durch.
– Ist gut. Aber danach ficken wir. Du hast es mir versprochen.

De Luca war bereits zur Tür gegangen und hatte sie auch schon geöffnet, hielt jedoch inne. Zu viele Gedanken, zu viele Dinge, vor allem eines, das etwas untersetzte Mädchen, das Rottenführer Weber begleitete, doch Vilmas Beharren war so absurd, dass es einen Augenblick lang eine Bresche in die Mauer seiner Gedanken schlug.

– Vilma, warum denn? Ich verstehe nicht, was … Gefalle ich dir denn so? Hättest du mich gern als Trophäe? Ich verstehe nicht, was hast du vor?

Vilma kniff lächelnd die Augen zusammen, um De Luca zu fokussieren, der schon zu weit weg war. Wenn ihre Augen so klein waren und so eng beieinanderstanden, wirkte ihr Gesicht noch schmaler. Die Falte über ihren dünnen rot geschminkten Lippen war allerdings weder provokant noch spöttisch, nur direkt und entschlossen.

– Du gefällst mir, aber nicht übermäßig, und ja, du wärst eine schöne Trophäe, aber ich habe schon viele, da kommt es auf eine mehr oder weniger nicht an. Was ich vorhabe, Comandante De Luca? Ich wechsle das Pferd.

Sie kam hüftwackelnd auf ihn zu, legte eine Hand auf die Tür und schloss sie.

– Meiner Meinung nach sind die Tage des Chefs gezählt, er bringt nichts zusammen, und die Gruppe fährt eine Niederlage nach der anderen ein. Du bist der Tüchtige. Ich will das Pferd wechseln.

– Schau, ich …

Vilma hob einen Finger und legte ihn De Luca auf den Mund, drückte seine Lippen platt.

– Ich arbeite für dich. Ficken gehört zur Vereinbarung, wie die Unterschrift unter einen Vertrag.

Zu viele Dinge, zu viele Gedanken, einer vor allem, doch der war es nicht.

– Darüber unterhalten wir uns später. Fürs Erste kannst du etwas tun, wenn du schon für mich arbeitest. Heb bitte ab, wenn unser Freund von der Präfektur anruft. Er soll dir sagen, wo und wann ich ihn zurückrufen kann. Einverstanden?

Vilma nickte, klatschte, glücklich wie ein Kind. Sie öffnete die Tür, schob ihn hinaus und sah ihm mit einem Ausdruck der Freude nach, der so aufrichtig kindlich war, dass De Luca sich gar nicht vorstellen konnte, wie sie Zigaretten auf der Haut der Häftlinge ausdrückte.

Doch er dachte schon an etwas anderes, und auf halbem Weg den Gang hinunter hatte er es bereits vergessen.

Er ging rasch durch die rationalistischen Arkaden des Präsidiums, an dem Basrelief einer Frau mit nacktem Busen vorbei, die ein Gewehr in der Hand hielt, und betrat das Gebäude derart entschlossen, dass der Wachposten ihn nicht aufhielt, vielmehr mit der Hand am Helm salutierte.

Das Passamt war ganz hinten in der Halle links, hinter einer Glastür. Er ging hinein, ohne zu klopfen, und Petrarca machte einem Mitarbeiter ein Zeichen, der, kaum hatte er De Luca gesehen, schnell eine Lade öffnete und darin eine Handvoll Fotos in Dokumentenformat verschwinden ließ.

Sie sagten nichts zueinander. Petrarca nickte, nahm Mantel und Hut, und sie gingen gemeinsam weg.

Er wusste, dass man in Bologna leise und ungesehen von einem Ende zum anderen schiffen konnte, wenn man sich auf den Kanälen fortbewegte, die zwischen den Häusern in den dunkelsten Gegenden verliefen. Er wusste auch, dass sich hinter den Toren oft Gärten befanden, die in Wildnis übergingen und bis ans Ende ganzer Stadtviertel reichten. Er wusste, Bologna ist eine Stadt, die schützt und verbirgt, in der es immer eine dunkle Seite gibt, wo der Blick sich verliert und an einer unvermuteten Stelle wieder auftaucht.

Doch nie und nimmer hatte er an die Dachböden gedacht. Leere Räume ganz oben in den Gebäuden, die Schulter an Schulter standen, einer neben dem anderen, entlang ganzer Straßenzüge. Daran hatte er nie gedacht.

Auf Via de' Monari Nr. 1 befand sich das Lichtspieltheater Manzoni. Petrarca lächelte der Kassiererin in ihrer Loge zu und löste auch für De Luca eine Karte, der neben einem Plakatständer stand, unter dem augenzwinkernden Blick eines Mädchens mit einer Haarlocke, die ihr Gesicht halb bedeckte. *Mia moglie è fatta cosí*, stand da, und unter dem Titel *Deutsche Filmkomödie*.

Sie gingen unter dem schweren Samtvorhang durch und traten in die Dunkelheit, nur ein schwacher Schein von der Leinwand, auf der ein Mann im Frack mit der Pistole auf ein Mädchen im Morgenmantel zielte, sie lachte, durch die Synchronisation klang ihre Stimme ein wenig verzerrt. Es war die erste Nachmittagsvorstellung, doch es saßen schon zahlreiche Menschen auf den Stühlen, das Kinn im Mantelkragen vergraben und mit weißem Hauch vor den Mündern, der sich mit grauem Zigarettenrauch vermischte.

Sie gingen das Parkett hinunter, drückten sich an der Wand entlang, doch anstatt sich zu setzen, schlüpften sie durch noch einen Vorhang und gingen bei einem Seitenausgang hinaus, ein schmaler Gang führte zu einer Treppe.

Sie gingen ins erste Stockwerk und dann ins zweite hinauf, Petrarca klopfte an eine Tür und eine alte Dame mit einer Haut so weiß wie Porzellan öffnete ihnen. Wortlos folgten sie ihr durch die Zimmer einer kleinen Wohnung mit Schimmel an den Wänden, die Dame mit der porzellanweißen Haut zeigte auf eine weitere Treppe, vier Stufen in der Mauer mit einem hölzernen Handlauf, die in eine winzige, mit alten Möbeln vollgestopfte Mansarde führten.

Hinter einer Kommode war eine Tür, die in ein leeres Zimmer führte, ein staubiger Dachboden, mit Spinnweben an den Dachbalken. Wer auch immer hier hereingeblickt hätte, hätte den Kopf eingezogen und die Tür geschlossen, doch De Luca schaute sich nach dem finstersten Winkel um und sah, dass dort keine Spinnweben waren und die Wand etwas mehr glänzte. Es war eine Platte aus Gipskarton, mit Petrarcas Hilfe schob er sie beiseite, und dahinter befand sich noch eine Tür, und hinter der Tür befand sich eine andere Welt.

Auf den ersten Blick der Schlafsaal einer Kaserne, mit Matratzen an den Wänden und Laken auf von einer zur anderen Wand gespannten Drähten, um private Abteile zu schaffen, doch vor allem aufgrund der Teppiche auf dem Holzboden wirkte das Ganze wie ein Beduinenlager, wie in einem Film über die Kolonien. Sie dämpften die Geräusche, damit man im Stockwerk darunter nichts hörte, das stellte De Luca fest, sobald er das Zimmer betrat und die geknüpfte Wolle das Geräusch seiner Schritte verschluckte.

Vier sehr kleine Kinder spielten auf einem Teppich, mit Frostbeulen an den Knien unter dem Rand der kurzen Hosen, zwei Männer waren zu groß und zu blond, um Italiener zu sein, sie unterhielten sich leise hinter einem Laken, zogen an den Ärmeln der Jacken, die kaum bis zum Handgelenk reichten. Der einarmige Mann schlief auf einer Matratze, in Embryostellung hatte er sich um seine Frau gerollt, die neben ihm saß, und da war auch Sandrina, sie versuchte, einen Jungen mit etwas zuzudecken, was De Luca für eine braune Decke hielt, jedoch ein Mantel war.

Als sie ihn hereinkommen sah, hatte sie sich auf die Lippe gebissen, und er glaubte zu sehen, dass sie einen Augenblick lang vor Schreck die Augen aufriss. De Luca trat an den Rand der Matratze, während sie tat, als ob nichts wäre, und den Mantel rund um den Jungen feststopfte, als ob sie ihn einwickeln wollte. Es war eiskalt auf dem Dachboden, eine feuchte Kälte, die in den Knochen wehtat, der Junge war rot und schwitzte vor Fieber, doch der Mantel wärmte ihn offenbar, denn er war neu.

– Ich muss mit dir sprechen, sagte De Luca.

– Andrea geht es nicht gut. Jetzt ist er eingeschlafen, davor hatte er Schüttelfrost.

– Ich muss mit dir sprechen, will aber nicht vor den anderen mit dir sprechen.

– Er ist gerade eingeschlafen. Ich muss bei ihm bleiben.

Das Zimmer hatte noch eine Tür. De Luca öffnete sie.

– Entweder sprichst du jetzt mit mir oder später mit den Deutschen, sagte er, und eines der vier Kinder auf dem Teppich, das älteste, hob mit weit aufgerissenen Augen den Kopf, wie davor Sandrina. Petrarca bemerkte es, schüttelte verneinend den Kopf und lächelte Vertrauen heischend, dann nahm er das Mädchen am Arm und zwang sie aufzustehen.

– Gehen wir da rüber, los, – sagte er entschieden und schob sie gemeinsam mit De Luca durch die Tür.

Das Zimmer hatte ein Dachfenster, und darunter stand eine Bibliotheksleiter, alles war bereit für die Flucht über die Dächer. Wahrscheinlich befanden sie sich schon am Ende der Via de' Monari, zu einem anderen Zeitpunkt hätte sich De Luca gedacht, dass der Dachboden mit dem Fluchtweg ein perfektes Versteck war, und auch ein unverfrorenes, denn gegenüber befand sich die Casa del Fascio, von hier oben konnte man sie sogar sehen. Doch er dachte an etwas anderes, nicht nur daran, was ihn wütend gemacht hatte und was er Sandrina fragen sollte, sondern an noch etwas anderes, er hatte eine Idee, nicht einmal eine Idee, einen Eindruck, eine vage Vorstellung, etwas, das ihm aufgefallen war, das er jedoch noch nicht scharf sah, ein Nadelstich irgendwo im Kopf, der ihn ablenkte, der aber sofort verschwand, als er dem untersetzten Mädchen mit dem Kopftuch gegenüberstand, das sich unsicher auf Strümpfen aus dicker Wolle bewegte, sie trug keine Holzpantoffeln und hier lag kein Teppich, der die Kälte der Holzbretter gemildert hätte.

– Du kannst es dir aussuchen, sagte De Luca. Er hatte die Hände in den Manteltaschen. Er zog eine heraus und zeigte ihr ein Paar Handschellen, die in seiner hohlen Hand lagen wie eine eiserne Schlange. Dann öffnete er die andere Hand und zeigte ihr das Taufkettchen.

– Du kannst es dir aussuchen, sagte er, – entweder Handschellen oder das Kettchen. Du entscheidest, Sandrina, aber diesmal will ich die Wahrheit hören, sonst lege ich dir die an und liefere dich der SS aus.

Petrarca machte eine Geste und legte sich den Finger an den Mund, aber das war gar nicht nötig, denn De Luca hatte nicht vor zu schreien.

– Du hast mich angelogen, sagte er.
– Ich habe nicht gelogen …
– Du hast mich angelogen.
– Das stimmt nicht. Ich habe nicht gelogen … Ich habe nicht die ganze Wahrheit gesagt, aber ich habe nicht gelogen!

Jetzt schrie sie und Petrarca fuchtelte aufs Neue verzweifelt mit der Hand.

– Schluss!, flüsterte er. – Hör auf, sonst kommen wirklich die Deutschen!

In einer Ecke des Zimmers stand eine Truhe. Sandrina setzte sich darauf, zog die Füße an und bedeckte die Füße mit dem Rock.

– Das Schreien ist nicht laut genug, sagte sie, – meine Stöpsel machen Lärm, rennen herum, weinen, nur das jüdische Kind ist immer ruhig. Und auch die beiden amerikanischen Piloten … einer schreit in der Nacht, weil er Albträume hat. Das ist kein Ort für uns, wie lange müssen wir noch hierbleiben? Da war das Theater ja noch besser.

De Luca steckte die Handschellen in die Tasche und behielt das Kettchen in der Hand, wickelte es um einen Finger. Er setzte sich neben Sandrina und legte ihr eine Hand aufs Knie, ohne Hintergedanken. Eine fast väterliche Geste, und tatsächlich verstanden sie und Petrarca sie auch so, sie sahen De Luca so erwartungsvoll an wie einen Vater, der gleich eine wichtige Rede halten würde. Tatsächlich sprach De Luca ruhig, fast liebevoll.

– Dir ist der Ernst der Lage nicht bewusst. Die Deutschen wollen die Beute zurück, die sich der Rottenführer unter den Nagel gerissen hat, und sie wollen wissen, wer ihn umgebracht hat, sonst erschießen sie zehn Menschen. Du weißt ja, wie die Deutschen sind, sie vergessen nicht, sie verzeihen nicht, sie haben mir eine Woche gegeben, am Montag im Morgengrauen stellen sie sie an die Wand und bum, bum.

Sandrinas Augen waren wieder riesengroß geworden. Ihre Lippen zitterten, doch sie presste sie zusammen, bis sie weiß wurden.

– Du bist die Einzige, die gewisse Informationen besitzt, und wenn du sie mir gleich gegeben hättest, hätte ich Zeit gespart und den Fall gelöst, anstatt Adeligen und Schwarzhändlern nachzulaufen. – Über Valerio Orsi, den unbeugsamen Militärinternierten, sagte er nichts. Sandrina wusste nicht, dass er tot war, und De Luca wollte nicht, dass sie es von ihm erfuhr, vor allem nicht unter diesen Umständen. Und zwar nicht aus Rücksicht oder Mitleid, sondern weil es sie von dem Verhör abgelenkt hätte, De Luca interessierte im Augenblick nichts anderes. Er war nicht mehr so wütend auf Sandrina, doch er musste bei diesem Gespräch etwas Konkretes in Erfahrung bringen.

– Ich habe dir zweimal die Haut gerettet. Die Deutschen haben mich aufgefordert, dich aufzustöbern, und als ich dich gefunden habe, habe ich dich nicht ausgeliefert. Und als sie gekommen sind, um dich zu holen, habe ich dir die Flucht ermöglicht. Du schuldest mir etwas, also sei brav und sag mir die Wahrheit. Und diesmal die ganze.

Es dauerte eine Weile, bis Sandrina zu sprechen begann. Einige Sekunden, doch sie wirkten ewig lang auf dem Gesicht, das mit weißen Lippen und einer kleinen, aber tiefen Falte zwischen den Augen angestrengt nachdachte. Die wenigen Sekunden dauerten so lang, dass De Luca schon wieder die Handschellen herausziehen wollte, doch da begann sie zu sprechen.

– Ernsti wollte desertieren. Er brauchte Geld, um die Front zu überqueren und sich auf der anderen Seite bis zum Kriegsende zu verstecken. Er hat zu mir gesagt, er hätte Zeug von seinen Kameraden gestohlen, das er verkaufen wolle. Ich solle zuerst hineingehen und schauen, ob sie es kaufen, dann käme er.

De Luca nickte, nahm jedoch nicht die Hand von Sandrinas Knie. Das wusste er bereits, er wollte etwas anderes hören.

– Das Kettchen hat ein Schwarzhändler gekauft, dessen Lager sich auf dem Vicolo del Falcone befindet. Er hat gesagt, es sei ihm egal, woher es komme, er hat noch viele andere Sachen gekauft.

Die Hand auf dem Knie. Das wusste er bereits. Er wollte etwas anderes.

– Sie haben sich lange nicht auf den Preis einigen können, sie haben sogar gestritten. Der Schwarzhändler sagte, wenn Ernsti seine Bedingungen nicht akzeptierte, würde er ihn denunzieren, und Ernsti sagte, dann würde auch er ihn denunzieren. Bei dem Schwarzhändler war ein Mann, der irgendwann aufgestanden ist, als ob er Ernsti schlagen wollte, doch Ernsti hatte eine Pistole. Dann haben sich alle beruhigt und schließlich geeinigt.

De Luca nahm die Hand von Sandrinas Knie und stand auf, denn er konnte nicht stillhalten.

– Ein Mann beim Schwarzhändler. Wie sah der Mann aus?

– Hässlich, böse, groß und fett.

Wie der, den Vilma gesehen hatte. Gut.

– Und was ist dann passiert?

Sandrina zuckte mit den Schultern. – Sie haben sich geeinigt, obwohl der Schwarzhändler überhaupt nicht zufrieden war. Ernsti hat das Geld genommen, und als wir draußen waren, hat er gesagt, er hätte ein Bombengeschäft gemacht, zwanzigtausendfünfhundertvierzig Lire, amerikanische Lire, die mehr wert waren. Mit dem, was er versteckt hatte, käme er so gut durch.

– Und dann?

– Dann haben wir einen riesigen Umweg gemacht, denn Ernsti hatte Angst, der große, fette Mann könnte ihm folgen, doch da war niemand, wir sind in das Gebäude auf der Via del Fossato gegangen, das war eines unserer Verstecke, ich habe mich verabschiedet, bin nach Hause gegangen, um den Stöpseln was zu essen zu machen, und danach habe ich ihn nicht mehr gesehen.

Gut, dachte De Luca, *sehr gut.* Er hatte eine Idee, und offenbar konnte man das seinem Gesicht ablesen, denn Petrarca blickte ihn neugierig an, doch er hatte keine Zeit, sie ihm zu erklären.

– Wann war das?

– An dem Tag, als er abreisen wollte. Aber fragen Sie mich nicht nach dem genauen Datum. In der Zwischenzeit ist so viel passiert, ich erinnere mich nicht mehr.

Es war egal. Es war der Tag, an dem Rottenführer Weber umgebracht worden war, sonst wäre er in Richtung Front aufgebrochen und würde jetzt seinen Schmuck in Florenz verkaufen oder läge in einem Graben unterhalb von San Lazzaro, von einer Bombe oder einem Schuss zerfetzt. Und er hätte nicht dieses bäurische Mädchen kennengelernt, das auf einem eiskalten Dachboden auf einer Truhe hockte und vor Kälte zitterte. Aber er war noch nicht fertig. Er wollte noch mehr wissen.

– Wo hatte er es versteckt?

– Was?

– Du hast gesagt, *mit dem, was er versteckt hatte.* Ich nehme an, damit meinte er das Zeug, das er seinen Kameraden gestohlen hatte. Wo hatte er es versteckt?

– Keine Ahnung.

– Sandrina, bitte …

– Keine Ahnung! Irgendwo, wo auch er sich versteckte. Aber ich habe es nicht zu Gesicht bekommen, keine Ahnung! Mir hat er nichts gegeben, wäre ich denn im Theater geblieben, wenn ich etwas Geld gehabt hätte? Wäre ich jetzt hier?

De Luca legte ihr eine Hand auf die Schulter und zwang sie, sich zu setzen, denn sie war aufgesprungen. Sandrina setzte sich im

Schneidersitz hin und beugte sich über die Knie. Sie trug keinen Mantel, sie hatte ihn im anderen Zimmer gelassen, doch De Luca musste sie noch etwas fragen.

– Das letzte Mal hast du mich angelogen …
– Ich habe nicht gelogen!
– Das letzte Mal hast du mich in einem Punkt angelogen. Du hast gesagt, du hättest deinen Rottenführer verlassen, weil du genug von ihm hattest, doch das stimmt nicht. Du hast so sehr betont, dich verliebt zu haben, das klang wie eine Rechtfertigung, doch auf mich hatte es eine andere Wirkung.

Sandrina schluckte und blickte zu Boden. Sie schwieg eine Weile, dann kniff sie die Lippen zusammen.

– Stimmt, flüsterte sie, – ich war immer verliebt. Sogar jetzt noch. Ich weiß nicht, warum, ich weiß nicht, wie, aber …
– Hat er dich aufgefordert, mit ihm zu gehen?
– Ja.
– Und warum bist du nicht mitgegangen?

Sandrina hob den Blick zu De Luca, und aufs Neue tauchte die kleine, tiefe Furche zwischen ihren Augen auf. Doch diesmal war sie anders, tiefer, denn ihr Blick war hart geworden.

– Und wie? Ich habe drei Kinder, wie hätte ich das machen sollen, hätte ich sie durch den Kanonenhagel an der Front schleifen sollen? Sie in dieser Hölle im Stich lassen? Ganz zu schweigen von meinem Schwager, dem Kriegsversehrten, und meiner Schwester.
– *Sie ist schwanger,* fügte sie hinzu.

Es reicht, dachte De Luca. *Warum hast du mir das nicht früher gesagt,* flüsterte er, und sie antwortete, *weil ich Angst hatte,* und er nickte und neigte den Kopf kaum merklich Richtung Tür, Sandrina lief davon, mit den Beinen in den Strümpfen, so schnell, dass ihre Füße fast nicht die Bodenbretter berührten.

– Vielleicht erfrieren wir hier drinnen, sagte Petrarca, – aber ich rühre mich nicht von der Stelle, bis Sie mir sagen, was Sie denken.

– Ich denke, dass der Riese mit den Gorillapranken nun der Tatverdächtige ist. Und der schleimige Alte der Auftraggeber.
– Der schleimige Alte?
– Ich meine den Schwarzhändler im Vicolo del Falcone.
– Aus Angst, denunziert zu werden?
De Luca schüttelte den Kopf. Er lehnte sich an die Leiter, die unter dem Dachfenster stand, fädelte den Arm zwischen zwei Trittbrettern ein. – Von wem sollte er denunziert werden, von einem Dieb und Deserteur? Nein, Aussage gegen Aussage, beide taten gut daran zu schweigen. Es ging ums Geld.
– Der versteckte Schatz?, sagte Petrarca, und De Luca schüttelte wieder den Kopf. Er hatte noch immer das Kettchen in der Hand, ließ es um den Finger kreisen, während er nachdachte.
– Sie wussten nichts von dem Schatz, wie Sie ihn nennen, und ich glaube auch nicht, dass der Rottenführer so dumm war, ihn zu erwähnen. Nein, ich meine das Bargeld, das der Schwarzhändler rausrücken musste, was ihm natürlich nicht gefiel. Zwanzigtausend Lire, amerikanische Lire, das ist ein Haufen Geld, keine Rede von zwölfhundert. – Der schleimige Alte hatte bei Vilma angeben wollen.
– Dreitausend?
– Vergessen Sie es. – De Luca hatte sich mit dem Kettchen auf die Lippen geschlagen, so sehr war er in seine Gedanken versunken. – Vielleicht hat er ihn gefoltert, bevor er ihn umgebracht hat, hat ihn mit seinen Gorillapranken verdroschen, doch das lässt sich nicht mehr feststellen, weil ihn die Ratten angebissen haben.
Petrarca sagte etwas, doch De Luca dachte noch immer nach. Er hatte gefragt, *warum wurde er dann nackt ausgezogen,* und vielleicht hatte De Luca es auch gehört, denn er zuckte mit den Schultern, aber wahrscheinlich war er ganz damit beschäftigt, seine Theorie zu entwickeln.
– Er hat das Geld zurückgefordert und ihn umgebracht. In diesem Fall liegt der Schatz des Rottenführers noch in der Via del

Fossato. – Und auch die Uhr des Majors. – Oder er hat von dem Schatz erfahren, vielleicht hat der Rottenführer ihm davon erzählt, um sein Leben zu retten, dann ist er nicht mehr da.

– Wir sollten mal hingehen, oder?, sagte Petrarca, und De Luca nickte.

– Vorausgesetzt, dass es wirklich so gelaufen ist, sagte er zu sich, obwohl er sich sicher war, auf der richtigen Fährte zu sein. Er hatte ganz auf die Kälte vergessen, er erinnerte sich erst wieder dran, als er einen kalten Biss im Nacken spürte und sein Hals steif wurde. Er stellte den Mantelkragen auf, besser als nichts.

– Ich würde Sie gern begleiten, aber ich muss arbeiten, sagte Petrarca, – der Fall ist ja so gut wie gelöst. Was können Sie mir über meinen erzählen?

– Bei Ihrem sind wir an einem toten Punkt angelangt. Wann geben Sie mir die Fotos, um die ich Sie gebeten habe?

– Passt es heute Abend?

– Ich habe eine Einladung ins *Diana* zum Abendessen. Ich treffe den Zahnarzt und befrage ihn zur 22, wollen Sie mitkommen?

Das war natürlich sarkastisch gemeint, Petrarcas Ausdruck verdüsterte sich trotzdem, wenn auch nur ganz kurz.

– Ich überlasse Ihnen die Ehre. Ich zeige sie Ihnen danach, kommen Sie zu mir nach Hause, wenn Sie fertig sind. Ich wohne in der Via Belle Arti Nr. 5. Nehmen Sie mir einen Teller Tortellini mit, wenn etwas übrig bleibt.

Während sie wieder das Beduinenlager durchquerten, blickte sich De Luca nach Sandrina um, doch sie war nicht bei dem Jungen, der sich im Schlaf unter dem braunen Mantel hin und her warf. Einen Augenblick lang kreuzte sein Blick den des Kindes, das ihn davor angestarrt hatte, als er die Deutschen erwähnte, doch sein Ausdruck bereitete ihm Unbehagen, und er schaute schnell weg.

Er sah sie erst an der Tür, hinter einem Laken, wo eine Reihe von Kübeln stand, die als Latrine dienten. Sie erbrach sich, und neben ihr stand ein sehr kleines Kind, das ihr den Rücken streichelte, es trug ein Nadelstreifensakko, das so groß war, dass es ihm bis zu den Knöcheln reichte, wie ein Mantel, und das in der Mitte mit einer Schnur zusammengebunden war.

Sandrina hob den Kopf, spuckte Speichel aus und wischte sich mit der Hand den Mund ab.

– Verdammtes Mehlsurrogat, flüsterte sie.

Es war, als steckte etwas unter seiner Haut, ein winziger Splitter, der nur ein Stück herausragte und nur schmerzte, wenn man ihn irrtümlich berührte.

Doch De Lucas Splitter steckte nicht unter dem Nagel, sondern in seinem Kopf. Ein kleiner Stich, doch so scharf, dass ein Schauer über seinen Rücken lief: Er erinnerte sich an etwas, doch ihm fiel nicht ein, woran genau. Dranbleiben, sich konzentrieren und sich den Kopf zerbrechen, das war, als würde man versuchen, den Splitter mit einer Nadel herauszuholen, er rutschte aber nur noch tiefer in die Haut, brannte unter der Stelle, an der man gekratzt hatte.

Irgendetwas war ihm aufgefallen, doch es gelang ihm nicht, die Erinnerung scharf zu stellen, er hatte nicht augenblicklich darüber nachgedacht, er hatte sich von Sandrinas Eingeständnissen und den vielen neuen Details – der Mann mit den Gorillapranken, der dem Rottenführer Angst machte, das Geld, der versteckte Schatz – ablenken lassen. Jetzt verbarg sich der Splitter irgendwo, hatte sich im Nebel seiner Gedanken verloren, war weniger als eine Erinnerung, doch mehr als eine Empfindung.

Er konnte die Sache nicht einmal mit einem genauen Augenblick, einem Thema in Verbindung bringen, denn der Splitter schmerzte bei ganz unterschiedlichen Reizen, einem Bild bei einem Blick aus den Augenwinkeln, einem lästigen und frustrierenden Geruch.

Ein paar Kinder spielten im Schutt der Casa Milani in der Via Galliera Verstecken. Von der gemeindeeigenen Metzgerei in der Via

Ugo Bassi drang der Geruch nach Blut und Fleisch herüber, bei dem ihm leicht übel wurde. Zwei Frauen stritten sich lautstark um ein Stück Stoff vor dem APE-Laden in der Via de' Gombruti, sie hielten einander die Ausweise vor die Nase, die sie berechtigten, Stoff zu kaufen. Auch als er das Sordomuti-Lichtspieltheater in der Via Nosadella verließ, wo er im Büro des Direktors telefoniert hatte, regte der scheele Blick des eleganten Mannes auf dem *Addio-giovinezza!*-Plakat zwar seine Erinnerung an, brachte jedoch nichts Konkretes zum Vorschein.

Lauter Empfindungen, die am Splitter kratzten wie ein Daumennagel. Ein ganz kurzer Stich, der ihn daran erinnerte, dass er noch da war, und dann nichts mehr, nur noch eine ferne und lästige Irritation. Als er die Via del Fossato erreichte, das eingetretene Tor des Lagers sah, in dem man Rottenführer Weber gefunden hatte, hörte er auf, darüber nachzudenken, und beschloss, dass er sich auf etwas anderes konzentrieren musste.

Es war noch hell genug, sonst hätte er umgedreht und bei den Platzanweiserinnen im Kino eine Taschenlampe requiriert. Die Nachmittagssonne fiel durch ein Loch im Dach und breitete sich auf dem Wassertümpel aus wie ein Raureifschleier. Auch die feuchte Kälte schien ein metallischer Reflex auf der schiefen Rampe des Bodens.

De Luca stellte den Mantelkragen hoch und rieb sich die Hände, blies weißen Hauch darauf, allerdings vergebens. Er wartete, bis die Augen sich an das eisige Halbdunkel gewöhnt hatten, dann ging er vorsichtig über die kaputten Ziegel, gab acht, nicht auszurutschen. Er dachte, dass der Rottenführer wahrscheinlich kein Werkzeug gehabt hatte, um ein Versteck zu graben, wie er hatte er nur die nackten Hände und vielleicht etwas mehr zur Verfügung gehabt. Sicher, um den Keller ordentlich zu durchsuchen, hätte er Männer mit Schaufeln und Spitzhacken gebraucht, doch fürs Erste wollte er versuchen, allein die Gedanken des Rottenführers nachzuvollziehen. Das schien ihm einfacher.

So umrundete er die schiefe Rampe aus morschen Brettern und Ziegeln und betrachtete den schwarzen Tümpel, in den sie führte. Er war zwar nicht tief, doch er glaubte nicht, dass der Rottenführer seinen Schatz hineingeworfen hatte wie einen Stein; um ihn wieder herauszuholen, wäre man von unten bis oben nass geworden. Dennoch war das das beste Versteck, sofern man nicht im Schutt graben und sich die Nägel abbrechen wollte.

De Luca ging um die Rampe herum bis zur Mauer gegenüber, er stampfte fest auf, um die Ratten zu verjagen, doch er sah nichts Brauchbares. Er schaute ihnen eine Weile zu, wie sie durch das Wasser schwammen, bis er auf der anderen Seite des faulig riechenden Tümpels etwas bemerkte. Ein kleiner Vorsprung wie ein Sprungbrett, und darüber ein Ring an der Wand, wie in einem Stall. Um die kleine Halbinsel zu erreichen, musste er ein paar Schritte durch das schlammige Wasser machen, und er stieg hinein, ohne die Schuhe auszuziehen, er krempelte nicht einmal die Hosenbeine auf, denn er hatte etwas gesehen, was seine Aufmerksamkeit völlig fesselte.

Ein Stück Seil hing vom Ring ins Wasser. Er zog daran, es war kurz, und bekam Herzklopfen, als er sah, dass daran ein Bündel befestigt war, eingewickelt in eine Plane, in Tarnfarbe und vor allem wasserdicht.

Er lief auf die andere Seite zurück und setzte sich auf einen Ziegelhaufen, genau unter das Loch im Dach, wo es am hellsten war. Er zitterte vor Kälte und der nassen Füße wegen, doch das war egal. Das Bündel war mit Schnur verschnürt, so fest, dass De Luca sich bei dem Versuch, sie zu lösen, einen Nagel abbrach. Er öffnete das Bündel vorsichtig auf den Knien, und als Erstes sah er die Pistole, eine kleine Walther PPK, wahrscheinlich die, die der Rottenführer beim Schwarzhändler im Vicolo del Falcone gezogen hatte.

Gut, dachte er, das sprach für seine Theorie, denn wenn er die Pistole weggeworfen hätte, hätte sich der Rottenführer nicht gegen den Riesen verteidigen können.

Gleich darauf sah er die Uhr des Majors, er zog sie aus einem Wirrwarr von goldenen Kettchen und Armkettchen, auch eine um eine Stahlkette gewickelte Perlenschnur war dabei. Er versuchte den Deckel mit dem Daumennagel zu öffnen, doch auch der brach ab, dann drückte er auf den Knopf und der Deckel ging auf wie ein Türflügel, und er fühlte sich bestätigt, ja, es war wirklich die Uhr des Majors, denn darin war eine Signatur eingeritzt, in Frakturschrift, und darunter zwei unruhige, nach unten weisende Schnörkel. De Luca hatte noch nie die Signatur Adolf Hitlers gesehen, doch den Umständen entsprechend und aufgrund der Übereinstimmung war er sich sicher, dass sie das war.

Gut, dachte er, *sehr gut.*

Doch außer den Ketten, Armkettchen und Ringen war da noch etwas Schweres. Eine Rolle in Wachspapier, die oben und unten mit einer dünneren Schnur kreuzförmig verschnürt war. De Luca streifte sie ab, öffnete die Rolle und betrachtete sie mit zusammengepressten Lippen.

Nein, dachte er.

Eine Rolle Geldscheine, die auf seinen Knien aufgegangen war, als ob sie ein Eigenleben besäße.

Nein.

De Luca zählte die Scheine, ließ rasch die Fingerspitzen über das mit Wasserzeichen versehene Papier gleiten. Zwanzig blaue Tausend-Lire-Scheine, ein grüner Fünfhundert-Lire-Schein und vier quadratische, sepiafarbene Zehn-Lire-Scheine. Amerikanische Lire von jenseits der Front. Mit englischer Aufschrift, *one thousand*, *five hundred* und *ten*, unterhalb der Zahl. Zwanzigtausendfünfhundertvierzig Lire, wie der Rottenführer zu Sandrina gesagt hatte, der Schwarzhändler hatte gelogen, um Vilma zu beeindrucken.

Nein, das war nicht gut. De Luca biss sich auf die Innenseite der Wange, seine Gedanken liefen wild durcheinander. Er war sich sicher gewesen, zu Recht sicher, dass sich der Schatz des Rottenführers im

Keller befand, und er hatte recht gehabt. Doch er war sich auch sicher gewesen, mittlerweile wusste er, zu Unrecht sicher gewesen, dass der Riese das Geld des Schwarzhändlers wieder an sich genommen hatte. Gemeinsam mit dem ganzen Rest, falls der Rottenführer es nicht vor der Ankunft des Gorillas versteckt hatte.

Doch das Geld war noch da. Und der Rest auch.

Ist gut, *nein, ist nicht gut,* vielleicht hatte der Riese zu fest zugeschlagen, hatte den Hals des Rottenführers zu fassen bekommen und ihn umgebracht, bevor dieser sprechen konnte. Ist gut, *nein, ist nicht gut,* vielleicht hatte der Rottenführer eine andere Pistole, ein Messer, oder er hatte einen Stein gepackt, um sich zu verteidigen, und der andere hatte ihn aus Notwehr umgebracht. Ist gut, *nein, ist nicht gut.*

Und dann, urplötzlich, während er noch viel zu viele Dinge gleichzeitig dachte, fiel De Luca ein, was ihm davor bei Sandrina aufgefallen war, so deutlich wie ein Sonnenstrahl, der den Nebel durchbricht. Der Splitter unter der Haut. So deutlich, dass er ihn mit den Fingerspitzen, nicht einmal den Nägeln, ergreifen und mit einem Ruck herausziehen konnte.

Und mit einem Mal war er sich sicher, dank seines Gespürs völlig sicher, dass er herausgefunden hatte, wer Rottenführer Weber umgebracht hatte.

– De Luca!

Leutnant Manfred hatte nicht gebrüllt, aber seine Stimme hallte so laut auf dem Wasser wider, dass De Luca hochfuhr und die Knie zusammenpressen musste, damit das Bündel mit dem Geld, dem Schmuck und der Pistole nicht ins Wasser fiel.

Er hatte ganz auf die Deutschen vergessen. Im Büro des Direktors des Sordomuti-Lichtspieltheaters hatte er Manfred angerufen, um ein paar Soldaten mit Schaufeln anzufordern, für den Fall, dass er den Schatz des Rottenführers nicht fand und graben musste. Der Leutnant hatte vier Soldaten mitgebracht, alle mit Schaufeln,

Spitzhacken und Taschenlampen mit Dynamo, auch er war gekommen.

De Luca steckte das Bündel in die eine Manteltasche, er musste fest drücken, um es reinzuquetschen, und das Geld in die andere. Er hatte noch immer die Walther in der Hand, Manfred sah sie erst, als er nah genug stand.

– Was machen Sie mit der Pistole?
– Nichts. Ich war allein hier. Man kann ja nie wissen.
– Das ist eine deutsche Pistole.
– Das sind die besten.

Manfred grinste. De Luca ließ die Pistole verschwinden und stand auf, mit schweren, prallen Manteltaschen. Er presste die Arme darauf, um sie flach zu drücken.

– Sie sagten, Sie hätten wichtige Dinge herausgefunden, ich kann es gar nicht erwarten, sie zu erfahren. Sie sagen, hier sind die Dinge, die der Rottenführer geklaut hat, stimmt's?
– Ich glaube, ja, flüsterte De Luca. – Wahrscheinlich irgendwo hier versteckt.
– Wahrscheinlich?
– Ja. Sehr wahrscheinlich, fast sicher. Hier.

De Luca breitete die Arme aus, als wolle er den Keller umarmen. Manfred sah ihn ernsthaft an, dann nickte er. Er brüllte einen Befehl, der im Lager widerhallte, und die Soldaten betätigten die Kurbeln, um die Taschenlampen aufzuladen. Das Summen der Dynamos füllte die Höhle, als ob Tausende Fliegen eingedrungen wären.

– Auch im Wasser?
– Wenn möglich, ja.
– Möglich. Und was sind die wichtigen Dinge, die Sie angeblich herausgefunden haben?
– Ich arbeite noch daran. Ich glaube, ich war mit meiner Begeisterung etwas voreilig. Aber ich werde bald etwas Brauchbares haben.

– Bald.
– Sehr bald. Sehr, sehr bald.
Manfred sagte nichts. Sie standen unter dem Loch im Dach, doch der Himmel verdunkelte sich allmählich, und bei dem immer dichter werdenden Halbdunkel konnte man den Ausdruck des Leutnants nicht erkennen, er schwieg eine Weile. De Luca senkte unerträglich lang den Blick, und als er etwas sagen wollte, irgendetwas, das möglicherweise falsch war, brach der Leutnant das Schweigen.
– Hauptsturmführer Niemann hat den Wunsch geäußert, Sie zu sehen. Kommen Sie bitte mit.

Ich bin glücklich zu sterben, es tut mir zwar leid, dass ich sterben muss, aber ich bin glücklich.

Sie waren außerhalb Bolognas, auch wenn er nicht wusste, wo genau, denn während der kurzen Fahrt war De Luca vor allem damit beschäftigt gewesen, mit der Handfläche das Zeug flach zu drücken, das er in den Taschen hatte, damit sie nicht so prall wirkten.

Das war nicht schwierig gewesen, denn er saß auf dem Rücksitz und der Leutnant vorne, mit dem üblichen Gefreiten. Sie hatten auf der ganzen Fahrt Deutsch gesprochen, und Manfred hatte sogar herzhaft gelacht, sodass De Luca sich beruhigt und wieder an seine Angelegenheiten gedacht hatte. Und je mehr er daran dachte, desto mehr wurden die undeutlichen und lästigen Nadelstiche klar und konkret wie die zusammenpassenden Teile eines Mosaiks. Es fehlten noch viele Stücke, und möglicherweise veränderten sie alles, doch aufgrund der fiebrigen Erregung, die ihn in seinem früheren Polizistenleben immer überkommen hatte, wenn er sich auf einer richtigen Fährte befand, dachte er, dass er wahrscheinlich einen Treffer gelandet hatte.

Das Auto hielt in einer Allee, auf der Hinterseite einer Villa, und der Leutnant drehte sich zu De Luca um, als ob er ihn erst in diesem Augenblick bemerkte.

– Wir sind da, sagte er.

Ein großes, rechteckiges Haus, mit langen, schmalen Fenstern, so weiß, dass es die letzten Strahlen der Nachmittagssonne, fast schon Abendsonne, reflektierte. Der kalte Kies knirschte unter den Schuhen De Lucas und des Leutnants, während sie um die Villa herumgingen, und dabei hörte man diese merkwürdige Stimme, die von weit her zu kommen schien und immer denselben Satz wiederholte.

Ich bin glücklich zu sterben, es tut mir zwar leid, dass ich sterben muss, aber ich bin glücklich.

Es war der Refrain eines Schlagers. De Luca kannte ihn, er hatte ihn einmal im Varieté gehört, wo er vor einer Ewigkeit mit seiner Verlobten gewesen war, aber auch damals hatte er ihm nicht gefallen, denn er hätte ironisch und unterhaltsam sein sollen, in seinen Ohren hatte er jedoch nur traurig geklungen.

Ich bin glücklich zu sterben, es tut mir zwar leid ...

Er ging um die Ecke der Villa und blieb stehen.

In dem kleinen Park vor der Villa standen Soldaten mit Maschinenpistolen und Gewehren, doch nicht ihr Anblick raubte ihm den Atem. Hinter den Soldaten befand sich ein Mäuerchen mit einem großen offenen schmiedeeisernen Tor, und an den Stäben waren Männer festgebunden, stehend und mit im Rücken gefesselten Händen. Einer von ihnen sang.

... es tut mir zwar leid, dass ich sterben muss, aber ich bin glücklich.

Auf dem Platz hinter dem Tor stand der SS-Hauptsturmführer, kaum hatte er De Luca gesehen, hob er die Hand und machte ihm ein Zeichen, näher zu kommen. De Luca ging zwischen den ans Tor gefesselten Männern hindurch und versuchte sie nicht anzusehen, mit derart steifem Hals und geradeaus gerichtetem Blick, dass es wehtat. Doch aus den Augenwinkeln sah er alles, den Eisendraht, mit dem die Männer am Hals an den Stäben angebunden waren, die Beine, die vor Anstrengung zitterten, um aufrecht stehen zu bleiben, das Blut auf den weißen Gesichtern. Einer befand sich genau hinter dem Hauptsturmführer, er war an einem Pfahl in einem Beet mitten auf dem Platz angebunden, er war eingeknickt, die Beine waren abgewinkelt zur Seite gefallen, der Eisendraht unter dem Kinn war gespannt, die Zunge steckte zwischen den Zähnen und auf seinem Hemd befand sich ein Blutstreifen, breit und dick wie eine Krawatte. Auf dem Pfahl über dem Kopf des Mannes befand sich ein Schild, auf das jemand mit großen Buchstaben, die am Rand abbrachen, offenbar hatte er schlecht Maß genommen, geschrieben hatte, *So enden Partisanen und antideutsche Spione!!!*

– Kümmern Sie sich nicht darum, das sind Feinde, die im Kampf mit der Waffe in der Hand festgenommen wurden. Oder sind auch Sie ein kleines Herzchen wie Leutnant Manfred?

In dem langen Ledermantel, der ihm bis zu den Knöcheln reichte, und dem Pelzkragen, hinter dem sein Hals verschwand, wirkte der Hauptsturmführer noch kleiner. Er rauchte auf dieselbe Weise wie damals, als er ihn zum ersten Mal gesehen hatte, mit der Zigarette zwischen Mittel- und Ringfinger, bei jedem Zug bedeckte er mit der offenen Hand das Gesicht.

– Sie wollten mich sehen?, sagte De Luca und blickte starr auf den Hauptsturmführer, um den Mann unter dem Schild nicht zu sehen.

– Ich wollte wissen, wie es mit Ihrer Ermittlung vorangeht.

– Sehr gut, bald habe ich sie abgeschlossen.

– Ich habe Sie nicht gehört.

– Ich wollte sagen …

– Entschuldigen Sie, mich stört ein Geräusch.

Der Hauptsturmführer machte eine Geste und einer der Soldaten schlug dem singenden Mann mit dem Gewehrschaft auf den Mund. De Luca hörte sein Stöhnen, dann wieder die Stimme, trotz des Gurgelns des Blutes, die in Husten überging. Instinktiv drehte er sich um und sah, dass der Mann noch stand und die Lippen über den eingeschlagenen und blutigen Zähnen zu etwas Ähnlichem wie einem Grinsen verzog.

– Jetzt höre ich Sie, sagte der Hauptsturmführer. – Sprechen Sie.

Er konnte sprechen. Doch er wollte ihm nichts sagen. Und er hatte Angst.

– Sie haben mir sieben Tage zugestanden, ich habe noch einen. Sie haben mich gebeten, die Ermittlungen zu führen, weil ich es auf meine Weise machen würde. Ich habe viele Ergebnisse, doch ich muss noch eine Sache überprüfen. Morgen Abend ...

Der Mann sang wieder. Wortlos, aus seiner Gurgel drang nur Röcheln und Pfeifen. Der Hauptsturmführer presste die Zähne zusammen, dann machte er eine noch entschiedenere Geste.

Wieder drehte sich De Luca instinktiv um, ohne es zu wollen. Ein SS-Sturmmann zog eine Pistole aus dem Halfter und schoss dem Mann zweimal in die Beine, er fiel zu Boden und strangulierte sich mit dem Eisendraht. De Luca machte einen Schritt nach vorn, als ob er ihn stützen wollte, ebenfalls instinktiv, blieb jedoch sofort stehen, weil ihm der Leutnant eine Hand auf den Arm gelegt hatte.

Der Hauptsturmführer machte noch eine Geste und der Gefreite schoss auf die Beine aller Männer, die am Gitter festgebunden waren. Bei jedem Schuss zog De Luca den Kopf ein, wie ein Springteufel, mit geschlossenen Augen und zusammengebissenen Zähnen, unter dem Blick der Soldaten, die über ihn lachten. Schließlich hallten in seinen Ohren nur noch die Detonationen wider, und er war froh darüber, denn sie überdeckten das Gurgeln des Blutes, das aus den aufgerissenen Mündern lief.

Auch der Hauptsturmführer lachte. Er warf die Zigarette auf den Kies und drückte sie mit der Stiefelspitze aus.

– De Luca, ich glaube, Sie wollen uns auf den Arm nehmen. Dass Sie sogar jetzt noch versuchen, Zeit zu gewinnen. Vielleicht sind Sie gar nicht so tüchtig, wie man uns gesagt hat, oder vielleicht haben Sie sich nicht genug angestrengt. Sagen Sie mir, augenblicklich, auf der Stelle, was Sie herausgefunden haben, oder Ihre zehn Landsleute überleben den morgigen Tag nicht.

Er zeigte auf das Gittertor, und da De Luca sich weigerte hinzusehen, hakte er sich bei ihm unter und zwang ihn.

– Also?, fragte er.

De Luca schluckte. Er betrachtete die ans Tor gebundenen Männer, den, der gesungen hatte: Er war auf die Knie gesunken, der nackte Bauch lugte unter dem hochgerutschten Pullover hervor, über der Hose war der Rand der Unterhose zu sehen, der Hals ragte unnatürlich lang aus dem offenen Kragen des blutbefleckten Hemds.

Dann senkte er den Blick, zog den Rotz hoch und begann zu erzählen.

– Das war richtig, sagte Leutnant Manfred, während er ihn zum Auto führte. – Keine Ahnung, warum Sie es uns nicht gleich gesagt haben, aber Sie haben gut daran getan, es jetzt zu erzählen. Und zwar nicht nur wegen der Geiseln, auch Ihretwegen, denn sonst wären Sie mit dem ersten Zug in ein Konzentrationslager gefahren. Sie dürfen mir glauben, dass mir das leidgetan hätte.

Seine Stimme klang aufrichtig, De Luca verspürte dennoch Wut, die in seiner Gurgel brannte wie Magensäure. Er ballte die Fäuste und wollte sie schon in die Manteltaschen stecken, erinnerte sich jedoch rechtzeitig daran, was sich darin befand, und beschränkte sich darauf, die Arme an den Mantel zu pressen. Sie waren beim Auto angelangt.

– Und außerdem bin ich wirklich froh, dass wir die Geiseln gerettet haben. Auch General Von Senger wird froh sein, dessen bin ich mir sicher. Je weniger wir die Bevölkerung einschüchtern, desto besser. Das war das Ziel.

De Luca öffnete die Tür und setzte sich ins Auto. Der Leutnant machte ihm ein Zeichen, etwas zur Seite zu rücken, und setzte sich neben ihm auf den Rücksitz. De Luca drückte sich gegen die Tür auf der anderen Seite, weil er befürchtete, der Leutnant könnte seine prallen Taschen spüren. Er legte sogar die Hände darauf. Doch der Leutnant wollte nur reden.

– Ich gehöre einer anderen Rasse an als der Hauptsturmführer. Verstehen Sie mich nicht falsch, ich meine Rasse nicht im, wie sagen Sie, *wörtlichen* Sinn. Obwohl Niemann nicht sehr deutsch aussieht. Aber egal, wir sind verschieden. Ich bin Soldat und Polizist wie Sie. Er ist ein SS-Mann. Wissen Sie, warum er mich *Herzchen* nennt?

– Nein, sagte De Luca. – Zu einem anderen Zeitpunkt wäre er neugierig gewesen, doch im Augenblick verspürte er nur ein saures Brennen in der Magengrube. Am liebsten hätte er die Augen geschlossen, alles vergessen und wieder an die dringenden Dinge gedacht, die er erledigen musste, weil er keine Zeit zu verlieren hatte. Doch der Leutnant wollte reden.

– Ich habe diesen Spitznamen vor ein paar Jahren in Polen bekommen. Ich war ein junger Unteroffizier des 101. Reservebataillons der Polizei, eine Mischung aus Soldat und Polizist. Wir folgten den Truppen, um für Ordnung in der Etappe zu sorgen, und eines Tages in Józefów ... – er hielt inne, weil er reden, nicht lachen wollte, er biss sich sogar auf die Lippen, – eines Tages haben wir die Juden zusammengetrieben, wir hatten den Befehl, sie umzubringen, und ich ... nein, ich stelle das nicht infrage, verstehen Sie mich nicht falsch, es war ein Befehl, und zweifellos richtig, ich stelle das nicht infrage, aber ich ...

Der Leutnant schaute aus dem Fenster, dann drehte er sich wieder um, und De Luca glaubte einen Schatten in seinen blauen Augen zu sehen, die aus einer Propagandazeitung zu stammen schienen.

– Ich musste nur unsere Mannschaften und die Juden koordinieren, sie in den Wald führen, ohne dass sie einander niederrannten, es war nicht meine Aufgabe zu schießen, und ich wiederhole, ich stelle das nicht infrage, obwohl ich … aber egal, was ich denke. Wir stehen also zwischen den Bäumen und ich führe gerade eine weitere Gruppe in den Wald, als ich plötzlich spüre, dass mich jemand an der Hand nimmt. – Der Leutnant lachte, doch es war eindeutig kein richtiges Lachen. – Stellen Sie sich vor, ein Kind, ein jüdisches Mädchen. Sie wird so fünf, sechs Jahre alt gewesen sein, ein kleines, ganz nacktes Kind, in einem Wald, ich bin der einzige Erwachsene in ihrer Nähe und da … da nimmt sie meine Hand, beziehungsweise den Finger, so.

Er umklammerte seinen Zeigefinger, so fest, dass seine Knöchel weiß wurden, dann drehte er sich um und wischte sich schnell mit dem Handrücken die Wange ab, doch nicht schnell genug, denn De Luca bemerkte es.

– Ich dachte, nie wieder, nie wieder, sagte er leise zum Fenster gewandt, – wenn ich es vermeiden kann, nie wieder. – Er räusperte sich und wandte sich wieder an De Luca.

– Deshalb nennen sie mich *Herzchen*. Ich stelle zwar nichts infrage, aber ich bin sehr froh, dass wir die zehn Geiseln gerettet haben, wirklich sehr froh.

Sie waren bei der Technischen Universität angelangt. Das Auto blieb stehen und De Luca öffnete die Tür, stieg aber nicht aus.

– Und das Kind?, fragte er. – Was ist aus dem Kind geworden?

– Ich habe es erschossen, sagte der Leutnant. – Ich konnte ja vor meinen Männern keine Schwäche zeigen, oder? Auf Wiedersehen, De Luca, italienischer *Polizei*. Es war mir ein Vergnügen, mit Ihnen zu arbeiten.

– Letztendlich reden alle. Früher oder später. Weißt du, wie hoch meine Erfolgsrate ist? Nenn eine Zahl. Ich sage sie dir. Hundert Prozent.

Er saß bereits im Restaurant, am letzten Tisch ganz hinten im Saal, mit dem Rücken zur Wand. Um diese Uhrzeit waren nur wenige Paare da. Das Restaurant war halb leer und das war nicht der beste Platz, so nah an der Küche, aber das war ein zusätzlicher Fluchtweg, und außerdem kam das Essen, wie er sagte, früher und war noch heiß.

Der Zahnarzt war ein imposanter Toskaner, mit einer Baritonstimme, die er offenbar immer ein wenig dämpfte. Er hatte das Sakko über dem dicken Bauch geöffnet, trug rote Hosenträger, und als er sie kommen sah, grüßte er sie mit einer ausladenden, kreisförmigen Geste.

Sie waren zu zweit, De Luca hatte Vilma mitgenommen. Als er bei der Technischen Universität angekommen war, war De Luca unten beim Wachposten stehen geblieben und hatte in aller Eile telefoniert. Er hatte den Polizisten unter einem Vorwand hinausgeschickt und in Petrarcas Büro angerufen, dabei ein Stoßgebet zum Himmel geschickt, dass er noch da war. Er war noch da gewesen, man hatte ihn ans Telefon geholt, und es war nicht schwierig gewesen, ihn zu dem zu überreden, was er vorhatte. Und noch dazu schnell, sicher, gleich. Etwas schwieriger war es gewesen, jemanden, vielleicht sogar Petrarca selbst, dazu zu bewegen, zu ihm zu kommen und das Zeug zu holen, denn er hatte keine Zeit, es ihm zu bringen, er musste den Zahnarzt treffen und hatte Angst, dass er ihm entwischte, doch schließlich war es ihm gelungen.

Dann war er nach oben in sein Büro gelaufen, um die Tasche zu holen, in der er die Dokumente aufbewahrte, und hatte den Inhalt auf den Boden geleert. Er hatte den Schatz des Rottenführers hineingelegt, der sich noch immer in seiner Manteltasche befand, auch das Geld und die Pistole. Und vor allem die Uhr des Majors, auf die er Petrarca während des Telefonats extra hingewiesen hatte. Dann hatte er die Tasche unten beim Wachposten hinterlegt, er solle sie einer Person aushändigen, die in seinem Namen etwas abholte, ohne Fragen zu stellen und ohne hineinzuschauen, denn es handelte sich um eine Geheimsache, bei der die Sicherheit der

Republik auf dem Spiel stand, und er wusste, er konnte sich verlassen, nicht so sehr, weil der Wachposten besonders loyal war, sondern weil er Familie hatte und keine Schwierigkeiten wollte.

Während er die Treppe auf und ab gelaufen war, war er Vilma begegnet, die zu ihm sagte, der Freund von der Präfektur hätte mitten am Nachmittag angerufen.

„Und weil er auch mein Freund ist, hat er es mir gesagt."

„Was hat er dir gesagt?"

„Dass du recht hattest. Edore Santelli ist einer der reichsten Männer Bolognas. Zwar nicht der reichste, aber ziemlich der reichste."

„Unmöglich."

Vilma zuckte mit den Schultern, zog eine Zigarette heraus und wartete darauf, dass De Luca sie anzündete. Er glaubte zwar, das Streichholzbriefchen gemeinsam mit dem Schmuck in die Tasche geworfen zu haben, doch er hatte es noch bei sich.

„Dein Edore scheint als Eigentümer dreier Immobilienfirmen auf, die ungefähr zwanzig Gebäude in der Stadt besitzen, fast alle im Zentrum."

Vilma blies De Luca eine nach Lippenstift duftende Rauchwolke ins Gesicht, er schloss halb die Augen, aber nicht deshalb. Es war ihm etwas eingefallen, und er nickte entschieden.

„Du hast richtig gesagt: *Er scheint auf.* Ein Strohmann. Wie wir für die 22, wie ich im Fall eventueller Ermittlungen. Ein Strohmann. Ich scheine als Urheber der Verschleierung beim Mord an Ingenieur Tagliaferri auf."

Vilma lächelte. „Wenn du das sagst."

„Nein, nicht ich will das sagen. Ich will, dass der Zahnarzt es sagt. Was machst du heute Abend? Beziehungsweise jetzt? Darf ich dich zum Abendessen einladen?"

„Wir zwei allein?"

„Nein, da ist noch wer."

„Ein Dreier? Ich habe dich nicht für so verwegen gehalten."

„Ich will, dass du den Zahnarzt ablenkst, während ich ihn zum Reden bringe."

Vilma presste die Zähne zusammen, um einen dünnen Rauchfaden auszustoßen.

„Das hab ich schon begriffen", sagte sie, „keine Sorge, du weißt ja, dass ich tüchtig bin."

Sie wollte sich umziehen, doch De Luca erlaubte es ihr nicht, es war schon spät und er hatte Angst, der Zahnarzt würde so kurz vor der Ausgangssperre nicht mehr ausgehen wollen, und selbst als der Wachposten des anderen Gebäudes, wo die 22 untergebracht war, ihm sagte, der Comandante sei schon gegangen und erwarte sie im *Diana,* erlaubte ihr De Luca gerade mal, sich zu frisieren, so nervös war er.

Dann nahmen sie ein Auto und fuhren wie ein heimliches Liebespaar ins Zentrum.

Der Zahnarzt verzehrte bereits die zweite Lasagne. Er sprach und aß mit Leidenschaft, er hielt sich die Hand vor den Mund, um beides gleichzeitig tun zu können, dabei wandte er sich vor allem an Vilma, die ihm hingerissen zuhörte, mit aufgestützten Ellbogen und dem Gesicht auf den Händen vor ihm saß, wie eine in den Lehrer verliebte Schülerin. Sie war so fasziniert, dass man sich gar nicht vorstellen konnte, wie sie die Zeit gefunden hatte, ihre Lasagne zu verzehren und De Luca zuzublinzeln, bevor sie wieder mit weit aufgerissenen Augen den Zahnarzt anstarrte.

Es war eine beinahe echte Lasagne, denn auch in Kriegszeiten war das *Diana* das beste Restaurant in Bologna, die Tatsache, dass es nicht nur von den Honoratioren der Stadt, sondern auch von den Deutschen frequentiert wurde, machte sich gewiss auch beim Speiseplan bemerkbar. Vor ihrer Ankunft hatte der Zahnarzt einen Sprung in die Küche gemacht, man kannte ihn, wie er stolz verkündet hatte, und das merkte man am Duft der dampfenden Béchamelsoße und des Ragouts.

De Luca hatte seine Lasagne noch nicht einmal angerührt. Nicht wegen der Erinnerung an die Männer, die ans Tor gefesselt gestorben waren, oder zumindest nicht nur, hatte er beschlossen, dass er an etwas anderes denken musste, und das war ihm wie immer gelungen. Er hörte dem Zahnarzt aufmerksam zu und wartete auf eine Pause, um ihm seine Fragen zu stellen, ohne ihn argwöhnisch zu machen. Vilmas verträumter Blick war eine große Hilfe, wie auch die beiden fast geleerten Weinflaschen. Er hatte den stärksten Wein ausgesucht, einen Chianti aus der Toskana, bei dem dem Zahnarzt augenblicklich das Herz aufgegangen war und der wahrscheinlich ein Vermögen auf dem Schwarzmarkt gekostet hatte. Doch der Zahnarzt machte keine Pausen, er sprach und aß, man fragte sich, wann er atmete.

– Die Idee dahinter ist sehr einfach, hat ein Freund von der Zehnten gesagt, ich habe es sofort übernommen, die Idee, nicht den Freund, mir gefallen nämlich hübsche Damen wie Sie, Signorina, und wenn Sie mich so ansehen, denke ich, nein, träume ich, Vilma, Vilma, was für ein schöner Name, wie der eines Sterns, im Varieté, nicht am Himmel, auch wenn Ihre Augen so schön glänzen.

Er hielt einen Augenblick inne, um mit der Gabel ein Stück Lasagne abzubrechen, und De Luca nutzte die Gelegenheit. Er musste beim Thema bleiben. Der Zahnarzt sprach von Folter.

– Und wie lautet die Idee?, fragte De Luca. – Wir sind hier, um zu lernen.

– Ganz einfach. Das Subjekt darf nicht *zeitweise*, sondern muss *ständig* gefoltert werden. Ich gebe dir ein Beispiel. Alle machen es so, sie bringen die Häftlinge oben unter und foltern unten, im Geheimen, pah, im Geheimen, es handelt sich doch um Arschlöcher, um Verräter, sie sind keine Italiener mehr und waren auch nie welche, man muss sie foltern, auch wenn sie gar nichts zu sagen haben, habe ich nicht recht, Signorina? Ich sehe, Sie verstehen mich.

Vilma nickte lächelnd, so komplizenhaft und neckisch, dass De Luca Rassettos Worte einfielen, der gesagt hatte, es mache ihr Spaß, die Zigarette auf der Haut der Häftlinge auszudrücken. Er hatte es nicht wirklich geglaubt, doch als er sah, wie sie mit hingerissenem Blick das Kinn auf den Handrücken stützte, kam ihm der Verdacht, dass das kein Spiel war, das sie dem Zahnarzt zuliebe inszenierte. Obwohl in der Zwischenzeit das letzte Stück Lasagne auf ihrem Teller wie durch Zauber verschwunden war.

– Aufgepasst, denn das ist wichtig. Man lässt sie unten in der Kälte, in der Scheiße sitzen, entschuldigen Sie, Signorina, aber ich weiß, Sie verstehen mich, und dabei hören sie alles, was mit ihren Freunden oben passiert, Schläge, Schreie, in der Villa Triste heben sie die Idioten auf, die sie foltern, und werfen sie auf den Boden, damit die darunter mitbekommen, was oben los ist, und wissen, bald wird es ihnen auch so ergehen. Und dann bringt man die übel Zugerichteten nach unten und lässt sie gemeinsam mit den anderen schmoren, dann nimmt man sich die anderen vor, die inzwischen halb tot sind vor Angst, und los, wieder von vorne, immer wieder. Am besten nachts, so können sie nicht schlafen, und nachts wirkt alles bizarrer, irrealer, unheimlicher. Magischer. Nicht nur *zeitweise*, sondern *ständig* muss man sie foltern.

Der Zahnarzt schlug mit der Handfläche auf den Tisch und nickte zufrieden, dann zeigte er auf De Lucas Lasagne.

– Isst du die nicht? Warum nicht?

– Ich habe keinen Hunger und etwas Magenschmerzen.

– Warte nur, bis du die Rechnung bekommst. Teilen wir sie uns, Signorina?

Der Zahnarzt teilte die Lasagne mit einem scharfen Messerschnitt und ließ einen Teil, nicht ganz die Hälfte, auf Vilmas Teller fallen.

– Der Schmerz allein reicht nicht, fuhr er dann fort, mit der Hand vor dem Mund, – an den Schmerz gewöhnt man sich, manche fallen gewissermaßen ins Koma und halten alles aus, spüren gar nichts mehr, auch wenn man ihnen die Nägel zieht, die Arme auskegelt, sie auf die Ohren schlägt, ihnen einen Eisenring um die Schläfen legt, mittelalterliches Zeug, eine Gasmaske mit Verschluss anlegt, damit sie glauben zu ersticken, das ist was Neues. Bei den Frauen verhält es sich allerdings etwas anders.

An der Tür des Restaurants befand sich ein Glöckchen, wenn jemand hereinkam, läutete es. Der Zahnarzt hob den Kopf, noch bevor er das Klingeln hörte, seine Hand ließ augenblicklich die Gabel fallen und schnellte unter den Tisch, zu der Pistole unter der Serviette auf seinem Knie. Es waren zwei Deutsche, ein Soldat und ein Gefreiter in grauer Wehrmachtsuniform. Der Zahnarzt begrüßte sie mit ausgestrecktem Arm, doch sie achteten gar nicht auf ihn und setzten sich an einen nahen Tisch, einer mit dem Rücken zu ihnen, und der andere mit dem Rücken zur Tür, im Mantel und mit tief ins Gesicht gezogenen Kappen.

– Die Cousins zum Beispiel, flüsterte der Zahnarzt, wobei er seine Baritonstimme dämpfte, – haben keine Fantasie, sie ziehen die Jacke aus und hauen zu, wie Schmiede, schon gut, sie sind nicht so professionell, nicht so *wissenschaftlich* wie wir. Ich habe die Ehre und ich rühme mich, unwidersprochen sagen zu können, die Leute haben mehr Angst, in den Klauen der Faschisten zu landen, als in jenen der Deutschen.

Vilma klatschte in die Hände. Sie hob eine Hand, genau wie eine Schülerin.

– Darf ich eine Frage stellen?, sagte sie.

– Aber sicher.

– Warum nennt man Sie Zahnarzt?

– Weil ich einer bin. Zahntechniker, um die Wahrheit zu sagen, aber das ist dasselbe.

– Und verwenden Sie den Bohrer auch bei Ihren … Patienten? Der Zahnarzt beugte sich über den Tisch, bis er Vilma ganz nahe war.

– Ja, sagte er leise. – Und Sie können sich gar nicht vorstellen, wie weh er tut. Es stimmt zwar, dass der Schmerz nicht ausreicht, doch der richtige Schmerz ist hilfreich. Und ich bin dabei sehr gut. Wie bei vielen anderen Dingen.

Er und sie, viel zu nahe. Bevor sie ihre Schülerinnenfrage gestellt hatte, hatte Vilma De Luca aufs Neue zugezwinkert, eine fast unmerkliche Bewegung am Rande des Lids, aber jetzt war sie zu weit gegangen, wenn sie sich allzu sehr einmischte, fiel sie zur Last. Er musste sie ablenken.

De Luca machte dem Kellner, der in der Mitte des Saals wartete, ein Zeichen. Er flüsterte ihm etwas ins Ohr, der Kellner nickte, verschwand in der Küche und kam mit einem kleinen Wagen zurück, den er diskret hinter ihrem Tisch abstellte. Der Zahnarzt ließ sich augenblicklich ablenken und rieb sich die Hände, während der Kellner die Deckel der Pfannen hob, die auf dem Wagen standen. Eine nach Brühe duftende Dampfwolke stieg auf. De Lucas Magen knurrte. Er wartete, bis sich der Zahnarzt ein Stück aus jeder Pfanne genommen hatte, wartete, bis Vilma sich auftun ließ, dann nahm er ein Stück gekochtes Rindfleisch, einfach so, und als der Kellner weg war, beugte er sich zum Zahnarzt, der die grüne, nach Knoblauch und Petersilie duftende Soße über die Zunge goss.

– Wie lange hast du gebraucht, um Tagliaferri zum Reden zu bringen? Nicht lange, nehme ich an.

– Ganz wenig, sagte der Zahnarzt. – Der war ja kein Partisan.

Er hatte geantwortet, ohne nachzudenken, mit vollem Mund, doch gleich darauf verstummte er und runzelte die Stirn. De Luca lächelte, ebenfalls komplizenhaft. Er leerte den Rest des Weins in das Glas des Zahnarztes und zeigte dem Kellner die Flasche, schüttelte sie, zum Zeichen, dass sie leer war.

– Komm schon, sagte er, – ich bin euch ja nicht einmal böse. Mit dem Kärtchen habe ich mich ja schön blamiert, doch egal. Weißt du, warum ich dich zum Essen eingeladen habe?

Der Zahnarzt schüttelte den Kopf. Er schnitt noch ein Stück Zunge ab und schob es sich in den Mund.

– Weil wir Rassetto nicht mehr vertrauen, sagte De Luca leise. – Unser Comandante ist ein Trottel. Wir wollen das Pferd wechseln.

Vilma nickte, lächelnd und augenzwinkernd. Sie lehnte sich zurück, und der Zahnarzt wurde mit einem Mal stocksteif.

– Ich und Vilma, fügte De Luca hinzu, der ahnte, was unter dem Tisch vor sich ging, denn sie hatte mit dem nackten Fuß absichtlich seinen Knöchel gestreift, bevor sie ihn auf das Bein des Zahnarztes legte, – wir wollen zu euch überlaufen. Wir haben begriffen, dass bei der 22 besser gearbeitet wird. Und dass es einem dort auch besser geht. Schau dich an, Maßanzug, Seidenhemd, Stammgast … – Er nahm dem Kellner die Flasche aus der Hand und goss dem Zahnarzt ein. – Ich nehme an, du hast sogar ein Dienstauto.

– In aller Bescheidenheit, sagte der Zahnarzt und grinste Vilma an.

– Was würde euer Comandante sagen? Hat er Interesse an einem alten Jäger und einem tatsächlich sehr diensteifrigen, hübschen Mädchen?

Vilma richtete sich auf, rutschte auf dem Stuhl zurück und stützte sich auf den Rand des Tisches, wieder brav und gesittet. Der Zahnarzt griff instinktiv unter die Serviette, als ob er etwas packen wollte, dann erwiderte er Vilmas provokantes Lächeln.

– Ja, sagte er, – ich bin mir sicher. Ich spreche noch heute Abend mit ihm, sobald ich in die Kaserne komme.

De Luca nahm sein Glas, in dem nach wie vor ein Fingerbreit Wein war, und hob es. Er stieß mit dem Zahnarzt an, dann mit Vilma.

– Aber wie viel ist ganz wenig?, fragte sie. – Eine Minute, fünf Minuten, zehn … Wie lange dauert es, bis ein Mann spricht?

Auf ihren Lippen lag noch immer das provokante Lächeln, doch sie hatte so aufrichtig neugierig gefragt, dass man glauben konnte, es interessiere sie wirklich. Eine, die auf der Haut der Häftlinge Zigaretten ausdrückt, dachte De Luca. Sie hatte jedoch die richtige Frage gestellt, denn der Zahnarzt zuckte mit den Schultern.

– Drei Minuten. Wenn man die Nerven der Schneidezähne anbohrt, meine ich, nicht bei Schlägen. Drei Minuten, vielleicht auch weniger, und schon hat er uns gesagt, wo das Testament ist.

De Luca zwang sich, ruhig sitzen zu bleiben.

Das Testament.

Er verspürte eine Art Schwindel, wie immer, wenn die einzelnen Mosaiksteinchen so schnell auf ihren Platz fielen, dass es einem den Atem raubte. De Luca öffnete den Mund, um noch eine richtige Frage zu stellen, doch wieder kam ihm Vilma zuvor.

– Welches Testament?, fragte sie. Trotz der aufgerissenen Augen klang die Frage nicht so aufrichtig neugierig wie die davor, doch der Zahnarzt fiel darauf herein und lächelte, tatsächlich wie ein Lehrer bei seiner Schülerin.

– Das Testament des Strohmanns.

– Edore Santelli, sagte De Luca. Er biss sich auf die Lippen, weil er sich nicht hatte zurückhalten können, tatsächlich war es ein Fehler gewesen zu unterbrechen, denn der Zahnarzt nickte zwar, forderte De Luca jedoch mit einer Geste der offenen Hand zu einer Erklärung auf, als forderte er ihn auf weiterzugehen, doch der wusste nicht, was er sagen sollte.

Die Deutschen retteten ihn. Der Soldat war auf die Toilette gegangen, und als er hinter De Luca an ihrem Tisch vorbeigegangen war, hatte er auf den Gruß des Zahnarztes geantwortet. Er hatte sich ablenken lassen, und als er wieder geradeaus schaute, kreuzte sein Blick den neugierigen Vilmas und er vergaß alles andere.

– Tagliaferri, dieser Hai, hatte alle seine Häuser einem Strohmann überschrieben, irgendeinem armen Teufel, damit nicht er als Eigentümer aufschien.
– Warum?, fragte Vilma.
– Weil er bei der Gemeinde beschäftigt war. Er kaufte die von Bomben beschädigten Häuser, die weniger stark beschädigten natürlich, er wusste Bescheid, weil er Gutachter war. Er kaufte sie um einen Pappenstiel von Menschen, die auf der Straße standen und augenblicklich Geld brauchten, und gliederte sie in seine Immobilienfirmen ein. Die auf den Strohmann liefen. Der ein Testament gemacht hatte.
– Warum?
– Mein liebes Mädchen, Vertrauen ist gut, aber Kontrolle ist besser. Der Strohmann vererbt alles Tagliaferri, der das Testament bei einem Anwalt seines Vertrauens deponiert, so bleiben die Häuser im Besitz des Ingenieurs, egal, was dem armen Teufel zustößt.

Genau, dachte De Luca, alles passte zusammen. Die von der 22 erfahren von Tagliaferris Geschäften, foltern ihn, um herauszufinden, wo das Testament ist, zwingen ihn, es zu ihren Gunsten zu ändern, dann bringen sie sowohl ihn als auch Edore Santelli um. Alles passte zusammen.

Fehlte nur noch ein Mosaiksteinchen. Ein Detail.
– Und der Anwalt?, fragte De Luca.
– Dem geht es sehr gut. Er war augenblicklich bereit, das Pferd zu wechseln, wie ihr es nennt.

Ein Detail inmitten der vielen Toten.
– Und wir? Warum mussten wir die Tat verschleiern? Warum musste ausgerechnet ich ihm dieses Kärtchen zustecken?

Der Zahnarzt zuckte mit den Schultern.
– Weil Von Senger, dieser Idiot, und der Präfekt, diese Schwuchtel, ein Auge auf uns haben, und wenn etwas schiefgegangen wäre, wäre deine Autonome Gruppe daran schuld gewesen. Noch dazu,

wo der hochgeschätzte und tadellose Comandante De Luca die Sauerei angerichtet hat. Aber mach dir keine Sorgen, jetzt gehörst du zur Familie, wir decken dich.

Letztes Mosaiksteinchen. Alles an seinem Platz.

Vilma warf dem Zahnarzt ein letztes Lächeln zu, dann ignorierte sie ihn, als ob er gar nicht da wäre. Sie blickte vielmehr De Luca auf neuartige Weise an, nicht allzu provokant, obwohl sie unter dem Tisch wieder mit den Zehen an seinem Knöchel schabte, der Strumpf rieb rau auf seiner Haut. In diesem Blick lag vieles, und wenn De Luca ihn erwidert hätte, hätte er es bemerkt. Etwas Hartes leuchtete in den zu eng stehenden, wegen Kurzsichtigkeit zusammengekniffenen Augen, eine heftige und konkrete Befriedigung, doch dahinter war auch etwas Weicheres, in dem sich Bewunderung, Anerkennung und Hingabe mischten. Und ja, auch etwas Neckisches. Doch De Luca dachte an etwas anderes.

– Hier machen sie eine wunderbare *Zuppa inglese*, sagte der Zahnarzt, – doch im Augenblick empfehle ich sie euch nicht. Die Schwarzhändler horten die Eier in Erwartung der nächsten Preissteigerung, und die verfügbaren Eier sind entweder in Pulverform oder schon etwas alt. Kaffee, Kaffee, Nussschnaps, und dann die Rechnung, was meint ihr?

Er wedelte mit der Hand, um die Aufmerksamkeit des Kellners auf sich zu ziehen, und machte drei Gesten: eine mit zusammengelegten Zeigefinger und Daumen vor dem Mund, die zweite mit der Spitze des Zeigefingers in der Luft, eine Unterschrift andeutend, und die dritte mit dem Daumen in Richtung De Luca.

Er stimmte sein Baritonlachen an, ohne es zu dämpfen, doch der Soldat, der von der Toilette zurückkam, blieb vor dem Tisch stehen, zog die Pistole aus dem offenen Halfter und schoss dem Zahnarzt zweimal ins Gesicht. Der breitete die Arme aus und sein Kopf flog nach hinten an die Wand, wo er eine Aureole aus Blut, Knochen und Hirnmasse hinterließ.

Der andere, der Gefreite, war aufgestanden und hatte den Rückzug angetreten, er zielte mit der Pistole auf sie, abwechselnd auf den Kellner und auf die Paare an den Tischen, doch niemand bewegte sich, alle waren wie versteinert, saßen mit offenem Mund da, betäubt von den Detonationen.

Der Soldat, der den Zahnarzt erschossen hatte, zielte mit der Pistole auf Vilma und betätigte den Abzug, doch er klemmte. Es war eine Luger, der Soldat versuchte die Rädchen neben dem Verschluss zu drehen, um ihn zu lösen, doch es gelang nicht. Er reichte die Luger dem Gefreiten und nahm stattdessen dessen Pistole, und Vilma, die den Soldaten bis jetzt aus weit aufgerissenen Augen angeblickt hatte, begann erst jetzt zu schreien. Sie ließ sich seitlich vom Stuhl fallen, plumpste auf Hände und Knie und versuchte zu fliehen, rutschte über den Boden, doch der Soldat schoss ihr zweimal in den Rücken, sie fiel auf den Boden und blieb liegen, flach wie ein Blatt.

Dann drehte er sich mit ausgestrecktem Arm um und zielte auf De Luca. Er erkannte ihn, es war der Student mit den krausen Haaren, den er bei Brullos Begräbnis gesehen hatte, der kleine Mann mit Schnurrbart, der Sandrina im Teatro del Corso bei der Flucht vor den Deutschen geholfen hatte. Er presste die Lippen aufeinander, eine ausdruckslose Grimasse, die Pistole gerade auf De Lucas Stirn gerichtet, in einem Abstand von weniger als einem Meter. Dann bewegte er sie zur Seite und feuerte rasch zweimal ins Leere, auf die Wand.

De Luca fand sich unter dem Tisch wieder, ohne zu wissen, wie er dorthin gelangt war. Von hier, zusammengekauert hinter einem Zipfel des Tischtuchs, sah er Vilma, in Embryostellung, mit weit aufgerissenen Augen und offenem Mund. Ihr Arm war in Richtung Schuh ausgestreckt, der unter den Stuhl gekullert war, als wolle sie ihn zurückholen.

Via Belle Arti Nr. 5.

Es gab keine Klingel, also klopfte De Luca heftig mit der Faust an die Tür, bis Petrarca am Fenster über ihm auftauchte.

– Ich mache Ihnen auf. Ich wohne im ersten Stock, wie Sie sehen.

Das elektrische Klicken des Schlosses hallte auf der stillen Straße wider. Petrarca machte trotz der Verdunkelung das Licht im Treppenhaus an, er wartete auf dem Treppenabsatz, vor der Tür, auf ihn, mit den Händen in den Taschen einer Hausjacke. De Luca folgte ihm über einen engen Gang, das Holzparkett knarrte unter ihren Schritten. Er führte in eine Bibliothek, ebenfalls aus Holz, in der Bände mit steifem Einband standen, die offenbar sehr alt waren.

– Das Zeug gehört nicht mir, sagte Petrarca. – Die Wohnung ist gemietet. Der Besitzer ist zufrieden, weil er glaubt, ein Polizist im Haus hält Diebe fern, allerdings glaube ich nicht, dass Bücher in diesen Zeiten bei Dieben ganz oben auf der Liste stehen.

Auch hier war der Boden aus Holz und knarrte. Zarter Rauch waberte um die Lampe und verlieh dem Staub- und Räucherstäbchengeruch der Bücher eine etwas süßere Note. Er stammte von einer kurzen, dicken Zigarre, die am Rand eines gläsernen Aschenbechers im Gleichgewicht lag, an ihrer Spitze hatte sich ein langer Zylinder aus Asche gebildet.

Petrarca trug eine Jacke aus grauer Wolle mit schwarzen Seidenaufschlägen, genauso schwarz wie seine Schuhe, sie wirkte sehr warm und sehr bequem, obwohl sie auf einer Seite etwas hinunterhing, denn in einer Tasche lag ein schweres Gewicht. Er zog einen kleinen Revolver heraus, legte ihn auf einen kleinen Tisch und zupfte die Jacke zurecht.

– Wollen auch Sie mich erschießen?, flüsterte De Luca.

– Sicher nicht. Ich wusste nicht, wie Sie reagieren würden … mit einem Wort, ob Sie allein kommen oder in Begleitung. Das ist alles.

– Um Himmels willen, Petrarca, um Himmels willen! Das war eine Falle! Sie wussten, dass ich mit dem Zahnarzt dort war! Sie haben mich benutzt!

Er sprach leise, knurrte zwischen zusammengepressten Zähnen, doch Petrarca bedeutete ihm trotzdem, leiser zu sprechen, mit offenen Händen machte er beschwichtigende Gesten.

– Ich bitte Sie, De Luca!, flüsterte er. – Sicher wusste ich es, Sie haben es mir ja selbst gesagt. Und wir haben nicht Sie benutzt, wir haben die Gelegenheit genutzt. Sie wussten doch, was für ein Arschloch Ihr Zahnarzt war, oder? Sie wussten, was er tat!

– Sie haben auch das Mädchen umgebracht, und er hat mir ins Gesicht gezielt! Sie haben auch Campanella umgebracht. Deshalb ist er nicht mehr zu finden, Sie haben angeordnet, auch ihn umzubringen!

– Um Himmels willen, De Luca, er war ein Spion. Und das Mädchen, wie Sie sagen … Sie gehen ja nicht zu den Verhören Ihrer Gruppe, wir aber schon. Allerdings auf der anderen Seite! Viele erinnern sich an sie, an Guglielmina Cencia, Vilma genannt. Aber nur die, die dazu noch imstande sind!

Petrarca schluckte, weil er sich beherrschte, nicht zu schreien, tat ihm die Kehle weh. Zwei Gläser standen auf dem Tisch, neben dem Aschenbecher mit der Zigarre und dem Revolver, und eine viereckige Flasche mit einem schiefen Etikett darauf. Petrarca füllte ein Glas und reichte es De Luca, er hielt es ihm so lange hin, bis er es schließlich nahm. Dann nahm er das andere und machte einen großen Schluck, er musste husten.

– Ich gebe keine Befehle, sagte er, als er wieder zu Atem gekommen war. – Ich bin nur ein Soldat, ein Polizist, schon gut, aber das ist dasselbe. Wir führen Krieg, und im Krieg fallen Soldaten, auf der einen und der anderen Seite. Der Unterschied ist, dass die, die wir umbringen, nicht unschuldig sind. Das ist der Unterschied. Der Zahnarzt, Vilma, Campanella, sie sind nicht unschuldig. Sind es nie gewesen. Genauso wenig wie der Faschismus, dieses mörderische Regime, die Repubblica Sociale, Mussolini, und die Deutschen wie Ihr Leutnant, dieser Siegfried ... eine lange Liste, Sie kennen sie auch.

Petrarca machte noch einen großen Schluck und hustete wieder. Er setzte sich auf einen Stuhl, der in das Bücherregal eingelassen war.

– Auch Sie sind nicht unschuldig, De Luca, und seien Sie versichert, wenn Franchino Sie hätte umbringen wollen, hätte er nicht danebengeschossen. Er hat nur auf Sie geschossen, damit Sie bei Ihrer Gruppe ein Alibi haben. Was hat man zu Ihnen gesagt? Sind Sie ein Held, weil Sie ein gemeines Attentat der antinationalen Terroristen überlebt haben?

De Luca zuckte mit den Schultern. Niemand hatte etwas zu ihm gesagt, denn er war gleich zu Petrarca gelaufen, verwirrt und wütend. Doch jetzt wusste er nicht mehr, was er denken sollte. Neben dem Stuhl stand ein Sofa, doch er wollte sich nicht setzen.

– Ich bin müde, sagte er leise. – Ich habe heute zu viele Tote gesehen.

Er setzte sich widerwillig an den Rand des Sofas, aufrecht, und schnupperte am Glas.

– Whisky, sagte Petrarca. – Black Label, ich habe ihn aus London mitgenommen. Sie können sicher sein, er ist gut.

De Luca machte einen Schluck und verzog schmerzhaft das Gesicht. Dann machte er noch einen Schluck, um den Schmerz zu betäuben.

– Haben Sie mit dem Zeug des Rottenführers gemacht, worum ich Sie gebeten habe?

– Ja.

– Haben Sie es sofort gemacht?

– Sofort. Ich habe Ihren Schatz abgeholt, und die Personen, denen ich ihn anvertraut habe, haben mir versichert, keine Spuren hinterlassen zu haben. Es sind die, die den Deutschen den Sender vor der Nase weggeschnappt haben, Sie können beruhigt sein, sie sind besser als Fantômas.

Er wollte sich nicht anlehnen. Der Hals und der Rücken taten ihm weh, doch er wusste, wenn er sich auf das Kissen des Sofas sinken ließ, würde er nicht mehr hochkommen. Seine Augenhöhlen taten ihm weh, und seine Lider waren geschwollen, doch er wollte nicht die Augen schließen. Er nahm noch einen Schluck. Petrarca beugte sich vor, über den Stuhl, und nahm sein Glas.

– Warum ruhen Sie sich nicht ein wenig aus?, fragte er.

– Ich kann nicht. Haben Sie mir die Fotos gebracht, um die ich Sie gebeten habe?

Petrarca seufzte. Er richtete sich auf und nahm einen Stapel Bücher aus dem untersten Regal. Er zog eine Holzkassette mit dem roten Etikett einer Kirschkonfitüre hervor und stellte sie auf das Sofa neben De Luca.

– Aus Sicherheitsgründen haben wir sie hier hineingelegt. Brullos Fotos sind ganz oben, Sie müssen nicht alle herausholen.

Da er schon mal stand, nahm er auch den Aschenbecher mit der Zigarre und setzte sich wieder. *Macht es Ihnen etwas aus*, fragte er, aber nur der Form halber, denn De Luca antwortete nicht einmal, er öffnete schon den Deckel der Kassette. Petrarca hielt die Zigarre zwischen den Fingern und klopfte mit der Fingerspitze vorsichtig an den Rand des Aschezylinders, bis er abfiel. Er blies zart auf die Spitze, ließ die Zigarre vor den zusammengekniffenen Lippen kreisen und beobachtete, wie im Tabak kleine rote Glutnester auftauchten, die bei jedem Mal Blasen größer wurden und schließlich einen durchgängigen roten Glutkreis bildeten. Da nickte er zufrieden, lehnte sich im Stuhl zurück und machte einen langen Zug, behielt den Rauch lange im Mund, bevor er ihn zur Lampe aufsteigen ließ.

– Dieses Laster habe ich mir in England angewöhnt, gemeinsam mit dem Black Label, ja, aber auf das kann ich noch weniger verzichten. Ich weiß, in Italien raucht man vor allem Toscani, und noch dazu jetzt, bei der Seeblockade und so weiter, schon gut. Aber das da ist etwas ganz anderes. Ich liebe kubanische Zigarren.

Er führte die Zigarre zum Mund, fast als ob er sie küssen wollte, und machte noch einen Zug. Dann hielt er die Spitze nach oben und blies den Rauch dorthin, wo schon der Rauch von davor zur Lampe aufstieg.

– Das ist eine Romeo y Julieta. Ihre Exzellenz Dino Grandi hat sie mir geschenkt, als er Botschafter in London war und ich im Sicherheitsdienst der Botschaft arbeitete. Stellen Sie sich vor, er hat sie von Winston Churchill bekommen. Der Politiker, auf dessen Antrag Mussolini abgesetzt wurde, und der Chef der Alliierten, allein wenn ich die beiden Namen laut sagte, würde man mich an die Wand stellen, auch ohne Zigarre. Ich habe Sie gar nicht gefragt, ob Sie eine wollen. Nein? Umso besser, ich habe nicht mehr viele. Ich hoffe sehr, dass der Krieg aus ist, bevor mein Vorrat zu Ende geht.

De Luca war aufgestanden und hatte sich mit den Fotos in der Hand unter die Lampe gestellt. Er hatte kein Wort von dem gehört, was Petrarca sagte, so aufmerksam betrachtete er die Fotos, die im Leichenschauhaus gemacht worden waren, vor allem die drei parallelen Striche an Brullos Haaransatz. Drei Kratzer zweifellos, dessen war er sich sicher, und er sagte es auch halblaut zu sich, doch Petrarca schwärmte von seinen Zigarren und hörte ihm nicht zu.

Sonst gab es nichts Auffälliges, auch nicht auf den Fotos vom Tatort, so aufmerksam er sie auch betrachtete. Dann betrachtete er das letzte, das mit dem kleinen schwarzen Loch zwischen den Steinen, gleich in der Nähe des Gewölbes auf der Via Ca' Selvatica, das ihm schon beim ersten Mal aufgefallen war, das er dann jedoch vergessen hatte.

– Was ist?, fragte Petrarca, der gesehen hatte, wie er sich versteifte, sich noch mehr konzentrierte.

– Keine Ahnung, ich verstehe es nicht.

Petrarca stand auf, mit der Zigarre zwischen den Fingern. Er erhob sich auf die Zehenspitzen, um besser sehen zu können, denn De Luca war größer als er und hielt das Foto nahe zum Gesicht, damit das Licht der Lampe darauf fiel.
– Stimmt, wir hätten hingehen und nachsehen sollen, doch dann haben sich die Ereignisse überschlagen.
– Gehen wir hin.
– Wann? Jetzt?
– Jetzt, ja. Warum nicht, wollen Sie noch fertig rauchen?
– Aber nein, was reden Sie … aber jetzt ist es finster und außerdem ist Ausgangssperre.
– Macht nichts, wir haben fast Vollmond. Und wen kümmert die Ausgangssperre, wir sind Polizisten, oder?
Petrarca zuckte mit den Schultern.
– Wenn Sie es sagen.
Dann nahm er den Mantel und zog ihn in aller Eile über dem Hausmantel an, er hatte ihn ausziehen wollen, doch De Luca war schon im Gang, das Holzparkett knarrte unter seinen raschen Schritten.

Er hatte sich ein wenig zu sehr auf den Vollmond verlassen. Er war zu mehr als drei Vierteln voll, doch es war ein Dezembermond, von Wolken verschleiert, die ihn wie bei einer Verdunkelung abschirmten, die dunklen Ecken waren wie mit Tinte gemalt. Die Via Ca' Selvatica hatte sich wieder verändert. Aus irgendeinem Grund waren jetzt alle Tiere und auch die Karren und Heugarben verschwunden, jetzt war sie eine von Schlamm, Heu, Hühnerfedern, kaputten Hühnerkäfigen und Kuhscheiße übersäte Fläche, wie ein Platz, nachdem der Zirkus weitergezogen ist.
Wenn sie nicht gewusst hätten, wo genau sie suchen mussten und was sie suchten, wäre es sinnlos gewesen, doch De Luca hatte das Kuvert mit den Fotos dabei, er hielt sie in der Hand und ließ

sich von ihnen leiten wie von einer Kompassnadel. Petrarca hingegen blickte sich unbehaglich um. Inzwischen hatte die Ausgangssperre begonnen, und es konnte jederzeit eine Patrouille mit einem nervösen Finger am Abzug auftauchen, die Schwarzen Brigaden, die Guardia Nazionale Repubblicana, auch die Deutschen, auch Partisanen, seine Leute hätten ihn zwar erkannt, doch die anderen, ein frisch rekrutierter Partisan, einer von auswärts, wenn De Luca seinen Ausweis allzu schnell gezückt und *Polizei* geschrien hätte, wäre ihnen eine Salve gewiss gewesen.

Die dümmste Art zu sterben, dachte Petrarca, mit den Händen an der Zigarre, denn es war eiskalt, und der warme, süßliche Rauch und die rote Glut trösteten ihn nicht nur, sondern wärmten auch ein wenig.

– Wollen Sie mir nicht helfen?, fragte De Luca. – Ich dachte, Sie wollen den Fall unbedingt lösen.

– Unbedingt, unbedingt.

– Ich dachte, Sie wollen Ihren Genossen aus dem Gefängnis holen.

– Natürlich will ich … je früher desto besser.

– Unsere Ermittlungen sind nämlich an einem toten Punkt angelangt und wenn wir kein Detail finden, das uns weiterbringt …

– Es reicht, De Luca! Was soll ich tun?

De Luca hob den Arm und zeigte auf den Flur, der durch das Haus am Ende der Straße führte.

– Bezugspunkte. Dort lag Brullo, wie man auf diesen Fotos sieht, die anderen sind hier gemacht worden, – und er stampfte mit dem Fuß auf, – was uns interessiert, befindet sich also da unten.

Er zeigte auf den Schatten eines kleinen Hügels, der sich ein paar Schritte entfernt, an einer Hausmauer, befand. Kaum mehr als ein Haufen, in einer der dunkelsten Ecken der Straße, aber es war eindeutig, was es war.

– Mist, sagte De Luca. Er grub ein wenig mit der Schuhspitze und legte eine gerade Reihe von Pflastersteinen frei, den Rest einer alten Pflasterung.

– Sie sagen Mist, De Luca, ich sage Scheiße. Was für ein Glück, dass sie ausgerechnet hier die Exkremente von einer Million Kühen abgeladen haben. Müssen wir mit bloßen Händen graben?

– Vielleicht finden wir etwas Brauchbares, ein Stück Holz, aber ja, wir müssen die Stelle so säubern, dass es aussieht wie auf dem Foto.

– Halt! Wer da?

De Luca fuhr herum, und fast wäre das Kuvert mit allen Fotos zu Boden gefallen, doch vor Schreck hielt er es noch fester. Petrarca hingegen machte einen kleinen Sprung, die Zigarre fiel ihm aus der Hand und landete im Mist.

Mitten auf der Straße standen drei Schatten, und vielleicht hätte man sie im Mondlicht sehen können, doch einer der drei hielt eine Laterne vor sich, und im Gegenlicht sah man nur die Silhouetten. Aber sie waren eindeutig bewaffnet, denn einer bewegte den Verschluss einer Waffe, offenbar einer Maschinenpistole.

Petrarca betrachtete De Luca, der *Polizei!* schrie.

Der mit der Laterne machte eine Bewegung. Er drehte sich zu den anderen herum, bedeckte die Lichtquelle, und im Mondlicht sah man die Mäntel und runden Helme der Guardia Nazionale Repubblicana. Zwei Milizsoldaten mit Maschinenpistole und ein Brigadiere mit Pistole zielten auf sie, aber sie waren alt genug, um nicht die Nerven zu verlieren, als De Luca die Hand in die Manteltasche steckte, um den Ausweis herauszuholen.

– Was machen Sie hier um diese Uhrzeit?, fragte der Brigadiere.

– Polizeiermittlungen.

– Um diese Uhrzeit?

– Dringende Ermittlungen. Ist das ein Spaten?

Der jüngste Milizsoldat trug die Ausrüstung eines Pioniers, Wasserflasche, Bajonett, Patronentaschen an den Hosenträgern, wie der Brustlatz eines Indianerhäuptlings, und eine kleine Schaufel am Gürtel, seitlich wie ein Schwert.

– Können Sie ihn mir borgen?, fragte De Luca. Der Milizsoldat wollte ihm den Spaten schon reichen, doch der Brigadiere gebot ihm Einhalt.

– Wir helfen Ihnen. Ich kenne Sie, ich war eine Zeit lang in der Kaserne der Technischen Universität untergebracht, Sie sind der legendäre Comandante De Luca.

– Danke, flüsterte De Luca.

– Nein, nein, wirklich legendär. Ich habe eine Zeit lang bei der Staatspolizei gedient, und unser Leutnant sagte immer, *wenn wir doch auch so einen Bluthund hätten!*

– Danke, stieß De Luca zwischen den Zähnen hervor.

– Wirklich. Er sagte, *zehn von der Sorte und kein Rebell bliebe übrig* ...

– Brigadiere, bitte. Es ist dringend!

– Sie haben recht, Entschuldigung! Wir stehen Ihnen zur Verfügung. Wo wollen Sie graben?

Der Milizsoldat mit dem Spaten erledigte die Arbeit, während der Unteroffizier sich mit De Luca unterhielt, und Petrarca mit seinem Vertrauen heischenden Lächeln nickte. De Luca betrachtete die Pflastersteine, die unter dem Mist zum Vorschein kamen, ein Stück alter, vielleicht sogar römischer Pflasterung am Rande einer geteerten Straße, die Zeit und der Krieg hatten dem Asphalt zugesetzt. Der Milizsoldat schaufelte den ganzen Mist weg und schließlich kratzte er die letzten Brösel mit dem Rand des Spatens weg, sie war danach so sauber wie mit dem Reisigbesen gefegt.

De Luca musste gar nicht auf das Foto schauen, das er mittlerweile so gut wie auswendig kannte. Er fand sofort, was er suchte, oben, genau am Rand des antiken Pflasters.

Ein schwarzer Fleck zwischen zwei weißen Pflastersteinen.

Er bückte sich, dann kniete er sich sogar hin, klopfte mit dem Finger auf das kleine, viereckige und harte Ding, während der Brigadiere zu reden aufhörte und alle neugierig näher kamen. Er kratzte am Rand, doch das Ding steckte in der Erde, zwischen zwei Pflastersteinen, und ließ sich nicht herausziehen.

– Ein Bajonett bitte.

Der Milizsoldat zog seines aus der Scheide und reichte es De Luca, der es vorsichtig ansetzte und das Ding auf der einen und der anderen Seite anhob, bis es sich lockerte und er es mit der Hand herausziehen konnte.

Er zog es heraus und der Brigadiere lachte.

– Sind Sie sicher, dass das eine polizeiliche Ermittlung ist? Oder gibt es da jemanden, dem von seiner Frau Hörner aufgesetzt werden?

Es war ein Absatz.

Lang, spitz und schwarz.

Der Absatz eines Damenschuhs.

– Danke allen, sagte De Luca, – gute Nacht und der Duce sei gegrüßt.

Er streckte den Arm aus und die Soldaten standen Habacht, dann gingen sie lachend davon. De Luca hielt den Absatz in den Fingern, schon in Gedanken versunken, bis Petrarca ihn an einem Arm packte und schüttelte.

– Entschuldigen Sie, Comandante, ich bin auch noch da. Ich habe nichts begriffen. Was ist das?

De Luca öffnete die Hand und Petrarca nickte.

– Ich sehe, dass es ein Absatz ist. Acht, zehn Zentimeter, ein schöner, sehr eleganter Schuh. Sofern Sie nicht wirklich ein Fetischist, ein Schuhfetischist, sind, würden Sie mir bitte erklären, warum der so wichtig ist? Ich kenne Sie mittlerweile ein wenig und Sie sehen drein wie jemand, der etwas herausgefunden hat.

De Luca rieb mit dem Daumen am breiten Sockel des Absatzes und zeigte ihn Petrarca. Die Holzsplitter, die Kratzer im Lack, die leeren Löcher der Nägel.

– Sehen Sie? Er ist abgebrochen. – Er zeigte auf das Loch zwischen den Pflastersteinen, das er mit dem Bajonett gegraben hatte. – Er ist in die weiche Erde eingedrungen, zwischen den Pflastersteinen stecken geblieben und abgebrochen.

– So was passiert. Na und?

– Man kann hinken, weil man wie Altea De Lellis ein kürzeres Bein hat, aber auch, weil man mit einem Schuh ohne Absatz läuft.

Petrarca nickte, offensichtlich ratlos.

– Schon gut, das ist möglich. Vielleicht hinkte unsere Frau mit der Pistole, die Finzi gesehen hat, weil sie einen abgebrochenen Absatz hatte. Ich verstehe jedoch nicht, warum Sie so überzeugt sind. Nur weil wir ihn hier gefunden haben?

De Luca schüttelte den Kopf. – Nein. Weil ich zu wissen glaube, wem er gehört.

Daran hatte er gedacht, als ihn Petrarca unterbrochen und am Arm gepackt hatte. Genau so ein Schuh lag in Alteas Absteige, Petrarca hatte ihn unabsichtlich unter einen Stuhl gekickt. Ein schöner eleganter Schuh mit runder Spitze und zweifacher Spange, die mit einem Kupferknopf geschlossen wurde. Ein Winterschuh, im Gegensatz zu den Sandalen mit Keilabsatz, die sie trotz Kälte und Schnee getragen hatte, weil die anderen Schuhe beim Schuster waren. Der einen Absatz angebracht hatte, der etwas dunkler, weil neu war.

– Silvia Attanasio hat solche Schuhe, sagte De Luca.

Dann blickte er in Richtung Flur mit den Stufen, auf denen Franco Maria Brullo gelegen hatte, mit einem gebrochenen Knie und einem Loch anstelle des Auges, und stellte sich vor, wie Silvia davonlief, wie sie mit dem Absatz zwischen den Pflastersteinen stecken blieb, wie er abbrach und sie mit der Pistole in der Hand weiterlief. Er blickte die Straße hinunter und stellte sich vor, wie sie vor dem Keller, in dem sich Finzi versteckte, um die Ecke bog, wie sie hinkend an seinem Fenster vorbeilief und den Vicolo della Neve erreichte. Die Richtung stimmte, dort hatte Sottotenente Stanzani sie gehört.

De Luca schaute Petrarca an und nickte mehrmals, vor allem nickte er sich selbst zu. Es gab zwar noch weitere Mosaiksteine, die er einfügen, Leerstellen, die er füllen musste, doch endlich hatte er das nach wie vor irrationale, nach wie vor instinktive, aber starke Polizistengefühl, dass auch dieser Fall bald gelöst sein würde.

– Wissen Sie, wie spät es ist?

– Noch gar nicht so spät. Oder sollen wir im Morgengrauen wiederkommen? Das ist ebenfalls ein guter Zeitpunkt für Bullen.

– Um Himmels willen, nein. Beeilen wir uns also. Was wollen Sie von mir?

Das Schöne an den herrschaftlichen Wohnungen mit langem Gang wie dieser in der Via Rizzoli war, dachte De Luca, dass man kaum mehr rausgeschmissen werden konnte, nachdem man vom Personal bis ins Innerste geführt worden war. Wahrscheinlich dachte Altea etwas Ähnliches, denn sie warf dem Dienstmädchen, das mit seinem Häubchen auf der Schwelle der Bibliothek stand, als würde es auf Befehle warten, einen bösen Blick zu.

De Luca machte einen Schritt nach vorn, nahm eine weiße Bluse von einem Sessel, legte sie gefaltet über die Rückenlehne und setzte sich. Petrarca blieb an der Tür stehen. Altea hingegen stand neben dem Jugendstilsofa, der Fuß des kürzeren Beins lehnte am Knöchel des anderen, der unter dem Rand eines langen, geraden, wie ein Militärmantel bis oben zugeknöpften Hausmantels nicht zu sehen war.

Im Zimmer herrschte Chaos, leere Flaschen und benutzte Gläser, auch Kleider, ein grauer Rock, ein Mantel, Stiefel, eine Männerhose, ein BH über einem Buchrücken wie ein Wimpel. De Luca schlug die Beine übereinander und machte es sich gemütlich.

– Ich will nichts von Ihnen, sagte er. – Ich suche Silvia Attanasio.
– Via degli Orefici Nr. 3.

– Wir waren schon dort, aber sie ist nicht zu Hause. Und da ich denselben Fehler vom letzten Mal nicht mehr begehen wollte, als sie mir bei Ihnen entwischt ist, bin ich gleich hergekommen. Sofern Sie nicht noch einen Geheimgang haben.

Altea seufzte. Sie wirkte müder und auch älter als die letzten Male, und zwar nicht nur, weil sie schon abgeschminkt war, kein Make-up die Augenringe bedeckte, und sie ein Stirnband trug, das die zerrauften Haare hochhielt. Sie machte dem Dienstmädchen ein Zeichen, das von der Schwelle verschwand, setzte sich rittlings auf die Lehne des Sofas und wickelte sich den Hausmantel um die nackten Beine.

– Wenn ich gewusst hätte, dass Sie kommen, hätte ich den Kamin nicht ausgehen lassen. Stoppa, tun Sie mir den Gefallen und schüren Sie das Feuer, es müsste noch etwas Glut im Ofen sein.

Petrarca beeilte sich, der Bitte nachzukommen. Ein paar Minuten später kam Silvia. Wahrscheinlich hatte ihr das Dienstmädchen gesagt, dass Polizei da war, denn sie zeigte sich über ihre Anwesenheit nicht verwundert und ging direkt, mit verschränkten Armen und einer brennenden Zigarette zwischen den Fingern, zu Altea. Sie trug eine karierte Jacke, einen karierten Rock und hatte sich einen Mantel umgehängt. Altea streichelte ihr den Rücken, als ob sie sie wärmen wollte.

– Stoppa, seien Sie so gut und geben Sie uns etwas zu trinken, falls noch etwas da ist. Wir haben heute Abend ein wenig gefeiert.

Petrarca kniete sich vor dem großen Kachelofen hin, mit einem Schürhaken in der Hand. Auch er hätte liebend gern etwas getrunken, doch wie De Luca betrachtete er Silvias Schuhe. Elegant, runde Spitze und eine doppelte Spange, die über den Rist bis fast zum

Knöchel lief und mit einem Kupferknopf geschlossen wurde. De Luca zeigte auf einen Schuh.

– Ich weiß, dass Ihre Freundin jetzt wieder einen Witz machen wird, aber darf ich einen Ihrer Schuhe haben?

Altea verzog kaum merklich die Lippen zu einem säuerlichen Lächeln, sagte jedoch nichts. Sie schien neugierig zu sein.

– Warum?, fragte Silvia. Eine ganz dünne Stimme, hinter der Zigarette.

– Ich glaube, Sie wissen es. Den rechten Schuh bitte.

Silvia sah Altea an, die verständnislos die Augen zusammenkniff. Sie legte ihr eine Hand auf die Schulter, um sich abzustützen, winkelte den Unterschenkel an, öffnete den Kupferknopf und schlüpfte aus dem Schuh. Sie reichte ihn De Luca, der ihn nahm und sich wieder setzte.

Er hatte den Schuh gut in Erinnerung, der Absatz war neu, glänzender und schwärzer als der Rest. Er steckte eine Hand in die Tasche und holte den Absatz heraus, den sie mithilfe des Bajonetts des Milizsoldaten zwischen den Pflastersteinen hervorgeholt hatten. Silvia unterdrückte ein Schluchzen, indem sie die Lippen mit der Zigarette dazwischen zusammenpresste. Altea runzelte die Stirn, beugte sich nach vorn, noch neugieriger. Auch Petrarca ließ den Ofen sein und kam näher.

– Wollen Sie wissen, wo wir den gefunden haben?, sagte De Luca. Er sprach mit Altea, denn Silvia hatte den Blick zu Boden geschlagen und wirkte abwesend, obwohl ihre Lippen zitterten. Altea nickte.

– In der Via Ca' Selvatica. Er steckte zwischen zwei Pflastersteinen. Nur wenige Meter von Franco Maria Brullos Leiche entfernt.

Altea sah Silvia an. – Das hast du mir nicht gesagt, flüsterte sie.

– Und was hat sie Ihnen gesagt, fragte De Luca. Altea zuckte mit den Schultern, dann zog sie eine Zigarette aus der Tasche des Hausmantels, zündete sie an Silvias Kippe an und gab sie ihr zurück.

– Ein kaputter Absatz, sagte sie. – Na und? Schuhe sind nicht mehr so gut wie früher.

– Es reicht! – De Luca schlug so heftig mit der Faust auf die Armlehne des Sessels, dass ihm der Absatz auskam und über den Boden rollte. Er hob ihn auf und hielt ihn gegen den guten, wobei er den Schuh wie einen Hammer gegen Alteas Gesicht hob, die sich an der Lehne festhielt, um nicht das Gleichgewicht zu verlieren.

– Sie haben ja keine Ahnung, was mir heute alles passiert ist, Sie können auch keine Ahnung haben, was heute, in den letzten Wochen, in den letzten beiden Jahren, keine Ahnung, seit wann, passiert ist. Ich bin müde, so müde, ich habe keine Lust mehr auf Spielchen. Das da, – er hob den Schuh und Altea drehte instinktiv das Gesicht weg, – und das da, – er hielt ihr den Absatz fast unter die Nase, – verbinden Silvia Attanasio, – und er zeigte mit dem Schuh auf sie, – mit dem Tatort und dem ganzen Rest, beziehungsweise nageln sie fest. Der Zeuge, die Pistole, die hinkende Frau, und jetzt habe ich auch noch das letzte Stück, das fehlte!

Er hatte nicht gebrüllt, doch in den Worten, die er zwischen den Zähnen hervorgestoßen hatte, lag so viel Wut, dass Altea blass geworden war, und auch Silvia hatte einen Schritt zurück gemacht, hinkend auf einem nackten Fuß. De Luca zuckte mit den Schultern und wies mit dem Kopf auf sie, dann schüttelte er den Kopf.

– Aber warum spreche ich überhaupt mit Ihnen, flüsterte er, während er sich mit einem erschöpften Seufzen wieder setzte und einen Augenblick lang die Augen schloss. Er musste sich zwingen, sie wieder zu öffnen und den wässrigen Blick auf Silvia zu richten.

– Fangen wir von vorne an, sagte De Luca. – Dieser Absatz gehört zu diesem Schuh.

– Ja, sagte Silvia, im Schutz des Zigarettenrauchs.

– Und er ist in der Via Ca' Selvatica abgebrochen, als Sie vom Tatort weggelaufen sind.

– Ja.

– Mit einer Pistole in der Hand. Dem Revolver Kaliber 22 Ihres Bruders.
– Ja.
– Den Sie weggeworfen haben. Wohin?
Silvia machte eine vage Geste. Mit der Daumenspitze wischte sie sich einen Tabakkrümel von der Lippe und De Luca fiel etwas ein. Er wollte die Fragen der Reihe nach stellen, doch er war so müde, dass er Angst hatte, es zu vergessen.
– Als ich Sie bei Brullos Begräbnis gesehen habe, ist mir aufgefallen, wie kurz Ihre Fingernägel sind. Ich habe mir gedacht, entweder ist sie Sekretärin oder sie beißt Nägel. Ich habe mich geirrt, Sie haben sie so kurz abgeschnitten, denn sie sind abgebrochen, als Sie Brullo gekratzt haben.
Mit der Spitze des Schuhs, den er immer noch in der Hand hielt, berührte er die rechte Schläfe und wischte damit zweimal nach unten. Er ließ den Blick auf Silvias linke Hand fallen, doch sie hatte sie zur Faust geballt.
– Warum?
Sie antwortete leise, biss sich auf die Lippe, mit zur Seite geneigtem Kopf und halb verschränkten Armen, der Zigarette vor dem Mund, als ob sie sich verstecken wollte.
– Warum?, wiederholte De Luca.
– Er hat mich vergewaltigt.
Altea umfing Silvias Hüfte mit dem Arm und zog sie an sich, doch sie befreite sich.
– Er hat mir den Hof gemacht, schon lange, doch ich habe ihn immer als Freund gesehen, als alten Freund, und aus. In letzter Zeit war er jedoch anders. Er ist allzu zudringlich geworden, und so sind wir zum Abendessen ausgegangen, um die Sache zu klären, doch es ist spät geworden, Ausgangssperre, und ich habe keinen Ausgangsschein, also sind wir zu ihm nach Hause in den Vicolo della Scimmia gegangen.

– Das hat er absichtlich gemacht, sagte Altea.
– In was für ein Restaurant?, fragte De Luca.
– *Il Donatello*, sagte Silvia verärgert, als ob die Unterbrechung sie gestört hätte.
– Reden Sie weiter: Sie sind zu ihm nach Hause gegangen, um die Nacht bei ihm zu verbringen.
– Ich habe ihm vertraut. Er war immer ein Gentleman ... zumindest mir gegenüber. Aber dann wurde er wieder zudringlich und als ich zu ihm sagte, ich hätte keine Lust, denn ich hätte mich in jemand anderen verliebt, – sie hob den Blick, aber nur so kurz und aus den Augenwinkeln, dass De Luca es nicht bemerkt hätte, wenn Altea nicht gelächelt hätte, – ist er zum Vieh geworden. Ich hatte ihn nie davor so erlebt.
– Paolo Stoppa, sagte Altea, – wir wären Ihnen dankbar, wenn Sie uns etwas zu trinken gäben.
De Luca hob die Hand und bedeutete ihr mit einer Geste zu schweigen, und auch Silvia hob mit derselben Absicht die ihre.
– Ein Vieh. Er hat mich geküsst, er wollte mir die Kleider vom Leib reißen, er hat mir sogar die Bluse zerrissen. Ich habe ihn an den Haaren gepackt und ihn gekratzt, aber er hat mich aufs Bett geworfen und ...
Silvia zuckte mit den Schultern, aber nicht aus Gleichgültigkeit, sie erschauerte vielmehr so heftig, dass Altea sie aufs Neue mit dem Arm umfing. Sie nahm das Glas, das Petrarca ihr reichte, dann kreuzte ihr Blick den De Lucas. Er betrachtete ihren Hals oberhalb der offenen Bluse, über dem braunen Kragen und den Aufschlägen der Jacke, das Dekolleté ließ ihr Schlüsselbein sehen. Er betrachtete die glatte, unverletzte Haut, auf der keine Male zu sehen waren, sie bemerkte es.
– Ich hatte Angst, sagte sie schneidend. – Er hat mich nicht geschlagen, nicht gewürgt und ich habe auch keine blauen Flecken. Doch seine Stimme und sein Blick haben mich in Angst und

Schrecken versetzt. Ich habe die Augen zugemacht und es über mich ergehen lassen.

– Die Angst reicht, meinen Sie nicht?, sagte Altea, und De Luca nickte. Ja, oft reichte die Angst, bei vielen Dingen war sie mehr als genug.

– Und deshalb haben Sie ihn umgebracht?

Sie war erschöpft vom langen Stehen mit nur einem Schuh. Silvia zog auch den zweiten Schuh aus, befreite sich aus Alteas Umarmung und kauerte sich an den Rand des Sofas, zog die Füße hoch und bedeckte sie mit einem Zipfel des Rocks. Aufs Neue schien sie abwesend, sie schaute ins Leere und wischte sich mit den Fingern Tabakkrümel von den Lippen, die gar nicht da waren.

– Nein, sagte sie stattdessen. – Ich habe ihn nicht umgebracht. Es war mein Bruder.

– Aber ich bitte Sie …

– Als Franco eingeschlafen ist, habe ich Lorenzo angerufen. Ich wollte, dass er mich abholt. Ich habe ihm erzählt, was mir zugestoßen ist, und er ist wütend geworden.

– Ich bitte Sie …

– Ich habe ihn noch nie so aufgebracht erlebt. Ich fürchtete, er könnte ihm etwas antun, deshalb bin ich hinausgegangen, um ihn aufzuhalten. Franco ist mir gefolgt, wir sind Lorenzo begegnet und er hat ihn erschossen.

– Ich bitte Sie!

De Luca stand auf. Er steckte den Absatz in eine Manteltasche und den Schuh in die andere. Er machte Petrarca ein Zeichen, zeigte zur Tür.

– Was haben Sie vor?, fragte Altea. De Luca nahm mit Genugtuung zur Kenntnis, dass in ihrer Stimme ein besorgter Tonfall lag.

– Wissen Sie, was ich glaube?, sagte er. – Ich glaube, dass die Vergewaltigung tatsächlich stattgefunden hat, doch einige Tage davor. Ich glaube, Ihr Schützling hatte eine Verabredung mit Brullo und hat ihn umgebracht. Ich glaube, Sie haben sie vielleicht dazu überredet.

Irgendetwas passte noch immer nicht zusammen. Warum war Brullo auf der Straße und nicht in der Wohnung erschossen worden? Es war riskant für Silvia, allein bei Ausgangssperre herumzulaufen. Doch darüber würde er sich später den Kopf zerbrechen, jetzt war er sich sicher, auf der richtigen Fährte zu sein.

– Ich fühle mich geschmeichelt, sagte Altea. – Zumindest glauben Sie nicht mehr, dass ich abgedrückt habe. Was machen Sie jetzt? Verhaften Sie uns?

– Das ist nicht meine Aufgabe, sagte De Luca. – Machen Sie sich keine Umstände, wir finden hinaus.

Altea erhob sich vom Sofa. Sie folgte De Luca und Petrarca auf den Gang, ohne das Hinken zu verbergen, die Ferse des kürzeren Beins hämmerte auf die Bodenfliesen.

– Es war Lorenzo. Warum wollen Sie nicht glauben, dass er der Mörder ist?

– Weil es unmöglich ist, sagte Petrarca. – Ihr Gatte war nicht am Tatort, er war ganz woanders, das wissen wir mit Sicherheit. Es tut mir leid für die Signorina, aber so ist es nun mal. Glauben Sie mir.

De Luca war schon fast an der Tür, wo das Dienstmädchen wartete. Altea rief ihn flüsternd zurück und bedeutete ihm mit abgewinkeltem Finger, ihr zu folgen. Auf dem Gang befanden sich viele Türen. Altea öffnete eine einen Spaltbreit und schaute mit merkwürdigem, halb boshaftem, halb zärtlichem Lächeln hinein. Petrarca stand stocksteif neben ihr, die Lippen zu einem undefinierbaren Lächeln verzogen. De Luca ging zu ihr hin und steckte den Kopf in den Spalt, in das warme, feuchte Halbdunkel dahinter, in dem es nach Schweiß roch.

Auf dem Bett lagen eng umschlungen Sophie und Leutnant Manfred, eingewickelt in ein Laken, das eines ihrer Beine und seinen Hintern sehen ließ, beide nackt.

Altea führte den Finger an die Lippen. – Wecken wir die Täubchen nicht auf, flüsterte sie. – Sie müssen sich ausruhen.

Auf der leeren Straße herrschte unnatürliche Stille. Egal, wohin man sah, sowohl unter den schwarzen Arkaden auf der Via Ugo Bassi als auch auf der anderen Seite, bei der schiefen, schmalen Silhouette der beiden Türme.

Die beiden wegen der Verdunkelung blau angemalten Straßenlaternen verliehen der rauen Nachtluft einen bläulichen Schimmer. De Luca drehte und wendete den Absatz zwischen den Fingern, spielte in der Tasche damit, so konzentriert, dass er nicht einmal die Kälte spürte, die seinen Atem in dichten Dampf verwandelte, auch dieser elektrisch blau, wie die Luft.

Kein Geräusch, abgesehen von den Schritten auf dem Porphyrpflaster in den Arkaden, etwas härter die von Petrarcas zweifarbigen, neu besohlten Schuhen, und nervöser. Der Kommissar räusperte sich, seine Stimme klang in der Stille heiser.

– Wir haben uns gemausert, sagte er. – Wir lassen uns nicht mehr zum Narren halten, sondern direkt einschüchtern. Was halten Sie davon?

De Lucas Schritte waren weicher, wenn auch schwerer. Vielleicht lag das an den kaputten Sohlen, oder weil sich langsam Müdigkeit in seinem Kopf breitmachte.

– Ich glaube, es ist Blödsinn. Sie hat die Geschichte ihres wütenden Bruders einfach so erfunden. Oder die andere hat sie ihr eingeflüstert.

– Das liegt auf der Hand. Aber ich meinte nicht sie, ich dachte an uns. An welchem Punkt sind wir?

In der Luft lag der Geruch nach altem Rauch, Asche und nassem Schmutz, der seit eineinhalb Kriegsjahren über Bologna hing. Im Sommer war er feucht und klebrig, im Winter trocken und schneidend, ein Gestank nach gekochtem Kohl und verbranntem

Öl, Urin und Exkrementen, Schweiß und Staub, so kalt und rau wie Rost. Er drang in die Nase ein und verstopfte den Rachen wie ein Stöpsel.

– Um das Mädchen festzunageln, müssen wir die Nacht der Vergewaltigung mit der des Mordes in Verbindung bringen. Wir müssen in das Restaurant gehen und den Besitzer und die Kellner befragen, wenn nötig, auch die Gäste. Wir müssen schauen, ob sie sich erinnern, wann …

– Sie haben mich nicht verstanden. Wer, glauben Sie, hat Franco Maria Brullo umgebracht? Auf Befragen, wie bei einem Verhör.

– Silvia Attanasio.

Petrarca klatschte. – Sehr gut, De Luca. Sie haben *Ihren* Fall gelöst, – und er zeigte mit dem Finger auf ihn, – Kompliment. Uns interessiert jedoch Lorenzo Attanasio, erinnern Sie sich? Das ist *unser* Fall, – und er zeigte mit dem Finger auf sich. – Ich stelle Ihnen eine Frage. Haben wir genug Beweise, um ihn aus dem Gefängnis zu holen? Ich sage es nur ungern, doch ziehen Sie in Betracht, dass wir von einem angesehenen Mediziner, einem wohlhabenden Mitglied der Bologneser Gesellschaft sprechen und nicht von einem Hungerleider wie Ihnen oder mir, oder all jenen, die man ohne Skrupel einsperrt. Professor Lorenzo Attanasio ist nicht Gino Girolimoni, den sie länger als ein Jahr im Kerker haben dunsten lassen, obwohl alle wussten, dass er nicht das Ungeheuer von Rom war. Was sagen Sie, De Luca, haben wir genug berechtigte Zweifel für den Untersuchungsrichter? Auf Befragen, De Luca, bitte.

Der Gestank Bolognas hatte auch einen Geschmack. Er blieb auf den Lippen kleben und brannte auf der Zungenspitze. Sauer, metallisch und so süß, dass er Übelkeit verursachte, wie etwas Verdorbenes. Wie eine faulige Knoblauchzehe.

De Luca nickte. – Ja. Den Absatz und ein paar Dinge, die sich aus dem halben Geständnis eben ergeben haben, wenn sie richtig und von der richtigen Person vorgebracht werden, ja.

– Sind Sie die richtige Person?
– Nein. Aber vielleicht kenne ich eine. Ich habe eine Idee.
– Auch wenn die Hexe die Deutschen auf den Plan ruft?
– Ich habe eine Idee.

Sie hatten die Via Belle Arti erreicht. Petrarca steckte eine Hand in die Manteltasche, um den Schlüssel zu suchen.

– Bleiben Sie über Nacht bei mir. Sie müssen die halbe Stadt durchqueren, um zur Technischen Universität zu gelangen, und Sie sehen aus wie ein wandelndes Gespenst. Außerdem ist Ausgangssperre. Ich verspreche, ich werde Sie nicht missbrauchen.

Petrarca lächelte halbherzig, und auch De Luca, doch er schüttelte den Kopf.

– Aber gehen Sie schlafen. Ich weiß, Sie wollen nicht bleiben, sonst gibt es Probleme. Ich weiß, Sie schauen starr in eine Richtung, weil Sie Angst haben, alles andere zu sehen. Machen Sie, was Sie wollen, aber danach. Wenn Sie an einem Infarkt sterben, bevor wir Attanasio rausholen, war alles umsonst. Gute Nacht, De Luca.

– Gute Nacht.

– Wirklich gute Nacht.

De Luca antwortete nicht. Er steckte die Hände in die Taschen, um den Mantel enger zuzuziehen, und ging davon, mit dem Geschmack nach Knoblauch und Rost im Mund, dem Geruch nach Rauch in der Nase und Hauch vor dem Mund, dicht, aber schwarz, denn hier gab es keine Straßenlaternen.

Auf der Piazza della Vittoria d'Etopia hallte nur das undurchdringliche und schwere Geräusch seiner Schritte wider.

Ihm war, als würde er durch Wasser gehen.

„Il Resto del Carlino", Sonntag, 10. Dezember 1944, XXIII, Italien, Reich und Kolonien, 50 Centesimi.

Lokales aus Bologna: Todesanzeigen: Der Soldat Giorgio Benassi, Chauffeur des 6. Regiments, wurde in der Blüte seiner Jugend nach langer, schmerzvoller und tapfer ertragener Krankheit in den Himmel zu seiner geliebten Mutter abberufen. – Durch Explosion eines Sprengsatzes fand Prof. Luisa Caprara in Mignani am 6. Dezember einen tragischen Tod. – Am 3. des laufenden Monats, um 21.30 Uhr, starb Ivo Sassi, 60, bei einem barbarischen feindlichen Überfall in Monte San Pietro. – Zehnte MAS-Flotille: Die Veteranen des „Barbarigo"-Bataillons ehren die Erinnerung an den verstorbenen Offizier der 4. „Tarigo"-Kompanie Giorgio Bruno Trombetta. Der Tod im Feld hatte ihn verschont, doch nun fiel er durch die Hand verräterischer Mörder, die seinem jungen, tapferen, opferbereiten Leben ein Ende setzten. – Am Abend des 7. des laufenden Monats wurde Carlo Monti zu seinem Schöpfer abberufen.

Es ist eiskalt und die Stadt schläft unter einer weißen Decke, der Traum eines Kindes fliegt in den Himmel, denn zu Weihnachten gibt's Geschenke an jeder Ecke ...

Sondersekretär Spagnuolo stand vor dem Grammofon und bewegte den Finger wie einen Dirigentenstab. Er trug einen senfgelben Mantel, in dem er noch größer und dünner wirkte, bewegte perfekt synchron die Lippen, von Weitem hätte man wirklich glauben können, dass er sang, allerdings drang ein Knistern aus dem großen Messingtrichter und die dünne Stimme des Tenors brach hin und wieder ab, wenn die Nadel einen Sprung machte. Offenbar hatte er großen Spaß dabei.

Festliche Glocken, vom Himmel fallen Flocken, es gibt Geschenke, versteckte ...

De Luca, der ganz hinten im Kirchenschiff stand, wartete auf den Augenblick, in dem er auf sich aufmerksam machen konnte. Die Kirche war nicht groß, doch voller Zeug und voller Menschen, jungen, weiß gekleideten Klosterschwestern und alten, schwarz gekleideten Töchtern der christlichen Liebe mit gestärkter Haube und weißem Brustlatz. Sie liefen hektisch zwischen Jutesäcken und Kartons auf langen Holztischen auf und ab, die sie öffneten und wieder schlossen. Hin und wieder trat eine etwas ältere und kräftigere Tochter zu Spagnuolo, der die Lippen zusammenkniff und nickte, dabei aber weiter den Finger im Rhythmus bewegte, eine Hand steckte in einem Raulederhandschuh, der andere Handschuh war an einem Knopf am Handgelenk befestigt und schwankte hin und her wie der Zeiger eines Metronoms. Dann sang er wieder.

Die lächelnde kleine Italienerin bringt freudig die Geschenke der faschistischen Partei …

Endlich bemerkte er ihn. Der Sekretär zeichnete einen Beistrich in die Luft, und es dauerte eine Weile, bis De Luca verstanden hatte, dass er nicht mehr sein imaginäres Orchester dirigierte, sondern auf eine Säule im Seitenschiff zeigte, die am weitesten entfernt und am besten verborgen war. Dort trafen sie einander, hinter dem Weihwasserbecken.

Jetzt gibt es keine Kälte mehr, die das Herz beschwert, sondern die Sonne strahlt am Himmel und Italien ist eins …

– Haben Sie gesehen, um wie viele Dinge ich mich kümmere, Comandante? Alles höchstpersönlich, und gut. Fast hätte man die Weihnachtsfeier der kleinen Flüchtlinge mit der der Veteranen verwechselt, fast hätten wir den Kindern Zigaretten und Flaschen mit Stärkungsmittel gegeben und den Kriegsversehrten Kreide und Stoffpuppen. Was ist mit Ihrem Gesicht los, haben Sie nicht geschlafen?

Nein, er hatte nicht geschlafen. Er hatte es nicht einmal versucht. Er hatte den Großteil der Nacht bei Rassetto verbracht, der sowohl das Märchen geschluckt hatte, dass De Luca und Vilma gemeinsam ausgegangen waren und im *Diana* zufällig den Zahnarzt getroffen hatten, als auch, dass er in einem Zustand des Schocks in der Stadt herumgeirrt war. De Luca hatte sich gar nichts Besonderes einfallen lassen müssen, denn Rassetto war so wütend, er dachte nur an die notwendigen Repressalien und hatte sich gleich ans Telefon gehängt, um den Provinzvorstand aus dem Bett zu holen, den Sekretär des Fascio Repubblicano, den Polizeipräsidenten, die Guardia Nazionale Repubblicana, die Schwarzen Brigaden, die Kommandantur, den Sicherheitsdienst des Reichsführers und die Gestapo. Doch er hatte nur die jeweiligen Wachposten erreicht.

– Als Sie mich heute Morgen angerufen haben, habe ich befürchtet, es ginge um unsere arme gemeinsame Freundin, doch Sie sagten, Sie hätten etwas für mich. Es freut mich, dass Sie so flott sind. Ich hoffe, es ist etwas wirklich Wichtiges. Ist es da drin?

Spagnuolo zeigte auf die Tasche, die De Luca auf den Boden, zwischen seine Füße, gestellt hatte. De Luca bückte sich, um sie zu öffnen, zog ein gelbes Kuvert heraus und reichte es dem Sekretär.

Den Rest der Nacht hatte er zum Großteil damit verbracht, einen Bericht über den Fall Tagliaferri zu schreiben, angefangen bei der Analyse der Verletzungen beim Verhör des kleinen Mannes in der Wohnung von Edore Santelli bis zu den vertraulichen Mitteilungen des Zahnarztes. Er hatte auch die Ergebnisse der Ermittlungen der Präfektur bezüglich der Immobilienfirmen hinzugefügt, für die Edore als Strohmann gedient hatte, und sogar seine eigene Rolle bei der Verschleierung erwähnt, das Kärtchen, das er in den Mantel des Ingenieurs gesteckt hatte. Nur Petrarcas Fotos hatte er nicht erwähnt. Drei Seiten, die mit seiner kleinen, ordentlichen Schrift, nahezu wie mit Maschine geschrieben, bedeckt waren.

Spagnuolo überflog den Bericht mit aufgerissenen Augen und zu einem Oval hochgezogenen Augenbrauen, die dem Oval des

Gesichts entsprachen, dann nickte er und steckte die Seiten wieder ins Kuvert.

– Hervorragende Arbeit, sagte er. – Wir haben viel Material über die Gewalttaten der Schwarzen Brigaden gesammelt, doch das hier wird den Ausschlag geben. Wirklich hervorragende Arbeit. Wir werden natürlich Ihren Namen verschwinden lassen, sowohl bei den negativen als auch bei den positiven Aspekten dieser Angelegenheit, doch machen Sie sich keine Sorgen. Sie haben Freunde in der Präfektur, die Ihnen einen Gefallen schulden.

Es ist eiskalt, und die Stadt schläft unter einer weißen Decke …

Spagnuolo hob einen Finger im Lederhandschuh und bewegte ihn, als wolle er die Töne aus dem Grammofon berühren, die sich wieder knarrend in der Kirche verbreiteten.

– Wir haben den Töchtern der christlichen Liebe einen neuen Plattenspieler mit vielen Weihnachtsliedern geschenkt, doch die Deutschen haben ihn sich unter den Nagel gerissen, sowohl den Apparat als auch die Platten. Nur ein altes aufziehbares Tamagno-Grammofon und *Natale Fascista* sind übrig geblieben, es ist etwas eintönig, immer dasselbe hören zu müssen, aber besser als nichts. Danke für alles, Comandante, wir bleiben in Kontakt.

– Wenn Sie gestatten, sagte De Luca, – würde ich den Gefallen gern gleich einlösen.

Spagnuolo trat wieder hinter das Weihwasserbecken und sah De Luca neugierig an.

– Wenn ich mich richtig erinnere, haben Sie mir von Ihrem Neffen erzählt, der hier in Bologna am Präsidium arbeitet, der zwar *sehr ehrgeizig, aber auch sehr dumm* ist, sofern ich mich richtig an Ihre Worte erinnere.

Spagnuolo nickte. Er kniff die Augen und auch ein wenig die Lippen zusammen, neigte den Kopf zur Seite und verschränkte die Arme über der Brust, über dem gelben Kuvert.

Festliche Glocken, vom Himmel fallen Flocken …

– Sie erinnern sich sehr gut. Reden Sie weiter.
De Luca nahm die Tasche, die zwischen seinen Füßen stand, öffnete sie und zog noch ein gelbes Kuvert heraus.
Einen Teil der Nacht hatte er damit verbracht, den Bericht über Tagliaferri zu schreiben, doch den Rest bis zum Morgen hatte er damit verbracht, die Ermittlungen zum Brullo-Fall zu Papier zu bringen, Zeugenaussagen, Indizien, Überlegungen, Verdachtsmomente, nur das natürlich, was er offiziell berichten konnte, doch es war viel. Fünf richtig geschriebene Seiten, wie er zu Petrarca gesagt hatte.
– Wie Sie wahrscheinlich wissen, wurde Professor Attanasio des Mordes angeklagt, doch sehr viel wahrscheinlicher hat Signorina Silvia …
Spagnuolo hob eine Augenbraue und De Luca verstummte, denn es war, als ob er die Hand gehoben hätte, um ihn zum Schweigen zu bringen. Beim Lesen kniff er noch mehr die Augen zusammen, seine Lippen formten ein kleines, spitzes V, das auch ein Lächeln sein konnte.
Die lächelnde kleine Italienerin …
Spagnuolo war mit dem Lesen fertig, dann warf er einen Blick in die Tasche, die De Luca offen gelassen hatte, damit er Silvias Schuh und den kaputten Absatz sehen konnte. Einen Augenblick lang formten seine Lippen wieder ein O.
– Interessant, sagte er. – Ich stelle mir vor, Sie verlangen von mir, dass ich Ihre – sagen wir – Gegenermittlung meinem dummen Neffen von der Kriminalpolizei gebe, damit er sie dem Untersuchungsrichter aushändigt, weil Sie das nicht dürfen. Ist es so?
– Ja.
– Eine Ermittlung, die die vorherige zunichtemacht und den Brullo-Fall in andere und vielversprechende Bahnen lenkt, ist es so?
– Ja.
– Und warum liegt es Ihnen so am Herzen, dass Professor Attanasio freigelassen wird?

– Weil er unschuldig ist.
Jetzt gibt es keine Kälte mehr, die das Herz beschwert ...
Sekretär Spagnuolo zuckte mit den Schultern. – Auch das ist ein Grund, sagte er. Er steckte die Blätter in das Kuvert und verschloss es sorgfältig. Er dachte nach wie vor nach.

– Ich bestreite nicht, dass das ein schöner Karrieresprung für meinen dummen, ehrgeizigen Neffen wäre, was seine Mutter, also meine Schwester, sehr stolz machen würde, und auch den Onkel, also mich. Wer ist der Untersuchungsrichter?

– Doktor Zanella.

– Nein. Lieber De Pasquale, da gibt es mehr – nun – Übereinstimmung. Beschlossene Sache, Comandante, obwohl es für uns eher von Nutzen ist als das Gegenteil. Doch sicher, wenn es sich um einen Unschuldigen handelt ...

Spagnuolo legte die Kuverts in die Tasche und nahm sie De Luca aus der Hand, der sie mit einem Finger am Griff wie an einem Haken hielt.

– Noch eine Bitte.

– Sprechen Sie.

– Ich würde gern über die Ermittlungen auf dem Laufenden gehalten werden. Mit einem Wort, ich würde gern mitarbeiten, doch natürlich hinter den Kulissen. Ich denke, ich könnte ...

– Ja, sicher, wenn notwendig, zweifellos, mein dummer Neffe wird auf jeden Fall Kontakt mit Ihnen aufnehmen, ob er will oder nicht. Seien Sie ruhig und übertreiben wir nicht.

Es ist eiskalt und die Stadt schläft unter einer weißen Decke ...
De Luca ließ die Tasche los und Spagnuolo klemmte sie sich unter den Arm. De Luca sah ihm nach, während er in das mittlere Kirchenschiff zurückging, mit erhobenem Finger und sogar im Tanzschritt, er machte einen kleinen, lächerlichen Sprung, der jedoch in gewisser Weise zu der langen senfgelben Gestalt passte.

Er sah ihm nach, und obwohl seine Beine vor Müdigkeit und Schläfrigkeit zitterten und sein Blickfeld an den Rändern weiß war, empfand er nicht nur Erleichterung, die ihn freier atmen ließ, wie eben, als er dem Sekretär die Tasche übergeben hatte, sondern er verspürte auch ein Gefühl der Angst in der Magengrube, Wut und Verwirrung, weshalb er dem Sekretär Spagnuolo am liebsten nachgelaufen wäre und ihm die Tasche wieder entrissen hätte, um alles, die Seiten, den Absatz, den Schuh, seine ganze unfertige Ermittlung, wieder an sich zu nehmen.

Doch er tat nichts dergleichen. Seufzend hielt er sich an dem Weihwasserbecken fest, die kalte Luft, die er einatmete, stieg ihm fast zu Kopf, dann gab er sich einen Ruck und ging davon.

Auf halber Höhe der Via Roma musste er sich unter eine Arkade setzen, weil ihm schwindelig war. Nur noch ein Bogen war übrig, der Rest war Schutt, wellenförmig angeordnete Schutthaufen bedeckten die Straße, darüber hing auf Drähten, die zwischen den Mauern gespannt waren, Wäsche zum Trocknen und bauschte sich im rauen Wind, der Schnee ankündigte und sich im geborstenen Fensterglas spiegelte. Man glaubte, mitten auf dem Meer zu sein, einem Meer aus kaputten Ziegeln.

De Luca setzte sich auf einen Stein, der irgendwo herausgebrochen und niedrig und flach war wie ein Kissen, stützte die Ellbogen auf die Knie, legte die Stirn auf die Handflächen, und schlief augenblicklich ein. Er schlief nicht mehr als ein paar Sekunden, und als er aufwachte, mit einem bitteren Geschmack im Mund, glaubte er sich zu erinnern, von gurgelndem Blut geträumt zu haben, doch die paar Sekunden reichten, wieder klar denken zu können.

Da war noch etwas, was er tun konnte, etwas Nebensächliches, das nicht so wichtig war, für ihn allerdings schon, denn dann konnte er sich darauf konzentrieren und musste nicht über etwas anderes nachdenken.

Und tatsächlich dachte er an das Nebensächliche, während er aufstand, und vergaß den ganzen Rest, setzte sich rasch wieder in Bewegung, mit den Händen in der Manteltasche und zusammengebissenen Zähnen, um dem Wind zu trotzen, der ins Gesicht schnitt, den er in diesem Augenblick jedoch nicht spürte.

Auch Sandrina schlief. Mit angezogenen Beinen kauerte sie auf einem Mehlsack, die Holzpantoffeln standen auf dem Boden, mit der Hüfte lehnte sie an einem anderen Sack, ihr Kopf lag in der Ellenbeuge wie auf einem Kissen. Sie schlief mit zusammengepressten Augen und zusammengekniffenen Lippen, die geballte Faust auf der Brust wie ein Kind. Jemand hatte ihr einen Jutesack über die Schultern gelegt als Decke.

De Luca hatte sie zuvor in der Boldrini-Kaserne gesucht, doch dort waren nur der einarmige Mann, ihre Schwester und die Kinder gewesen, sie befanden sich mit anderen Flüchtlingen ganz hinten im Saal. Der Mann war brüsk und unfreundlich gewesen. Als er sich nach Sandrina erkundigt hatte, hatte er sich vor De Luca aufgepflanzt und ihn angeknurrt, *lass sie in Ruhe.*

De Luca hatte nicht reagiert, er war abgelenkt: die Nadelstreifenhose des Mannes, die zu kurz war und nur bis zu den Knöcheln reichte, fleckig und zerknittert, doch aus guter gekämmter Wolle. Der Mantel, den eines der Kinder, das kleinste, trug, der in der Taille von einer Schnur zusammengehalten wurde und eigentlich kein Mantel war, sondern ein Sakko, das Sakko eines Nadelstreifenanzugs aus gekämmter Wolle. Der Junge hingegen, der auf der Pritsche lag, der Junge, der Fieber gehabt hatte und noch immer rot war und schwitzte, lag unter einem richtigen Mantel, der ebenfalls fleckig und zerknittert und ausgebreitet war wie eine Decke, doch ein schöner Kamelhaarmantel war. Sandrinas Schwester saß am Rande der Pritsche neben dem Jungen und versuchte ihm etwas Flüssigkeit aus einer Schüssel einzuflößen, und De Luca fragte sich, warum er nicht schon davor das weiße Hemd bemerkt hatte, das unter dem Schal an ihrem Hals hervorlugte, aber vor allem, warum er die Schuhe nicht bemerkt hatte, die der größere Junge trug, der sich hinter ihr an die Mauer drückte und ein Stück Brot aß. Aus den Schuhen ragte ein Stück Stoff, das man unter die Ferse gesteckt hatte, weil sie zu groß waren, und da er mit ausgestreckten Beinen dasaß, sah man auf den Sohlen die Eisenbeschläge, die alle deutschen Soldatenstiefel hatten.

Instinktiv, ohne sich dessen bewusst zu sein, kratzte De Luca mit dem Daumennagel an einer Fingerkuppe, als wollte er einen Splitter entfernen. Dann hörte er auf zu lächeln, schaute dem einarmigen Mann in die Augen und fragte, wo Sandrina war. In der Mühle auf der Piazza di Porta Ravegnana, eine Sonntagsschicht für ein Kilo Mehl.

De Luca setzte sich auf den Sack neben Sandrina, leise, um sie nicht aufzuwecken. Er schaute sie eine Zeit lang an, dann legte er ihr eine Hand auf die Schulter und rüttelte sie, schon bei der leisesten Berührung öffnete sie die Augen, riss sie unter der angespannten Stirn weit auf, mit zusammengepressten Lippen. Als sie ihn sah, wollte sie aufspringen, doch De Luca hielt sie fest, drückte leicht auf ihre Schulter, dann beugte er sich über sie, denn er hatte Angst, sie könnte ihm davonlaufen.

– Deshalb war der Rottenführer nackt, flüsterte er ihr zu. – Damit die Kleider nicht verloren gingen. Lauter gute neue Sachen, die konnte man ja nicht verkommen lassen!

Sandrina rollte sich unter ihm ein und sah ihn mit hartem Blick an.
– Wissen Sie, wie viel ein Meter Stoff kostet? Dreihundertfünfzig Lire in den ECA-Läden, doch dort gibt es keinen, also zweitausend Lire auf dem Schwarzmarkt. Dreitausend Lire für ein Paar Schuhe. Meine Stöpsel laufen halbnackt herum, natürlich habe ich die Kleider genommen, ich lass sie doch nicht dort verrotten.

– Warum hast du ihn umgebracht?

Er hatte gut daran getan, sie festzuhalten, denn Sandrina schnellte hoch, der harte Blick war verschwunden, jetzt lag nur noch Angst in ihren weit aufgerissenen Augen. De Luca griff nach ihrem Handgelenk, bog ihren Arm auf die Brust, so wie er lag, als sie geschlafen hatte, eine Hand auf der Schulter und die andere auf der Brust, wie ein Vater, der seine kleine Tochter zu Bett bringt, fehlte nur noch, dass er die Decke aufschüttelte.

– Ich bin dir nicht böse, sagte er. – Niemand ist dir böse. Hast du verstanden? Niemand. – Er drückte sie vorsichtig unter dem Jutesack, sein Gesicht war ganz nah an ihrem, als wollte er ihr einen Gutenachtkuss geben. – Die Deutschen glauben, der Gorilla des Schwarzhändlers habe deinen Rottenführer umgebracht, weil er ihn hingeschickt hat, um sich das Geld zurückzuholen. Das habe ich ihnen gesagt, egal, wenn es nicht stimmt, sie haben es verdient und im Augenblick erscheint es mir als das geringere Übel. – Er streichelte ihren Kopf, das Kopftuch über ihren Haaren, die weiß von Mehl waren. – Alles in Ordnung, sie haben sie verhaftet, sie haben alles gefunden, was er gestohlen hatte, sie sind zufrieden und keiner ist mehr hinter dir her, nicht einmal ich.

De Luca stand auf, ließ sie jedoch nicht los. Sandrina zitterte nicht mehr, doch ihre Augen waren nach wie vor aufgerissen, sahen ihn nicht an, sie hatte die Füße auf den Boden gestellt, und unter der Wolle der Strümpfe sah man die abgewinkelten Zehen, die sich auf dem Boden abstützten, bereit, davonzulaufen. De Luca lockerte den Griff am Arm, verstärkte jedoch den an der Schulter.

– Ein paar Fragen muss ich dir trotzdem stellen. Ich benehme mich zwar wie ein mieser Bulle, bin jedoch nach wie vor Polizist, und ich möchte meinen Fall vollständig lösen, ich will, dass alle Mosaiksteinchen an ihrem Platz sind, sonst sterbe ich. Das bist du mir schuldig, Cassandra. Ich frage und du antwortest. Und sag ja die Wahrheit.

Er lockerte auch den Griff an ihrer Schulter und Sandrina erhob sich und setzte sich neben ihn, wie auf ein Sofa.
– Ist gut, sagte sie.
– Hast du Rottenführer Weber umgebracht?
– Ja.
– Warum? Weil er dich verlassen wollte?
Sandrinas Kopf schnellte herum, sie sah De Luca verblüfft an.
– Aber nein, sagte sie.
– Komm schon, Sandrina, ich habe begriffen, dass du schwanger bist. Das Mehlsurrogat ist widerlich, doch nicht deshalb musst du dich immer wieder übergeben. Und deine Schwester ist so zart, man würde es sehen, wenn sie ein Kind erwartete.
– Aber nein ...
– Sandrina, du schuldest mir die Wahrheit!
– Nein! Ich habe ihn nicht umgebracht, weil er mich verlassen wollte! Ich habe ihn umgebracht, weil er zurückkommen wollte!
Nun wandte ihr De Luca verblüfft den Kopf zu.
– Ich verstehe nicht, flüsterte er.
Sandrina schlüpfte in die Holzpantoffeln, doch nicht, um davonzulaufen. Ihr war kalt, sie rieb die Hände an den Armen und erschauerte.
– Ernsti wollte desertieren. Der verlorene Krieg, das, was er getan hatte, er wollte in den Süden. Er sagte, wenn der Krieg vorbei sei, wolle er zurück nach Deutschland und sich mit den Dingen, die er besaß, ein neues Leben aufbauen. Mir war das recht, auch wenn es mir ein wenig leidtat, aber es war richtig so und ich habe ihm geholfen. Als wir in der Via Fossato waren, haben wir uns verabschiedet, weil er drauf und dran war fortzugehen, und dann habe ich einen Fehler gemacht, keine Ahnung, warum, ich habe es ihm gesagt.
– Dass du schwanger bist.
Sandrina packte ihre Hände und zerrte an den Fingern. Sie nickte, die Unterlippe über der Oberlippe.

– Ja. Keine Ahnung, warum, ich wollte ihm etwas mitgeben, keine Ahnung, ich habe zu ihm gesagt, dass ich in ihn verliebt war. Keine Ahnung, warum. Ich habe ihm auch gesagt, dass ich schon lange überfällig war und sicher ein Kind erwartete. Von ihm.
– Und er?
– Hat durchgedreht. Vor Freude. Er hat gesagt, er würde desertieren, das Ende des Kriegs abwarten und sofort danach zurückkommen. Er war so glücklich.

Sandrina zog den Rotz hoch. Ihre Augen waren trocken, doch sie schluckte, als ob die Tränen einen anderen Weg in ihren Hals genommen hätten. Sie sah De Luca an und begriff, dass er die Stirn runzelte und sich bemühte zu verstehen, doch offenbar brauchte er noch weitere Erklärungen.

– Er wollte wegen dem Kind zurückkehren. Er wollte es anerkennen, ihm seinen Namen geben.
– Hattest du Angst vor deinem Mann?

Sandrina packte De Luca am Arm und drückte ihn fest.

– Ja, nein … verstehen Sie nicht? Valerio, gut, er würde mich vielleicht verdreschen, aber es geht nicht nur darum … auch die Leute, alle, alle miteinander … Warum verstehen Sie nicht? Mein Kind, das Kind eines Deutschen! Das Kind des Feindes!

De Luca hob den Arm, um sich von Sandrinas Griff zu befreien, sie drückte so fest zu, dass es ihm wehtat.

– Es ging nicht darum, dass ich meinen Mann betrogen hatte, noch dazu, während er in deutscher Kriegsgefangenschaft war, das geht nur mich etwas an, ich weiß, wie es so weit gekommen ist, ich hatte mich verliebt, egal, das geht nur mich was an. Es geht um das Kind. Von einem Deutschen! Was würden die Leute von ihm halten, welchen Nachnamen würde es tragen, Weber? Wie würden seine Schulkameraden es nennen, den kleinen Deutschen? Den Sohn der Nazi-Hure, den Sohn des Feindes? Verstehen Sie? Ich musste mein Kind schützen. Warum verstehen Sie nicht, warum nicht?

Er wusste es nicht, aber es war ihm auch egal. Ihn interessierte nur, was geschehen war. Er forderte sie mit einer Geste auf weiterzureden.

– Da habe ich ihm gesagt, dass das nicht möglich war. Dass er gehen und sich nie wieder blicken lassen sollte. Denn ich wollte das Kind zwar haben, aber nicht unter diesen Umständen. Wir werden es als das Kind meiner Schwester ausgeben, momentan herrscht so viel Durcheinander, und wenn Valerio früher zurückkommt, lassen wir uns irgendeine Geschichte einfallen.

Sandrina zuckte mit den Schultern, dachte an etwas anderes. De Luca wartete ein wenig, dann sagte er: – Und dann?

– Da ist er wütend geworden und hat zu schreien begonnen. Ich hatte ihn noch nie so erlebt. Ich habe auch geschrien und er hat mir einen Faustschlag versetzt. – Sie berührte ihre Stirn, den blauen Fleck unter dem Kopftuch. – Und ich bin mit dem Kopf auf einen Sack gefallen. Da habe ich rot gesehen, habe ihm einen Tritt in die Eier gegeben, habe ihn zu Boden geworfen, bin auf ihn draufgesprungen und habe ihn erwürgt.

Sandrina machte eine Bewegung, als würde sie am Ufer des Kanals Wäsche auswringen, und De Luca glaubte zu hören, wie das Zungenbein des Rottenführers Weber brach. Sehr starke Hände, hatte Doktor Mayer gesagt, und alle hatten instinktiv an einen Mann gedacht.

– Dann habe ich ihn ausgezogen, ihn ins Wasser gezerrt, damit man ihn nicht findet, und bin davongelaufen.

Sandrina zuckte mit den Schultern, ihre Stimme war nun klar, keine Spur von Tränen mehr.

Die Mühle vor der Tür hatte wieder zu mahlen begonnen. Ein Mann in Overall trat auf die Schwelle und schlug mit der Hand auf den Boden eines Kübels.

– Signorina, die Pause ist vorbei. Wenn du Mehl willst, musst du es dir verdienen.

De Luca wollte schon seinen Ausweis zücken, doch dann dachte er, dass er keine Fragen mehr hatte. Sandrina war aufgestanden und hatte sich wortlos einen Sack auf die Schultern geladen, sie hielt ihn an den Zipfeln auf dem Rücken.

Gebückt ging sie davon, und De Luca folgte mit dem Blick dem kräftigen und pragmatischen Mädchen, deretwegen fast zehn Geiseln ins Gras gebissen hätten, die ihn wie ein Profi angelogen hatte, während sie ehrliche Tränen vergoss, die einen Toten ausgezogen hatte, weil man gute Kleider nicht wegwirft, die man für die Stöpsel brauchen kann, die jedoch nicht auf den Gedanken gekommen war, einen Schatz zu suchen, die sich in einen Deutschen verliebt und ihn umgebracht hatte, damit ihr Kind nicht das Kind des Feindes war.

Er wusste nicht, ob er das wirklich verstand, doch tatsächlich interessierte es ihn nicht. Er wollte nur wissen, was passiert war, alle Mosaiksteinchen an ihrem Platz, und jetzt, wo es ihm gelungen war, war er zufrieden.

Er ging ins Büro zurück, setzte sich an seinen Schreibtisch, lehnte den Kopf an die Lehne des Schreibtischsessels und fiel in einen derart tiefen Schlaf, dass ihn nicht einmal die abgewinkelte, nach dem Schuh ausgestreckte Hand Vilmas weckte, und auch nicht das Röcheln der Partisanen, die am eigenen Blut erstickten.

„Il Resto del Carlino", Mittwoch, 13. Dezember 1944, XXIII, Italien, Reich und Kolonien, 50 Centesimi.
R̲a̲d̲i̲o̲b̲o̲t̲s̲c̲h̲a̲f̲t̲ ̲d̲e̲s̲ ̲D̲u̲c̲e̲ ̲a̲n̲ ̲d̲i̲e̲ ̲R̲e̲g̲i̲e̲r̲e̲n̲d̲e̲n̲ ̲u̲n̲d̲ ̲d̲i̲e̲ ̲V̲ö̲l̲k̲e̲r̲ ̲d̲e̲s̲ D̲r̲e̲i̲m̲ä̲c̲h̲t̲e̲p̲a̲k̲t̲s̲. Ribbentrop und Shigemitsu loben die Kampfbereitschaft und die Zuversicht der Soldaten der Repubblica Sociale Italiana, des nationalsozialistischen Deutschland und des japanischen Kaiserreichs.
Lokales aus Bologna: W̲e̲i̲h̲n̲a̲c̲h̲t̲s̲f̲e̲i̲e̲r̲ ̲d̲e̲r̲ ̲F̲l̲ü̲c̲h̲t̲l̲i̲n̲g̲e̲. Appell an die Großzügigkeit der Bologneser Bevölkerung. – Z̲u̲c̲k̲e̲r̲v̲e̲r̲t̲e̲i̲l̲u̲n̲g̲. Dreihundert Gramm für Kinder und hundert für alle anderen Konsumenten.
N̲e̲u̲e̲ ̲F̲ü̲r̲s̲o̲r̲g̲e̲m̲a̲s̲s̲n̲a̲h̲m̲e̲n̲ ̲f̲ü̲r̲ ̲d̲i̲e̲ ̲F̲a̲m̲i̲l̲i̲e̲n̲ ̲d̲e̲r̲ ̲A̲r̲b̲e̲i̲t̲e̲r̲ ̲i̲n̲ D̲e̲u̲t̲s̲c̲h̲l̲a̲n̲d̲. Der italienische Arbeiter kann leichten Herzens abreisen, in der Gewissheit, dass er und seine Lieben versorgt sind. Wenn er es für richtig hält, kann er sogar mit der ganzen Familie nach Deutschland übersiedeln.

Er hatte sich den Notar als größeren und imposanteren Mann vorgestellt, doch Professor Attanasio war ein zartes Männlein, das infolge der Haft dünn und gebeugt geworden war, sicher, aber er war noch viel zarter und zerbrechlicher als gedacht. Er blieb einen Augenblick auf der Schwelle der Gefängnistür stehen und hob die Nase, als wolle er schnuppern, mit den Händen am Jackenkragen, den er bis zu den ausgehöhlten, von schwarzem Bart beschatteten Wangen hochgezogen hatte, seine Augen waren rot unterlaufen, und er blickte sich verwirrt um.

De Luca beobachtete ihn hinter einer Säule, einer der Säulen, die von den Bomben im Januar beschädigt worden waren, am oberen Ende der Treppe, die zur Kirche führte, gegenüber dem Platz vor dem Gefängnis San Giovanni in Monte. Der Schutt war weg, man hatte ihn weggeschaufelt, um ihn irgendwo sonst zu benutzen, nur Haufen aus loser Erde waren da und ein kleines Mäuerchen aus kaputten Ziegeln, eine kleine Festung, die man errichtet hatte, um die Garnison der Guardia Nazionale Repubblicana zu schützen, nachdem die Partisanen im Sommer das Gefängnis angegriffen und mehr als dreihundert Häftlinge befreit hatten, neben dem Tor stand eine Wache mit Maschinengewehr.

Petrarca und der Student mit den krausen Haaren, der den Zahnarzt und Vilma erschossen hatte, warteten auf den Notar. Sie hatten zwei Fahrräder bei sich, und als Attanasio durch das Tor trat, stieg Petrarca von seinem Fahrrad ab und half dem Professor beim Aufsteigen, während der Student es an der Lenkstange hielt. Dann machte Petrarca wort- und grußlos einen Schritt zurück und sah zu, wie sie sich entfernten, der Professor schwankend und mühevoll in die Pedale tretend, und der Student, der ihn am Arm hielt. Sie passierten einen dunklen Wagen, der auf den Piazzale fuhr, und verschwanden auf der Via Santo Stefano.

Petrarca verbarg das Kinn im Mantelkragen und drehte sich um, weil das Auto vor dem Tor des Gefängnisses angehalten hatte und zwei kräftige Männer in Ledermänteln ausgestiegen waren, die einen jungen Mann in Hemd und mit im Rücken gefesselten Händen vor sich her schubsten. Dann sah er De Luca am oberen Ende der Treppe und rannte zu ihm, über die von den Splittern zerschrammten Stufen.

– Sind Sie doch gekommen, sagte er, und De Luca zuckte mit den Schultern.

– Ich war so lange hinter ihm her, dass ich ihn zumindest einmal sehen wollte. Wohin bringen Sie ihn?

– Keine Ahnung. Attanasio verfügt über jede Menge Wissen und Können, aber er bleibt gewiss nicht hier. Entweder taucht er hier unter oder jenseits der Front bei den Engländern. Ich weiß es nicht, und das ist auch gut so. Auch für Sie. Ihr Freund hat ihn ja schnell befreit.

Spagnuolos dummer Neffe hatte sehr schnell und entschieden gehandelt. Innerhalb eines Tages hatte er dem neuen Untersuchungsrichter die Ermittlungsakten gebracht, der hatte einen Tag gebraucht, um sich zu entscheiden, und schon Dienstagabend hatte er den Befehl gegeben, ihn freizulassen und eine neue Ermittlung zu beginnen.

Ein paar Telefonate des Sekretärs und auch des Präfekten hatten die Sache gewiss beschleunigt.

Die beiden Männer im Ledermantel stießen den jungen Mann ins Tor und verschwanden mit ihm im Gebäude. Ein anderer stieg aus dem Auto, schaute zur Kirche und betrachtete eine Weile De Luca und Petrarca, dann ging er zu den Milizsoldaten der Guardia Nazionale Repubblicana und plauderte mit ihnen. Petrarca stützte einen seiner zweifarbigen Schuhe auf eine von einer Bombe geschlagene Stufe in der Säule, die extra dafür da zu sein schien, und wischte mit einem Taschentuch, das er aus der Tasche gezogen hatte, den Staub der Piazza ab.

– Werden Sie weiter gegen Silvia Attanasio ermitteln?, fragte er, und De Luca schüttelte den Kopf.

Nein. Der dumme Neffe hatte seine Hilfe angenommen und sie waren sofort in die Via degli Orefici gegangen, doch Silvia war nicht da. Dann waren sie zu Altea in die Via Rizzoli gelaufen, aber auch dort war niemand, nicht einmal das Dienstmädchen mit Häubchen. Es hatte keinen Sinn, in die Via Volturno, in Divas Atelier, zu laufen. Die Concierge in der Via Rizzoli hatte zu ihm gesagt, sie hätte am Abend davor gesehen, wie die Signora, deren Freundin Silvia, auch die blonde Deutsche, und sogar das Dienstmädchen in ein großes vollgepacktes Auto gestiegen waren. Am Steuer saß ein blonder deutscher Leutnant, der so schön war wie ein Gott. Sie hatten gesagt, sie führen nach Deutschland.

Der Mann mit dem Ledermantel rauchte eine Zigarette mit den Milizsoldaten. Hin und wieder schaute er zu ihnen herauf, dann fuhr er fort zu plaudern. Petrarca polierte auch den zweiten Schuh, er war nervös.

– Der Bursche von der Gestapo schaut uns auf eine Weise an, die mir nicht gefällt, sagte er, – deshalb sollten wir uns schnell verabschieden, ohne allzu viele Floskeln. – Er steckte eine Hand unter den Schoß des Fischgrätmantels und holte einen weißen Briefumschlag hervor. De Luca nahm ihn und hielt ihn, ohne zu verstehen.

– Da drin steht alles, was Sie für uns getan haben, sagte Petrarca und sog beim Sprechen die Luft zwischen den halb geschlossenen Lippen ein, was den römischen Akzent verstärkte. – Ihr entschlossener und bedeutender Beitrag zur Befreiung des Notars, und auch Sandrinas Geschichte, die Verhinderung der Exekution der Geiseln. Und noch ein paar freie Überlegungen meinerseits.

– Petrarca …

– Wenn die Dinge so laufen, wie wir hoffen, beziehungsweise wie wir uns wünschen, und Sie sich in Schwierigkeiten befinden sollten, vielleicht bei Menschen, die so wütend sind, dass es nicht reicht, *ich bin ein Polizist* zu sagen, weil es tatsächlich nicht reicht, und ich aufgrund der Wechselfälle des Krieges nicht da sein sollte, um ein gutes Wort für Sie einzulegen, nun, dann kann Ihnen das da nützlich sein.

– Petrarca …

– Danken Sie mir nicht, auch wenn Sie möchten. Keine Ahnung, warum ich das geschrieben habe, ich weiß auch nicht, ob es richtig war, aber egal, mir war danach. Ich verabschiede mich, Comandante, die Gestapo lässt mich nicht aus den Augen, und das gefällt mir nicht. Man sieht sich.

De Luca nickte verwirrt. Er faltete den Brief und steckte ihn in die Innentasche des Mantels. Dann streckte er Petrarca die Hand hin. Er wusste nicht, ob er sie drücken würde, doch der Kommissar tat es, eine schnelle, nervöse Geste, wie nebenbei, wobei er den Mann im Ledermantel nicht aus den Augen ließ.

Er ging schnell davon und De Luca gab einen Seufzer von sich, der von einem plötzlichen Schluchzen unterbrochen wurde, wie Kinder es tun.

Am liebsten hätte er geweint, doch der Gestapo-Mann schaute ihn unablässig an, mit der Zigarette in der Hand, deshalb stellte er den Mantelkragen auf, versteckte den Kopf dahinter und ging ebenfalls.

Ein kurzes Knacken, wie ein brechender Ast, aber lauter.

De Luca fuhr auf, denn er war wieder am Schreibtisch eingeschlafen, und es dauerte eine Weile, bis die Erinnerung an das Knallen so deutlich wurde, dass er es als Pistolenschuss erkannte. Er blieb mit offenem Mund reglos sitzen, versuchte herauszufinden, was passiert war, und vor allem, was er tun sollte, dann hörte er Schritte auf dem Gang und stand auf, blieb aber noch immer reglos, verwirrt und ängstlich stehen, bis er Rassetto fluchen hörte.

Er nahm die Pistole aus der Tasche des Mantels, der an der Rückenlehne hing, und verließ das Büro. Vor Rassettos Zimmer stand der Tenente, mit der Maschinenpistole im Arm, doch er zielte auf den Boden. Auch Franchina hinter ihm war bewaffnet, hielt die Waffe jedoch am Bein. Sie spähten ins Büro.

De Luca trat auf die Schwelle und sah Rassetto vor dem offenen Fenster, mit der Dienstwaffe in der einen Hand und einer Flasche mit klarer Flüssigkeit in der anderen.

– Na und?, schrie er. – Ich habe aus dem Fenster geschossen. Ich bin der Kommandant dieser Scheißtruppe, ich tue, was mir passt!

Er war betrunken. Das war eindeutig. Wenn er wütend war, wurde seine Stimme schrill und sein sardischer Akzent wurde intensiver, doch wenn er getrunken hatte, kreischte er im Falsett mit hölzernem Unterton. Er schwankte nicht, er lallte nicht und seine Lippen über dem Wolfsgebiss waren geschlossen, nur seine Stimme änderte sich.

– Raus! Alle raus! Du bleibst jedoch!

De Luca betrat das Büro und schloss die Tür. Rassetto saß auf dem Fensterbrett und nahm einen großen Schluck aus der Flasche. Mit dem Lauf der Automatischen zeigte er auf den Stuhl vor dem Schreibtisch.

– Um die Wahrheit zu sagen, hat sich ein Schuss gelöst, als ich die Pistole geladen habe, sagte er, – zum Glück ist er beim Fenster hinaus. Ich hoffe, ich habe niemanden getroffen. Aber egal. Ich bin betrunken.

– Eben, sagte De Luca. – Gib sie mir bitte.

Er lehnte sich über den Schreibtisch und streckte den Arm in Richtung Rassetto aus, doch der schüttelte den Kopf und reichte ihm stattdessen die Flasche.

– Trink. Stoßen wir an. Weißt du, worauf?

– Auf die arme Vilma.

– Aber was, ich pfeife auch auf sie. Sie war eine verrückte Hure, sie hat mir gefallen, doch ich finde zwanzig wie sie. Weißt du, dass sie eine Spionin war?

De Luca zuckte zusammen. Er betrachtete die Pistole, mit der Rassetto auf den Boden zielte, sein Arm baumelte zwischen den Beinen und der Blick verlor sich irgendwo im Raum. Es war offenbar wirklich eine Frage gewesen.

– Nein, log er.

– Franchina hat sie einmal beim Telefonieren erwischt. Schwarze Brigaden, Präfektur, die Deutschen, keine Ahnung, aber sie spionierte für irgendjemanden. Auch egal.

Rassetto hob die Pistole, aber nur um De Luca zu bedeuten, er solle trinken. Er verwendete sie wie einen Finger, doch sein Zeigefinger lag am Abzug, und De Luca kam schnell seinem Wunsch nach, in der Hoffnung, dass er den Finger entfernte. Es war ein süßer Schnaps, der in seinem Magen so heftig brannte, als ob man ihn angeschossen hätte. Wahrscheinlich Sambuca oder Anis. Das waren zwei verschiedene Geschmäcker, doch im Augenblick nahm De Luca den Unterschied nicht wahr.

– Gib mir die Flasche, wir stoßen an. Weißt du, worauf?

– Auf den Sieg, flüsterte De Luca atemlos, und Rassetto lachte, kurz und schrill, eher wie eine Hyäne als wie ein Wolf.

– Vielleicht. Weißt du, was der Provinzvorstand zu mir gesagt hat? Ich habe nämlich endlich mit dieser Schwuchtel gesprochen. Zuerst hat er zu mir gesagt, er gäbe mir keine fünf Geiseln zum Erschießen, Vilma war zwar eine der Unsrigen, doch eine Frau und somit nicht so viel wert wie ein Milizsoldat. Da habe ich ihn aus der Reserve gelockt, ich habe gesagt, *gut, dann geben Sie mir zwei, zweieinhalb,* zwei Partisanen und einen Boten, die Hälfte, und weißt du, was er geantwortet hat?

Seine Stimme war nun eine Oktave höher und er hatte wieder begonnen, mit der Pistole herumzufuchteln. De Luca reichte ihm die Flasche, in der Hoffnung, er würde aufhören zu trinken, doch Rassetto ignorierte ihn.

– Er hat gesagt, das mache keinen Sinn. Angesichts der augenblicklichen Situation der kriegerischen Auseinandersetzung mache es keinen Sinn, die Gunst der Bevölkerung mit einer weiteren Repressalie, die die Menschen einschüchterte, zu verwirken. Hast du verstanden? Er hat zu mir gesagt, dass auch die Deutschen einverstanden seien, dass sie es sogar so wollten. Hast du verstanden?, brüllte er. – Hast du verstanden? Wir verschrecken die Leute? Was haben wir denn bisher gemacht? Wie viele Menschen haben wir bis jetzt erschossen, wie vielen haben wir einen Kopfschuss verpasst, ha, weißt du es?

De Luca beugte sich zur Seite und bedeckte sein Gesicht mit der Hand, denn Rassetto hatte seinen Platz am Fensterbrett verlassen und ihm den Lauf der Beretta an die Schläfe gedrückt, so fest, dass es wehtat. Einen Augenblick lang dachte er, dass er ihn absichtlich oder aus Versehen erschießen würde, doch Rassetto nahm ihm die Flasche aus der Hand und setzte sich wieder aufs Fensterbrett.

– Viel zu wenige, sagte er, sein Arm baumelte wieder ungefährlich zwischen den Beinen. – Weißt du immer noch nicht, worauf wir anstoßen?

De Luca schüttelte den Kopf, denn die Stimme versagte ihm. Rassetto hob die Flasche.

– Auf unseren Arsch. Denn der Präfekt, die Deutschen, auch die Kameraden von der Guardia Nazionale Repubblicana und den Brigaden haben schon die Hose runtergelassen. – Er hob den Hintern vom Fensterbrett, um die Geste des Hoserunterlassens zu machen, obwohl er die Hände voll hatte.

– Sie wissen nämlich, dass die Alliierten und die Rebellen den ganzen Winter festsitzen, und diese Ruhe hat ein wenig zu Hoffnung berechtigt, doch sobald es Frühling wird, setzen sich alle in Bewegung und ganz Bologna füllt sich mit Negern mit Sternenbanner, Polen, Badoglio-Anhängern und Kommunisten, Wahnsinnigen, die nur darauf warten, uns den Arsch aufzureißen, also trinken wir auf unseren armen nackten Arsch.

Er machte einen derart großen Schluck, als wolle er die ganze Flasche auf einmal austrinken, doch es blieb etwas Schnaps übrig, und auch De Luca musste noch einen Schluck machen, aber er tat nur so als ob, der Likör brannte auf seinen Lippen. Es war weder Sambuca noch Anis.

– Doch ich pfeife darauf, flüsterte Rassetto. – Da sind acht Kugeln drin, – er hob die Pistole, – sieben für sie, – er zielte auf De Luca, – und die letzte für mich, – und er hielt sich den Lauf unter das Kinn, mit dem Finger so fest am Abzug, dass De Luca die Augen schloss und auf die Detonation wartete.

Als er sie wieder öffnete, war Rassetto vom Fensterbrett heruntergesprungen und hatte sich auf einen kleinen Stuhl hinter dem Schreibtisch fallen lassen, mit ausgebreiteten Armen, Pistole und Flasche jeweils auf einer Seite. De Luca hatte ihn schon oft so erlebt und wusste, dass er von einer Sekunde auf die andere einschlafen würde. Er stand auf und nahm zuerst die Pistole, dann die Flasche und legte sie in die Lade eines Karteikastens.

– Es ist *fil'e ferru* von meiner Schwester, sagte Rassetto mit halb geschlossenen Augen, – ein Traubentrester, sie brennt ihn selbst, es ist der stärkste, den ich kenne. Ich habe ihn seit Kriegsbeginn bei mir, ich wollte ihn erst beim Sieg öffnen, doch ich habe ihn wegen dem Notar herausgeholt.

– Dem Notar?

Rassetto nickte, die Augen fielen ihm zu.

– Ich habe dir ja davon erzählt, ich wollte dir zeigen, dass auch wir tüchtig sind, wir haben ihn fast festgenommen, doch es hat nicht funktioniert.

De Luca lächelte, hielt sich jedoch die Hand vor den Mund, obwohl er sich sicher war, dass Rassetto das Grinsen weder sehen konnte, noch es verstand.

– Macht nichts, wir schnappen ihn schon noch, log er noch einmal und drehte ihm den Rücken zu, um zur Tür zu gehen.

– Er ist nicht zum Sender gekommen, sagte Rassetto.

De Luca blieb stehen.

– Welchem Sender?

Rassetto zuckte mit den Schultern und gab ein Seufzen von sich, das in Schlaf übergegangen wäre, wenn De Luca ihn nicht am Arm gerüttelt hätte.

– Welchem Sender? Wo, welcher … Sender?

– An der Universität, in der Via Zamboni.

– Was heißt das, Rassetto? Los, Rassetto, sag mir … was das bedeutet.

– Ein Milizsoldat der Universitätsbrigade hat einen illegalen Sender gefunden, der an der Decke eines Hörsaals der philologischen Fakultät versteckt war. Einfach so, zufällig, denn sie hatten schon einmal einen Sender in der Universität gefunden, und niemand schaut zweimal an derselben Stelle nach. – Rassetto hatte die

Augen aufgeschlagen und wirkte nun wacher, doch zweifellos würde er gleich einschlafen.

– Und dann?

– Dann haben sie Campanella, du erinnerst dich doch an Campanella, im Beverara-Kanal gefunden, wusstest du das?

– Nein, das wusste ich nicht. Und dann?

– Campanella hat ein Gerücht aufgeschnappt, er war tüchtig, erinnerst du dich an ihn?

– Natürlich erinnere ich mich an ihn. Ein Gerücht, ist gut. Was besagte das Gerücht?

– Das Gerücht besagte, dass der Notar mit jemandem kommen würde, um das Gerät zu aktivieren, also hat das Politische Büro der Guardia Nazionale Repubblicana den Hörsaal überwacht, um ihn zu schnappen, sie haben auf ihn gewartet, doch niemand ist gekommen.

– Wann?

– Keine Ahnung, angeblich waren sie eine Woche lang dort, dann haben sie die Hoffnung aufgegeben, aber weil ich es noch immer für eine gute Fährte hielt und ich dir eine Überraschung bereiten wollte, haben wir den Posten übernommen. Ich habe den Tenente drei Tage dort stehen lassen, dann habe auch ich die Hoffnung aufgegeben. Schade. Wie hättest du es aufgenommen, ha? Wie?

Rassetto schloss die Augen über dem Wolfsgebiss und schlief ein. De Luca schaute eine Zeit lang ins Leere, mit gerunzelter Stirn und zusammengepressten Lippen, doch nicht wegen des Sodbrennens. Er versuchte sich zu erinnern, wann Rassetto zu ihm gesagt hatte, er habe einen guten Tipp bezüglich des Notars erhalten, es war an dem Tag gewesen, als er Edore Santelli suchte, er erinnerte sich, es musste Samstag gewesen sein, ja, Samstag, der 9. Dezember.

Er zählte an den Fingern ab, zählte sieben Tage, ungefähr eine Woche zurück, vom Daumen der rechten bis zum Ringfinger der linken Hand, es musste also um den 29. November gewesen sein.

Brullo war am Abend des 30. November erschossen worden.

Zu diesem Zeitpunkt wurde der Sender an der Universität überwacht, wenn der Notar hingegangen wäre, um ihn in Betrieb zu nehmen, wäre er verhaftet worden. Und es bestand kein Zweifel, dass der Sender, den Rassetto meinte, derselbe war wie der, von dem Petrarca gesprochen hatte.

Dieser Sender war Professor Lorenzo Attanasios einziges Alibi. Doch er war nie in der Via Zamboni gewesen.

Entweder war Petrarca ein hinterhältiger Lügner oder er war auch darauf hereingefallen. Es gab keine Alternative. Zweifellos hatte Attanasio ein falsches Alibi angegeben, entweder wusste Petrarca davon und hatte sogar mitgeholfen, es zu erfinden, oder er hatte Attanasio Glauben geschenkt und ihm die Geschichte in aller Unschuld erzählt.

De Luca neigte der zweiten Hypothese zu. Und nicht nur, weil die erste Hypothese bedeutet hätte, dass auch er sich ordentlich hatte täuschen lassen, denn er hatte ja nur eingewilligt zu ermitteln, weil er dachte, dass Attanasio unschuldig war und der wahre Schuldige gefunden werden musste.

Als Petrarca ihm die Geschichte vom Notar und vom Sender erzählt hatte, hatte er aufrichtig gewirkt. Als Polizist durfte De Luca zwar niemandem vertrauen, doch seinem Polizistengespür vertraute er.

Sicher, alles war möglich. Auch dass es eine andere Erklärung für Attanasios falsches Alibi gab und er nicht Brullos Mörder war. Oder dass Petrarca aus einem anderen Grund gelogen hatte. Er wollte mit ihm darüber reden. Ihn wenn möglich unter Druck setzen, oder sich noch ein fehlendes Detail geben lassen, denn sein Fall, der Brullo-Fall, war jetzt in gewisser Weise wieder ungelöst.

Er hängte sich ans Telefon und rief ihn im Büro an, doch sowohl beim ersten als auch beim zweiten und dritten Anruf hieß es, er sei nicht da. Sowohl der Brigadiere, der sich bei den ersten beiden Anrufen gemeldet hatte, als auch der Maresciallo, der sich beim dritten Anruf gemeldet hatte, hatten seltsam geklungen, sie hatten ausweichend und kurz angebunden geantwortet, auch als er sich als Polizist und Freund ausgewiesen hatte.

So hatte De Luca Massarons Rad genommen, obwohl er sich geschworen hatte, es nie wieder zu tun, und war den Viale del Risorgimento und dann weiter die Via Saragozza hinuntergesaust, bis zum Tor, wo er die Stangenbremse zog und sich mit beiden Füßen am Boden abstützte, auf einem Bein hüpfte, um beim Stehenbleiben nicht hinzufallen, denn als die Soldaten der Feldgendarmerie ihn so schnell kommen sahen, hatten sie die Maschinenpistolen gehoben.

Mit vor Kälte starren Fingern zog er die Dokumente heraus, ging an der Straßensperre vorbei und radelte so schnell wie möglich weiter, und dabei dachte er an seinen Fall, an Attanasio, der auf seiner Liste der Verdächtigen nun wieder ganz oben stand und Silvia auf Platz zwei verdrängt hatte, und an dessen Frau Altea, und auch daran, was er zu Petrarca sagen sollte, *wollen Sie etwas wissen, Kommissar?*, oder ob er ihn gleich seine Wut spüren lassen sollte, *Sie haben mich wieder zum Narren gehalten!,* um zu sehen, wie er reagierte.

Er gelangte zum Präsidium, lehnte das Rad gleich hinter dem Wachposten, der in den Arkaden stand, an die Wand, und betrat die Halle. Er ging sofort nach links, denn er kannte den Weg, und ging durch die Glastür des Passamts, betrat es, ohne zu klopfen.

Im Zimmer herrschte hektisches Treiben. Zwei Männer, ein älterer und ein jüngerer, holten Fotos und Dokumente aus den Läden und stopften sie durcheinander in einen Koffer, während ein dritter, ein dicker Glatzkopf, unbeweglich in einer Ecke stand, mit verschränkten Armen und den Händen unter den Achseln, fast als ob er Angst hätte, etwas zu berühren. Als er De Luca bemerkte, wies er die beiden anderen mit einem ängstlichen Stöhnen auf ihn hin, und auch sie hielten augenblicklich inne. Den Jüngeren hatte De Luca beim letzten Mal gesehen, als er die Fotos in Dokumentenformat verschwinden lassen wollte, Petrarca ihm allerdings bedeutet hatte, weiterzumachen, er könne De Luca vertrauen. De Luca ging zu ihm hin.

– Ich suche Doktor Petrarca. Wo ist er?

– Nicht da, sagte der Ältere.

– Ich sehe, dass er nicht da ist, aber ich muss dringend mit ihm sprechen. Wann kommt er zurück? Wohin ist er gegangen? Wo finde ich ihn? Bitte, ich bin ein Freund, mehr noch als ein Kollege, wir haben gemeinsam an einem Fall gearbeitet, der …

– Sie haben ihn weggebracht, sagte der Jüngere.

– Weggebracht? Wer?

– Die Deutschen, da draußen. Er kam von einem Auftrag zurück, und da stand ein Auto mit vier SS-Männern, sie haben ihn festgenommen, ihn ins Auto geladen und weggebracht.

– Ich habe es vom Fenster aus gesehen, sagte der Ältere mit Tränen in den Augen. Der Jüngere drückte seinen Arm, dann rüttelte er ihn, damit er fortfuhr, den Koffer zu füllen.

– Die SS …, flüsterte De Luca.

Der Junge und der Alte hatten die letzte Lade geleert, sie schlossen den Koffer, nahmen Mäntel und Hüte.

– Warte noch eine Weile, bevor du den Polizeipräsidenten informierst, sagte der Junge zu dem Glatzkopf, – sonst schicken sie gleich die von der Staatspolizei los, gib uns einen kleinen Vorsprung.

Der Glatzkopf nickte, blickte jedoch De Luca an, als ob ihm ein Zweifel gekommen wäre.

– Ich bleibe hier, sagte er, – ich habe nichts mit ihnen zu tun, ich habe nichts gemacht. Ich bin nicht in Gefahr, oder? Sie wissen es, sie lassen mich in Ruhe, stimmt's?

De Luca dachte noch immer an Petrarca und an die SS, der Kommissar auf dem Rücksitz, zwischen zwei Soldaten, wie auch er seinerzeit, doch der Glatzkopf interpretierte sein Schweigen falsch und nahm ebenfalls rasch Mantel und Hut.

Bevor er hinausging, blieb der Junge vor ihm stehen.

– Können Sie ihm helfen? Ich weiß, wer Sie sind, Sie haben sicher Freunde, wichtige Menschen, können Sie was tun? Helfen Sie ihm bitte, aber gleich. Gleich.

Via Santa Chiara Nr. 6/2 war ein von einer Hecke umgebenes rotes Ziegelgebäude. Die Fenster waren vergittert und am Anfang der Straße, in Richtung Giardini Margherita, befand sich eine Straßensperre. De Luca schob das Rad, die Luft des späten Nachmittags, die nach Schnee roch, prickelte in seiner Nase, er passierte die Straßensperre, nachdem er den Ausweis hergezeigt hatte, und ging auch an den Wachposten am Tor vorbei. Er ließ das Fahrrad draußen stehen, lehnte es an das Mäuerchen hinter der Hecke, doch so, wie die Soldaten an der Tür ihn ansahen, war er sich fast sicher, dass er es bei seiner Rückkehr nicht mehr vorfinden würde.

Mitten in der Vorhalle befand sich ein Tisch, hoch und lang wie eine Theke. Dahinter stand ein Gefreiter, der De Luca bedeutete, er solle näher kommen. Es war sehr warm, hinter der Theke befand sich ein Gang mit vielen Türen auf beiden Seiten, und an der Wand des Saals saßen ein paar Offiziere auf einem Sofa neben einem gusseisernen Ofen. Eine Atmosphäre wie in einem kleinen Berghotel, einem bayerischen Gasthaus und nicht wie in der SS-Zentrale, einem der gefürchtetsten Orte in ganz Bologna.

De Luca grüßte mit ausgestrecktem Arm, zeigte dem Gefreiten seine Papiere und fragte nach Sturmführer Niemann. Hauptsturmführer, korrigierte er sich, Hauptsturmführer Niemann. Der Gefreite betrachtete seinen Ausweis und hob den Kopf erst, als De Luca den Dienstgrad auf Deutsch wiederholte, offenbar verstand er kein

Italienisch. Er drehte sich um und blickte in den Gang hinter sich, machte einem Unteroffizier, der aus einer Tür getreten war, ein Zeichen. Der Unteroffizier kam näher, hörte sich an, was der Gefreite zu ihm sagte, nahm den Ausweis, den er ihm reichte, und sah De Luca wortlos an. Ein vierschrötiger Mann, mit sehr großen Händen und aschgrauen, sehr hellen Augen, die Angst machten.

– *Ich suche …* – begann De Luca auf Deutsch und versuchte sich an die richtigen Worte zu erinnern, – *die*, nein, *den* …

– Ich spreche Italienisch.

– Ach, gut. Ich suche Hauptsturmführer Niemann. Ich würde gern mit ihm sprechen.

– Und warum wollen Sie mit dem Hauptsturmführer sprechen? – Er hatte einen harten und klaren Akzent, ein Südtiroler.

– Sie haben vor einigen Stunden jemanden verhaftet. Ich möchte … möchte mit ihm sprechen, ihm erklären, um wen es sich handelt. Sie müssen wissen …

– Aus welchem Grund? – Die aschgrauen Augen bewegten sich nicht, sie waren so starr wie die eines Blinden. Auch die Lider schlossen sich nicht, hingen unbeweglich über dem Blick, der Angst machte.

De Luca schluckte. Er betrachtete die Abzeichen auf dem Kragen des Unteroffiziers, die beiden S-förmigen Runen auf der einen Seite und den silbernen Knopf mitten auf dem anderen Kragen, die orange Bordüre am Schulterstück, er konzentrierte sich darauf, um sich den Dienstgrad einzuprägen, aber auf Deutsch, denn er wusste, das mochten sie. *Unterscharführer, Unterscharführer*, ja. Und davor *Herr*.

– Sehen Sie, Herr Unterscharführer, ich glaube, es handelt sich um einen Irrtum. Wenn ich das dem Hauptsturmführer erklären könnte …

– Sie möchten um seine Freilassung bitten.

– Ja, nun, Herr Unterscharführer … ich möchte um seine Freilassung bitten.

Der Unterscharführer hob eine Hand, um einen der Offiziere auf dem Sofa auf sich aufmerksam zu machen. Ein junger, dünner Mann mit einer Brille mit rundem Rand stand widerwillig auf, setzte die Kappe auf, die davor auf seinen Knien gelegen hatte, nahm die Lederhandschuhe, die darin lagen, schlug damit so fest auf die Handfläche, dass es knallte, und kam näher. Er hörte dem Unterscharführer zu, der ein paar Worte auf Deutsch sagte, und dann schaute er De Luca an, der inzwischen die Kragenspiegel studiert hatte, drei Knöpfe und ein geflochtenes, silbernes Schulterstück mit goldenem Rand, ein Leutnant.
– Freilassen, sagen Sie. Wen?
– Nun, Herr Oberführer …
– Obersturmführer.
– Entschuldigen Sie, Herr Obersturmführer, es handelt sich um Doktor Petrarca, der im Republikanischen Präsidium, am Passamt, das Amt eines Kommissars bekleidet.
Er war sich nicht sicher, ob der Obersturmführer alles verstanden hatte, tatsächlich übersetzte der Unterscharführer es auf Deutsch.
– Freilassen, sagen Sie. Warum?
– Weil es sich zweifellos um einen Irrtum handelt. Kommissar Petrarca ist ein Polizist, einer der Unsrigen. Aber wenn ich mit Hauptsturmführer Niemann sprechen könnte … – er wartete, bis der Unterscharführer übersetzt hatte, – er kennt mich gut, weil wir kürzlich zusammengearbeitet haben … dann könnte ich ihm alles erklären.
Der Obersturmführer nickte, hörte dem Unterscharführer zu, der ihm etwas ins Ohr flüsterte, dann hob er die Handschuhe, um ihn zu unterbrechen, und sagte etwas zu dem Gefreiten, der rasch von der Theke zurücktrat, auf den Gang lief und durch eine Tür trat. Ein Mann in Zivil kam hinter ihm heraus und zog sich eine Jacke über dem weißen Hemd an. Er kam ihm bekannt vor, und

obwohl er keinen Ledermantel trug, begriff De Luca aufgrund seines eindringlichen Blicks, dass er der Gestapo-Mann war, der vor dem Gefängnis San Giovanni in Monte neben dem Auto gestanden hatte.

Sie unterhielten sich in einem harten und schnellen Deutsch, von dem De Luca kein einziges Wort verstand, dann nickte der Obersturmführer und der Gestapo-Mann ging auf den Gang zurück und zog sich wieder die Jacke aus, bevor er das Zimmer betrat. Auch der Obersturmführer ging, setzte sich wieder auf das Sofa, und De Luca blieb allein mit dem Unterscharführer, der ihn mit seinen grauen Augen ansah, die Angst machten.

– Doktor Petrarca, sagen Sie. Kennen Sie den Doktor gut?
– Ja, er ist ein Polizeikommissar, wir sind Kollegen.
– Und auch Freunde. Gute Freunde.
– Ja, sehr gute Freunde. Aber wenn ich …
– Würden Sie für ihn bürgen?
– Ja, aber wenn ich mit dem Hauptsturmführer sprechen könnte.
– Hauptsturmführer Niemann, ja. Er ist gerade nicht da, kommt aber bald zurück. Ich bringe Sie an einen Ort, wo Sie auf ihn warten können.

De Luca bemerkte erst jetzt, dass zwei SS-Männer hinter ihm standen, so nah, dass er keinen Schritt zurück machen konnte. Der Unterscharführer hatte seinen Ausweis behalten und streckte eine seiner Riesenpranken aus, den Blick aus aschfarbenen Augen ständig auf De Luca gerichtet.

– Ihre Pistole bitte.

Es gibt unterschiedliche Arten von Kälte, auch im Winter. Es gibt eine Art von Kälte, die in den Knochen wehtut, den Kopf zusammenquetscht, und es gibt eine Art von Kälte, die in der Kehle und in der Lunge brennt. Doch er verspürte eine andere Art von Kälte, sie kam nicht von der eisigen Winterluft und auch nicht von der feuchten Kälte in diesem eiskalten, kargen Zimmer. Die Kälte, die ihm Magen und Herz abdrückte, kam von innen. Es war die Kälte der Angst.

Das Zimmer, in das man ihn gebracht hatte, trug zwar die Nr. 1, wie mit Kreide an der Tür stand, war aber das letzte auf dem Gang. Ein fensterloser Würfel, mit kleinen Salpeterflecken auf dem schmutzig weißen Verputz, der so grau war wie Zement. Nur eine Lampe hing von der Decke, sie hing an einem Draht, war aber sehr stark. Ihr Licht fiel auf ein grünes Sofa, einen Metallstuhl und den Sprungrahmen eines Metallbetts mit engmaschigem Gitter, das auf zwei Füßen stand. Er hatte schon vom Büro Nr. 1 auf der Via Santa Chiara 6/2 gehört, doch auch die Handschellen, die an den Sessellehnen und am Kopfteil des Betts hingen, hätten gereicht, damit er verstand, wozu dieses Zimmer gut war.

Der Unterscharführer mit den aschgrauen Augen zeigte auf das Sofa, wartete auf der Schwelle, bis De Luca saß, dann nickte er und versperrte die Tür.

Starr und aufrecht, mit den Beinen im rechten Winkel und den Händen auf den Knien, saß De Luca da und spürte, wie sein Herz vor Angst gefror, in einem kalten Schweigen, das in den Ohren dröhnte. Er saß am Rand des Sofas und wagte es nicht, sich anzulehnen, nicht nur, weil auf dem grünen Stoff große dunkle Flecken waren und es einen süßlich-sauren Geruch verströmte, den der stechende Geruch des Schimmels nicht überdecken konnte. Er war sich sicher, dass man ihn durch den runden Spion in der Tür beobachtete, und er dachte absurderweise, dass in dieser provisorischen, ungeduldigen Haltung die Wartezeit nicht so lange dauern würde.

Er blieb so lange sitzen, wie er es aushielt, dann begannen seine Beine und sein Rücken zu schmerzen, als ob Millionen von Ameisen in seine Knochen eingedrungen wären und ihm den Nacken bis zum Hirn hinaufkröchen, da sprang er auf und begann im Zimmer auf und ab zu gehen, er vermied es, die Handschellen anzusehen, er sagte zu sich, sie hätten ihn in dieses Zimmer gesteckt, weil die anderen Büros besetzt waren, und das reichte ihm.

In einer Ecke lag ein Segeltuchsack, den er bis jetzt nicht bemerkt hatte. De Luca ging ein paarmal an ihm vorbei, dann, wie um sich abzulenken, blieb er stehen und öffnete ihn. Er war mit einer Schnur zugebunden, er löste sie, öffnete den Sack, machte ihn noch weiter auf und spähte hinein, denn beim ersten Blick hatte er nicht verstanden, was das war.

Er war voller Schuhe.

Lauter verschiedene, mehr oder weniger gebrauchte, mehr oder weniger neue Schuhe, ein Haufen Schuhe.

Dann hörte De Luca, dass der Schlüssel im Schloss gedreht wurde, ließ den Sack liegen und wollte zum Sofa zurückgehen, schaffte es jedoch nicht rechtzeitig.

– Comandante De Luca, mein kleines Herzchen … Soviel ich gehört habe, haben Sie Manfreds Platz eingenommen.

Niemann hatte mit ausgebreiteten Armen schwungvoll das Zimmer betreten. De Luca lächelte erleichtert, denn es sah aus, als ob er ihn umarmen wollte, doch der Hauptsturmführer blieb vor ihm stehen und stützte sich mit den Händen auf die Lehne des Metallstuhls.

– Ich habe gehört, Sie sind hier, um die Freilassung eines unserer Gäste zu erbitten. Sind auch Sie ein Herzchen, Comandante?

– Nein, nein, sagte De Luca, – Kommissar Petrarca ist ein äußerst integrer Beamter und sicher …

Auch der Unterscharführer war eingetreten, zeigte auf das Sofa und hakte dann die Daumen im Gürtel ein, wartete mit seinem Blick eines Blinden, bis De Luca sich setzte. Der Hauptsturmführer rümpfte die Nase, der Gestank war ihm zuwider, er zog ein Zigarettenpäckchen aus der Jackentasche.

– Ihr Kommissar ist also ein sehr integrer Beamter, ein treuer Diener des Vaterlands, ein überzeugter Faschist, dem Duce ergeben

und ein guter Freund der deutschen Kameraden. Mit einem Wort, ein wenig wie Sie. Ist es so?
– Ja, so ist es, sagte De Luca.
– Ein Kollege und Freund.
– Ja.
– Und Sie würden für ihn bürgen.
– Ja.
Er hatte die Zigarette noch nicht angezündet. Er drehte sie zwischen den Fingern und schaute sie zerstreut an, die Lippen nachdenklich verzogen. Er trug keine Kappe und eine Strähne seines rabenschwarzen Haars war in die Stirn gefallen. Er schob sie mit dem Daumen weg.
– Ja, wiederholte der Hauptsturmführer. – Unsere Informationen lauten jedoch anders. Wir glauben, dass Ihr Petrarca ein Mitglied der Resistenza ist, dass er einer Bologneser Fraktion von *Giustizia e Libertà* angehört, dass er den Rebellen mithilfe seines Büros Dokumente liefert und seine Gruppe auch noch andere Aktionen unternommen hat.
Er nahm sich Zeit, die Zigarette anzuzünden und hinter der Hand, die sein Gesicht teilweise bedeckte, einen langen Zug zu machen, dann blies er langsam den Rauch aus. De Luca sagte nichts, er konnte nicht sprechen. Der Hauptsturmführer zuckte mit den Schultern, wischte sich einen Tabakkrümel von den Lippen.
– Glauben Sie, dass wir uns täuschen? Ja, das ist möglich, aber ich glaube es nicht. Ich habe höchstes Vertrauen zu meinen Männern.
Jetzt musste er etwas sagen. Jede Sekunde, in der er schwieg, war ein Schuldeingeständnis, doch De Luca fand nicht die richtigen Worte, und auch die Stimme versagte ihm.
– Warum sind Sie mit dieser Person so eng befreundet? Angeblich hat man Sie oft zusammen gesehen, und sehr vertraulich.
– Wir sind Polizisten, sagte De Luca, mit heiserer Stimme aufgrund des erzwungenen Schweigens, – wir haben bei vielen Unter-

suchungen, bei denen es um die Sicherheit der Republik ging, zusammengearbeitet. Wie bei jener, die Sie in Auftrag gegeben haben, Rottenführer Weber, die Uhr des Majors.

De Luca wollte aufstehen, doch der Unterscharführer hatte den Finger aus dem Gürtel ausgefädelt, also ließ er es bleiben. Niemann blies kopfschüttelnd Rauch aus.

– Ich bitte Sie, De Luca ... was soll das sein, eine Captatio Benevolentiae? Sind Sie gekommen, um den Gefallen einzulösen?

– Nein, Herr Haupt..., verdammt, nein, Herr Sturmführer, ich ...

– Sie werden mir zustimmen, dass das alles ein wenig suspekt ist. Bei jedem anderen würden Sie denken, dass das suspekt ist, wie Sie es wohl schon getan haben. Ich glaube, man sollte die Dinge hinterfragen, glauben Sie nicht? Vielleicht ist es besser, dass Sie unser Gast bleiben, während wir die Dinge überprüfen. Wir sprechen uns noch, De Luca.

Niemann drehte sich um und wollte schon gehen, da sah er den offenen Segeltuchsack in der Ecke. Aufs Neue schüttelte er den Kopf.

– Ich verstehe wirklich nicht, warum wir die Schuhe aufbewahren. Die Verwaltung besteht offenbar darauf. Und warum sind sie hier?

Niemann gab dem Sack einen leichten Fußtritt, ohne Wut, einen leichten Schubs mit der Stiefelspitze, doch es reichte, dass er umfiel.

De Luca blieb unbeweglich sitzen. Am liebsten wäre er aufgesprungen und hätte geschrien, tat es jedoch nicht, wie angeschraubt blieb er auf dem widerlichen Sofa sitzen, das nach Blut und Urin stank, seine Hände umklammerten so fest die Knie, dass die Knöchel weiß geworden waren und die Finger ihm wehtaten. Er bemerkte nicht einmal, dass Hauptsturmführer Niemann gegangen war und der Unterscharführer die Tür versperrt hatte.

Er konnte den Blick nicht von den Schuhen abwenden, die aus dem Sack gekullert waren. Ein Paar war sehr elegant und sehr dezent. Zweifarbig, aber dezent schwarzgrau.

Er kannte die Schuhe und trotz der Wut und der Angst, die in seinem Inneren zu explodieren drohten, konnte er den Blick nicht abwenden, während er wie angeschraubt auf dem Sofa saß.

Er dachte: *Was hat er wohl gesagt.*

Er dachte: *nichts.* Verhöre dauerten lange, Tage, sogar Wochen. Davor mussten die Verhörten alle möglichen Entbehrungen ertragen. Petrarca war an diesem Tag verhaftet worden. Wenn seine Schuhe in dem Sack waren, hieß das, dass er tot war. Irgendetwas war wohl vorgefallen, ein Unfall, irgendetwas, wahrscheinlich hatten sie ihn gar nicht verhören können.

Er empfand: Wut. Sie hatten sich an diesem Vormittag voneinander verabschiedet, er hatte ihm die Hand gedrückt, er hatte sich an sein Vertrauen heischendes Lächeln gewöhnt. Sie hatten einen Fall gelöst, als Polizisten. Fast gelöst.

Einen Augenblick lang empfand er: Scham. Weil er derart an den Tod Petrarcas gedacht hatte, so oberflächlich, er sogar gehofft hatte, dass er schnell gestorben war, dass er nicht hatte reden können. Egal wie. Bei einem Fluchtversuch erschossen. Aufgrund eines zu heftigen Faustschlags gestorben, vielleicht sogar auf diesem Sofa. Oder vielleicht hatte er sich mit Gift umgebracht, wie Spione es machten, oder mit den Schuhbändern, De Luca betrachtete instinktiv die Schuhe, doch die Bänder waren noch dran.

Scham, aber nur einen Augenblick lang, denn vor allem empfand er: Angst.

Er dachte: *Was wollen sie von mir.* Ihm Angst einjagen, ihm zu verstehen geben, wer das Kommando hatte. Dummer *italienischer Polizei*. Armes kleines Herzchen. Niemann wollte es ihm heimzahlen, weil er Manfred, den blonden Siegfried, unterstützt hatte, weil er zehn Geiseln das Leben gerettet hatte, weil er, der dumme *italienische Polizei*, sich als tüchtig erwiesen hatte. Doch er hatte nichts zu sagen. Er hatte nichts getan. Sie wussten, wer er war, der Vizekommandant der Autonomen Gruppe der Staatspolizei, De Luca, ein Polizist.

Er dachte: *Aber wer will mich zum Narren halten.* Die Leute wurden wegen eines Verdachts verhaftet. Und wegen eines Verdachts eingesperrt. Und vor allem verhört.

Er empfand: Angst, noch stärkere Angst. Er hatte noch nie an einem Verhör teilgenommen, doch er wusste, wie ein Verhör vor sich ging. Er ging nie in den Keller in der Technischen Universität, den man seiner Gruppe zugewiesen hatte, aber er wusste, was Massaron und der Tenente und auch Vilma taten. Ein Verdacht reichte. Ihm nicht, er ging den Sachen auf den Grund, er wollte sich sicher sein, er wollte sich auf rationale Weise sicher sein, dass jemand schuldig war, was immer der Fall war, aber es machte keinen Unterschied, auch wenn er nicht hinunterging, wenn er nicht zusah oder sich die Ohren zuhielt, um die Schreie nicht zu hören, wusste er, was da unten los war. Dasselbe wie hier in der Via Santa Chiara.

Er empfand, wenn auch nur einen Augenblick lang: Scham.

Dann lehnte er sich an die Lehne des Sofas, ließ den Kopf nach hinten sinken und schloss die Augen, kniff sie fest zusammen, im Licht dieser starken Lampe, wegen der die Innenseite seiner Lider rot war, und sagte zu sich: *Sei ruhig.*

Hauptsturmführer Niemann würde mit dem Unterscharführer zurückkommen, sie würden ihm ein paar Fragen stellen und er würde antworten, vielleicht würde er auch lügen, und dann würden sie ihn gehen lassen.

Denn er wusste nichts und hatte sich auch nichts zuschulden kommen lassen.

Er war nur De Luca.

Nur ein Polizist.

Plötzlich wurde die Angst so stark, dass er die Augen im nackten Licht der Lampe aufriss und aus seinem Dämmerzustand hochschreckte. Er war in einen kranken Halbschlaf gefallen, hatte sich an die Sofalehne gedrückt, die Arme auf der Brust verschränkt, und da hatte er in der Innentasche des Mantels ein lautes Rascheln gehört.

Der Brief.

Petrarcas Brief.

Atemlos war er hochgefahren, sein Herz raste, er hatte eine Hand in die Innentasche gesteckt und den Rand des Briefs berührt, hatte jedoch innegehalten. Er blickte zur Tür, zu dem runden Spion, in der – berechtigten oder paranoiden – Angst, beobachtet zu werden. Dann blieb er unbeweglich sitzen, steif und aufrecht, mit den Händen an den Hüften.

Wenn man ihn verhörte, würde man ihn wahrscheinlich auch durchsuchen. Und wenn sie ihn durchsuchten, würden sie den Brief finden, den er bei sich, den er in der Tasche vergessen hatte. Und wenn sie läsen, was Petrarca über ihn geschrieben hatte, was er getan hatte und wofür er stand, wäre er erledigt.

Ohne Weiteres.

Er brauchte eine Zeit lang, doch schließlich konnte er sich bewegen und erhob sich vom Sofa. Einen Augenblick lang wollte er sich über den Schuhsack beugen, wie um hineinzusehen, und das Kuvert hineinstecken, doch das war eine dumme Idee, denn früher oder später würden sie ihn ausleeren, auf dem Kuvert standen sein Name und sein Nachname, und ihn wieder verhaften. Doch er konnte ihn nirgendwo verstecken, das Maschengitter des Betts, der Metallstuhl, das Sofa, da war nichts.

Dann hatte er eine Idee.

Er lehnte sich an die Wand neben der Tür, im toten Winkel des Spions, und hoffte, dass er gerade nicht beobachtet wurde. Er kramte hektisch in den Manteltaschen, hoffte, dass es noch da war, und fand es.

Das Streichholzbriefchen, das ihm Vilma gegeben hatte.

Er zog auch das Kuvert heraus, klemmte es unter den Arm, brach ein Streichhölzchen ab und rieb es an der rauen Fläche ganz unten am Karton. Doch wahrscheinlich war es feucht, denn nachdem es einen Funken geschlagen hatte, erlosch es sofort. Ein grauer, nach Schwefel riechender Rauchfaden stieg auf. Er drückte das Briefchen mit den Händen, in der absurden Hoffnung, er könne es trocknen, dann versuchte er es noch einmal mit einem anderen Streichholz, und dieses brannte.

Er nahm das Kuvert und hielt es über die Flamme, doch das Papier war zu kompakt, nur eine Ecke verkohlte, und dann ging auch dieses Streichholz aus, und der Geruch nach verbranntem Papier vermischte sich mit dem nach Schwefel.

Er öffnete das Kuvert, nahm den Brief heraus, öffnete ihn, denn er war zweimal gefaltet, zündete noch ein Streichholz an und hielt ihn über die Flamme. Es war kariertes Papier, mit einer engen und kleinen Schrift wie seiner eigenen beschrieben, enge Zeilen in blauer Tinte. De Luca schaute sie nicht einmal an, während sie im orangen Schein des Feuers verschwanden, das sie verzehrte. Er hielt den Brief an einer Ecke, mit den Nägeln, und er verbrannte sich sogar die Fingerspitzen, bevor das letzte verkohlte Stück auf den Boden segelte. Dann verbrannte er auch das Kuvert.

Als er schnelle und entschlossene Stiefelschritte auf dem Gang hörte, stand er noch immer da. Er zertrat die verkohlten Reste mit der Schuhsohle, fegte sie mit den Fingerspitzen weg, sammelte die Streichhölzchen ein und steckte sie in die Tasche, während er auf Zehenspitzen zum Sofa lief, um keinen Lärm zu verursachen.

Der Schlüssel wurde ein letztes Mal im Schloss gedreht, als er sich gerade gesetzt hatte. Die Tür ging auf und auf der Schwelle stand der andere Offizier, den er auf dem Sofa in der Halle gesehen hatte, und ein SS-Untersturmführer mit dickem Bauch, über dem die Jacke spannte. Dahinter stand Rassetto.

– Was zum Teufel führst du auf, De Luca? Zum Glück hat mein Freund Karl dich gesehen und mich angerufen, wer sonst hätte dich hier rausgeholt?

Rassetto hatte seinen Ausweis und die Pistole in der Hand. Er packte ihn am Arm und zog ihn hoch, denn De Luca war so verblüfft, dass er nicht wusste, was er tun sollte.

– Was ist, haben sie dich verdroschen? Los, gehen wir …

Der Unterscharführer grinste.

De Luca stand auf, nahm Pistole und Ausweis und steckte sie in die Tasche. Er musste die Lippen befeuchten, um sprechen zu können.

– Hauptsturmführer … Niemann … hat angeordnet …

– Harry spielt gerne Katz und Maus. Aber es gibt Wichtigeres, sagte der Unterscharführer und sprach die C als Sch aus, als ob er sein schlechtes Italienisch in der Toskana gelernt hätte.

– Hast du gehört? Niemand schert sich um dich, De Luca. Karl schuldete mir einen Gefallen und hat bei deinem Hauptsturmführer ein gutes Wort eingelegt, doch beeilen wir uns, denn die überlegen es sich schnell anders.

Rassetto schlug die Hacken zusammen, verabschiedete sich vom Unterscharführer mit ausgestrecktem Arm und sagte *Heil Hitler,* auch er behauchte die H.

De Luca folgte ihm auf den Gang, zuerst nahezu schwankend, dann schnell, so schnell wie möglich, ohne zu laufen.

Ein verkohltes Stück von Petrarcas Brief klebte noch an seiner Schuhsohle. Es hielt ein paar Schritte stand, dann löste es sich von der Sohle und zerbröselte auf dem Boden.

Der Morgen graute schon. Es war eiskalt. Rassetto stellte den Mantelkragen auf, schloss ihn am Hals und verabschiedete sich von den Wachposten, die an der Hecke vor sich hin dösten. Er hakte sich bei De Luca ein.

– Gehen wir ein paar Schritte. Ich habe Franchina mit dem Auto unten auf der Straße stehen lassen, ich wollte nicht, dass sie uns das auch noch wegnehmen.

Er wirkte euphorisch. Auf der Straße lag eine Eisschicht, die sie zwang, langsam zu gehen, wie Pinguine, doch Rassetto beeilte sich, ein paarmal musste er sich an De Luca anhalten, um nicht hinzufallen.

– Sie wollen uns davonjagen, sagte er. – Ich habe erfahren, die Deutschen und der Präfekt haben ein Dossier über die Schwarzen Brigaden in Bologna angelegt, das sie dem Duce schicken wollen. Sie sagen, sie hätten etwas über die 22 herausgefunden, über das sich eine Menge Leute ärgern würden. Als ob nicht auch sie dasselbe machten, doch du weißt ja, wenn sie dich erwischen, ist es immer deine Schuld.

Zu einem anderen Zeitpunkt hätte De Luca zumindest gelächelt. Insgeheim natürlich, denn wenn Rassetto erfahren hätte, was er gemacht hatte, hätte er ihn sofort ins Büro Nr. 1 zurückgebracht. Zu einem anderen Zeitpunkt vielleicht. Doch jetzt wollte er nur schweigen, nicht sprechen, nicht zuhören, in sein Zimmer gehen, eine Grube in die Matratze graben und den Kopf hineinstecken. Rassetto schien wirklich euphorisch zu sein und konnte nicht schweigen oder langsam gehen.

– Sie sagen, unsere Gruppe hängt auch mit drin, doch bevor sie uns verjagen, gehen wir. Ich habe Kontakt mit Leuten von der Muti-Brigade aufgenommen, im Norden, die uns mit offenen Armen aufnimmt. Wir packen gleich unsere Koffer, Luftveränderung, ein neues Leben. Ettore-Muti-Legion der Staatspolizei, wie klingt das in deinen Ohren?

Rassetto rutschte wieder aus und hätte fast De Luca mitgerissen.

– Sei unbesorgt, Leute wie uns kann man immer und überall gebrauchen.

Der Morgen graute schon, doch man sah noch keine Sonne, sie verbarg sich hinter einer Eisschicht, die wie Milchglas aussah und dem Sonnenlicht eine bläuliche, grünliche, nahezu faulige Farbe verlieh.

Rassetto redete noch immer.

– Hör zu, gestern, als ich ein wenig ... Vergiss es. Ich war besoffen, vielleicht hatte mich die Sache mit Vilma doch mitgenommen oder vielleicht war es nur der *fil'e ferru* meiner Schwester ... Vergiss also, was ich gesagt habe. Sobald der Frühling kommt, verjagen wir die Amerikaner und die Neger vom Stiefel, wir hängen alle Heimatlosen auf und machen auch mit den Unsrigen, die nichts taugen, kurzen Prozess. Und wenn es schiefgeht, wird der Führer seine Spezialwaffen zur Anwendung bringen. Da steht das Auto.

Rassetto sang *a primavera s'apre la partita*, im Frühling beginnen wir von vorne, doch De Luca hörte ihn nicht.

Er dachte, auch wenn er wirklich eine Grube in die Matratze gegraben und den Kopf hineingesteckt hätte, würde er nicht das Geräusch des gurgelnden Blutes, den Geruch nach Urin und Schimmel zum Verschwinden bringen können, den ganzen Dreck, die Angst und auch die Scham.

Er konnte nirgendwohin laufen, denn das bläuliche, faulige Eis, die Luft, die ihn erstickte, waren überall, es reichte nicht, den Blick abzuwenden.

Er würde diesen Winter immer in sich tragen.

Diesen rauen und kalten Winter.

Diesen schwarzen Winter.

Danksagung

Schriftsteller klauen. Romanschriftsteller, meine ich, vielleicht klauen auch die anderen, keine Ahnung, ich spreche nur für mich.

Wir nehmen Anleihen beim Leben, bei den Menschen, deren Erinnerungen, bei dem, was wir auf der Straße hören, was wir mit unseren Fledermausohren registrieren und mit unseren Vampirzähnen einsaugen. Und wir klauen aus den Schubladen anderer Schriftsteller, wie Raymond Chandler sagte.

Schriftsteller, die historische Romane schreiben, nehmen auch Anleihen bei der Geschichte, die immer Weltgeschichte ist, auch wenn es sich um ein individuelles Einzelschicksal handelt. Und sie ist immer so wunderbar unglaubwürdig und auf banale Weise unlogisch, dass sie schon von vornherein romanhaft wirkt.

In der Zeit, in der mein Roman spielt, gab es tatsächlich einen Polizisten auf dem Präsidium in Bologna, der das von mir beschriebene Fotoarchiv angelegt hat. Er hieß Riccardo Parisi und hat mit dem Arzt Filippo D'Ajutolo – beide waren Mitglieder von *Giustizia e Libertà* – und dem Barbier und Wächter des Leichenschauhauses, Guido Gherardi, und anderen aus seinem Amt zusammengearbeitet. Der Geschichte dieses außergewöhnlichen Dokuments wurde in dem Fotobuch *Un passato che non passa* von Carlo D'Adamo und William Pedrini ein Denkmal gesetzt, das bei Edizioni Pendragon erschienen ist. Doch Vicecommissario Parisi hat noch mehr Gutes getan, er hätte es verdient, bekannter zu sein, und meiner Meinung nach stellt er einen guten Kontrapunkt zu meinem De Luca dar, mit dem ich zu Recht nicht allzu nachsichtig war. Die Figur Petrarcas ist Parisi ein wenig nachempfunden.

Es gibt eine Menge schöner und ausführlicher Bücher über den Ausnahmezustand in Bologna in diesem schwarzen Jahr. *Bologna in guerra*, herausgegeben von Brunella Dalla Casa und Alberto Preti (Verlag Franco

Angeli); *La svastica a Bologna* von Luciano Bergonzini (Verlag Il Mulino); *Fascismo e tortura a Bologna* von Renato Sasdelli (Edizioni Pendragon). *Ingengneria in guerra*, ebenfalls herausgegeben von Sasdelli (Verlag Clueb); *Un ateneo in camicia nera* von Simona Salustri (Verlag Carocci); und das grundlegende Werk *Bologna 1938–1945. Guida ai luoghi della guerra e della resistenza* (Edizioni Aspasia). Außerdem *Tortura* vom Mimmo Franzinelli (Mondadori-Verlag).

Es gibt Fotobücher, die man stundenlang betrachten könnte, mit Fotos der von den Bomben zerstörten Stadt, etwa *Delenda Bononia* (Patron Editore), die außerdem mit jeder Menge Informationen aufwarten; *Bologna ferita* von Filippo D'Ajutolo, dem Arzt, der das Archiv gegründet hat (Ed. Pendragon), und *Bologna trema*, in dem das heutige Bologna mit dem damaligen verglichen wird (Ed. Pendragon).

Und außerdem *Figli del nemico* von Michela Ponzani (Ed. Laterza); und *Matite sbriciolate, i militari nei lager nazisti* von Antonella Bartolo Colaleo (Rubettino); wer mein Buch gelesen hat (und wenn Sie dieses Nachwort lesen, dann hoffe ich, Sie haben es bis zum Ende gelesen), weiß, warum ich auf sie zurückgegriffen habe.

Damit ist die Liste der konsultierten Bücher natürlich noch immer nicht vollständig, es gibt aber auch jede Menge Material im Internet (www.biblioteca-salaborsa.it oder www.storiamemoriadiBologna.it, um nur zwei Seiten zu erwähnen).

Okay, wir klauen, aber so viel nun wieder auch nicht. Und wir verändern das Material, wir schreiben ja Romane und nicht Essays. Obwohl ich versucht habe, so nah wie möglich an der Realität zu bleiben, nicht aus Prinzip, sondern weil die Realität viel unglaubwürdiger ist (hin und wieder verwende ich dieses Adjektiv absichtlich), als ich mir vorgestellt habe (schauen Sie sich zum Beispiel das Teatro Corso auf den Fotos in den angegebenen Büchern an), schreiben wir Schriftsteller doch hin und wieder, was uns beliebt.

Wir verwenden beliebig Details, etwa die Schlagzeilen aus dem „Resto del Carlino" vom Montag, 4. Dezember, die eigentlich am Tag davor erschienen waren, die ich jedoch brauchte; die Propaganda für die Arbeit in Deutschland, deren Verlauf ich geändert habe, oder das Programm des

Teatro Manzoni, das an diesem Tag ein anderes war. Unbedeutende Details, hoffe ich. Sicherlich habe ich auch schwerwiegendere Fehler gemacht, zweifellos wird mich jemand zu Recht darauf hinweisen. Ich bedanke mich schon jetzt.

Schriftsteller klauen nicht nur, sie machen nicht einmal ihre Bücher allein. Eine Menge Leute arbeiten mit ihnen zusammen, in meinem Fall werden es immer mehr, da Raum und Erinnerung immer größer werden. Ich möchte nur meine Assistentin Beatrice Renzi und meinen Agenten Roberto Santachiara erwähnen, den Verlag Einaudi, und vor allem Paolo Repetti und Francesco Colombo von Einaudi Stile Libero, und Chiara Bertolone. Francesco, Chiara und Beatrice haben den Roman geduldig Kapitel für Kapitel gelesen, während ich ihn schrieb, wie einen altmodischen Fortsetzungsroman.

Ich hoffe, er hat ihnen Spaß gemacht (nun ja, sonst hätten sie ihn nicht veröffentlicht), so wie es mir Spaß gemacht hat, ihn zu schreiben.

Und ich hoffe, er macht auch Ihnen Spaß.

Ich habe den Roman in Mordano (Bologna) am 9. Mai 2019 um 10.56 Uhr zu schreiben begonnen und ihn am Samstag, 7. Januar 2020, um 9.26 Uhr in Gabon, Libreville, beendet. Ich will mich nicht als exotischen Dandy à la Simenon aufspielen (und mich schon gar nicht vergleichen), doch abgesehen von diversen späteren Neuversionen habe ich dort das letzte Wort geschrieben.

Das Motto auf Seite 5 stammt von Carlo Castellaneta, *Notti e nebbie*, Interlinea, Novara 2018.

Das Zitat auf Seite 44 stammt aus *Pippo non lo sa*. Text von Mario Panzeri und Nino Rastelli. Musik von Gorni Kramer. Copyright © 1939 Sugarmusic S.p.A. Milano. Alle Rechte vorbehalten. Mit freundlicher Genehmigung von Hal Leonard Europe S.r.l., Italien.

Das Zitat auf Seite 82 stammt aus dem Schlager *Le donne non ci vogliono più bene*, der Hymne der italienischen Faschisten während der Repubblica Sociale Italiana. Text von Mario Castellacci, Musik von Gino Fogliata (1944).

Das Zitat auf Seite 105: *La mia ruota in ogni raggio è temprata dal coraggio e sul cerchio in piedi splende la Fortuna senza bende.* (Jede Speiche meines Rades wird vom Mut gehärtet, und auf dem stehenden Kreis strahlt Fortuna ohne Augenbinde.) Inschrift von Gabriele D'Annunzio auf dem Denkmal für den Bersagliere an der Porta Pia in Rom.

Die Zitate auf Seite 182 f. stammen aus dem Schlager *Dove sta Zazà*. Text von Raffaele Cutolo, Musik von Giuseppe Cioffi. © 1945 Edizioni Leonardi S.r.l., Mailand.

Die Zitate auf Seite 230 f. stammen aus dem Schlager *Ho detto al sole*, gesungen von Armando Gildo. Text von Ettore Petrolini (eine Parodie auf den Schlager von Arturo Mancini und Giuseppe Cataldo), Musik von Morbelli – Falco (1935).

Seite 271–276: *Natale Fascista:* Lied aus dem Jahr 1925, das die italienische Hitparade – „Allarmi (siam fascisti)" – stürmte. Text von Giuseppe Blanc, gesungen von Franco Lary.

Das Zitat auf Seite 312 stammt aus dem Schlager *Battaglioni M*. Text von Auro D'Alba und Musik von Francesco Pellegrino (1942).

Die Drucklegung erfolgte mit freundlicher Unterstützung durch die Abteilung für deutsche Kultur in der Südtiroler Landesregierung.

Die Originalausgabe ist 2020 bei Einaudi, Turin, unter dem Titel *L'inverno più nero* erschienen.
© 2020 Giulio Einaudi editore s.p.a., Torino

Korrektorat: Joe Rabl

Zweite Auflage 2022
© der deutschsprachigen Ausgabe
FOLIO Verlag Wien • Bozen 2021
Alle Rechte vorbehalten

Umschlagfoto: © bpk/Theodor Oppermann

Grafische Gestaltung: Dall'O & Freunde
Druckvorbereitung: Typoplus, Frangart
Printed in Europe

ISBN 978-3-85256-836-2

E-Book ISBN 978-3-99037-115-2

www.folioverlag.com